JEAN-BAPTISTE LENTÉRIC

Jean-Baptiste Lentéric travaille d'abord pour le cinéma aux côtés de réalisateurs prestigieux tels que Samuel Fuller avant d'être initié à l'écriture scénaristique. Passionné d'histoire et de musique, il est aussi guitariste dans un groupe de rock. *Herr Gable* est son premier roman publié chez Belfond en 2022.

HERR GABLE

JEAN-BAPTISTE LENTÉRIC

HERR GABLE

belfond

ISBN : 978-2-266-32932-3
Dépôt légal : juillet 2023

À Lise Fayolle

« Le sang des martyrs a fini
par étouffer les bourreaux. »

François MAURIAC

1

Déployant ses ailes noires, un choucas s'élance de la cime du Kehlstein. Il plane au-dessus de l'Obersalzberg, survole une vaste étendue boisée interdite au public : la *Führersperrgebiet*. Sur ce secteur autrefois paisible trônent d'imposantes installations militaires ; casernes, postes de garde, entrepôts de munitions, plateformes de défense antiaérienne, galeries souterraines, bunkers, ainsi que les belles demeures des principaux dirigeants nazis. Le voilà au-dessus du chalet du Reichsmarschall[1] Göring, chef tout-puissant de la Luftwaffe. Puis apparaît celui d'Albert Speer, ministre de l'Armement, et celui de Martin Bormann, secrétaire particulier d'Hitler. C'est ce dernier qui a œuvré à la transformation de ce havre de paix en centre névralgique du Reich.

La retraite alpine du maître de l'Allemagne, le Berghof, se profile enfin à l'horizon. Sur la terrasse, trente mètres à l'aplomb, se trouve une jeune femme blonde à l'allure athlétique. Chaque jour, à la même heure, elle lui offre les restes de son repas, des rebuts de

1. Maréchal d'Empire.

charcuterie ou de volaille qu'elle disperse sur le parapet. Mais aujourd'hui l'oiseau cherche en vain sa pitance. Fräulein Braun n'a pas la tête à ça, une pensée autrement importante l'occupe. Le choucas pique sur la terrasse tel un Stuka déchirant le ciel lors de la campagne de France. Il est stoppé net dans son élan par Stasi et Negus qui, remarquant son ombre grandir au-dessus de leurs têtes, ont aboyé et montré les crocs. L'oiseau préfère renoncer. Il reprend de l'altitude et disparaît dans l'immensité de la montagne.

Fräulein Braun doit crier pour ramener ses deux scottish terriers à la raison. Une fois le calme revenu, elle reprend ses jumelles et continue de scruter la route qui relie le village de Berchtesgaden au Berghof.

Que font-ils, nom de Dieu ? Voilà deux heures qu'ils devraient être arrivés.

Au détour d'un virage, ils apparaissent enfin : une automitrailleuse et un camion bâché suivi par deux motards de la Wehrmacht. Derrière la baie vitrée monumentale du salon, Rochus Misch, garde du corps du Führer, et Greta, l'une des femmes de ménage, observent la scène avec attention. Ils sont habitués à ce convoi qui livre une fois par mois une cargaison plus précieuse que l'or, des objets illicites dont les maîtres des lieux sont les seuls, avec quelques privilégiés du premier cercle, à pouvoir profiter.

Sitôt le camion arrivé, Eva Braun saute du parapet et, telle une jeune fille courant à un rendez-vous amoureux, dévale les marches qui mènent à l'entrée. La bâche est soulevée à la hâte par les motards tandis qu'un groupe de Waffen-SS, mitraillette en bandoulière, entoure le véhicule. Sous l'œil inquiet d'Eva, la caisse de bois scellée est transportée jusqu'à une salle attenante au séjour.

Avant que le convoi ne se remette en branle, Fräulein Braun a demandé des explications au chauffeur. Pourquoi deux heures de retard ? La neige, a-t-il répondu. Que dire de plus ? La route, effectivement, est glissante une bonne partie de l'année. Le chauffeur n'y peut rien. Alors elle l'a laissé repartir sans lui chercher querelle.

La pièce, soudain, est plongée dans le noir. Confortablement assis dans l'un des vingt fauteuils répartis en quatre rangées, le Führer peut enfin se permettre un moment de détente. Il a passé une sale journée. Les nouvelles du front sont mauvaises. Les Alliés viennent de débarquer en Afrique du Nord. Ils appellent ça l'opération Torch. Déjà le mois dernier, à El-Alamein, l'Afrikakorps du maréchal Rommel a été stoppé par le général Montgomery. Humilié, le Renard du désert a été contraint de battre en retraite jusqu'en Tunisie. Sur le front de l'Est, ce n'est pas mieux. La bataille de Stalingrad s'éternise. Les troupes du général Paulus souffrent autant du froid que de problèmes de ravitaillement. Les soldats ne sont pas assez vêtus pour affronter l'hiver russe et ne mangent plus à leur faim. Harcelés nuit et jour par des snipers, ils ne prennent plus le risque de dormir. En quelques semaines, l'invincible armada qui a semé le chaos et la mort dans les plaines russes a subi de graves revers.

Dans la cabine située derrière la salle, un homme répondant au nom de Fritz Sauber s'affaire aux préparatifs. C'est lui qui a réceptionné la caisse. Il en a sorti quatre objets métalliques et ronds : des bobines de film de 35 millimètres. Avec précaution, il a installé la première sur le projecteur. Tout est prêt. Il guette le signal à travers la lucarne qui donne sur la salle. Ça y est, Fräulein Braun vient de lever la main. Sauber lance le film. Il s'agit de *New York-Miami*, un long-métrage américain réalisé par Frank Capra en 1934. Dans les rôles principaux : Clark Gable et Claudette Colbert, deux des plus grandes stars hollywoodiennes.

La projection dure une heure trente. Hitler et sa maîtresse en savourent chaque scène. Tour à tour amusés et émus, ils se réjouissent des tribulations d'Ellie Andrews, jeune femme issue d'une famille privilégiée, et de Peter Warne, un séduisant journaliste. Ellie refuse d'épouser l'homme que son père lui destine. Elle s'enfuit. Dans le même temps, Peter perd son emploi. Ces deux êtres à la dérive, que tout oppose, se retrouvent par hasard dans un bus reliant Miami à New York. Le bus tombe en panne. Commence une série de péripéties croustillantes à l'issue desquelles ils finiront dans les bras l'un de l'autre.

Depuis l'accession des nazis au pouvoir, il est interdit de lire des romans ou de voir des films américains. Tout ce qui vient des États-Unis est proscrit. Pourtant, Hitler et sa maîtresse continuent d'admirer Clark Gable. À leurs yeux, c'est le plus grand acteur vivant, tous pays confondus. Ce plaisir interdit qu'ils ont en commun, personne n'en a été officiellement témoin. Sur ce sujet, tous les employés du Berghof sont sourds et muets.

Eva est touchée par cette scène où Ellie, à bout de forces, s'endort dans le bus sur l'épaule de Peter. Elle donnerait tout pour être à sa place. Gable a tant d'allure.

Comment résister à ce regard, ce sourire ? Le charme de cet Américain, elle ne l'a vu chez aucun autre homme.

Durant ce passage, Hitler a observé sa maîtresse à la dérobée. Il a remarqué ses yeux brillants et ses lèvres entrouvertes comme offertes à l'acteur. Le Führer a beau être la terreur du monde, il ne se fait aucune illusion : jamais il n'égalera Gable dans le cœur d'Eva.

La projection privée est à ce point sacrée que personne n'oserait déranger Hitler lorsqu'il regarde un film. Aussi Martin Bormann a-t-il eu la sagesse d'attendre le générique de fin avant d'entrer dans le sanctuaire. Il s'est approché sur la pointe des pieds en prenant garde de ne pas surprendre le Führer dans un moment d'intimité avec sa maîtresse. Il les a trouvés en grande conversation sur le film qui venait de s'achever. L'un comme l'autre sont d'authentiques cinéphiles. Ils ont vu tous les longs-métrages américains qui ont marqué l'histoire du septième art. Et ils en parlent comme des experts. Après le salut de rigueur – bras tendu, claquement de talons –, Bormann s'est penché et a chuchoté à l'oreille d'Hitler. Celui-ci s'est aussitôt levé.

— Désolé, ma chérie, je dois t'abandonner. Une affaire urgente, a-t-il expliqué après lui avoir fait un baisemain.

Eva n'a pas cherché à en savoir plus. Son amant n'aime pas qu'elle se mêle de politique ou de la conduite de la guerre. Son rôle a été clairement défini dès le début de leur relation. Officiellement, elle n'existe pas. Hitler répète souvent cette phrase dont elle ignore s'il en est l'auteur : « Je n'ai qu'une maîtresse, l'Allemagne. » Elle se tient en retrait et prend rarement la parole lorsqu'il reçoit des visiteurs de marque, membres du parti, de son état-major, ambassadeurs ou autres. En revanche, il tolère qu'elle le prenne en photo ou le filme, ce dont elle ne se prive pas. Elle sait qu'il tient à laisser une trace dans l'histoire, celle qui s'écrit avec un *h* majuscule. Et que ses hauts faits d'armes passeront à la postérité grâce à elle.

Fräulein Braun reste seule dans la salle. Au projectionniste qui lui demande si elle a encore besoin de lui, elle répond qu'elle souhaite revoir le film. Elle a du temps libre avant d'aller dîner chez Göring avec le Führer. Deux heures qu'elle est bien décidée à passer en tête à tête avec Clark Gable.

— Relancez le film et prenez votre pause, Fritz. Je m'occuperai du reste, crie-t-elle en direction de la lucarne.

Sauber s'exécute. Il a toute confiance en Eva. Il sait que la jeune femme est parfaitement capable de se débrouiller seule avec le projecteur, y compris de changer les bobines, tâche ingrate qui requiert autant d'adresse que de force. Fräulein Braun a travaillé chez Heinrich Hoffmann, photographe officiel du Führer. C'est d'ailleurs dans son atelier munichois qu'ils se sont rencontrés. Depuis, Eva s'est familiarisée avec le matériel de prise de vues. C'est devenu une passion. Elle possède plusieurs Rolleiflex ainsi qu'une caméra Bell & Howell de 16 millimètres, le nec plus ultra, avec laquelle elle filme dès qu'elle le peut son amant au Berghof.

Eva sourit en revoyant la scène où Ellie et Peter, à la suite de la panne du bus, font du stop. Peter fanfaronne. Il assure à Ellie qu'avec sa tactique – pouce tendu, sourire forcé – la première voiture s'arrêtera. Personne ne les prend. Peter s'octroie une pause, le temps de manger une carotte. Lasse, Ellie prend la relève. Elle se poste à son tour sur le bord de la route, remonte sa robe, découvrant un mollet gainé de soie noire. La voiture suivante pile aussitôt, au grand dam de Peter. Les voilà sauvés.

Arrive enfin la scène préférée d'Eva : Ellie et Peter passent la nuit dans un gîte. Ils tendent un drap entre leurs lits pour éviter toute situation embarrassante. Avant de se coucher, Peter ôte ses sous-vêtements. Le voilà torse nu. Au moment de sa sortie, *New York-Miami* a fait scandale à cause de ce passage. Dans l'Amérique prude des années 1930, ça ne se faisait pas de dormir nu. Le bruit a couru que l'industrie textile, à cause de cette scène devenue culte, a subi de lourdes pertes. Les hommes n'ont plus acheté de sous-vêtements.

Eva se pâme devant Gable. Bien sûr, elle vénère Hitler, comme toutes les jeunes filles du Reich. Elle sait la chance qu'elle a de partager son quotidien, de recueillir les confidences de cet homme qui, en quelques semaines, a mis l'Europe entière à feu et à sang. Dans le cœur de chaque Allemand, le Führer est l'égal d'Alexandre le Grand, de Gengis Khan ou de Napoléon, ces conquérants dont on apprend l'histoire dans les manuels scolaires. Mais Adolf n'en fera jamais sa femme. Elle ne restera qu'une maîtresse, une fille de l'ombre tout juste tolérée sur la terrasse du Berghof pour immortaliser le grand homme dans ses rencontres avec des chefs d'État, ses ministres ou ses généraux. Quant à avoir des enfants, il n'en est pas question. Eva est mortifiée lorsqu'elle doit le filmer en présence des rejetons de ses lieutenants, les Goebbels, les Bormann, dont les épouses, elles, peuvent s'afficher au grand jour.

En revoyant le film, Eva s'imagine à la place du personnage campé par Claudette Colbert. Lorsque Capra filme Gable en gros plan, elle tend ses lèvres vers l'écran pour l'embrasser alors que sa main droite mécaniquement se faufile entre ses cuisses.

Une fois son service fini, Sauber a regagné sa chambre. Il s'est changé, le voilà fin prêt à arpenter les sentiers enneigés.

— *Scheiße !* Merde ! s'écrie-t-il en réalisant qu'il a oublié son paquet de cigarettes.

Sauber retourne dans la cabine de projection à pas feutrés. À travers la lucarne, il distingue la silhouette de Fräulein Braun comme prise de convulsions. Il s'approche, l'entend gémir de plaisir. Il s'éloigne de la lucarne, prend ses cigarettes et ressort aussi discrètement qu'il est entré. Cette scène des plus troublantes, il l'enfouira au plus profond de sa mémoire.

Ne rien voir, ne rien entendre. Et surtout ne rien dire. Telle pourrait être la devise du Berghof.

2

En trois semaines, un sniper a tué cinq de ses frères d'armes. Le premier a été surpris dans les latrines. Une balle en plein front tirée d'au moins cinq cents mètres. Le projectile a traversé la gorge du deuxième en train de boire du schnaps. Les troisième et quatrième ont été tués d'une même balle alors qu'ils marchaient l'un derrière l'autre en pleine nuit sur un chemin de ronde. Parmi ces hommes dont la moyenne d'âge n'excédait pas trente ans se trouvait le lieutenant Rudolf Brehmer, son ami d'enfance. Lui a pris une ogive en plein cœur alors qu'il s'étirait après une nuit trop courte. Aussi, lorsque l'Hauptmann[1] Florian Weiter, tireur d'élite décoré de la croix de fer de deuxième classe, aperçoit enfin ce fumier de Russe à travers sa lunette, dans une maison en ruine distante d'environ quatre cents mètres, il tente sa chance. Il verrouille sa cible et presse la détente de son Gewehr 43.

— Tu l'as eu, ce fils de pute ! exulte le fantassin Siegfried Jung.

1. Grade de capitaine de la Wehrmacht.

— Pas sûr. Passe-moi tes jumelles.

Jung s'exécute. Weiter scrute la pièce aux murs criblés d'impacts. Et avoue, dépité :

— Il n'est plus là. Je ne sais pas si je l'ai touché.

— Merde ! Qu'est-ce qu'on fait ?

— Il faut le retrouver. Réveille Friedrich. Allez, bouge-toi ! Il n'y a pas une minute à perdre. Tant qu'il sera en vie, nous serons en danger.

Stalingrad n'est plus qu'une ville à l'agonie, un amas de pierres informe. Depuis que les Russes ont repris une partie de la cité, un déluge de feu a réduit en poussière les rares immeubles qui tenaient encore debout. On s'entre-tue pour une rue, parfois un simple bout de trottoir. Les combats finissent au corps-à-corps. Quand les munitions viennent à manquer, on s'affronte au couteau ou à la baïonnette. C'est une guerre urbaine d'une sauvagerie inouïe. Ces snipers en embuscade prêts à frapper à tout moment ne sont qu'une poignée d'hommes, cinquante ou cent selon les estimations de l'état-major. Et pourtant ils font plus de ravages qu'une division entière. Ils sapent le moral des troupes. Le capitaine Florian Weiter, l'un des meilleurs tireurs de la Wehrmacht, a été chargé de les éradiquer par Paulus en personne, le commandant de la 6e armée.

Le petit groupe progresse difficilement entre les ruines fumantes. Les démineurs exposent moins leur vie que les hommes de Weiter. Eux au moins disposent d'appareils qui localisent les explosifs.

— Nos bombardiers ne nous ont pas aidés. En détruisant cette ville, ils ont facilité le boulot des snipers.

Ces tas de gravats sont des planques idéales, peste le Gefreiter[1] Friedrich Sturm en trébuchant.

— Au lieu de râler, regarde plutôt où tu mets les pieds, rétorque Weiter.

Ils parviennent aux abords de la maison d'où sont partis les tirs. D'un signe de la main, Weiter sépare ses hommes, leur commande d'encercler le bâtiment. Même s'il doute que le sniper y soit encore.

Le petit groupe entre dans la maison éventrée, passe d'une pièce à l'autre, arme au poing, en prenant d'infinies précautions. Personne. Ils montent à l'étage, pénètrent dans ce qui devait être une chambre. Un lit d'enfant est recouvert de poussière. Dans un recoin de la pièce, Jung ramasse un ours en peluche. Près de la fenêtre, Weiter découvre des douilles et des traces de sang.

— Il tirait d'ici.

— Qu'est-ce que je te disais ? Tu l'as eu, se réjouit Jung.

— Je l'ai seulement blessé, rectifie le capitaine.

D'autres gouttes de sang mènent Weiter et ses hommes jusqu'à une porte située à l'arrière de la maison. Ils ressortent, scrutent le sol. Il n'y a plus d'autres traces.

— Il a dû se faire un garrot, conjecture Sturm lorsqu'un projectile frôle son visage avant de frapper le mur de la maison.

— À terre ! hurle le capitaine.

— Ça vient du château d'eau, là, à 11 heures, dit Jung en pointant du doigt une sorte de tour à demi effondrée à une centaine de mètres.

1. Caporal de la Wehrmacht.

— D'accord. Retournez dans la maison et ne bougez plus. Trop dangereux. Je vais finir le boulot seul, décrète Weiter en se relevant.

— Je viens avec toi, proteste Jung.

— Pas question ! tranche le capitaine en commençant à s'éloigner.

— Florian !

— Laisse. Il sait ce qu'il fait, s'interpose Sturm.

Haletant, Weiter court en zigzaguant jusqu'au château d'eau. Il n'essuie aucun tir. Tout en entrant dans le bâtiment, il s'interroge. Ce sniper l'a vu approcher. C'est un tireur aguerri. Alors pourquoi lui a-t-il laissé la vie sauve ? Est-il à ce point blessé qu'il ne peut plus tirer ? Est-il mort ? Ou s'amuse-t-il à faire durer le plaisir ?

Le capitaine dégaine son Luger et commence à gravir le large escalier en colimaçon. Les parois suintent d'humidité. Ça pue le moisi. Bientôt, il se trouve dans une quasi-pénombre. Des marches vermoulues se dérobent sous ses bottes. Des gouttes d'eau tombent dans des flaques, bruit obsédant qui ajoute à son angoisse.

Le voilà au dernier étage. À travers une paroi de béton percée par un obus, un faisceau de lumière éclaire le palier. Il y a là quatre portes, dont une entrouverte au bas de laquelle Weiter remarque d'autres gouttes de sang. Il arme son pistolet. Il pousse la porte d'un violent coup de botte et découvre le sniper à terre, affalé contre un mur, torse nu, qui se tient le ventre avec ses deux mains. Un fusil à lunette repose à côté de lui.

Weiter s'approche en le braquant avec son Luger. Il s'empare du fusil et lui crie en russe :

— Lève-toi, enfoiré !

L'autre lui répond dans un allemand impeccable :

— Je ne peux pas.

Troublé, Weiter lui demande, en regardant autour de lui :

— Tu es seul ?

— Oui.

Le capitaine s'agenouille et décroise les mains du Russe. La blessure est profonde. Le sniper s'est bricolé un bandage de fortune avec sa chemise. Il saigne abondamment.

— Où as-tu appris à parler l'allemand ?

— Au collège. Après le russe, c'est la langue que nous connaissons le mieux. Si tu es un tant soit peu instruit, tu dois savoir que nos deux pays étaient amis avant la guerre. Pour nous, vous incarniez la civilisation, le raffinement. Vous êtes devenus des monstres.

— Comment t'appelles-tu ?

— Grigori Zinoviev.

— Quel âge as-tu ?

— Vingt-deux ans.

— Ton grade ?

— Lieutenant, répond le blessé en claquant des dents.

Weiter remarque une veste militaire pendue à la poignée de porte, ornée de galons de l'Armée rouge. Il la fouille, découvre des papiers d'identité. Le sniper n'a pas menti. Il y a aussi, dans une autre poche, une photo de lui avec une ravissante jeune femme.

— C'est ta copine ?

— Ma femme.

Après une hésitation, le capitaine pose la veste sur les épaules du sniper. Et il sort une gourde de sa besace.

— Tu as soif ?

L'autre fait oui d'un signe de tête.

Weiter l'aide à boire. Il referme sa gourde, s'assied à côté de lui et allume une cigarette.

— Où as-tu appris à tirer comme ça ?

— C'est mon père. On vivait près de Toula. Il travaillait à la manufacture d'armes. J'ai été élevé avec des fusils et des revolvers. On s'exerçait au tir tous les dimanches. Dès l'âge de neuf ans, je mettais dans le mille à cent mètres.

Weiter serre le poing. Il songe à Rudolf, fauché dans la fleur de l'âge. Mais il ne peut s'empêcher d'être ému par ce soldat qui agonise sous ses yeux. Dans le fond, ils sont tous dans le même merdier. Allemands ou Russes, ça ne fait pas de différence. Tous préféreraient se trouver dans les bras de leur chérie, bien manger et dormir dans un bon lit sans se dire, à chaque instant, qu'ils peuvent crever bêtement. Ils ont une vie à vivre. De vieux gradés ventripotents qui, pour la plupart, se la coulent douce à des milliers de kilomètres du front en ont décidé autrement. C'est toute une jeunesse qu'ils sacrifient à leur guerre absurde.

— Combien de snipers y a-t-il dans ta division ?

— Deux cent cinquante, environ.

« Putain ! L'état-major était loin du compte », songe Weiter en écrasant sa cigarette.

— J'en grillerais bien une, moi aussi, grimace Zinoviev.

Le capitaine allume une autre cigarette et la lui cale entre les lèvres.

— Tu vas me descendre ? s'inquiète le sniper.

— Regarde-toi. Tu es déjà mort.

— C'est toi qui m'as flingué ?
— Oui.
— Tu vises bien, toi aussi.
— Il paraît, oui.
Zinoviev fond en larmes.
— Olga est enceinte. Et je ne serai pas à ses côtés pour voir naître notre enfant.
Weiter regarde la photo à nouveau. Et lui répond, l'œil noir :
— Le lieutenant Brehmer aussi était père de famille. Il avait un garçon de huit ans. Et une petite fille de cinq ans.
— Le lieutenant Brehmer ?
— Oui, mon meilleur ami.
Zinoviev se mure dans le silence. Du sang déborde de ses mains. Le capitaine se relève, le contemple un moment et lui dit :
— Dis-moi où vit ta femme. Si je m'en sors, je te promets que j'irai la voir.
— Pourquoi ?
— Pour lui dire que tu es mort en héros.

Un coup de feu retentit.
— *Scheiße !* sursaute Jung.
— Ça vient du château d'eau, dit Sturm.
Quelques minutes plus tard, le capitaine Weiter réapparaît, au grand soulagement de ses hommes.
— Alors ? s'inquiète Jung.
— C'est réglé. Allez, on décampe.

3

Carole Lombard est aux anges. Après le discours exalté qu'elle vient de faire dans l'État de l'Indiana, son pays natal, elle a réussi à lever deux millions de dollars. Cette coquette somme sera intégralement reversée à l'armée américaine. C'est sa contribution à l'effort de guerre. Comme d'autres stars, miss Gable sillonne le pays sans relâche pour vendre des *war bonds*. Sa popularité est telle qu'elle n'a eu aucun mal à obtenir ces fonds. Partout, des foules l'acclament.

Dans la carlingue du DC-3 de la Trans World Airlines, Carole boit du champagne avec les membres de son équipe et sa mère qui l'accompagne parfois lors de ses déplacements. C'est une journée parfaite. Pourtant la star semble préoccupée. Elle reste souriante, donne le change. Mais ses collaborateurs ne sont pas dupes. Quelque chose ne tourne pas rond.

La destination finale de l'appareil est Los Angeles. Après une escale technique à Las Vegas, le DC-3 reprend les airs. La nuit est claire, sans vent. Les conditions de vol sont bonnes. Cependant, le pilote est informé que les balises au sol, indispensables à la navigation, ont été éteintes. Les États-Unis redoutent toujours une incursion ennemie sur leur territoire. Tout ce qui peut servir de point de repère a été neutralisé.

L'appareil dévie vers les montagnes alentour. Et c'est le drame. Vingt-trois minutes après avoir quitté Las Vegas, il percute de plein fouet le Double Up Peak, près du mont Potosí.

Un hurlement résonne dans la chambre de maître du ranch d'Encino. Chacun sait pourquoi. C'est encore M. Gable en proie à ce cauchemar, toujours le même. L'un des domestiques s'empresse de lui apporter une infusion de verveine. Lorsqu'il entre dans la chambre, il découvre le pauvre homme nu, ébouriffé, affalé au pied de son lit. Sur sa table de chevet trônent une bouteille de whisky largement entamée, une boîte de comprimés et un cendrier rempli de mégots. Ça pue le renfermé et le tabac froid. Le serviteur peine à soulever ce géant pour le remettre dans son lit. D'autant que ce dernier, soûl au dernier degré, est de sale humeur lorsqu'il fait ce cauchemar. Il ne se laisse pas faire.

Carole Lombard était l'amour de sa vie. Il l'a épousée trois ans auparavant. À deux, ils ont acquis ce ranch où ils ont vécu leurs meilleures années. Ils étaient inséparables. Voilà dix mois que Carole est partie. Clark reste inconsolable. C'est un homme brisé. Il se sent coupable. Miss Gable, en effet, aurait pu rentrer en train et rester en vie. Mais le trajet aurait duré deux jours et l'actrice avait hâte de regagner Los Angeles. Gable tourne alors avec la sublime Lana Turner. Aimant passionnément son épouse, l'acteur flanche malgré tout lorsque ses partenaires s'offrent à lui. Toutes rêvent d'inscrire Rhett Butler à leur tableau de chasse. Voilà pourquoi Carole Lombard n'était jamais tranquille.

Gable se lève péniblement. Depuis ce jour funeste de janvier 1942, la gueule de bois est sa compagne.

Il est presque midi lorsque le comédien sort faire le tour de son domaine, juché sur un tracteur. C'est un rituel qui date des premiers jours de son mariage. Quel que soit son état, il démarre son engin et part en reconnaissance. Il passe devant l'étable où Carole trayait elle-même les vaches. Le poulailler, où elle ramassait les œufs qu'ils mangeaient au petit déjeuner. Il longe les plantations d'agrumes et revoit son épouse comme si c'était hier, s'affairer aux tâches agricoles, donner des instructions pour que cette propriété reste bien entretenue et accueillante.

Sur le tournage d'*Autant en emporte le vent*, Gable avait une scène avec Olivia de Havilland où il était censé pleurer. Il avait menacé de quitter le plateau. Comment réagirait son public s'il le voyait sangloter comme une fillette, lui qui avait jusque-là incarné des personnages si virils ? Mais aujourd'hui Gable est seul sur son tracteur. Et des larmes coulent sans retenue sur ses joues bouffies par l'alcool.

Comment vivre sans toi ?

Ce ranch, ils l'ont acheté cinquante mille dollars au célèbre réalisateur Raoul Walsh. C'est la première fois que Gable a sa propre maison. *Ce bonheur n'a duré que trois ans…*

Carole était une fille simple qui, tout comme lui, fuyait les mondanités. Alors que Katharine Hepburn, Gary Cooper, Joan Crawford ou Cary Grant occupaient de somptueuses propriétés dans les quartiers prisés de Bel Air ou Beverly Hills, affichant leur réussite, eux vivaient comme un couple de fermiers du Midwest. Sans chichis, à l'écart des projecteurs. *Jamais je ne retrouverai une femme comme toi.*

Gable finit son circuit par l'étable et la porcherie où Carole, que rien ne rebutait, assumait les tâches les plus ingrates. C'est l'un des rares moments de la journée où il sort de sa torpeur. Seuls les souvenirs des jours heureux l'aident à surmonter sa peine. Il carbure au whisky, aux antidépresseurs et à la nostalgie.

— M. Tracy vous attend au salon, l'informe son majordome.

Gable esquisse un sourire.

— Dites-lui que je le retrouve dans dix minutes, le temps de prendre ma douche.

Tout en se déshabillant, Gable songe à cette autre gloire du septième art qu'il prend un malin plaisir à faire poireauter lorsqu'il l'invite à déjeuner. Spencer Tracy est une légende. Considéré comme l'un des tout meilleurs acteurs de sa génération, celle qui a impitoyablement enterré vivants les comédiens de l'ère du muet, il a tourné avec les plus grands. Avec Gable, il partage un goût immodéré pour les femmes, l'alcool et l'humour grinçant. Nés à un an d'écart, les deux comédiens ont d'abord été rivaux. Ils s'entendent à présent comme larrons en foire.

— Comment vas-tu, vieille branche ?

— Il est 13 h 30. On avait dit 13 heures, non ? fait remarquer Tracy, un rien irrité.

— Les stars se font toujours attendre.

— Je te rappelle que j'ai gagné deux oscars.

— Et moi, seulement un. Je sais. Mais je te rattraperai un jour, promet Gable en lui servant un scotch.

— Tu peux toujours rêver.

— N'oublie pas que tu t'adresses au roi d'Hollywood, Spencer.

— Le roi d'Hollywood, bien sûr. Qui t'a trouvé ce surnom ?

— Il me semble que c'est toi.

— Je suis ravi de voir que le whisky n'a pas encore entamé ta mémoire. Tu sais, c'était ironique.

— Venant de toi, je m'en serais douté.

— Au fait, tu te souviens de cette phrase de Carole à propos de ce sobriquet ?

— Non, feint Gable.

— À d'autres ! Elle disait : « Si la queue de Clark était plus courte d'un pouce, on l'appellerait la reine d'Hollywood. »

Gable sourit. Il prête volontiers le flanc aux piques de Tracy. Tous deux sont passés maîtres dans l'art de l'autodérision.

Les deux compères se mettent à table. Au menu, un jarret de porc assorti d'un coulis d'agrumes ; citrons, ananas, raisins, eux aussi cueillis au domaine. Pour arroser le tout, un mouton-rothschild 1939.

— Je me régale, concède Tracy.

— Tu m'en vois ravi.

Ils échangent d'autres plaisanteries lorsqu'un voile de tristesse tombe sur le visage de Gable. D'une petite boîte métallique à couvercle nacré, il sort trois pilules qu'il avale devant son ami.

— Toujours ces foutus cachets ? s'inquiète Tracy.

Gable fait oui d'un signe de tête. Et il s'affaisse sur son fauteuil.

— Tu veux que je te laisse ?

— Non, Spencer, reste. Tu es ici chez toi. Ça me fait du bien de te voir, répond Gable avant de fondre en larmes.

Tracy se lève, pose une main sur l'épaule de son ami.

— Excuse-moi. Je dois avoir l'air ridicule, gémit Gable, en séchant ses larmes avec sa serviette.

— Tu n'as pas à t'excuser. Et tu n'es pas ridicule.

— Elle était tout pour moi.

— Je sais. Vous étiez de loin le couple le mieux assorti d'Hollywood, soupire Tracy.

— Je n'arrive pas à rebondir. Je n'ai plus goût à rien.

— Comme je te comprends !

— Putain d'avion ! Pourquoi, nom d'un chien ? Pourquoi ? s'écrie Gable en martelant la table d'une main presque aussi large qu'une raquette de ping-pong.

— Tu devrais suivre le conseil que Carole t'a donné. Ça t'éviterait de broyer du noir à longueur de journée, se hasarde Spencer.

— Tu as peut-être raison. Après tout, qu'est-ce que je risque, perdre la vie ? Tu veux que je te dise ? J'en ai plus rien à foutre.

Les deux amis sont repassés au salon, ont continué à picoler. Sur le coup de 17 heures, Spencer Tracy est rentré chez lui. Mais c'est un domestique qui a pris le volant : il était trop éméché pour conduire lui-même.

Sitôt son ami parti, Gable se dirige vers son bureau d'un pas chancelant. D'un tiroir, il sort un bout de papier qu'il conserve précieusement. C'est un télégramme envoyé par Carole un an plus tôt alors qu'elle parcourait le pays pour vendre des *war bonds*. Il chausse ses lunettes de vue et lit ces mots, la main tremblante :

Ta place est à l'armée, avec les meilleurs.

Il repose le télégramme, ferme le tiroir et reste un moment pensif devant des portraits de Carole et lui au temps de leur gloire.

Carole a toujours souhaité qu'il participe comme elle à l'effort de guerre. Il fera mieux. Il répondra enfin aux sollicitations du général Arnold, chef de l'USAAF[1] qui depuis l'entrée en guerre du pays caresse lui aussi l'espoir de l'enrôler. Mais il faudra au préalable que Louis B. Mayer, patron de la Metro Goldwyn Mayer avec qui l'acteur est sous contrat, donne son accord.

Il se ressert un scotch qu'il boit cul sec.

Après tout, personne ne m'attend plus à la maison. Alors banco. Et advienne que pourra.

1. United States Army Air Force.

4

Adolf et Eva sont à nouveau cloîtrés dans la salle de projection. Cette fois-ci, ils se sont passés des services du projectionniste. C'est Fräulein Braun qui s'occupe de tout. Fritz Sauber préfère ne pas savoir pourquoi la jeune femme lui a donné sa journée. Ce ne sont pas ses oignons.

Hitler contemple un groupe de jeunes femmes nues, toutes très appétissantes, s'ébattant dans l'eau près d'une cascade.

La nuit dernière, Eva est encore entrée dans sa chambre. Elle s'est glissée dans son lit, s'est blottie contre lui. Comme à son habitude, il a gardé sa chemise de nuit en coton blanc. Elle a tout essayé pour qu'il s'intéresse à elle. En vain. Il est resté impassible. Voilà plus de dix ans qu'elle est sa maîtresse. Durant toutes ces années, ils n'ont fait l'amour qu'en de rares occasions et avec peine. Conquérir le cœur d'Hitler a été pour elle un chemin de croix. Les premiers temps, la concurrence a été rude. Magda Goebbels, épouse de son ministre de la Propagande, était folle de lui. Tout comme Leni Riefenstahl, la réalisatrice, ou encore Hanna Reitsch, pilote de chasse émérite. Trompée à plusieurs reprises, délaissée, Eva a tenté de se suicider en se tirant une balle dans le cou. Sa sœur aînée, Isle, l'a sauvée in extremis. Il semblerait que le chancelier ne porte pas bonheur aux femmes. Plusieurs zones d'ombre entachent sa carrière de séducteur, comme la mort suspecte de Geli, fille de sa demi-sœur, qu'il a séduite et qu'on a retrouvée baignant dans son sang.

Les naïades continuent de se pavaner à l'écran. Eva se risque à poser la main sur une cuisse de son amant. Elle caresse sa verge qui, désespérément, reste au repos. Ces images de beautés dénudées, à même de réveiller le plus blasé des hommes, n'y changent rien. Hitler n'est puissant que sur les champs de bataille.

Le Führer s'est excusé. Il a quitté la salle de projection avant la fin de ce film qui n'a fait que l'irriter. Eva lui a souvent montré ce genre d'images prohibées dont il préfère ignorer l'origine. Elle recourt à toutes sortes de stratagèmes pour qu'il daigne enfin répondre à ses attentes. C'est de bonne guerre. Mais le fait de lui rappeler ses manquements aussi ouvertement a quelque chose de blessant.

— N'oublie pas, nous dînons avec Leni et les Goebbels, lui rappelle-t-il avant de la quitter.

Leni Riefenstahl est une femme brillante. Danseuse, actrice, réalisatrice, elle est non seulement une figure appréciée des dirigeants nazis mais jouit aussi d'une grande popularité auprès du public. Hitler l'a remarquée dès 1932 dans *La Lumière bleue*, film qu'elle a réalisé et dans lequel elle tient le premier rôle. Quant à son ministre Joseph Goebbels, il est lui aussi séduit. « C'est une merveilleuse enfant, pleine de grâce et de charme », a-t-il écrit dans son journal quelques années plus tôt.

Hitler est à ce point impressionné par cette femme qu'il lui demandera par la suite de filmer ses réunions politiques, ce qu'elle acceptera volontiers. Mais c'est surtout grâce à son film sur les jeux Olympiques de 1936 qui se tiennent à Berlin, que Riefenstahl entre dans la lumière. Dans ce documentaire, *Les Dieux du stade*, elle filme les athlètes au plus près, en plein effort, en utilisant la technique du travelling. Elle recourt à des grues et d'autres nouveautés qui révolutionnent le genre. C'est une cinéaste accomplie, audacieuse et tout acquise à l'idéologie du national-socialisme. Face à elle, peu de femmes font le poids. Lorsque Leni apparaît sur la terrasse du Berghof auréolée de sa gloire, Eva Braun se sent soudain toute petite. Cependant, avec la maîtresse d'Hitler, Riefenstahl se montre bienveillante.

— Adolf m'a montré vos dernières images. C'est assez réussi, reconnaît-elle.

— Merci, Leni. Vous m'honorez. Mais lorsque vous dites « assez », j'imagine que ça pourrait être mieux.

— Oui. Notamment lorsque vous filmez de près le Führer ou ses collaborateurs. Essayez de les prendre en contre-plongée. Ça les mettra en valeur.

— Je suivrai votre conseil, soyez-en sûre. J'ai tant à apprendre de vous.

Un bruit de moteur se fait entendre. Negus et Stasi traversent la terrasse en trombe et sautent sur le parapet. Blondi, le berger allemand d'Hitler, reste en retrait.

— Ce sont les chiens que le Führer vous a offerts ? demande Leni en photographiant la scène.

— Oui. Je les adore. Ils me tiennent compagnie.

— Vous n'avez pas peur qu'ils tombent ?

— Oh, non, ils ont l'habitude. Je les ai bien dressés.

— Ils font bon ménage avec Blondi ?

— Ils s'entendent à merveille.

Riefenstahl préfère clore le chapitre. Le bruit court que Fräulein Braun ne supporte pas la chienne du Führer. Lors d'un repas, ce dernier l'a surprise en train de lui donner des coups de pied sous la table.

Hitler s'appuie sur la rambarde. Des membres de sa garde rapprochée l'entourent : Bormann, Theodor Morell, son médecin personnel, et Rochus Misch, qui ne le quitte jamais d'une semelle. En contrebas, ils aperçoivent le docteur Goebbels qui vient de sortir de son immense Mercedes décapotable. Tiré à quatre épingles, le ministre de la Propagande gravit les marches jusqu'au perron en claudiquant. Son pied bot le fait souffrir mais il n'en montre rien. Son épouse, Magda, et son garde du corps lui emboîtent le pas.

— J'ai ouï dire que vous aviez reçu un nouveau film américain, se hasarde Leni.

— Oui, *New York-Miami*, avoue Eva.

— Quelle chance vous avez ! C'est l'un des seuls films de Gable que je n'ai pas encore vus.

— Je vous le prêterai volontiers, propose Fräulein Braun alors que le ministre se joint aux convives.

Les deux femmes immortalisent la scène, Eva avec sa caméra, Leni avec un Rolleiflex.

Alors que Goebbels s'approche d'elles pour les saluer, Fräulein Braun s'agenouille et le filme d'en bas, respectant les recommandations de Riefenstahl, laquelle s'en réjouit.

Après le baisemain de rigueur, le ministre tourne les talons et rejoint le Führer. Ils disparaissent dans le grand salon tandis que Magda reste avec Eva et la cinéaste.

Magda Goebbels est une figure populaire. Elle incarne la femme allemande idéale et la pérennité de la race aryenne. Mère de six enfants, tous blonds comme les blés, elle est belle, cultivée et voue au chancelier un véritable culte. Le bruit court qu'ils ont été amants. Le fait est que le Führer, lorsqu'elle a épousé son ministre de la Propagande, était son témoin. C'est dire s'ils sont proches. Magda est jalouse d'Eva qui est plus jeune qu'elle de onze ans. Et qui, n'ayant pas encore connu les affres de la maternité, est toujours mince. Magda est bien la seule parmi toutes les femmes du Reich à pouvoir se permettre de la prendre de haut, de lui rappeler à tout bout de champ son statut peu enviable de maîtresse de l'ombre. Eva encaisse sans broncher. Elle n'est pas de taille à affronter cette femme puissante et adulée qu'on surnomme la première dame du Reich, même si elle n'est que l'épouse d'un ministre.

Lors du dîner, Eva n'a pas pipé mot. Écrasée par la volubilité de ces femmes, elle s'est contentée de manger sans se départir d'un sourire de circonstance. Dans le fond, c'est tout ce qu'on lui demande : faire bonne figure. Joseph Goebbels, assis à côté d'elle, l'a reluquée en douce. Ce ministre de premier plan, haut comme trois pommes – il mesure à peine un mètre soixante-cinq –, passe pour un chaud lapin. Il a fait du gringue à la sœur d'Eva, Gretl, lors d'une visite précédente. Sans succès.

Bormann, chef de la chancellerie, secrétaire particulier mais aussi chien de garde du Führer, n'a rien manqué du petit manège de Goebbels. Les deux hommes se haïssent. Ils sont comme deux courtisans qui se disputent la faveur du souverain. Pour accéder à Hitler, que l'on soit de ses intimes ou non, il faut passer par Bormann. Goebbels s'en plaint parfois mais ça ne change rien.

Après le dîner, Hitler, Goebbels et Bormann s'isolent dans un coin du grand salon. Ils sont rejoints par l'architecte et ministre Albert Speer, grand ordonnateur des somptueux défilés conçus à la gloire du tyran, qui a la lourde tâche de pourvoir l'armée en carburant, armes et munitions. Une discussion d'hommes commence, qui n'est pas censée regarder la gent féminine. Eva, Magda et Leni se regroupent de l'autre côté de la pièce. La maîtresse du Führer fait l'effort d'échanger quelques banalités avec ses invitées, juste pour la forme. Le cœur n'y est pas. D'autant que Leni, qui s'est intéressée à elle au début de la soirée parce qu'elles ont en commun la passion du cinéma, ne lui adresse quasiment plus la parole. Elle parle surtout avec Magda. D'égale à égale.

Hitler s'est encore couché vers 4 heures du matin. Une fois ses convives partis, il a retrouvé les plus hauts gradés de son état-major qui ont rallié le Berghof vers minuit. L'objet de cette réunion tardive était de préparer la riposte au débarquement des Alliés en Afrique du Nord. Concernant la France, il a été décidé de supprimer la ligne de démarcation et d'envahir le sud du pays qui bénéficiait jusqu'alors d'un statut de zone libre. La priorité est de prévenir un éventuel débarquement des Américains en Provence. Il faut l'empêcher à tout prix, faute de quoi l'issue de la guerre serait des plus incertaines.

Lorsque le Führer travaille tard, il ne se lève pas avant 14 heures. Eva, elle, est matinale. Plutôt que de se morfondre à attendre le réveil de son héros, elle vaque à ses occupations. Elle passe beaucoup de temps dans une chambre noire qu'elle a fait aménager au Berghof. Elle y développe elle-même ses pellicules. Elle fait en outre beaucoup de gymnastique, de longues randonnées dans la montagne ou de la natation à la belle saison, dans les lacs alentour. Elle aime aussi descendre au village de Berchtesgaden incognito, histoire de changer d'air. C'est du moins ce qu'elle prétend. Hitler ne voit pas ces escapades d'un bon œil. Depuis le jour où sa compagne a été traitée de « putain du Führer » dans la rue à Munich, il est inquiet pour sa sécurité. Aussi a-t-il demandé à Julius Schaub, son aide de camp, de lui trouver un homme de confiance afin de la protéger lors de ses sorties. Cet homme est un soldat aguerri. Il répond au nom d'Horst Bleiber.

Le caporal Bleiber est cantonné à un jet de pierre du Berghof, dans une caserne qui abrite une garnison de deux mille Waffen-SS. Cette unité est chargée de la sécurité non seulement du Führer mais aussi de ses principaux lieutenants et de toutes les installations militaires de l'Obersalzberg.

Démobilisé du front russe à la suite d'une grave blessure, Bleiber a été envoyé en convalescence dans les Alpes bavaroises. Au vu de sa bravoure au combat, ses chefs l'ont transféré dans la caserne du Berghof, loin des horreurs du front.

Eva fait sa gymnastique sur la terrasse lorsque Bleiber la voit pour la première fois. Le Führer est en déplacement dans son QG de Prusse orientale, la fameuse Wolfsschanze – ou « Tanière du loup ». C'est une chaude journée d'été. Elle porte un simple maillot de bain, la pudeur n'étant pas dans son tempérament. Elle fait d'amples mouvements de jambes, prenant malgré elle des poses suggestives. Dans ces moments, tout ce que le Berghof compte de personnel masculin se débrouille pour se rapprocher des fenêtres. Bleiber, comme les autres mâles présents dans la maison, se régale du spectacle. Lorsque Schaub lui confie la mission d'accompagner la jeune femme au village, il se dit qu'il est béni des dieux.

D'emblée, Eva s'est entichée de ce jeune homme bâti comme une montagne, blond, les yeux bleus, une dentition parfaite ; le prototype même de l'Aryen, l'Allemand au sang pur tel qu'Hitler l'a idéalisé au fil des pages de *Mein Kampf*. Bleiber, au demeurant, a une longue cicatrice qui lui barre la joue droite. Il la doit à une balle reçue à Stalingrad d'un de ces foutus snipers. Ça lui donne un côté viril qui ajoute à sa séduction.

Les voilà qui filent en direction de Berchtesgaden à bord d'un side-car de marque Zündapp. Pilote chevronné, Bleiber sollicite la moto au-delà du raisonnable. Il prend des virages serrés, accélère à fond dans les lignes droites. Eva exulte. Elle a l'impression d'être à la fête foraine, sur l'un de ces manèges qui vous retournent les tripes. Avide de sensations fortes, elle ne se sent jamais plus vivante qu'auprès de ce soldat avec qui elle entretient une relation clandestine depuis trois mois.

Déguisée en homme, grimée, elle n'a encore jamais été confondue par les villageois qui, au moins une fois par semaine, voient débouler la motocyclette. Eva porte l'uniforme, tout comme son accompagnateur. Elle cache ses boucles blondes sous un casque de cuir. Et ses yeux derrière des lunettes de soleil.

Au tout début de leur histoire, ils se sont contentés d'arpenter les ruelles de Berchtesgaden, s'arrêtant à l'occasion pour boire un chocolat chaud. Maintenant, ils traversent le village en trombe avant de prendre la direction de la forêt où, au hasard de leurs promenades, ils ont débusqué un refuge ouvert aux quatre vents. Là, sur une simple natte de paille, ils assouvissent enfin un désir brûlant.

Horst Bleiber est un amant hors pair mais aussi un grand lecteur. Il peut parler des heures durant de Goethe ou de Schiller. Ou d'auteurs anglo-saxons tels qu'Emily Brontë, Daphné du Maurier ou D. H. Lawrence, tous interdits depuis 1933.

Eva a longtemps hésité avant de s'abandonner à cet homme. Elle pensait appartenir au Führer corps et âme pour le restant de ses jours. Mais l'alchimie qui a d'emblée opéré entre elle et ce caporal l'a poussée à la transgression. Elle se doute bien que, s'ils sont découverts, l'un comme l'autre sont bons pour le peloton d'exécution.

Horst Bleiber, lui aussi, sait qu'il tente le diable. Ça ne le tourmente pas. Le danger, il vit avec depuis le début de l'opération Barbarossa. Dieu seul sait quelle bonne fée lui a permis de se retrouver à l'abri, loin de la mitraille, à veiller sur la maîtresse d'Hitler. Il est décidé à savourer chaque instant passé en sa présence.

Les premiers temps, ils n'ont fait que des balades. Quoique attirée par Horst, Eva ne se décidait pas à franchir le pas. Tout a basculé le jour où, après une randonnée harassante jusqu'à un lac d'altitude, ils se sont allongés sous un mélèze à l'abri du vent. Après une bonne collation, Bleiber a ouvert un livre : *L'Amant de lady Chatterley*. Il lui a lu des passages choisis. Eva était bouleversée, elle s'identifiait à Constance Reid, l'héroïne du roman. Elle aussi est attachée à un homme incapable de la satisfaire. Elle aussi est décidée à se consoler dans les bras d'un amant.

5

Il est presque minuit lorsque le tonnerre reprend. Une pluie de roquettes s'abat sur les positions allemandes. Les redoutables Katiouchas, les « orgues de Staline », viennent d'entrer en action. Le récital infernal de ces batteries de mortiers montées sur des camions dure plus de vingt minutes. Elles sont interminables. Terrés dans les ruines d'un garage, Weiter et ses hommes attendent que l'orage passe. Il faut rester vigilants. Les snipers profitent parfois de ce chaos pour faire un carton. De nombreux fantassins de la Wehrmacht ont ainsi été tués alors que le bombardement atteignait son paroxysme.

Avec cette arme, les Russes infligent de lourdes pertes aux Allemands. Ce pilonnage intensif, fruit d'une stratégie neuve, cause autant de dégâts matériels que moraux. Ces orgues diaboliques jouent leur cruelle musique sans crier gare. Les obus tombent au hasard, parfois sur la population civile à qui Staline a interdit de quitter la ville, se servant d'elle comme d'un bouclier. Il a voulu ainsi dissuader Paulus d'attaquer. En vain.

— Quel bordel ! peste Jung en se bouchant les oreilles.

Les mortiers se taisent enfin. Il règne alors un silence irréel que la poussière et les flammes rendent encore plus inquiétant. Partout des incendies rougissent le ciel. Les rares bâtiments encore debout finissent par s'écrouler. Weiter se risque à regarder au-dehors. Après quelques minutes d'observation, il dit aux autres, en leur faisant signe de le suivre :

— La voie est libre.

— Quoi ? s'écrie le caporal Sturm.

— Je dis que la voie est libre. Allez, magnez-vous, ça peut reprendre à tout moment.

Weiter sort de la cache en premier. Jung lui emboîte le pas. Ils se mettent à couvert quelques mètres plus loin, derrière une carcasse de voiture calcinée.

— Où est Sturm ? s'inquiète le capitaine.

— Qu'est-ce que j'en sais ?

Weiter retourne aussitôt sur ses pas. Il retrouve le caporal assis sur une pile de pneus, hébété. Du sang coule de ses oreilles.

— Friedrich ?

— Je n'entends plus rien, Florian. Mais ne te fais pas de bile, ça va aller, assure le caporal avant de s'effondrer.

Weiter porte secours à son camarade. Il déchire un mouchoir en plusieurs fragments avec lesquels il bouche ses oreilles. Et il l'aide à se relever. Les deux hommes ressortent du garage et retrouvent Jung à l'arrière de l'épave lorsqu'une automitrailleuse russe passe à tombeau ouvert près d'eux, tous feux éteints. Une fois le véhicule éloigné, les trois hommes se remettent en chemin. Sturm n'est plus en état de marcher. Weiter et Jung se relaient pour le soutenir.

— Ses tympans sont crevés. Il n'a plus d'équilibre, constate le capitaine.

— Les fumiers.

Avec la plus grande peine, ils parcourent deux cents mètres, progressant tant que bien que mal entre les gravats. Ils atteignent la Volga. Leur bataillon se trouve sur l'autre rive, près d'un ancien hangar où les Russes entreposaient des munitions au début de la bataille. Il faudra encore traverser le fleuve. Ils se réfugient sous un pont proprement coupé en deux par un récent bombardement. Weiter et Jung allongent leur camarade blessé à même le sol et le protègent avec une couverture qu'ils sortent de leur barda. Ils ouvrent une bouteille de vodka prise à un sniper neutralisé quelques jours plus tôt et boivent chacun leur tour pour se réchauffer.

— On n'y arrivera pas seuls, Siegfried. Essaie encore de signaler notre position, demande le capitaine.

Jung allume la radio, tente d'entrer en contact avec la garnison. Il y a de la friture. On entend une voix amie par intermittence, mais pas assez nettement pour communiquer.

— Ici le groupe 24 à la base. Est-ce que vous me recevez ?

— Dis-leur de nous couvrir quand on traversera.

— Tu en as de bonnes, Florian. Il faudrait déjà qu'ils me captent, ronchonne Jung.

— On va bien finir par les avoir. Continue.

— Ici le groupe 24 à la base. Est-ce que vous me recevez ?

Les rares bribes de voix allemandes se transforment en un grésillement continu.

— Ces salauds ont brouillé la fréquence.

Weiter soupire. Jung a sûrement raison. Les Russes sont passés maîtres dans l'art de saboter les transmissions des Allemands. Et ce pour empêcher les tireurs d'élite qui s'infiltrent derrière leurs lignes de revenir au bercail. Mais le capitaine s'est fait un devoir de ne pas faiblir devant ses hommes.

— Encore une fois, Siegfried.

— On va bientôt tomber en rade de batterie, proteste Jung.

Weiter prépare les rations, un amalgame de patates et de harengs durs comme du marbre à cause du gel. Il est hors de question d'allumer un brasero pour lutter contre le mercure qui affiche, de jour comme de nuit, des températures négatives. Et pour s'autoriser une cigarette, il faut prendre un luxe de précautions avant de craquer une allumette. Surtout la nuit.

Jung s'est acharné. Il n'a pas réussi à entrer en contact avec la garnison. Ils devront se débrouiller par leurs propres moyens pour rallier l'autre rive. Par chance, le fleuve est en partie gelé. Ça facilitera le passage.

Terrassé par la fatigue et le froid, Siegfried pique du nez.

— On va manger un morceau et essayer de dormir deux ou trois heures. On tentera le passage plus tard, lui dit le capitaine.

Jung approuve d'un signe de tête.

Tout en cassant la croûte, ils parlent à voix basse. Quant à Sturm, il s'est assoupi, lui aussi écrasé par le manque de sommeil.

— Comment as-tu gagné cette décoration ? demande Jung en avisant la croix de fer épinglée sur la veste de son supérieur.

Weiter finit de mâcher une bouchée de hareng avant de répondre, en prenant un air sombre :

— C'était il y a trois ans, en Pologne. J'étais en première ligne. Avec mes hommes, on devait récupérer un de nos officiers, un major capturé lors de l'offensive sur Varsovie. J'ai accompli la mission. Mais je suis revenu seul avec le major. Toute mon unité y est passée. À l'époque, je n'étais pas encore tireur d'élite. Je le suis devenu à la suite de cette opération. Je n'avais qu'une idée en tête : leur rendre la monnaie de leur pièce.

Jung est intrigué par une autre médaille en forme de broche. En son centre, il distingue une croix gammée surmontant une baïonnette et une grenade à manche croisées.

— Et celle-là ?

— C'est l'agrafe de combat rapproché qui récompense les luttes au corps-à-corps. Celle-là je l'ai eue au début de la bataille de Stalingrad.

— Combien de snipers as-tu abattus en tout ?

— Soixante-seize en comptant celui du château d'eau.

— La vache !

— Je n'en tire aucune gloire, tu sais.

— Tu devrais, pourtant. Chaque fois que tu flingues l'un de ces bâtards, tu sauves la vie d'un des nôtres.

— Oui, peut-être. Mais ce n'est pas le plus important.

— C'est quoi le plus important ?

— Vous ramener sains et saufs à la maison, Siegfried. C'est tout ce qui compte pour moi.

« Quelle heure peut-il bien être ? » se demande Sturm en entrouvrant les yeux. Le caporal parvient à se lever. Il fait quelques pas, manque de tomber, se reprend. Il a une migraine terrible. Des acouphènes sifflent dans ses oreilles. Une bruine glaciale tombe sur la ville martyrisée. Les incendies s'éteignent un à un. Bientôt, l'obscurité est totale. Il bute sur un objet mou. C'est le corps de Jung. Celui-ci est si endormi qu'il continue de ronfler. À côté de Jung, Sturm discerne la silhouette élancée du capitaine qui, lui aussi, dort profondément. Le caporal remarque des restes de ration abandonnés dans une gamelle. Tenaillé par la faim, il se précipite dessus. Il avise un fond de bouteille de vodka, auquel il réserve le même sort. « Ça fait du bien par où ça passe », se dit-il en allumant une cigarette au moment même où une sentinelle russe, perchée sur un promontoire à neuf cents mètres, scrute les abords du pont à l'aide d'une puissante longue-vue à visée nocturne.

Une lueur blafarde succède à l'obscurité. Bientôt, le jour se lève, dévoilant un décor d'apocalypse. Ils se réveillent trempés et transpercés jusqu'aux os par un froid polaire. Weiter se lève en premier. Il constate que les gamelles ont été nettoyées. Il pense d'abord à une bête affamée. La ville regorge de chiens et de chats errants qui, tout comme les hommes, cherchent chaque jour de quoi se nourrir dans cet océan de décombres. Mais où est le caporal ? Inquiet, Weiter sort son Luger et inspecte les lieux tandis que Jung se lève à son tour.

Le capitaine ne tarde pas à retrouver son camarade. Il gît face contre terre derrière la pile du pont, recroquevillé. Weiter remarque un briquet près du corps. Il s'agenouille, distingue un petit trou noir à la base de la nuque du caporal. Le saisissant par les épaules, il le retourne et pousse un cri d'effroi. Il ne reste plus rien du haut de son visage. Le front, les yeux et une partie du nez ont été emportés.

6

Louis B. Mayer, nabab de la MGM, éructe au téléphone :

— Il n'en est pas question. Je ne vous prêterai pas Clark Gable !

À l'autre bout du fil, le général Arnold, commandant en chef de l'USAAF, lui répond tout aussi vertement :

— Je me suis trompé sur votre compte, Louis. Je vous croyais patriote.

— Je ne le suis pas moins que vous, général. Mais Clark est notre acteur le plus rentable. L'envoyer combattre, quelle idée saugrenue ! Vous voulez notre ruine ?

— Vous me parlez de profits. Moi, je vous parle de botter le cul d'Hitler.

— Qu'est-ce que vous croyez ? Je suis concerné au premier chef par cette guerre. Sachez que je suis né en Russie. J'ai dû fuir mon pays à cause des pogroms. Ma famille, comme tant d'autres en Europe, a été persécutée parce qu'elle était juive.

— Raison de plus. Qu'est-ce que vous attendez pour vous joindre à nous ?

— Qu'espérez-vous de moi ? Je ne suis qu'un simple entrepreneur de spectacles.

— Non, Louis. Vous êtes bien plus que ça. Vous dirigez la société de production la plus prestigieuse du pays. Avec *Ben-Hur*, *Le Magicien d'Oz*, *Tarzan*, *Autant en emporte le vent* et d'autres films de ce calibre, vous avez fait rêver des millions d'Américains, et ce depuis des décennies.

Les propos flatteurs d'Arnold font mouche. Mayer baisse la garde lorsqu'on caresse son ego dans le sens du poil.

— C'est peu de chose comparé à votre engagement, dit-il, faussement modeste.

— Vendre du rêve, ça n'est pas rien. Lorsqu'une star accepte de venir quelques heures soutenir le moral des troupes, nos gars retrouvent le sourire comme par enchantement. Ils sont gonflés à bloc pour repartir au casse-pipe. Votre pouvoir vaut largement le mien.

— Vous exagérez.

— Clark est la plus grande vedette d'Hollywood. Il pourrait participer lui aussi à l'effort de guerre, comme feu son épouse.

— Précisez.

— Je voudrais utiliser sa popularité pour motiver de nouvelles recrues.

— Comment ?

— En réalisant un film documentaire. Nous manquons cruellement d'artilleurs aériens.

— Mais il ne connaît rien aux armes. Les pistolets ou les carabines qu'il a maniés dans ses films sont factices, vous savez.

— Il va de soi qu'on le formerait. Il n'est pas question qu'il monte dans un bombardier sans entraînement préalable.

— Un bombardier ?

— Oui.

— De quel entraînement s'agit-il ?

— Tir à la mitrailleuse, pour l'essentiel.

— À balles réelles ?

Le général éclate de rire.

— C'est la guerre, Louis. Pas du cinéma.

— Honnêtement, je ne sais pas. Vous devez sûrement avoir d'autres candidats en tête.

— Non, pas de ce niveau. Il y a bien James Stewart. Mais il est déjà des nôtres. Et très sollicité. C'est un excellent pilote. Il forme la relève et n'a donc pas le temps de s'impliquer dans ce projet.

— C'est regrettable.

Un silence. Le poisson est presque ferré. Mais il risque de s'échapper. Alors le général joue son va-tout. Avant ce coup de fil, il s'est renseigné sur ce producteur. Il sait que Mayer, plus que tout, a un profond respect pour les mères. La sienne, mais aussi celles des autres. Deux anecdotes en témoignent, qui ont fait le bonheur des tabloïds. Un jour, sur un plateau, un comédien traite la mère de sa partenaire de putain. Mayer se jette sur lui et le roue de coups. Une autre fois, l'actrice Ann Rutherford, venue lui demander une augmentation, commence par essuyer un refus. Mais lorsqu'elle prétend que c'est pour acheter une maison à sa mère, le nabab lui signe sur-le-champ un chèque de cent mille dollars.

— Songez à la postérité, Louis.

— Que voulez-vous dire ?
— Quelle trace laisserez-vous ?
— Je n'en sais rien. C'est le cadet de mes soucis.
— Avez-vous toujours votre mère ?
— Non, répond Mayer, visiblement troublé.
— Pourtant je suis certain qu'elle vous regarde de là-haut.
— Cette conversation prend une tournure bizarre. Seriez-vous mystique, général ?
— Non. Je crois seulement en une vie après la mort. Je crois que chaque homme sera jugé sur ses actes.
— Je le crois aussi.
— Bien. Et que dirait votre mère si vous vous contentiez de rester dans votre bureau à compter vos dollars alors que, chaque jour, des soldats américains meurent sous le feu de l'ennemi ?

Le 12 août 1942, Clark Gable s'engage dans l'armée de son pays, mettant un terme provisoire à sa carrière d'acteur. Le roi d'Hollywood est descendu de son trône pour devenir un soldat. Louis B. Mayer a fini par céder. Mais il a exigé qu'Andrew McIntyre, chef opérateur émérite et ami de Gable, accompagne son poulain dans l'aventure. Requête accordée.

À quarante-deux ans, le soldat Gable a commencé par raser sa célèbre moustache. Mais ça n'a pas suffi à tromper ses admiratrices qui l'ont suivi à la trace depuis l'école d'officiers de Miami Beach, où il a commencé sa formation, jusqu'à la base de Tyndall Field, en Floride, où il apprend à devenir artilleur. Des mesures ont été prises pour que ce soldat hors normes puisse suivre son entraînement. Ses fans sont maintenues à distance, avec interdiction de pénétrer dans la base. Les plus hardies se débrouillent malgré tout pour déjouer la vigilance de la police militaire. Elles se retrouvent parfois dans les quartiers de la star, pour le plus grand plaisir de ses camarades de chambrée qui profitent eux aussi de cet arrivage providentiel.

Bien alignés, les apprentis artilleurs sont au garde-à-vous. Gable détonne quelque peu dans cette rangée d'uniformes où la moyenne d'âge est de vingt ans. On ne voit là que des frimousses de gamins dont la fraîcheur et l'innocence contrastent avec son visage buriné par le chagrin et l'alcool. L'acteur tâche de faire bonne figure. Il redevient ce provincial qu'il n'a dans le fond jamais cessé d'être : un brave type, naturel, accessible, qui sait se faire aimer. Ses camarades l'apprécient, non parce qu'il est Clark Gable mais parce qu'il leur ressemble.

Après d'ultimes recommandations, le sergent instructeur mène ses recrues dans un champ spécialement aménagé pour l'entraînement. Il y a là des tourelles factices équipées d'un double canon de 50 millimètres ou de batteries de mitrailleuses lourdes.

— Voilà le type d'armement que vous aurez à maîtriser, explique le sergent en invitant ses hommes à prendre place dans les tourelles.

Plus loin, en plein champ, des soldats se préparent à actionner des catapultes telles qu'on en trouve sur les sites de ball-trap. Et les tirs commencent, lourds, puissants, à intervalles réguliers. Dans les bras du tireur, les vibrations sont telles qu'il ressort de la tourelle en tremblant, sous l'œil inquiet de la recrue qui prend sa place.

— Lorsque vous grimperez dans les B-17, ce sera une autre paire de manches, les gars. Ça se passera en plein ciel avec une visibilité aléatoire. Et en prime vous aurez les Messerschmitt des Boches au cul, continue le sergent.

Après les canons doubles de 50 millimètres, Gable et son acolyte McIntyre sont initiés aux joies de la mitrailleuse Browning M2 qui n'est pas plus aisée à manier. La cadence de tir est effrayante. Et même avec un casque de protection, le bruit est assourdissant.

Les premiers jours, les deux compères sont la risée de leurs camarades. Ils ne touchent aucune cible. Mais au bout de quelques semaines, leur technique s'affine. Ils commencent à assimiler les automatismes qui leur permettront, dans un avenir proche, de protéger leur vie et celle de leurs équipages. Des anges gardiens, tel sera leur rôle lorsqu'ils embarqueront pour l'Angleterre dans ces forteresses volantes avant de traverser la Manche pour en découdre avec les nazis.

7

Comme à son habitude, juste après son réveil, Hitler s'isole un moment dans sa chambre avec son médecin personnel, le docteur Theodor Morell. Misch reste derrière sa porte, en bon chien de garde qu'il est. La consigne est claire : le Führer ne doit être dérangé sous aucun prétexte.

Le patient A – tel est le nom de code qu'utilise le médecin – relève sa manche et présente son bras droit. Des traces de piqûre témoignent de son addiction. Le maître de l'Europe n'est en réalité qu'un toxicomane qui, chaque jour, attend sa dose.

— Cessez de gigoter, mein Führer. Je vais encore manquer la veine.

Hitler obtempère. Il ferme les yeux, essaie de penser à autre chose. Il se revoit entrer dans l'atelier munichois de son photographe, quelques années plus tôt. Hoffmann lui vante les mérites d'un médecin qui l'a remis sur pied à la suite d'une forte fièvre. Le chef du parti nazi demande à rencontrer cet homme qui deviendra bientôt, jusqu'à la fin de son règne, l'un des personnages centraux de son entourage. À cette époque, Hitler est en proie à de sévères troubles gastriques. Morell lui administre du Mutaflor, des bactéries en capsule très efficaces. Les maux cessent. Commence entre ces deux personnages une relation de dépendance qui ira crescendo avec le temps.

C'est fait. L'aiguille a percé la veine. Morell presse lentement le piston, esquissant malgré lui un sourire en songeant à l'ironie de la situation. Le voilà en train d'administrer un produit stupéfiant à un homme qui, après l'avènement de la République de Weimar, ce régime corrompu aux mœurs dépravées, a déclaré la guerre aux toxicomanes ; un homme qui, dès son accession au pouvoir, les a listés puis déportés dans des camps quand il ne les a pas purement et simplement éliminés. Au plus fort de cette répression sauvage, un simple « x » en face d'un nom décidait du sort d'un drogué.

Les effets de l'opiacé sont immédiats. Hitler se relâche. Son visage semble apaisé. À la prochaine réunion où son état-major lui rapportera une fois encore des nouvelles alarmantes du front de l'Est, il gardera son calme. La gravité de la situation pèsera moins sur ses épaules. Et le spectre de la défaite, pourtant bien réel, s'éloignera. Le docteur Morell l'aide à endurer l'insupportable : la perspective d'une catastrophe militaire globale qui sonnerait le glas du Reich.

Selon un cérémonial bien rodé, Morell retire la seringue, éponge la goutte de sang qui perle dans le pli du coude de son patient, y appose une compresse sur laquelle il maintient fermement son pouce durant quelques secondes avant d'appliquer un pansement. Puis le Führer s'allonge sur son lit. Il s'abandonne à la rêverie, s'imagine revenu au temps où, citoyen ordinaire, il se contentait d'une vie simple, s'adonnant à la peinture à ses heures, une passion délaissée à regret. Dans ces moments d'extase où la souffrance physique et le fardeau de la responsabilité sont annihilés, Hitler se laisse aller à la confidence. Il va même jusqu'à tutoyer son médecin.

— J'ai un souci, Theo. Il faut que tu m'arranges ça.

— De quoi s'agit-il, mein Führer ?

— Ça concerne Eva.

— Un souci d'ordre intime ?

— Oui. C'est un peu embarrassant.

— Je soigne aussi Fräulein Braun, comme vous le savez. Et mon épouse a pour elle les attentions d'une mère. Dans ces circonstances, vous n'avez aucune gêne à avoir, même sur les sujets les plus intimes. Nous sommes presque en famille.

— Oui, tu as raison.

— Je vous écoute. Quel est le problème ?

Un silence. Et Hitler avoue en rougissant :

— Je ne bande plus, Theo.

— Ah…

— Pourtant, je désire Eva comme au premier jour. Cette fille est adorable et fraîche comme la rosée. Mais voilà, je n'y arrive plus.

— C'est embêtant, en effet, admet le médecin en se pinçant le menton.

— Je n'ai pas la tête à faire des galipettes, ces temps-ci.

— Rien d'étonnant à cela. Vous avez une charge de travail trop importante. Vous devriez lever le pied. Ou déléguer une partie de vos tâches.

— Déléguer ? Tu n'y penses pas. La plupart de mes généraux sont des incapables ou, pire, des poltrons. Tiens, regarde Paulus. Il m'envoie chaque jour des messages de détresse : « Mes hommes n'ont pas de vêtements assez chauds, plus de quoi manger, plus de munitions. » Il n'arrête pas de pleurnicher. Ce n'est pas avec des couards de cette espèce que je vais gagner la guerre.

— Tout de même. Il doit bien y avoir un général digne de votre confiance.

— Je n'en vois aucun, hélas. Mais revenons à nos moutons. Je ne voudrais pas qu'Eva doute de ma virilité. Qu'as-tu à me proposer ?

— Il y aurait bien la Pervitine. Mais vous connaissez ses effets secondaires.

— Mais oui, la Pervitine. C'est grâce à elle que nous avons vaincu si facilement ces cochons de Français.

— Pas de doute là-dessus. C'est un puissant psychotrope qui permet de rester éveillé trois jours d'affilée. Il procure un effet euphorisant, une concentration accrue ainsi qu'une amélioration notable de la vigueur sexuelle.

— C'est exactement ce qu'il me faut, exulte le Führer.

— Mais ce remède n'est pas sans risque.

— Épargne-moi la liste des effets indésirables, Theo. Le jeu en vaut la chandelle.

— Soit, acquiesce le médecin.

Développée dès l'automne 1937 par la firme pharmaceutique Temmler, la Pervitine a d'abord été accessible à toute la population allemande sans restriction. On la trouve alors au coin de la rue, dans son officine habituelle. Par la suite, elle est massivement distribuée aux soldats de la Wehrmacht qui, en attaquant la Pologne puis la France avec une sauvagerie inouïe, ont prouvé son efficacité. Le concept de « guerre éclair » est né. Les troupes de choc parcourent des dizaines de kilomètres par jour, galvanisées par cette substance qui leur confère un sentiment d'invincibilité. Elles attaquent avec rage, comme possédées, terrorisent l'ennemi qui ne peut que battre en retraite devant tant de détermination et de violence.

En Russie, c'est encore plus radical. Ordre a été donné aux troupes d'assaut de pratiquer la politique de la terre brûlée. L'idée n'est plus de soumettre la population mais de l'exterminer. C'est le fameux *Lebensraum*, espace vital qu'Hitler entend s'approprier à l'Est pour remplacer les Slaves – qu'il considère comme des sous-hommes – par des Allemands *de souche*. Là encore, la Pervitine joue un rôle essentiel. À une cadence effrénée, les villages sont rasés. Les paysans sont pendus en masse ou tués au lance-flammes ou à la mitrailleuse. Femmes, enfants ou vieillards, la Wehrmacht, épaulée par la Waffen-SS, ne fait pas de quartier. Elle liquide tout ce qui bouge.

Requinqué, le patient A a repris sa routine ; gourmandé ses généraux, planifié des attaques pour déjouer les plans des forces alliées et la résistance acharnée des Russes. Chaque injection lui redonne des forces et le conforte dans son espoir de gagner la guerre. Ne pas perdre la face devant son état-major, préserver coûte que coûte, aux yeux de son entourage mais surtout au sein du peuple, l'image romantique d'un guerrier prêt à se battre jusqu'à son dernier souffle, tel est son credo.

Par chance, les premiers effets n'apparaissent qu'à la fin de la réunion. Une érection aussi soudaine que violente, telle que le Führer en a rarement eu. Aussi a-t-il pu s'éclipser sans tarder. Il s'est dirigé vers la chambre d'Eva mais ne l'a pas trouvée. Furieux, il est retourné dans ses appartements où une femme de chambre était en train de faire son lit. Apeurée par cette excroissance qu'elle aurait préféré ne jamais remarquer, la pauvre fille se hâte de finir son travail en baissant les yeux.

— Avez-vous vu Fräulein Braun ? lui demande Hitler en s'efforçant de cacher son entrejambe.

— Non, mein Führer, bredouille-t-elle, mortifiée.

— Vous pouvez disposer.

Sans demander son reste, la femme de chambre se sauve en laissant le lit défait.

Hitler se rue sur le téléphone et compose le numéro de Julius Schaub, lequel lui apprend que sa maîtresse est descendue au village se changer les idées.

Tendrement enlacés sous une couverture, Eva et Horst se chuchotent des mots doux au creux de l'oreille. Au fil de leurs escapades, ils ont apporté de quoi rendre leur refuge un peu plus accueillant. Ils s'aiment sur un matelas, rudimentaire certes, mais tout de même plus confortable que ce lit de paille humide qui sentait le fumier. Ils disposent d'un petit réchaud, de boîtes de conserve et de quelques bouteilles de vin, des grands crus que la jeune femme a choisis avec soin dans la cave du Führer. C'est fou ce qu'on peut embarquer dans un side-car.

Ils viennent de faire l'amour. Et pourtant Eva est encore tremblante de désir. Dans les bras de son beau caporal, elle se sent une femme libre. Pour la première fois de sa vie. Libre d'aimer comme bon lui semble, de s'abandonner à un homme qui lui offre enfin tout ce qui lui manquait : de l'attention, de la tendresse et surtout du plaisir. Un plaisir absolu qui la laisse chaque fois exsangue. Jamais elle n'a été aussi amoureuse. Et l'idée qu'on puisse la séparer de cet homme la plonge dans l'angoisse.

— Tu as l'air triste, lui dit-il en remarquant une ombre passer sur son visage.

— C'est parce que…

— Oui ?

— Je ne veux pas te perdre.

— Allons, ne te fais pas de bile.

Elle se redresse et fouille dans une de ses poches. Elle en sort un écrin qu'elle ouvre. Il découvre une chevalière en or où sont gravées deux lettres, *C* et *H*, séparées par un cœur.

— C'est pour toi, mon amour, en souvenir de nous.

— C'est une folie.

— Prends-la et passe-la à ton doigt. Comme ça, à chaque fois que tu la regarderas, tu penseras à moi.

Après une hésitation, Horst prend la bague. Elle lui va à ravir. Mais il reste interdit.

— Pourquoi « C » ?

— Parce qu'il n'était pas question que je fasse graver un « E ». Trop risqué. Alors je me suis décidée pour un « C ». Comme Constance.

— Je vois. Mais comment t'es-tu débrouillée pour avoir cette bague ? Tu es consignée au Berghof vingt-quatre heures sur vingt-quatre.

— J'ai demandé à ma sœur Gretl, qui habite à Munich, de s'en occuper. Les bons graveurs ne manquent pas là-bas.

— Tu n'as pas peur d'éveiller ses soupçons ?

— Aucun risque. Je lui ai dit que cette bague était destinée à un garde du corps méritant du Führer, un certain Heinrich qui épousera bientôt une certaine Cornelia. C'est son cadeau de mariage.

Il la serre contre lui. Dehors, tout est calme. On n'entend que des pépiements d'oiseaux. Et des paquets de neige qui tombent parfois des sapins.

— Lis-moi encore un passage de ce roman, Horst.

Le caporal reprend le livre, ouvre une page au hasard et récite :

— « Il faut qu'une femme vive sa vie, ou bien le jour viendra où elle se repentira de ne pas l'avoir vécue. »

— C'est exactement ce que je ressens. Je suis comme cette Anglaise. Je n'ai pas l'intention de me repentir de quoi que ce soit. Et encore moins d'avoir des regrets, lui dit-elle en se blottissant à nouveau contre lui.

Il referme le livre, recommence à l'embrasser.

— J'ai encore envie de toi, soupire-t-elle.

— Il est tard, Eva. On ferait mieux de rentrer.

— Allez, viens. Rien qu'une fois.

La motocyclette BMW file sur la route verglacée qui serpente jusqu'au village. Willy Fleicher, SS de vingt-trois ans, est natif de la région. Il la connaît comme sa poche. Ses parents possédaient une ferme dans l'Obersalzberg quand Bormann et ses équipes sont venus les déloger pour en faire une zone militaire. Bon prince, le secrétaire du Führer les a relogés dans un autre chalet, à la lisière du périmètre interdit. En prime, le jeune Fleicher s'est vu proposer un travail dans l'un des postes de garde qui jalonnent la route de Berchtesgaden.

Fleicher a été envoyé par l'aide de camp d'Hitler pour retrouver Eva. Au plus vite. Le voilà qui arrive au village. Il fait halte dans l'une des auberges où, avant d'entrer au service des nazis, il avait ses habitudes. Il interroge le patron qui lui répond de bonne grâce. Un side-car avec deux soldats à son bord a effectivement traversé Berchtesgaden avant de repartir en direction de la forêt.

Le jeune SS se remet en route. Il sillonne des sentiers forestiers uniquement accessibles en moto. C'est un excellent pilote. Les plaques de verglas ne sont pas de nature à l'effrayer ou le déconcentrer. Il a une mission à remplir et il la remplira.

Alors qu'il besogne à nouveau Fräulein Braun sans montrer le moindre signe de fatigue, le caporal Bleiber affiche une mine soucieuse.

— Qu'y a-t-il, mon amour ? s'inquiète-t-elle.

— Quelqu'un approche.

— Qui ?

— Je ne sais pas. C'est un bruit de moto. Il n'y a que des gars de ma garnison qui circulent à moto dans ce secteur. Ou les gardes-barrières.

Il se lève, se rhabille en deux temps trois mouvements.

— Ne bouge pas, je vais voir de quoi il retourne, ajoute-t-il en prenant son pistolet.

— Horst ?

— Oui ?

— Sois prudent.

Fleicher passe devant l'abri à faible allure, sans s'arrêter. Pas de side-car en vue. Mais des traces de pas fraîches dans la neige. De différentes tailles. Deux personnes. Il poursuit son chemin comme si de rien n'était et s'arrête dans le virage suivant après s'être assuré qu'il était hors de vue. Il descend de son engin, rebrousse chemin à pied. Caché derrière un mélèze, il se trouve à une centaine de mètres de l'abri. Il braque ses jumelles, distingue la silhouette du caporal Bleiber derrière la vitre de l'unique pièce.

Quelques instants plus tard, les tourtereaux sortent du refuge et se dirigent vers une grange. Un bruit de moteur se fait entendre. Le side-car jaillit de la grange, rejoint la route et disparaît dans la forêt.

Eva entre dans la chambre d'Hitler, lequel est au lit. Il est seulement 18 heures. La jeune femme s'interroge. Ce n'est pas dans ses habitudes de se coucher aussi tôt.

— Où étais-tu, ma chérie ? Je t'ai fait chercher partout.

— En forêt. J'avais besoin d'air pur.

— Pourquoi ? L'air du Berghof est à ce point irrespirable ?

— Ce n'est pas ça. Comme tu le sais, je suis une grande sportive. Ces randonnées me font le plus grand bien.

— Je comprends. Si seulement j'avais le temps, je t'accompagnerais. Mais cette guerre m'accapare entièrement.

— Comme je te plains, mon chéri. Mais dis-moi : quelle est la raison de ton empressement ?

— Eh bien, comment dire ? C'est un peu gênant. Approche.

La jeune femme s'exécute. Sur la table de chevet, elle remarque une plaquette de Pervitine entamée. Hitler, d'un geste sec, tire alors sur sa couverture.

— Mon Dieu ! s'exclame-t-elle.

— Viens vite, Eva. Ça fait deux heures que ça dure. Je n'en peux plus, la supplie-t-il.

La mort dans l'âme, Eva se soumet. Elle se laisse pénétrer en songeant à Bleiber. Le Führer la baise sans ménagement en râlant comme une bête. Cet homme qu'elle vénérait jusqu'alors lui inspire tout d'un coup le plus profond dégoût. Comparé à Horst, c'est un piètre amant. Il n'a aucune délicatesse, aucun savoir-faire. Et doit recourir aux drogues pour l'honorer. Le portrait qu'en font les Alliés lui apparaît soudain criant de vérité. C'est une brute épaisse, un ours qui n'est bon qu'à faire la guerre.

8

Sur l'autre rive de la Volga, ça n'est guère plus réjouissant. La 6e armée, ou plutôt ce qu'il en reste, lutte pour sa survie. Contre les orgues de Staline, les snipers, les mines et autres pièges mortels, elle n'oppose plus que de faibles moyens. Faute d'approvisionnement, la Wehrmacht rationne ses munitions. Quant aux blindés, ils sont pour la plupart hors d'usage. Les pièces de rechange n'arrivent plus et les réserves de carburant sont au plus bas. La machine de guerre allemande, jusque-là parfaitement huilée, est grippée. L'impitoyable hiver russe, qui a déjà eu raison de Napoléon cent trente ans plus tôt, pourrait bien réserver le même sort à ces nouveaux envahisseurs. Au fil des batailles, les Russes regagnent du terrain. Ils harcèlent l'ennemi, ne lui laissent aucun répit. Maîtres du sous-sol de la ville dont ils connaissent chaque recoin, ils surgissent parfois à l'improviste pour répandre la mort. On les voit s'extirper des gravats, d'immeubles effondrés ou des égouts tels des fantômes. Cette guérilla urbaine, Paulus et ses hommes l'appellent la *Rattenkrieg*[1].

1. « Guerre de rats ».

Les officiers supérieurs n'ont pas une minute pour souffler. Et pourtant, au milieu des décombres et dans un froid mordant, ils ont trouvé le temps de demander des comptes à Florian Weiter. L'état-major voudrait comprendre comment le groupe d'intervention de ce soldat exemplaire a été décimé. Pourquoi, en l'espace d'un mois, il a perdu six hommes. C'est le major Wilfried Decker, un dur à cuire qui a prouvé sa valeur lors de la campagne de France, qui mène les débats. Dans ce tribunal improvisé qui se tient entre les murs en partie démolis d'une école, il a le rôle du procureur. L'Oberstleutnant[1] Manfred von Hurel, vétéran de la Grande Guerre, est son contradicteur. Il jouera l'avocat de la défense. C'est von Hurel qui a recommandé Weiter à Paulus après avoir fait valoir ses états de service exceptionnels. Il est son meilleur soutien parce qu'il est son parrain. Mais ça, personne ne le sait. Le secret est bien gardé.

Alors que ce tribunal improvisé se prépare à le juger, Weiter repense à l'infortuné Friedrich Sturm. Lui aussi avait une femme et des enfants qui attendront en vain son retour. Tout ça par sa faute. Parce qu'il s'est endormi au lieu de veiller sur lui. Il imagine le sniper russe posté à neuf cents mètres effectuer ce tir parfait. Weiter est dévasté. Jamais il n'a commis pareille faute. Il revoit le soldat Jung hurlant de rage en tirant à la mitraillette comme un possédé sur les façades environnantes, au risque de se faire tuer à son tour. Il ferme les yeux un instant, songe à Hilda, sa compagne, qu'il n'a pas revue depuis deux ans. Il aimerait tant l'étreindre,

1. Lieutenant-colonel.

la retrouver dans leur petit appartement berlinois où ils coulaient des jours heureux avant que ne commence cet enfer.

— Pourquoi vous êtes-vous endormi ? attaque Decker.

— Nous n'avions pas pris de repos depuis deux jours, se défend le capitaine d'une voix lasse en revenant brusquement à la réalité.

— Vous n'aviez plus de Pervitine ?

— Si.

— Je ne comprends pas, soldat.

— J'évite de prendre ces cachets.

— Pourquoi ?

— J'ai pu constater les ravages que cette drogue cause pendant la campagne de Pologne, major. Alors, très peu pour moi. Quant à mes hommes, ils n'en prenaient pas non plus.

— Vous avouez donc votre faute, capitaine, puisqu'il était de votre devoir de prendre ces pilules, tout du moins en mission.

— Objection, major. La prise de Pervitine est recommandée par l'OKW[1] mais pas obligatoire, proteste von Hurel.

— Colonel, si le capitaine et ses hommes avaient pris leur ration de pilules, le caporal Sturm serait encore en vie. Et tous les autres aussi puisque le capitaine Weiter est coutumier du fait.

— Ce ne sont que des conjectures, major.

---

1. Oberkommando der Wehrmacht. Organe de commandement suprême des trois corps d'armée du Reich (forces terrestres, aériennes et navales).

Florian Weiter est las. Il n'a qu'une hâte : être démobilisé pour goûter enfin un repos mérité. Mais il n'a pas été blessé. Ses chances sont minces.

L'audition se poursuit. Weiter se défend mollement. Puis von Hurel et Decker se retirent un moment pour délibérer. Il ne leur a pas fallu plus de cinq minutes pour relever Weiter de son commandement. Et se mettre d'accord sur sa nouvelle affectation.

Une fois son sort réglé, Weiter va saluer le seul survivant de son unité.

— Fais attention à toi, Siegfried, lui recommande-t-il en le serrant dans ses bras.

— Toi aussi, Florian. Tu sais où ils t'envoient ?

— Quelque part où ils auront besoin de mes compétences. C'est tout ce qu'ils m'ont dit.

— Je t'aurais bien suivi. J'ai hâte, moi aussi, de me tirer de ce merdier.

— Ton tour viendra. En attendant, tâche de rester en vie.

Aux premières lueurs du jour, le lieutenant-colonel von Hurel s'entretient avec son protégé à l'écart des oreilles indiscrètes. Le convoi se mettra en route dès que les réservoirs des chars, automitrailleuses et autres engins seront remplis.

— Quelle est notre destination ? demande le capitaine.

— La Biélorussie. Tu seras incorporé à une division SS.

— Ma mission ?

— Élimination d'officiers et sous-officiers russes, de partisans, de militants communistes. Mais aussi d'instituteurs, d'universitaires, de scientifiques, d'ingénieurs. La liste de nos ennemis est longue comme le bras. Au moins, tu ne chômeras pas.

— Les SS ne peuvent pas s'en charger eux-mêmes ?

— Ces opérations sont trop gourmandes en effectifs. Un seul franc-tireur de ton niveau peut faire autant de dégâts qu'une trentaine d'hommes de troupe ordinaires. En toute discrétion et sans dommages collatéraux. Le principe : permettre à nos blindés de traverser des contrées hostiles en limitant les risques d'embuscade.

— Un travail préventif, en quelque sorte.

— Oui. Ça ne sera pas de tout repos. Mais ce sera toujours mieux que de rester à Stalingrad.

— C'est sûr.

Un soldat approche.

— Départ dans dix minutes, capitaine, prévient-il.

Weiter hoche la tête.

— Avec un peu de chance, nous retournerons bientôt dans nos foyers, dit von Hurel d'une voix vibrante.

— Dieu vous entende, mon colonel.

— Nous sommes entre nous, mon garçon. Tu peux me tutoyer. Et m'appeler par mon prénom.

— Je sais. Mais je n'ose pas.

— Je t'impressionne tant ? sourit von Hurel.

— Oui.

C'est vrai qu'il en impose, ce vétéran de cinquante-sept ans. Toujours impeccable dans son uniforme vert-de-gris, et ce malgré la boue qui macule ses bottes. Il est de cette caste qu'on appelle les junkers. Aristocrates pour la plupart, ultra-conservateurs, ces officiers prussiens ont versé leur sang sans compter pour l'Allemagne. Ils méprisent les nazis, qu'ils considèrent comme des barbares. Mais aujourd'hui ils sont bien obligés de leur obéir. Le plus illustre représentant des junkers était le maréchal von Hindenburg, des mains duquel Hitler, en 1933, a obtenu le pouvoir. Von Hurel porte encore le monocle et ne se sépare jamais de son épée, arme d'un autre âge qui fait sourire dans les rangs.

— Cette guerre est une folie. Nous ne la gagnerons pas, augure-t-il, l'air maussade.

— C'est aussi mon opinion. Mais comment le faire comprendre à l'état-major sans passer pour des défaitistes ? s'interroge le capitaine.

— C'est bien là le problème. Je me suis longuement entretenu avec Paulus. Lui aussi est en proie au doute, même s'il préférerait mourir plutôt que de l'avouer. Il convient que ce fou d'Hitler risque de nous mener tous à la mort. Sauf si…

— Oui ?

— Tu vois bien à quoi je pense.

Weiter reste silencieux. Bien sûr qu'il devine les pensées de son parrain. Mais il sait aussi que l'assassinat d'Hitler reste une solution hasardeuse. Au plus haut sommet de la chaîne de commandement, on considère le Führer comme un chef de guerre lamentable. Fort de ce constat, on préfère pour l'heure le laisser aux commandes. La guerre n'en sera que plus vite perdue et, une fois le dictateur déchu, on pourra signer une paix honorable avec l'ennemi. Les Alliés ne pensent pas autrement. Ils ont d'abord échafaudé les plans les plus audacieux pour assassiner Hitler. L'un des scénarios consiste à parachuter un sniper au cœur de l'Obersalzberg pour tuer le chancelier au moment où il se rend dans une petite maison proche du Berghof, chaque jour, pour prendre le thé. Il n'est accompagné que de son garde du corps et de deux soldats. L'opération serait réalisable. Mais ils ne sont pas décidés à passer à l'action. Faire de ce tyran un martyr n'arrangerait pas leurs affaires. En outre, un général digne de ce nom pourrait reprendre le flambeau et leur rendre la victoire finale beaucoup plus ardue.

— La plupart des soldats enrôlés dans cette sale guerre pensent comme nous, poursuit le lieutenant-colonel en jetant un œil en direction de la colonne blindée dont les moteurs viennent de démarrer.

— C'est vrai. Mais que faire ? Nous sommes tous pieds et poings liés.

— Oui, à cause de ce foutu serment d'allégeance.

— « Je jure devant Dieu obéissance inconditionnelle à Adolf Hitler, guide du Reich et du peuple allemand, commandant en chef des forces armées. Je serai toujours prêt, comme un soldat courageux, à donner ma vie pour respecter ce serment », récite Weiter alors que le convoi commence à s'ébranler.

Le colonel von Hurel et son protégé se sont quittés de la manière la plus martiale, salut nazi, claquement de talons. Surtout ne pas attirer l'attention ou prêter le flanc aux soupçons. Ému, Florian Weiter a tout de même conseillé à son parrain, avec fermeté, de se tenir sur ses gardes et de ne pas aller à l'encontre des décisions de ses supérieurs. Il redoute toujours que cet officier impétueux, qui s'est contenté d'un banal salut militaire au lieu de tendre le bras la seule fois où il s'est trouvé en présence du Führer, finisse par laisser éclater sa colère. Von Hurel est son seul parent, la seule personne au monde, avec sa bien-aimée Hilda, qui ait de la tendresse pour lui.

Le trajet, interminable, va durer une semaine. Plus de huit cents kilomètres à avaler sur des routes défoncées et souvent minées. La colonne subit autant d'embuscades que de pannes mécaniques. Mais elle tient bon. Minsk, la capitale de la Biélorussie, n'est plus loin.

Chemin faisant, Florian Weiter constate avec effroi l'ampleur des ravages et des crimes commis par la Wehrmacht, cette armée à laquelle il était fier d'appartenir et qu'il sert désormais à contrecœur. À chaque village traversé, ce sont les mêmes scènes de mort et de désolation. Ici, des maisons démolies, des chaumières incendiées ; là, des civils pendus par dizaines, se balançant odieusement à la vue de tous sous d'immenses potences. Le capitaine, jusque-là impliqué dans la seule guérilla urbaine de Stalingrad, contemple, stupéfait, le spectacle irréel qui s'offre à ses yeux. Malgré les soubresauts qu'endure le camion où il a pris place, Weiter finit par fermer les yeux. Vaincu par la fatigue, il s'est assoupi. Sa tête repose sur l'épaule de son voisin, lui aussi somnolent. Il songe à Gustav, son père, tombé à Verdun.

Gustav Weiter et Manfred von Hurel ont combattu dans la même section. Amis d'enfance, ils ont grandi dans une petite ville de Poméranie. Weiter, simple maçon, a réussi le tour de force de se lier d'amitié avec le junker von Hurel. Depuis leur plus jeune âge, ils sont inséparables. Aussi, quelques jours avant sa mort, Gustav a-t-il fait promettre à Manfred de s'occuper de son fils s'il lui arrivait malheur. Manfred le lui a juré. N'ayant pas de descendance, il a recueilli le petit

Florian et l'a élevé comme son propre fils avant d'en faire un soldat. Quant à la mère du garçon, elle a été emportée par une mauvaise fièvre au tout début de la Grande Guerre. Manfred von Hurel est pour Florian un père de substitution. Le lien entre ces deux hommes est d'une solidité à toute épreuve. Mais en ces temps de chaos, il peut être rompu à tout moment.

Cahin-caha, la colonne blindée gagne enfin les faubourgs de Minsk, pas moins dévastés que ceux de Stalingrad. Ici aussi les Russes se battent avec acharnement, bien décidés à faire payer aux Allemands le prix de leur cruauté.

À peine arrivé, Florian Weiter est conduit dans un immeuble décrépit entouré de barbelés et protégé par un nid de mitrailleuses. Il est reçu par un major SS, petit homme replet et chauve répondant au nom d'Albert Dinz. Weiter se voit confier sa première mission. Alors que l'officier lui en dévoile les détails, son regard est attiré par une casquette sur laquelle brille un sigle métallique représentant une tête de mort.

— Bienvenue à la division Totenkopf, capitaine Weiter, dit le major en le gratifiant d'une tape virile sur l'épaule.

9

Clark Gable prend la pose. Le colonel Ashton, commandant de la base, fan de la première heure, le photographie sous toutes les coutures. La star a fière allure dans son blouson d'aviateur, un ruban de munitions sur l'épaule, avec à l'arrière-plan un imposant B-17. Nul doute qu'un tel cliché suscitera des vocations.

Après la Floride, Gable a été transféré à la base texane de la Biggs Air Force, près d'El Paso, où il a continué sa formation. Le maniement des armes lui est désormais familier. Il ne le sait pas encore mais son rôle consistera surtout à filmer ses frères d'armes à la manœuvre dans la carlingue de ces superforteresses volantes, quelque part au-dessus de l'Allemagne nazie. Il sera autorisé à manier la mitrailleuse de temps à autre, mais uniquement sous étroite surveillance. Ses supérieurs ne sont pas pressés de l'envoyer au casse-pipe. C'est Andrew McIntyre qui sera à la tête de l'équipe technique. L'acteur fera les commentaires. En plus de McIntyre, Gable a recruté John Lee Mahin, scénariste réputé, Mario Toti et Bob Boles, tous deux cameramen, ainsi que le preneur de son Howard Voss.

Au Texas, la présence de Clark Gable est aussi problématique qu'en Floride. Chaque jour – et chaque nuit – des jeunes femmes font le pied de grue devant le portique de la base pour espérer obtenir ne serait-ce qu'un sourire, une parole du dieu vivant. Là encore, le colonel Ashton a dû prendre des mesures pour assurer sa tranquillité.

Les soldats que l'acteur côtoie au quotidien sont partagés. Certains l'admirent et sont honorés de vivre ces moments avec lui, même dans un contexte de guerre. D'autres ne le prennent pas au sérieux ou, pire, le méprisent. Ils s'imaginent que Gable n'est là que pour épater la galerie, que jamais il ne risquera sa vie. Ils le trouvent vieux et ne voient pas comment il pourrait contribuer à l'effort de guerre. Gable n'est pas aveugle, il perçoit ces réactions. Et il fait avec. Il est bien décidé à aller jusqu'au bout de cette expérience, la plus risquée mais aussi la plus passionnante de toute son existence. Il ne le fait pas seulement pour lui mais aussi pour Carole. Chaque jour il se rappelle son engagement, son énergie et sa ferveur. Elle est pour lui un modèle dont il s'est juré d'honorer la mémoire.

Le Cindy's est un *juke joint*[1] où viennent s'encanailler, les soirs de permission, des soldats de la base. C'est une cabane en bois au confort sommaire, toujours bondée. Plutôt que de fréquenter les établissements proprets d'El Paso, Clark Gable et sa bande aiment s'y rendre dès qu'ils le peuvent. Ici, on écoute de très bons groupes de jazz qui n'ont rien à envier aux big bands

1. Boui-boui, cabaret implanté dans les quartiers noirs ou métis.

de Duke Ellington ou de Benny Goodman. Même virtuosité chez les instrumentistes avec cette décontraction, cette inspiration en plus qu'ont parfois les musiciens amateurs qui jouent avant tout pour le plaisir.

Gable et son équipe savourent ces moments passés dans ce lieu festif. Ici, tous les interdits et les préjugés tombent. Blancs et Noirs sont assis côte à côte, bravant les lois ségrégationnistes qui gangrènent la société depuis l'abolition de l'esclavage. La seule règle, c'est le respect de l'autre. Et le divertissement. La bière coule à flots tandis que les orchestres battent la mesure. Magie de la musique qui, le temps d'une nuit, réconcilie et apaise.

Les douze coups de minuit n'ont pas encore sonné. McIntyre est déjà bien éméché. Il se lève et titube entre les danseurs qui se déhanchent sur une piste de fortune au son d'un air de jazz. Des couples mixtes se forment le temps d'un swing ou flirtent en toute liberté. Il y a un jeu de fléchettes à l'entrée du *juke joint* que McIntyre peine à atteindre. Howard Voss lui emboîte le pas. Lui ne boit pas et veille à ce que ses camarades rentrent chaque fois sains et saufs à la base.

McIntyre parvient à éviter les derniers danseurs qui le séparent de la cible. D'un pas chancelant, il prend quelques fléchettes, recule et arme son bras.

— Tu ne devrais pas, lui conseille Voss.

— Pourquoi ?

— Tu n'arrives plus à marcher droit. L'une de ces fléchettes risque de terminer sa course dans l'œil d'un client.

— Arrête de me fliquer, Howard, proteste McIntyre.

— Comme tu voudras.

La première fléchette se plante dans le mur, à un bon mètre de la cible, sous l'œil inquiet du barman. La seconde passe à un cheveu d'un trompettiste qui, en plein solo, continue de jouer sans se démonter. Cette fois, c'en est trop. Voss prend les devants. Il confisque les dernières fléchettes et ramène son ami sur le banc où Gable et les autres se délectent de la prestation du groupe. L'acteur n'est pas plus sobre que son chef opérateur. Mais lui au moins tient l'alcool.

— Tu peux dire à ton chien de garde de me lâcher la grappe ? s'impatiente McIntyre en s'adressant à Gable.

L'acteur le toise.

— Estime-toi heureux qu'Howard veille sur toi, Andy. Chaque fois c'est pareil, tu te mets minable. Si tu ne sais pas boire, alors reste sobre.

— Je serais bien mieux chez moi avec ma bourgeoise que dans ce trou à rats. La vie de caserne, très peu pour moi.

— On est en guerre, dois-je te le rappeler ? Chacun de nous doit participer.

— Des conneries, tout ça !

— L'Amérique t'a tout donné. Donne-lui un peu en retour.

— Je n'ai pas demandé à être là. C'est le studio qui m'a forcé à t'accompagner dans cette galère. Je n'ai pas envie de me faire trouer la peau par les Boches. Je suis trop jeune pour mourir.

— Qui te parle de mourir ? Notre job, c'est seulement de faire un film pour donner envie à de jeunes recrues de rejoindre l'US Air Force.

— Faire un film, tu parles ! On passe notre temps à tirer au canon ou à la mitrailleuse.

— Ça fait partie de la formation.

— Je suis chef opérateur, pas mitrailleur, Clark.

Gable soupire. Quand McIntyre picole, c'est inutile de parler avec lui. Il s'entête et devient irritable. Et la soirée, qui commence toujours bien, peut tourner au vinaigre. La patience de Gable a ses limites et lui aussi change parfois d'humeur sans crier gare.

À la table voisine se trouvent quatre soldats, eux aussi gavés de bière, qui jettent des regards mauvais en direction de l'acteur. Ce petit manège n'a pas échappé à Mario et Bob qui sirotent leur verre en silence, prêts à parer à toute menace. Parmi les soldats d'à côté, il y a un certain Paul Wallace qui a déjà cherché des noises à l'acteur en le traitant de planqué en plein réfectoire. L'acteur a voulu défendre son honneur mais Mario et Bob ont su trouver les mots pour l'empêcher d'en venir aux mains. Depuis, Wallace et ses copains n'ont pas manqué une occasion de provoquer Gable, lequel restait impassible.

Winnie, dix-sept ans, est l'une des quatre serveuses noires qui assurent le service. Elle est sexy en diable. Au Cindy's, jamais aucun client ne lui a manqué de respect. Jusqu'à ce soir.

— Une autre, poulette ! braille Wallace en tendant sa chope vide.

Mine contrite, Winnie s'approche de la tablée et prend le verre. Alors qu'elle se tourne pour repartir vers le bar, une main claque sèchement ses fesses. Elle fait volte-face et fusille Wallace du regard, lequel ajoute avec un sourire d'ivrogne :

— Hé, chérie, ça te dirait de faire un tour après le service ?

— Même pas en rêve, connard !

— Oh, oh ! En plus d'avoir un cul de rêve, elle a de la repartie cette petite salope ! s'esclaffe l'un des comparses de Wallace.

Un autre enfonce le clou :

— Pour sûr ! C'est le genre de négresse qui a tout pour plaire. Je lui conterais bien fleurette, moi aussi.

En une fraction de seconde, Clark Gable s'est levé et, telle une montagne, s'apprête à dégringoler sur cette bande d'abrutis. Mario et Bob ont beau l'attraper par sa chemise, il ne les entend pas lui dire de laisser tomber. Il sent comme un voile rouge troubler sa vision. Il se rappelle soudain une scène qui l'a marqué trois ans auparavant. Lors de la première mondiale d'*Autant en emporte le vent*, au Fox Theatre d'Atlanta, l'actrice afro-américaine Hattie McDaniel, qui incarnait une domestique, n'a pas été autorisée à assister à la projection. Pour la soutenir, Gable a menacé de rester chez lui. Elle l'a supplié de revenir sur sa décision pour ne pas gâcher la soirée. L'acteur a obtempéré. Deux mois plus tard, le 29 février 1940, Hattie McDaniel remportait l'oscar de la meilleure actrice dans un second rôle pour sa prestation dans ce film qui deviendrait le plus grand succès de tous les temps. Là encore, elle avait dû emprunter une entrée réservée aux gens de couleur pour participer à la cérémonie. Dans la salle, elle avait même dû s'asseoir au dernier rang, à bonne distance de l'équipe du film.

Au Cindy's, les Noirs auraient pu rester entre eux. D'ailleurs, dans la plupart des *juke joints*, les Blancs ne sont pas les bienvenus. Si les Afro-Américains ont fait une exception à El Paso, c'est pour profiter de la manne financière que leur apporte la clientèle de la base militaire. Mais aussi pour espérer un avenir meilleur où les hommes, quelle que soit la couleur de leur peau, pourraient vivre en harmonie. Or, ce soir, ce rêve a été brisé net par Wallace et sa clique.

10

Julius Schaub ouvre un tiroir. Il en sort un pistolet qu'il pose sur son bureau devant le jeune Fleicher.

— Pas un mot de cette histoire à qui que ce soit ou vous êtes un homme mort, Willy.

Bouche bée, Fleicher fixe le canon de l'arme pointée sur lui.

— Compris ? insiste Schaub.

— Compris, répond Fleicher en baissant les yeux.

— Bien. Vous pouvez disposer.

Une fois seul, Schaub éprouve le besoin de s'allonger pour recouvrer ses esprits. Après le récit du jeune Fleicher, il prend la mesure du pétrin dans lequel il s'est fourré. Un piège mortel. C'est lui qui a recruté ce maudit caporal. C'est donc à lui que Bormann ou, pire, le Führer en personne demandera des comptes s'il ne trouve pas la parade. Jamais il n'a senti son cœur battre aussi vite. Voilà trois ans qu'il est entré au service du chancelier en qualité d'aide de camp. Trois ans sans le moindre faux pas. Et ce Bleiber menace de gâcher ses chances de promotion. Peut-être même sa vie. Que faire ? En parler à Rochus Misch ? Non, trop dangereux.

Le garde du corps d'Hitler ne sait pas tenir sa langue. Personne ne doit être dans la confidence. Schaub réglera cette histoire seul. Avec le concours du jeune Fleicher, embarqué malgré lui dans cette calamiteuse aventure. Il se lève, se rassied à son bureau et range son arme. Puis il se sert un verre de vodka Zubrowka, la meilleure, qu'on lui a rapportée du front de l'Est. Il boit cul sec. Et réitère l'opération trois fois. Quelque peu apaisé, il prend un stylo et du papier et rédige une lettre à la hâte.

Eva s'extirpe des bras du Führer, qui ronfle comme un sanglier. Elle se lève, jette un coup d'œil au réveil qui indique 9 h 30. Derrière la porte, des bruits. Le personnel est sur le pied de guerre depuis l'aube. On s'affaire à tous les étages du Berghof. Un invité de marque est attendu pour le déjeuner.

Dans la salle à manger, l'argenterie, les assiettes en porcelaine et les carafes en cristal ont été sorties. De grands crus trônent déjà sur la table d'où le maître des lieux et ses convives pourront contempler, tout en se régalant, les Alpes bavaroises.

Fräulein Braun observe un moment Hitler dont la bouche entrouverte laisse échapper un filet de bave. Comment un homme aussi rebutant a-t-il pu séduire tout un peuple et soumettre une bonne partie de l'Europe ? Dégoûtée, elle disparaît dans la salle de bains. Elle reste de longues minutes sous l'eau brûlante dont l'étreinte l'apaise. Tout en laissant courir une main sur son buste, elle songe à son amant. Elle l'imagine dans son dortoir parmi ces jeunes SS fanatisés qui ont été recrutés dans les couches les plus modestes de la population. Et qui, sur un simple claquement de doigts, sont prêts à donner jusqu'à la dernière goutte de leur sang pour ce monstre endormi, là, dans la pièce voisine. Dans cet environnement, le caporal Bleiber, sensible, fin lettré, est aussi peu à sa place qu'un prince dans une étable. Eva rêve d'une vie sans contrainte, où elle pourrait circuler et vivre avec Horst. Mais comment échapper aux griffes du tyran ?

Le deuxième homme du Reich a fait une entrée conforme à son personnage ; pompeuse, théâtrale.

Le très populaire – et très bedonnant – Hermann Göring aurait pu venir à pied. Il n'habite qu'à quelques centaines de mètres du Berghof. Mais il s'est présenté, accompagné de son épouse, en limousine décapotable avec chauffeur et gardes du corps. S'il était arrivé en carrosse, personne n'y aurait trouvé à redire. Le gotha nazi est habitué à ses frasques. Göring se prend pour un homme de la Renaissance. Dans son palais de Carinhall, aux environs de Berlin, il mène une vie de plaisirs qui contraste avec celle de ses collègues du gouvernement. Quand ses pilotes se font étriller dans le ciel anglais, lui se prélasse dans sa propriété où des fauves gambadent en toute liberté.

— Voilà le plus grand clown du Reich, ironise Bormann en l'observant sortir de sa voiture avec difficulté.

— Toujours aussi ridicule, renchérit Schaub.

Göring arbore un uniforme blanc sur lequel scintillent un nombre incalculable de médailles. Il est le seul à oser cette teinte. Les autres dignitaires, le Führer compris, sont en vert, gris ou noir. Göring exhibe un bâton de maréchal, très brillant.

— Combien de diamants, déjà, sur cette breloque ? demande Bormann.

— Six cent quarante. L'aigle est en or. Et la croix gammée, en platine, précise Schaub.

— Ce maréchal d'opérette est accessoirement le chef de la Luftwaffe. Et il n'est pas foutu de mettre en place un pont aérien qui sauverait la 6e armée. Paulus n'a presque plus de carburant ni de munitions. C'est un miracle qu'il réussisse encore à tenir Stalingrad.

— C'est à se demander comment Göring se permet encore d'arborer ces médailles.

— Le Führer devrait le relever de son commandement. Il n'est bon qu'à faire le zouave dans les réceptions.

— Mais le peuple l'adore.

— Plus autant qu'avant. Le vent tourne, Julius.

Göring monte les marches en soufflant et retrouve les deux comploteurs sur le perron, lesquels l'accueillent avec un sourire forcé. Le Reichsmarschall sait que l'entourage d'Hitler le méprise. Il s'en moque comme de sa première chemise brune. Le Führer le considère comme un frère. Ils se sont faits et ont conquis le pouvoir ensemble. Cette relation privilégiée, aucun autre dignitaire nazi ne peut s'en prévaloir.

— Mes respects, Reichsmarschall, fait Bormann en claquant les talons.

Göring lui rend son salut en agitant son bâton. Précédé de sa femme et de son personnel, il entre dans la maison à la manière d'un empereur romain.

Un majordome s'empresse de le débarrasser de son manteau bardé de décorations et le conduit dans le grand salon où l'attendent le chancelier et sa maîtresse.

Hitler fait un baisemain à son épouse. Eva, elle, se contente d'un hochement de tête. Elle n'a jamais daigné accepter le plus petit baiser de cet ogre. Elle sait que Göring, sous son air jovial, est sans doute avec Himmler la pire brute du Reich.

Depuis qu'elle partage la vie d'Hitler, Eva Braun a pris soin de se renseigner sur chaque membre du premier cercle. Le parcours de ce potentat est édifiant. Il a été l'un des instigateurs de la Nuit des longs couteaux, à la suite de laquelle tous les dirigeants de la SA, mouvement rival de la SS, ont été arrêtés et exécutés. On l'a même soupçonné d'avoir commandité l'incendie du Reichstag, prétexte à l'éradication des communistes. Quant aux Juifs, il n'a pas été moins féroce qu'Himmler. Il est le fondateur de la Gestapo et des premiers camps d'internement pour opposants politiques, prélude aux camps de la mort où seront expédiés par centaines de milliers tous les Juifs d'Europe. Mais Göring est intouchable. As de l'aviation lors de la Première Guerre mondiale, fort de vingt-deux victoires, il s'est illustré dans l'escadrille de von Richthofen, le célèbre Baron rouge. Göring est en outre proche de grands industriels tels que Krupp ou Thyssen, qui ont financé le parti nazi et facilité son accession au pouvoir. Pour Hitler, ce personnage avenant est une aubaine. Il a su mieux que quiconque profiter de son carnet d'adresses. Mais pour Fräulein Braun, comme pour beaucoup d'officiers supérieurs qui ne croient plus en la victoire, Hermann Göring n'est rien d'autre qu'un gros lard morphinomane. Lui non plus ne peut se passer de drogue. À l'instar de son mentor, il en consomme chaque jour.

Ce déjeuner, comme souvent au Berghof, est d'un ennui mortel. Fidèle à sa réputation, Göring s'empiffre. Entre deux bouchées, il ne parle que de chasse, l'une de ses passions. N'est-il pas, en plus de ses nombreux autres titres, grand veneur du Reich ? Il évoque aussi, avec des yeux émerveillés, sa fabuleuse collection d'œuvres d'art pillées dans les territoires conquis. Il ressasse des anecdotes que le Führer fait mine d'apprécier comme s'il les entendait pour la première fois, telle la confiscation, dans un château près de Paris, de toiles de maîtres ayant appartenu aux Rothschild. Mme Göring regarde son époux avec les yeux de Chimène. Elle ne prononcera pas une parole de tout le déjeuner. Quant à Bormann, il semble outré par le spectacle de cet imposteur à qui tout est permis. Julius Schaub, lui, fixe Eva Braun, ce qui la met mal à l'aise. Alors elle boit verre sur verre pour échapper à cet aréopage des plus sinistres. Son seul réconfort est de savoir qu'après ce foutu déjeuner elle prendra place dans le side-car d'Horst. Et qu'elle roulera à tombeau ouvert en direction de leur nid d'amour. Cette pensée l'apaise, la fait sourire.

Julius Schaub, lui, ne sourit pas.

À l'instant même où le caporal Bleiber a entendu le bruit de la moto, il a compris que son destin était scellé. Le pilote est passé devant l'abri. Il est resté dans la forêt au lieu de faire demi-tour et de repasser devant le refuge. Or le chemin sur lequel il s'est engagé est un cul-de-sac. Bleiber ne montre aucune surprise lorsque, à la fin du déjeuner, son supérieur vient lui annoncer qu'il est attendu au Berghof par l'aide de camp du Führer. Quand il sort du réfectoire, il reconnaît Fleicher qui l'invite à le suivre. Les deux hommes montent dans une voiture. Bleiber est assis à l'avant. En chemin, Fleicher lui explique que Schaub, satisfait de ses états de service, a décidé de lui offrir une affectation plus conforme à ses mérites. Le caporal s'abstient de demander des détails. Il regarde au-dehors défiler les sapins. Il savait. Et pourtant il a préféré ne pas prévenir Eva. À quoi bon la tourmenter davantage, elle qui redoutait d'être confondue ?

La voiture dépasse le Berghof et emprunte la route qui monte au Nid d'aigle. Bleiber, dont rien n'indique qu'il devine ce qui l'attend, pourrait encore essayer de sauver sa peau. Mais il reste de marbre. Même s'il tentait de faire faux bond à Fleicher, il n'aurait aucune chance de sortir de l'Obersalzberg vivant. Plus de deux mille SS seraient lancés à ses trousses. Schaub le capturerait en un rien de temps.

Après quelques virages, Fleicher s'engouffre dans un tunnel et pile au bout d'une centaine de mètres. Une silhouette se profile dans la pénombre. Une des portières arrière s'ouvre. L'aide de camp du Führer bondit dans le véhicule, arme au poing.

— Roule ! crie-t-il à Fleicher.

Juché à 1 834 mètres d'altitude sur un éperon rocheux, le Kehlsteinhaus – ou Nid d'aigle – est une folie architecturale conçue par Martin Bormann. C'est lui qui l'a fait construire en 1937 pour impressionner Hitler. Mais ce dernier ne s'y est rendu qu'une dizaine de fois, le jugeant peu pratique et surtout glacial. Il a été délaissé au profit du Berghof. Aussi, lorsque Schaub et

Fleicher s'y rendent ce jour-là avec le caporal Bleiber, ils sont sûrs que personne ne les dérangera.

— Avancez, caporal ! ordonne Schaub.

Bleiber marche lentement en direction de la plate-forme qui mène au Nid d'aigle en serrant fort la chevalière qu'Eva lui a offerte. L'aide de camp d'Hitler lui emboîte le pas. Le caporal sent le canon de son pistolet s'appuyer sur son dos par à-coups. Fleicher marche à ses côtés. Lui aussi a dégainé son arme pour prévenir toute tentative de fuite.

Chemin faisant, Bleiber remarque un choucas évoluant au-dessus du Kehlsteinhaus avant de piquer sur la vallée.

— Fräulein Braun est une brave fille. Elle méritait mieux que cette vie qu'elle mène au Berghof, soupire-t-il.

— Peut-être. Mais ce n'était pas à vous d'en juger, rétorque Schaub en appuyant son arme entre ses omoplates.

Un long tunnel creusé dans la roche à coups de dynamite apparaît soudain, semblable à la gueule d'un monstre. C'est par là qu'on accède à un ascenseur qui mène au Nid d'aigle, cent vingt mètres plus haut.

Un coup de feu résonne dans la vallée. Le choucas se retourne et continue sa course en direction du Berghof. Il s'assure que sa protectrice n'est pas avec ses chiens avant de se poser sur le parapet. Eva lui a gardé les restes de Göring. Il repart vers les cimes en quelques vigoureux battements d'ailes.

La jeune femme s'impatiente. Voilà trois quarts d'heure que Bleiber aurait dû venir la chercher.

La panique, bientôt, succède à l'inquiétude. Elle envisage le pire. Vers qui se tourner ? N'y tenant plus, elle dévale les marches, sort du Berghof et emprunte l'une des voitures mises à la disposition du personnel. Sous l'œil perplexe de Rochus Misch, elle disparaît derrière une haie de résineux.

La porte du refuge est entrouverte. Plusieurs empreintes de pas dessinent des formes géométriques dans la neige. Son cœur battant la chamade, Eva entre dans l'abri où un jeune caporal lui a prouvé que la vie valait encore la peine d'être vécue ; qu'elle pouvait aimer, passionnément. Et être aimée en retour. Elle n'espérait pas le trouver. Mais elle découvre une enveloppe laissée en évidence, qui dépasse de cet ouvrage fondateur dont il lui lisait des passages chaque fois qu'ils faisaient l'amour. Haletante, elle ouvre l'enveloppe et lit la lettre que Julius Schaub a écrite quelques heures plus tôt.

Ma chérie,

Mes devoirs militaires m'obligent à quitter l'Obersalzberg et à me séparer de toi. Ne cherche pas à me revoir. N'essaie pas de savoir où j'ai été affecté. Cela pourrait te nuire autant qu'à moi. Je garderai de toi un souvenir impérissable. Jamais je n'ai été aussi heureux que dans tes bras.

Ton Horst qui t'aime.

11

L'homme qui bouge dans la lunette ne doit pas avoir plus de trente ans. Il vaque à ses occupations dans le petit appartement où il vit avec sa femme, au quatrième étage d'un immeuble du centre de Minsk.

Le major Dinz a recommandé d'agir avant midi, heure à laquelle Sergueï Pomarov sort de chez lui pour se rendre au siège du parti communiste local, à quelques rues de là. Il est l'un des principaux responsables politiques de Biélorussie. À ce titre, il figure en tête de liste des objectifs à « traiter ».

Ciel nuageux, absence de vent. Les conditions sont idéales pour un tir de précision. Weiter n'aime pas travailler en plein soleil. Une luminosité excessive peut compromettre une mission. Il est posté depuis un quart d'heure sur ce toit, attendant le moment favorable pour passer à l'action. La cible est distante d'environ cent cinquante mètres. Un jeu d'enfant.

Pomarov entre dans le séjour, s'immobilise derrière son épouse occupée à des travaux de couture. Il pose ses mains sur ses épaules, se penche et lui baise le cou. Weiter a pris soin de limer l'extrémité de la balle logée dans la culasse de son fusil. Ainsi modifiée, celle-ci fera éclater le crâne de ce Russe comme une pastèque. C'est comme ça que son frère d'armes Friedrich Sturm a été tué. C'est ainsi que ce communiste mourra. La loi du talion est désormais la seule règle à laquelle Florian Weiter obéit. Œil pour œil, dent pour dent.

La femme est âgée d'une vingtaine d'années. Elle a le profil type d'une beauté slave : blonde, mince, les yeux clairs. Tout en posant son doigt sur la détente, le capitaine s'interroge. Les Russes nous ressemblent. Pourquoi le Führer les considère-t-il comme des sous-hommes ? Et Himmler, pourquoi vole-t-il leurs enfants[1] ?

Weiter se ressaisit. Règle numéro un : ne penser qu'à la cible. Règle numéro deux : ne la considérer que comme un objet. Jamais comme un être de chair.

Le capitaine positionne la croix de sa lunette sur le front de Pomarov, lequel vient de s'asseoir dans un fauteuil près de son épouse, un journal entre les mains. La cible est verrouillée. Weiter appuie doucement sur la détente lorsqu'une petite fille apparaît dans l'encadrement de la porte.

— *Scheiße !* Dinz ne m'a jamais parlé de cette gamine, grommelle-t-il en baissant aussitôt son arme.

Moins d'une heure plus tard, Pomarov sort de chez lui et parcourt une centaine de mètres en direction du siège du parti. Il ne prête pas attention à la voiture garée plus loin sur le boulevard, avec deux hommes à son bord.

---

1. Pendant l'opération Barbarossa, quantité d'enfants blonds aux yeux bleus ont été arrachés à leurs parents biologiques avant d'être confiés à des familles de SS.

Trois coups de feu retentissent. La voiture démarre en trombe. L'épouse de Pomarov se rue à sa fenêtre et se penche au-dehors alors qu'un attroupement se forme autour de son mari. Assise sur le fauteuil qu'occupait son père quelques instants plus tôt, sa petite fille la fixe, terrifiée.

Le major Dinz chausse ses lunettes et parcourt le rapport que vient de lui remettre Florian Weiter.

— Ça ne s'est pas passé exactement comme vous l'écrivez, capitaine, objecte-t-il en relevant la tête.

— Que voulez-vous dire ?

— Vous avez traité l'objectif depuis la voiture et non depuis le toit comme cela était prévu.

« Maudit chauffeur », songe le capitaine en avisant la casquette à tête de mort suspendue au perroquet.

— Puis-je savoir pourquoi ? insiste l'officier.

— Mon fusil s'est enrayé.

— Vraiment ?

— Oui. C'est assez rare, mais ça arrive même aux meilleurs tireurs.

— Admettons, concède Dinz.

— Quelle différence ça fait ? Pomarov est tout aussi mort que si je l'avais eu du toit, non ?

— J'en conviens. C'est précisément ce qui distingue la SS de la Wehrmacht : nous ne dévions jamais du plan qui a été arrêté. Vous, vous faites dans l'approximation.

— Ça ne se reproduira plus, lui assure Weiter.

— Je l'espère bien.

De retour à son baraquement, le capitaine s'allonge sur son lit de camp. Son statut de tireur d'élite, que bon nombre lui envient, l'autorise à prendre du repos quand le reste de la troupe est au combat. En contrepartie, il peut être sollicité à toute heure du jour ou de la nuit. Il partage une chambre avec quatre soldats qui, pour l'heure, s'entraînent au tir dans un champ voisin. Ce n'est pas la promiscuité qui lui pèse. C'est cet état d'esprit qui règne au sein du corps de la Waffen-SS, cette radicalité chère aux ouailles d'Himmler qui lui est étrangère. Le gros des atrocités – persécution des Juifs, villages brûlés, massacres de femmes, vieillards ou enfants, pendaisons et autres exécutions sommaires – est perpétré par les SS. À Minsk, comme dans les autres territoires conquis à l'Est, on est loin de l'idéal prussien cher au lieutenant-colonel von Hurel. Ici, la guerre a perdu toute noblesse. Elle est barbare. Les SS sont des terroristes plus que des combattants. Affectés aux basses œuvres, ce sont les éboueurs du Reich. Ils aiment voir le sang couler, surtout celui des innocents. Leur mission, en plus de mettre en œuvre l'épuration ethnique, est de tuer dans l'œuf toute tentative de résistance. Par tous les moyens. Weiter n'a pas d'états d'âme lorsqu'il presse la détente de son Gewehr 43. Pourtant, il n'a pas été capable d'assassiner Sergueï Pomarov sous les yeux de sa petite fille. C'est ce qui le distingue de ces hommes en uniforme noir coiffés d'une casquette à tête de mort. Il reste en lui une once d'humanité.

Une semaine plus tard. Objectif numéro deux. Sur la place principale où trône une église surmontée de trois bulbes chatoyants, des fidèles sont regroupés pour l'office. Rien ne peut entamer leur ferveur, pas même les nazis et leurs exactions ou leurs brimades quotidiennes.

Dinz a été clair : cette fois, il ne tolérera pas le moindre écart. La cible doit être atteinte du premier coup, à l'heure convenue, depuis un promontoire choisi par l'état-major. Si Weiter ne donne pas entière satisfaction, il sera renvoyé illico à Stalingrad.

Pour le conduire sur les lieux de l'attentat, Dinz lui a flanqué le même mouchard que la première fois, un certain Hans Stüdel. Originaire de Silésie, Stüdel est un soldat analphabète et fanatisé à l'extrême. C'est le genre de sicaire qui peut vous loger une balle dans la tête ou vous égorger en souriant.

Weiter a pris place sur le toit d'un immeuble. Il a une vue plongeante sur l'entrée de l'église. La cible ne sera qu'à quatre-vingts mètres environ. Mais le soleil brille dans le ciel de Minsk. Pas un nuage à l'horizon. Les conditions ne sont pas bonnes, d'autant qu'une foule de témoins assistera à la scène. Le capitaine n'aura que quelques minutes pour dévaler les cinq étages, sortir par une porte de service à l'arrière du bâtiment et rejoindre Stüdel qui, moteur en marche, l'attendra dans une rue voisine.

La messe est interminable. Weiter n'aime pas poireauter à découvert, même si un toit est un lieu sûr. Alors que le chant des fidèles s'échappe de l'église, le capitaine songe au sniper qu'il a abattu dans le château d'eau. Il lui avait juré de prévenir sa femme. Il n'a pas eu le temps d'honorer cette promesse. Weiter se ressaisit. Règle numéro trois : ne pas laisser de place aux pensées parasites, rester concentré sur l'objectif en toutes circonstances.

Les fidèles sortent enfin de l'église. Le soleil est à présent face à Weiter, ce qui complique la mission.

Le capitaine a rarement failli, même dans ces circonstances. Mais un mauvais pressentiment l'assaille. Voici la cible qui vient d'apparaître : Anatoli Karov, pope très actif au sein des mouvements de résistance. En tenue d'apparat et avec sa longue barbe, l'homme inspire un profond respect. Ses ouailles se pressent autour de lui comme les premiers fidèles entourant le Messie. Jamais Florian Weiter n'a encore tué un homme d'Église. C'est pour lui une transgression. Mais pas pour les SS. Alors commence le rituel mortifère du sniper. Il rampe jusqu'au rebord du toit, déplie lentement le trépied de son fusil qu'il oriente vers la cible. Puis il se positionne, cale la crosse sur son épaule et, à travers sa lunette, cherche le pope qu'il ne tarde pas à retrouver. Il s'apprête à tirer lorsqu'un des fidèles crie soudain en le pointant du doigt. Sa croix de fer brille : le tireur est repéré. Aussitôt, des partisans, arme au poing, se dirigent vers l'immeuble alors que d'autres emmènent le pope à l'écart. Sans se démonter, Weiter ouvre le feu sur sa cible en mouvement. L'homme d'Église est touché une première fois à l'épaule. Des tirs de riposte se font entendre. Weiter recharge son arme et ne quitte pas des yeux le pope que les fidèles protègent toujours malgré sa blessure et ses hurlements. La deuxième balle traverse la gorge de Karov. Il s'écroule. Le capitaine abandonne son fusil et rampe jusqu'à la porte d'accès au toit. Il se lève au moment où une seconde salve part de la rue. Des balles sifflent à ses oreilles. Il disparaît dans la cage d'escalier et dévale les marches quatre à quatre alors que des partisans approchent. Il sort par la porte de service et cavale jusqu'à la rue. Mais son chauffeur n'est plus là. Il a fichu le camp.

Florian Weiter analyse la situation. Rester à découvert et tenter de rallier seul la garnison à pied et en plein jour serait suicidaire. Alors il fait demi-tour et retourne vers l'immeuble où se sont engouffrés, par l'entrée principale, une quinzaine de partisans. Au moment où ces derniers découvrent son fusil sur le toit, le capitaine tambourine à la première porte qu'il trouve au rez-de-chaussée.

— Qui est là ? demande une voix dans la langue de Tchekhov.

— Partisans ! improvise-t-il en russe en sortant son Luger.

Sitôt entré, Weiter claque la porte et plaque son pistolet sur la tempe d'une femme âgée d'une trentaine d'années.

— Ne me tue pas, implore-t-elle.

— Reste tranquille et tu auras la vie sauve, lui crie-t-il en la poussant dans la pièce voisine.

— C'est toi qui as tué le père Karov ?

— Oui.

— Oh, mon Dieu ! Alors tu vas me tuer, moi aussi.

— Calme-toi !

— Comment veux-tu que je me calme avec cette arme braquée sur moi ?

— Tu es seule ici ? poursuit Weiter en abaissant son Luger.

— Oui. Avec mon bébé, dit-elle en pointant du doigt un couffin, près d'une cheminée.

— Tu as une arme ?

— Non.

— Tu en es sûre ? insiste-t-il en la visant à nouveau.

— Je te le jure sur la tête de Cyrill, gémit-elle.

— Et le père, où est-il ?

— Il a été pendu il y a dix jours sur la place de l'église.

Des bruits de pas et des éclats de voix se font entendre dans l'escalier. Les partisans s'affairent dans les parties communes. Ils fouillent l'immeuble de fond en comble, sonnent à toutes les portes. Bientôt on les entend à l'étage supérieur.

— Comment t'appelles-tu ?

— Irina.

— Écoute-moi bien, Irina. Je vais me cacher dans ton placard. Quand ces hommes sonneront à ta porte, tu leur ouvriras. Tu les laisseras entrer et tu leur diras que je me suis sauvé en passant par la fenêtre. Ne t'avise surtout pas de me donner.

— Je ne te dénoncerai pas.

— Regarde-moi dans les yeux et promets-le-moi.

— Je te le promets.

— Je laisserai la porte du placard entrouverte pour pouvoir y passer le canon de mon pistolet. De là, je viserai ton bébé. Si tu ne tiens pas parole, je l'abattrai comme un chien. Et toi dans la foulée.

Quelques minutes plus tard, les partisans déboulent en trombe dans l'appartement. Pétrifiée, Irina leur indique qu'un homme armé, qui semblait aux abois, les a précédés. Il est resté un instant et s'est enfui par la fenêtre qui donne sur la cour. L'un des hommes lui demande s'il l'a maltraitée. Elle répond par la négative. Et ils ressortent aussi vite qu'ils sont entrés.

Dans la rue aussi le calme est revenu. Affolés, les fidèles se sont dispersés dès les premiers coups de feu. Il règne un silence étrange. Le soleil a été avalé par de gros nuages noirs. Le vent se lève. Une pluie drue s'abat sur la place. Le sang du pope qui maculait le trottoir est emporté par l'averse. Puis le soleil revient. On pourrait croire qu'il ne s'est rien passé devant cette église.

Florian Weiter a attendu la nuit avant de ressortir de l'immeuble. Il a rasé les murs, son pistolet à la main, jusqu'à la garnison. Une heure de marche éprouvante dans une ville inconnue, hostile, infestée de francs-tireurs. Une heure qui aurait bien pu être sa dernière.

Sitôt rentré, il fait irruption dans le réfectoire où dînent une cinquantaine de SS. Il repère Stüdel qui a pris soin de s'asseoir à côté des soldats réputés les plus bagarreurs de la garnison. Mais lorsque Weiter se jette sur lui et qu'il le roue de coups, les malabars ne mouftent pas. Ils regardent Stüdel se faire démolir comme s'ils étaient au spectacle.

12

Le colonel Ashton ouvre une boîte à cigares, en tire un énorme havane dont il taille l'extrémité.

— Vous en voulez un ? propose-t-il à Gable.

— Non, merci, colonel. J'ai arrêté de fumer.

L'officier allume son havane, aspire une bouffée.

— Le moins qu'on puisse dire c'est que vous n'y êtes pas allé de main morte. Mâchoire fracturée, deux côtes cassées.

— Wallace n'a eu que ce qu'il mérite.

— Je suis d'accord, Clark. Je ne tolère pas plus le racisme que vous. D'ailleurs, dès qu'il sortira de l'hôpital, je le mettrai aux arrêts. Wallace est un gars de l'Alabama, le genre de dégénérés qui devaient se balader à cheval avec une cagoule pointue sur la tête avant la guerre.

— Ces soldats sont la honte de l'armée.

— Oui. Et je me dois de faire un exemple. Il n'est pas question que ce genre d'incident se reproduise dans nos rangs. Si ça ne tenait qu'à moi, je renverrais ce péquenot dans sa campagne.

— Qu'est-ce qui vous en empêche ?

— Il a un lien de parenté avec un haut gradé de la Navy. Il est intouchable.

Gable affiche une moue d'indignation. Le colonel pose son cigare, le temps de tirer une lettre d'une enveloppe posée sur son bureau.

— Tenez, fait-il en la tendant à l'acteur.

— Qu'est-ce que c'est ?

— La note de la bagarre.

Gable lit à voix haute :

— « Sept tables, quinze chaises, trois vitres et trente et une bouteilles cassées. Total : sept cents dollars. »

— On peut s'estimer heureux que le propriétaire des lieux n'ait pas porté plainte. Neuf clients, trois serveurs et aussi cette serveuse, la fille à l'origine de la bagarre, sont bien amochés. Vous vous êtes cru dans un western ou quoi ? sourit le colonel.

— C'est vrai que c'est parti en vrille.

— C'est le moins qu'on puisse dire. Les murs de ce *juke joint* ont tremblé. C'est un miracle que cette baraque tienne encore debout.

— J'arrondirai le chèque à mille dollars pour les dommages collatéraux.

Pour Gable et sa bande, c'est la quille. Demain, ils s'envoleront pour la base de Pueblo, dans le Colorado, où ils achèveront leur formation. À l'issue de cette épreuve, ils seront suffisamment aguerris pour gagner l'Angleterre.

Les mitrailleuses et les canons se sont tus. À l'exception de Wallace et de ses comparses, toutes les recrues ont été regroupées dans un champ au milieu duquel un écran de fortune, fait de plusieurs draps cousus par les petites mains de la base, a été tendu. Des bancs ont été installés. Le colonel Ashton s'est démené pour faire venir un projecteur et des bobines de 35 millimètres d'Hollywood. Il a sollicité son supérieur, le général Arnold, qu'il sait proche des milieux du spectacle. Le commandant en chef de l'USAAF a contacté Louis B. Mayer qui, définitivement acquis à sa cause, a fait le nécessaire pour que cette projection ait lieu. Assis sur un banc parmi ses techniciens, Gable fait la grimace. Ashton ne l'a pas prévenu. Il lui a seulement dit qu'il y aurait une surprise. L'acteur n'aime pas être mis devant le fait accompli. Et encore moins être le gars vers qui tous les regards se tournent. Il n'en veut pas à son colonel. Il sait que ce dernier, devant lui, est comme une midinette. C'est sa dernière journée, il peut bien faire cet effort.

Ému, Ashton se plante derrière un micro installé à la va-vite devant l'écran.

— Messieurs, l'histoire retiendra que notre base a eu le privilège d'accueillir et de former l'un des acteurs les plus célèbres et les plus talentueux de son temps. Vous l'aurez compris, je veux parler de M. Clark Gable, ici présent.

Tonnerre d'applaudissements. Le colonel poursuit :

— M. Gable et son équipe partiront demain pour le Colorado. Et puis ce sera le grand saut dans l'inconnu. Souhaitons-leur bonne chance.

Nouveaux applaudissements accompagnés d'encouragements.

— J'ai voulu marquer le coup en vous offrant la projection d'un de ses films les plus réussis, *Les Révoltés du Bounty*. Ce long-métrage a obtenu l'oscar du meilleur film en 1936. Il est inspiré d'une histoire vraie. Mais trêve de bavardage, je n'en dirai pas plus. Et encore merci, monsieur Gable, d'avoir été parmi nous. Vous nous avez fait honneur.

Clark Gable rougit facilement. Les hommages appuyés ne sont pas sa tasse de thé. Alors, quand les trois cent dix-neuf recrues que compte la base se lèvent comme un seul homme pour le gratifier d'une standing ovation, ça le met mal à l'aise. À cet instant précis, il aimerait se métamorphoser en souris et faire faux bond à cette assemblée tapageuse. La célébrité lui est tombée dessus du jour au lendemain. Après *New York-Miami* et sa consécration aux oscars, il est devenu une icône, objet de tous les fantasmes. Il se méfie de cette dévotion venant autant des hommes que du sexe faible. Carole était comme lui, raison pour laquelle ils s'entendaient si bien. Leur ranch d'Encino était un rempart contre tout ce qu'Hollywood a de factice, de malsain. Ils s'en tenaient éloignés et ne s'en portaient pas plus mal.

Les soldats se régalent. Les aventures de Christian Fletcher, officier rebelle embarqué à bord du *Bounty*, en route pour Tahiti, sont savoureuses. L'acteur, en habit de marin, cheveux en catogan, est au sommet de sa séduction. Le cruel capitaine Bligh, qui martyrise l'équipage, est hué et insulté par les spectateurs comme s'il se trouvait en chair et en os devant eux.

Le lendemain, au chant du coq, Gable, McIntyre et les autres préparent leur paquetage. Sous le préau de la base, le colonel Ashton et ses subordonnés leur font une haie d'honneur non moins embarrassante que les festivités de la veille.

— J'espère que nous serons traités avec plus de simplicité dans le Colorado, glisse McIntyre à l'oreille de l'acteur.

Fraîchement promu capitaine, Clark Gable n'a jamais été aussi à l'aise et épanoui que dans ce rôle d'officier portant casquette, cravate et *flight jacket*. Ces galons lui donnent une prestance qui ajoute à son charme. Plus le moment fatidique approche, plus il prend ce rôle au sérieux. Le voilà sur le tarmac de la base de Pueblo en train de faire le tour d'un B-17, talonné par un mécanicien et un pilote à ses ordres. Bloc-notes en main, il vérifie lui-même l'état de l'appareil, effleure de la main les hélices géantes, les mitrailleuses et les canons qui sortent des tourelles de verre, les réservoirs, l'empennage, les gouvernes de direction et autres commandes vitales. Il veut s'assurer que rien ne pourra empêcher ce colosse de prendre les airs. Alors qu'il passe sous le cockpit, le copilote ouvre une vitre et, d'un signe du pouce, lui fait comprendre que tout est OK. Il y a dans cette scène, filmée par l'équipe de l'acteur, quelque chose de bon enfant. On est loin des duels en plein ciel au-dessus de la Manche, du crépitement des armes automatiques, des aviateurs dans la fleur de l'âge fauchés par les balles allemandes, des bombardiers en flammes piquant vers la mer. *Combat America* – tel sera le titre de ce film de propagande – n'a pas vocation à effrayer les futurs artilleurs de l'USAAF. Il présente plutôt l'armée comme une joyeuse confrérie reposant sur l'esprit de camaraderie et l'entraide.

La visite technique terminée, le capitaine Gable donne son feu vert. L'équipage, enthousiaste, grimpe dans l'appareil. Le pilote met les quatre moteurs en marche. Le B-17 décolle dans un boucan d'enfer pour une mission d'entraînement dans le secteur du Grand Canyon. Avant de s'éloigner, il fait un passage au-dessus de la base. Ému, Clark Gable le gratifie d'un salut militaire. Les images sont saisissantes. Elles donnent l'impression de chevaliers qui se battent pour une juste cause. Les voilà les fiers guerriers, défenseurs du monde libre, de la démocratie, qui iront bientôt croiser le fer avec le dragon allemand.

Le capitaine Gable a réussi son pari : honorer la mémoire de son épouse en s'évertuant à servir son pays. Cet engagement l'a sorti de sa torpeur et l'a remis sur pied. À mesure que la date de son départ pour l'Europe approche, il se sent pousser des ailes.

Le B-17 n'est plus qu'un point minuscule à l'horizon qui finit par disparaître. McIntyre observe Gable. Il se réjouit de la résurrection de cet acteur qu'Hollywood, quelques mois plus tôt, donnait pour mort. Clark a retrouvé sa superbe. Mais McIntyre le connaît trop bien pour être dupe. Il sait que, dans le fond, Gable n'en mène pas large. Car bientôt ça ne sera plus du cinéma mais la guerre, la vraie.

13

Tandis que le Führer aboie dans la pièce voisine, s'en prenant une fois encore à l'un de ses généraux, Eva se morfond dans sa chambre. Elle relit la lettre d'Horst. Une poignée de mots a suffi pour la dévaster. Voilà plus d'une semaine qu'elle ne se montre plus, prétextant une migraine tenace. Même Hitler, à qui la Pervitine a rendu toute sa vigueur, frappe en vain à sa porte. Elle n'est là pour personne. Elle passe des heures à se contempler dans le miroir. Elle y voit une femme aux abois, vieillie avant l'âge. Elle aurait préféré qu'on lui coupe un bras ou une jambe plutôt que d'être séparée de son beau caporal. Jamais Eva n'a autant aimé un homme. Et jamais elle n'a été aussi malheureuse. Il n'était pas seulement un amant mais aussi un ami, un confident, un père ou un frère. Elle s'est d'abord défendue, a résisté de toutes ses forces à la tentation tout en se sachant conquise à l'instant même où il a posé le regard sur elle. Il est des êtres qui apparaissent comme une évidence, qui semblent avoir été conçus pour faire le bonheur d'autrui. Bleiber était de ceux-là.

Fräulein Braun va à sa fenêtre et regarde au-dehors. Toujours le même spectacle, une routine affligeante : des uniformes vert-de-gris ou noirs, des casquettes à tête de mort, des bottes qui claquent, des voitures qui vont et viennent du matin au soir, des visiteurs plus ou moins importants qui gravissent les marches, appréhendant l'instant où ils se retrouveront en présence du Führer. Et au-delà, les sapins enneigés, la montagne. Eva songe un moment aux bêtes qui peuplent la forêt. Elle aimerait être l'une d'elles, un chamois ou un mouflon. C'est ça, un mouflon, farouche et solitaire, qui arpente les bois en toute liberté. Elle se retourne, observe à nouveau son reflet ; ce visage défait, ce regard morne, presque éteint. Elle savait sa chance lorsqu'elle était dans ses bras. Mais elle n'était pas sereine. À chaque instant, elle redoutait qu'il la quitte ou qu'un événement l'arrache à elle. C'est arrivé plus tôt qu'elle ne l'aurait cru. Trop tôt. Beaucoup trop tôt. Il lui semble qu'un gouffre s'ouvre sous ses pieds et qu'elle tombe comme une pierre. C'est une chute sans fin. Eva se jette sur son lit et pleure à nouveau. Ses chiens sont couchés près d'elle. Mieux que tout être humain, ils comprennent son chagrin et l'entourent de toute l'affection dont ils sont capables. Ça la soulage un peu de ce fardeau. Mais cette question demeure, douloureuse, obsédante : comment continuer à vivre sans lui ?

Encore ce satané tyran qui frappe à la porte. Stasi et Negus aboient. Ils défendent coûte que coûte l'intimité de leur maîtresse. Eva ignore les coups de boutoir. Elle reste prostrée sur son lit. Elle imagine Hitler de l'autre côté de la porte, sous Pervitine, bandant comme un âne. Elle a envie de vomir.

— Eva, je t'en prie, ouvre-moi !

C'est bien ce qu'elle pensait. Cette odieuse supplique, depuis quelque temps, résonne à ses oreilles comme le brame du cerf en rut, esclave de ses pulsions. C'est une force contre laquelle le chancelier ne peut pas lutter, dont elle doit faire les frais.

— Laisse-moi tranquille, j'ai besoin de repos.

— Ça fait plus d'une semaine que tu es enfermée dans cette chambre.

— Et alors ? Je suis malade. Comment faut-il te l'expliquer ?

— Eva !

— N'insiste pas.

— Je n'aime pas te savoir comme ça. Laisse-moi au moins t'aider.

— Si tu veux vraiment m'aider, alors va-t'en. J'ai encore besoin de quelques jours de tranquillité.

Après une hésitation, le Führer obtempère. Il doit se faire une raison. Il s'en retourne bredouille dans ses appartements avec ce membre turgescent qui se balance entre ses cuisses et le fait souffrir le martyre. Il se déshabille à la hâte, s'allonge sur une méridienne et commence à se masturber lorsque la sonnerie du téléphone l'interrompt. L'un des plus hauts gradés de son état-major lui annonce que Paulus est à bout de souffle et qu'à ce rythme-là il ne tiendra pas plus de trois semaines. Il faut impérativement rétablir un pont aérien pour que Stalingrad ne devienne pas sous peu le tombeau de la 6e armée.

Hitler entre alors dans une de ces colères qui ont fait sa légende. La queue à l'air, il arrache le câble, s'empare du téléphone et le jette contre le mur. Ces mauvaises nouvelles – toujours la même rengaine – l'ont fait débander. Mais le voilà qui se ressaisit. Il est décidé à finir son affaire. Avec une autre. Après tout, n'est-il pas le maître absolu ? Devrait-il continuer à endurer les caprices de sa maîtresse en titre alors que quantité de jeunes femmes donneraient tout pour lui offrir leurs charmes ? Il a pouvoir de vie ou de mort sur chaque âme que comptent l'Allemagne et ces vastes territoires qu'il a conquis par la force. En théorie, rien ni personne ne peut lui résister.

Les jolies filles ne manquent pas sous le toit d'Hitler. Dans les arrière-salles des cuisines, les garde-manger, les remises, dans les étages, dans les dépendances, ça baise à tout va. Les femmes de ménage, toutes fraîches et blondes aux yeux bleus, sont une tentation permanente. Elles émoustillent malgré elles tous les mâles du Berghof. Les chauffeurs, gardes du corps, cuistots et autres majordomes, tout comme les officiers de passage et parfois même des invités de marque sont comme des chiens de chasse prêts à fondre sur ces proies peu farouches. Furax, Hitler enfile un peignoir, sort de sa chambre et parcourt au pas de charge le couloir qui sépare sa chambre du bureau de son aide de camp. Il entre sans frapper. Surpris de découvrir son maître en tenue d'intérieur, Schaub se lève d'un coup, tend son bras et fait claquer ses talons.

— Repos, Julius.

— Que me vaut ce plaisir, mein Führer ?

— Va voir Marlene. Dis-lui de ramener son petit cul sur-le-champ !

— Pourquoi vous ne m'avez pas téléphoné ?

— Ne discute pas. Va la chercher tout de suite. Je l'attends dans ma chambre.

— *Ja voll, mein Führer !* obéit Schaub en faisant claquer ses talons.

Marlene Schaller, dix-huit ans, est l'une des trois goûteuses au service d'Hitler. Son rôle : tester tout ce que son maître boit ou mange avant que ce dernier ne passe à table. Originaire d'un hameau proche de Berchtesgaden, Marlene est belle comme un cœur et, cerise sur le gâteau, d'une fantaisie à toute épreuve. La gaieté et l'humour sont les armes qu'elle oppose aux mâles du Berghof qui ont tous sans exception tenté de la séduire. Elle ne s'est donnée qu'en de très rares occasions. Les autres, elle les a rembarrés en préservant toutefois leur amour-propre. Elle trouve toujours le mot juste ou la plaisanterie adéquate pour ne pas s'attirer de la haine ou, pire, des coups. Le Führer, comme les autres, a succombé à son charme au premier regard. Il a même refusé qu'elle goûte la choucroute que Günther, son cuisinier attitré, venait de préparer. Marlene est le genre de personne qu'on ne souhaite pas voir mourir, surtout par le poison. Mais cette fille a son caractère. Et elle n'a pas hésité à désobéir. Elle a ingurgité le chou, les patates et les saucisses – et bu le riesling – qu'elle a savourés. Tout le monde a patienté quelques minutes, redoutant qu'une substance toxique fasse son effet. Mais rien ne s'est passé et l'intrépide Marlene a gagné sa place au sein du personnel. Adolf et Marlene ont flirté pour la première fois trois ans auparavant, alors que Fräulein Braun était allée visiter ses parents à Munich. Le Führer, pour lui faire goûter une tarte aux pommes agrémentée de raisins et de noix – pâtisserie qu'il mange à chaque petit déjeuner –, lui a demandé de venir dans sa chambre. Marlene savait d'avance qu'elle ne goûterait pas seulement le gâteau du Führer. Après une dégustation qui a tourné court, elle s'est retrouvée dans son lit en tenue d'Ève. Dans cette mission, elle a mis autant d'enthousiasme et d'ardeur que dans son travail habituel. Elle aussi est de ces filles qui idolâtrent Hitler. Aussi, lorsqu'elle entre dans sa chambre après que Julius Schaub l'a sommée de venir au plus vite, Marlene sait à quoi s'en tenir.

Lorsque, derrière la fine paroi qui sépare sa chambre de celle du Führer, les premiers gémissements se font entendre, Fräulein Braun reste de marbre. Les grincements du sommier, soumis à rude épreuve, ne l'impressionnent pas davantage.

« C'est tout ce qu'il a trouvé pour que je lui ouvre ma porte ? C'est lamentable », se dit-elle avant de replonger dans sa torpeur.

14

Le major Dinz plante ses prunelles de reptile dans les yeux de Florian Weiter et lui assène, un sourire au coin des lèvres :

— Vous n'aviez pas à rosser Hans Stüdel comme ça, capitaine.

— Ce salaud s'est enfui, major. Dès les premiers coups de feu, il m'a abandonné à mon sort sur ce toit. C'est un miracle que je m'en sois sorti.

— Stüdel n'y est pour rien.

— Que voulez-vous dire ?

Dinz allume une cigarette, tire une bouffée et répond, dans un panache de fumée :

— C'est moi qui lui ai demandé de démarrer avant que vous ne ressortiez de l'immeuble.

— Quoi ?

— Vous m'avez bien entendu.

L'espace d'une seconde, Weiter est tenté de traiter cet officier de tous les noms. Mais il se retrouverait aussitôt aux arrêts et serait réexpédié à Stalingrad. Alors il prend sur lui et demande, comme si cette révélation ne l'affectait pas outre mesure :

— De quoi s'agit-il au juste, d'une mise à l'épreuve ?

— Précisément.

— Expliquez-vous.

— Je vais le faire, bien que je n'aie pas à me justifier. N'oubliez pas que vous êtes mon subalterne, Weiter.

— Je ne l'oublie pas, major.

— Depuis votre arrivée je vous ai à l'œil. J'ai très tôt remarqué que vous portiez en vous toutes les tares de la Wehrmacht.

Le capitaine serre les dents. Surtout garder son calme, ne pas répondre à la provocation.

— Vous êtes tout en retenue, sensible, plein d'empathie.

— Qu'est-ce qui vous fait dire ça ?

— Votre fusil, capitaine.

— Mon fusil ?

— Oui. Après votre première mission, je l'ai fait examiner par notre expert en balistique. Ses conclusions sont sans appel : l'arme fonctionne parfaitement. Elle ne s'est pas enrayée comme vous l'avez prétendu.

Weiter avale sa salive. Ce foutu SS est bien plus retors qu'il ne l'imaginait. Le voilà pris en flagrant délit de mensonge. Pour ce seul motif, il risque de voir sa réputation, jusque-là sans faille, sérieusement entachée.

— Vous ne vous défendez pas ? s'étonne Dinz, narquois, en aspirant une bouffée.

— Je préfère vous écouter jusqu'au bout.

— Soit. J'ai volontairement omis un détail avant de vous envoyer tuer Sergueï Pomarov.

— La gamine, devine Weiter.

— Je vois que vous commencez à comprendre. Pour moi, il était crucial de savoir si vous étiez réellement ce sniper de légende dont on parle tant à l'état-major ou dans les chambrées.

— Et ce détail, pour reprendre vos termes, vous en a fait douter.

— Oui. Dans nos rangs, il y a deux ou trois tireurs de votre trempe. Mais ils possèdent en plus une qualité que vous n'avez pas.

— Laquelle ?

— Une absence totale de scrupules. Eux auraient tiré sur cette ordure de bolchevik même s'ils avaient vu apparaître sa fillette dans leur lunette. Ils auraient même tué sa femme et cette gamine par la même occasion. Sans hésiter.

— J'ai saisi. Puis-je vous poser une question, major ?

— Bien sûr.

— Vous affirmez que de très bons tireurs, qui n'ont aucun état d'âme, se trouvent dans vos rangs. Dans ce cas, pourquoi m'a-t-on fait venir ici ?

— C'est à vos supérieurs que vous devriez poser cette question. Je n'ai jamais souhaité vous avoir parmi nous.

— Très bien. Alors j'imagine que vous allez me renvoyer à Stalingrad.

Dinz inhale une dernière bouffée, écrase sa cigarette et répond, en expédiant la fumée à la face du capitaine :

— Pas encore. Vous seriez venu pour rien. Plutôt que de vous punir, j'ai décidé de vous aider. Vous êtes un excellent tireur mais un piètre soldat, trop fragile, trop tendre. Je vais vous endurcir.

— Trop aimable. Peut-on savoir comment ?

La petite colonne composée d'un char Panzer, d'une automitrailleuse, d'un camion bâché et d'une voiture blindée s'approche du centre-ville. Sa puissance de feu est suffisante pour repousser toute attaque. Non loin de l'église où le pope Anatoli Karov s'est effondré quelques jours plus tôt se trouvent déjà des miliciens locaux à la solde des nazis. En tout, une trentaine d'hommes munis de fouets, de pioches, de marteaux, de barres de fer, de gourdins parsemés de clous et autres armes artisanales. Ils forment comme une haie et semblent trépigner d'impatience. Soudain, une file de civils apparaît, des vieillards, des femmes et des enfants. Ils déambulent en haillons, la peau sur les os, escortés et tenus en respect par des autochtones eux aussi au service des Allemands. La colonne blindée arrive au même moment. Le char et les autres véhicules se garent face aux miliciens qui, déjà, serrent les manches de leurs outils. La bâche est soulevée. Une quinzaine de SS, les plus jeunes de la garnison, sautent du camion et se mettent en rang. Dinz est le premier à sortir de la voiture blindée. Weiter lui emboîte le pas.

— Qu'est-ce que c'est ? s'inquiète le capitaine en avisant la file de civils.

— Des Juifs.

— Qu'ont-ils fait ?

Le major le regarde comme s'il venait de dire une énormité.

— Ils sont juifs, nom d'un chien ! Ça ne vous suffit pas ?

Weiter se mure dans le silence. Ce sont des innocents, tous autant qu'ils sont, incapables de se défendre.

— Vous voyez ces bleus ? Ils vous ressemblent, Weiter. Ce sont les soldats les plus émotifs, donc les plus fragiles de notre garnison. C'est pour ça que je les ai fait venir aujourd'hui. Tout comme vous, ils ont besoin d'être déniaisés, lui explique Dinz en pointant du doigt les jeunes SS, figés eux aussi.

Les civils s'engouffrent dans le tunnel formé par les miliciens. Aussitôt, la bastonnade commence. Au silence résigné succèdent des cris d'épouvante vite étouffés. Les mères protègent vainement leur progéniture des assauts de la milice. Les vieillards sont jetés à terre. On leur brise les os, on leur défonce le crâne. Rapidement, la chaussée est couverte de sang et de débris de cervelle. Puis les râles cessent. Quelques suppliciés bougent encore. Ils sont achevés à l'arme blanche.

— Vous remarquerez que pas un coup de feu n'a été tiré, Weiter, pérore Dinz alors que les miliciens se dispersent.

La colonne se remet en branle après que les jeunes SS, abasourdis, ont regrimpé dans le camion. De la tourelle ouverte du char, un artilleur pointe une mitrailleuse vers les balcons qui surplombent le boulevard, prêt à ouvrir le feu. Les habitants de Minsk apparaissent, silhouettes fantomatiques dont il faut se méfier comme de la peste. Dans cette ville, comme partout ailleurs en Russie, des embuscades ont lieu chaque jour. L'automitrailleuse devance le blindé, le camion et la voiture. C'est elle qui ouvre la voie et assure la sécurité du convoi.

— Alors ? demande Dinz.

— Alors quoi, major ?

— Que vous a inspiré ce spectacle ?

— Ce spectacle ? Massacrer gratuitement des vieillards, des femmes et des enfants, je n'appellerais pas ça un spectacle mais de la barbarie. S'en prendre à des civils, juifs ou autres, ne nous fera pas gagner la guerre.

— Ce ne sont pas nos soldats qui ont commis ces exactions mais des citoyens ordinaires de Minsk et de ses environs. Cette stratégie est l'œuvre d'Heydrich[1]. Son idée est brillante. Exciter la colère des autochtones contre ces parasites pour nous décharger d'une partie du travail. Ces miliciens et leurs auxiliaires sont d'une redoutable efficacité. Et vous savez pourquoi ?

— Non.

— Ils sont encore plus antisémites que nous. Une aubaine lorsqu'on connaît l'ampleur de la tâche à accomplir dans ces foutus territoires.

— Vous parlez de citoyens ordinaires ? Je n'ai vu que des assassins d'une lâcheté repoussante. Quelle fierté y a-t-il à s'en prendre à des gens aussi vulnérables ?

Dinz fronce les sourcils.

— Êtes-vous en train de me dire que vous désapprouvez la politique mise en œuvre par notre Reichsführer[2] ?

Weiter préfère se taire. Il comprend qu'il est allé trop loin. Et ce ne sont pas ses états de service, aussi exceptionnels soient-ils, qui pourront lui éviter de sérieux

1. SS-Obergruppenführer et bras droit d'Himmler, Reinhard Heydrich a joué un rôle de premier plan dans la destruction des Juifs d'Europe.

2. Chef suprême de la SS. Heinrich Himmler a occupé ce poste de 1929 à 1945.

ennuis s'il persiste dans cette voie. Les objecteurs de conscience sont le plus souvent traités comme des délinquants de droit commun ou des agitateurs. Ils passent en conseil de guerre ou sont expédiés à Dachau pour moins que ça.

— Je vous ai posé une question, capitaine, insiste Dinz.

— Non, major. Je ne désapprouve pas la politique de votre Reichsführer.

Un silence. Le major ne semble pas convaincu. Il enfonce le clou.

— Avez-vous lu *Mein Kampf*, capitaine Weiter ?

— Oui. Comme tout bon Allemand.

— Qu'en avez-vous retenu ?

— C'est un programme ambitieux.

Dinz est pris de court. Il ne sait pas si cette réponse est sincère ou ironique.

— Nous sommes censés appliquer ce programme ambitieux, comme vous dites. Est-il nécessaire de vous le rappeler ?

— Non, major.

— Très bien. Je note toutefois que vous êtes encore en proie à une sensibilité excessive. Tâchez de vous ressaisir. J'aurai encore besoin de vous d'ici quelques jours. Ce n'est pas le moment de flancher.

— Quel sera l'objectif ?

— Il n'y aura pas d'objectif.

Weiter ne cherche pas à en savoir plus. Il ressent une profonde lassitude. Les chenilles du Panzer grincent sur le bitume. Le convoi se fraie un chemin entre des immeubles défoncés d'où des coups de feu peuvent claquer à tout moment. Le capitaine ne prête plus attention au danger depuis longtemps. Il vit avec depuis le début de l'opération Barbarossa. Depuis de longs mois, il sait qu'il peut être tué par un sniper ou un engin explosif.

Au détour d'un virage, la colonne longe un bâtiment en feu. Puis elle débouche sur une large place au milieu de laquelle se trouve une fontaine en partie démolie. Près de cette fontaine a été hissé l'un de ces gibets qui, depuis l'invasion allemande, font partie du paysage. Sept pendus se balancent dans le vide, ballottés par le vent. En proie à une soudaine nausée, Weiter se tourne vers la fenêtre pour échapper au regard scrutateur de Dinz. Il songe à ce jour béni où il a rencontré Hilda. C'était en plein hiver, deux ans avant la guerre, à la patinoire de Berlin. Il y avait foule ce jour-là. L'atmosphère était familiale, bon enfant. Hilda virevoltait plus qu'elle ne patinait. Une vraie danseuse, la grâce incarnée. Tous les regards étaient tournés vers elle. Elle était si douée qu'elle donnait l'impression d'être née sur la glace. Ce qui ne l'a pas empêchée de percuter Florian de plein fouet.

— Oh, je suis si confuse ! Rien de cassé, monsieur ?

— Ça va aller, mademoiselle. Plus de peur que mal.

— Puis-je vous offrir un chocolat chaud pour me faire pardonner ?

15

Deux millions de dollars ne suffiront pas pour terrasser Hitler. Cependant, meeting après meeting, Carole Lombard distille son message. Chacun doit faire un effort. La bête immonde qui a ravagé l'Europe ne pliera que si toutes les nations du monde dit libre s'unissent pour l'affronter.

Peggy, l'assistante de la star, regarde à travers le hublot, une coupe à la main. Les vapeurs d'alcool la plongent dans une douce torpeur et l'invitent à la rêverie. Elle songe à Stanley, jeune réserviste de vingt-quatre ans dont elle s'est éprise. Ce dernier lui a télégraphié qu'il viendrait la chercher à l'aéroport. Ils projettent de se fiancer, même si Stanley risque d'être appelé sous les drapeaux.

Peggy a reçu un autre télégramme avant le décollage, de Clark Gable cette fois. Lui aussi sera à l'aéroport de Los Angeles pour accueillir Carole. Mais il lui a fait jurer de garder le secret. L'acteur veut faire la surprise à sa femme. Clark et Peggy entretiennent depuis quelque temps une relation particulière. Il a su gagner sa confiance. Il sait que sa femme le soupçonne d'adultère et qu'elle souffre des rumeurs colportées par la presse à scandale. Oui, il a couché avec Lana Turner. Après tout, est-ce sa faute si elles sont toutes dingues de Rhett Butler ? Il n'a jamais eu à faire le premier pas. Même Peggy aurait cédé si Clark l'avait voulu, et ce malgré l'affection et l'attachement qu'elle a pour Carole. Comment lui résister ? Il n'y a qu'à le regarder pour comprendre le pouvoir qu'il exerce sur les femmes. Sa démarche, son regard, son sourire, ses cheveux, sa moustache, cette désinvolture, tout dans son attitude tend vers la séduction. Une séduction naturelle. Clark Gable plaît comme il respire. Tranquillement, sans se forcer.

Le ciel est magnifique vu d'ici. Des étoiles, par millions, scintillent dans l'obscurité. Mais une tache blanche, soudain, remplit une partie du hublot. Une cime enneigée vient d'apparaître, à portée d'aile. Peggy n'aura pas le temps de se lever pour prévenir Carole qui, inconsciente du danger, palabre avec sa mère et une hôtesse. Non, plus le temps. La montagne touche presque le hublot. Peggy laisse tomber sa coupe et ferme les yeux. Sa toute dernière pensée est pour Stanley.

Des cris réveillent les soldats en sursaut. Quelqu'un allume le plafonnier. McIntyre est le premier à se lever. Il découvre Gable à terre, pris de convulsions. Les autres détournent le regard ou restent un moment ébahis à contempler l'icône dans une posture peu conforme à son image.

— Ne restez pas plantés là ! s'impatiente le chef opérateur.

Non sans peine, deux solides gaillards aident McIntyre à soulever Gable. L'acteur est aussi difficile à déplacer qu'un piano. Ils parviennent à le recoucher et lui apportent un verre d'eau. Il est 3 heures du matin. Tout le monde retourne au lit. L'incident est clos.

Le lendemain, au son du clairon, les jeunes recrues se lèvent, s'habillent et font leur lit dare-dare. Certains jettent des regards en direction de Gable qui, lui, peine à émerger. Cette nuit, l'idole est tombée de son piédestal. Ses admirateurs semblent décontenancés, presque déçus de voir que les dieux aussi peuvent pleurer.

L'entraînement reprend. Jusqu'à midi, ce ne sont que rafales de mitrailleuses, salves de canons et de mortiers. Puis le vacarme cesse d'un coup. Des recrues se dirigent en bon ordre vers le réfectoire tandis que d'autres balaient les milliers de douilles et les débris de cibles qui jonchent le sol.

McIntyre a voulu déjeuner en aparté avec Gable. Ils se sont attablés à l'écart du reste de l'équipe.

— Tu files un mauvais coton, Clark, commence le chef opérateur.

— Ce n'est qu'un cauchemar. Ça arrive à tout le monde.

— Encore ce crash ?

Gable prend une carafe d'eau, remplit son verre et celui de son ami et lui avoue, en baissant les yeux :

— Je n'arrive pas à surmonter cette épreuve.

— Tu te sens toujours coupable ?

L'acteur fait oui d'un signe de tête. Et ajoute, au bord des larmes :

— Tout est ma faute, Andy.

— Clark, écoute-moi.

L'acteur relève le menton alors que des soldats le regardent à la dérobée d'une table voisine. Il essuie ses yeux et essaie tant bien que mal de se ressaisir.

— Quoi, encore ?

— Nous avons souvent eu cette conversation. Et chaque fois, c'est pareil : tu m'obliges à te rappeler que tu n'es pour rien dans ce drame. C'était un accident. Un accident, tu comprends ?

— Si je n'avais pas sauté Lana, Carole serait toujours là.

— Comment peux-tu dire ça ?

— Elle avait des soupçons, justifiés d'ailleurs. Elle était pressée de rentrer à L.A. pour savoir de quoi il retournait. Sans ces doutes, elle serait revenue en train. Il n'y avait pas d'urgence, pas de tournage en vue. Elle avait tout son temps. Elle serait encore en vie.

— Je ne savais pas pour toi et Lana, s'étonne McIntyre.

— Tu dois bien être le seul à Hollywood.

— J'avoue que les coucheries des stars, ce n'est pas ce qui m'a décidé à faire ce métier.

— Oh, Andy, si tu savais comme je hais Hollywood ! Cette prétendue usine à rêves ; les fans, les autographes, cette dévotion stupide, tout ça me rend malade.

McIntyre avale une portion de nouilles trop cuites et répond :

— Je n'aime pas plus Hollywood que toi, Clark. Mais on serait bien mal inspirés de cracher dans la soupe. Ce sont les studios qui nous paient, non ? C'est grâce à la MGM que tu as pu t'offrir ton ranch d'Encino et tout le reste.

— Tu me connais. Je suis un provincial, un culterreux comme ils disent à New York ou L.A. Je suis né à Cadiz, Ohio, il y a quarante-deux ans.

— Je sais, Clark.

— Je n'ai aucun souvenir de ma mère. Je n'avais pas un an quand elle est morte.

— Ça, je l'ignorais.

— Ce sont mes grands-parents et surtout Jennie, la seconde femme de mon père, qui m'ont élevé. J'étais très proche d'elle. Elle avait la fibre artistique. Elle m'a initié au piano. Paix à son âme, c'était une femme formidable.

— Et ton père, il faisait quoi ?

— Fermier. Il n'arrivait pas à joindre les deux bouts. Nous étions pauvres, mais quand tu es gamin ça n'a pas d'importance.

— Encore faut-il avoir de quoi manger et un toit au-dessus de ta tête.

— On avait le minimum. Et ça me suffisait. J'étais heureux comme ça. Je n'ai jamais été un gars compliqué, tu sais.

— Je commence à te connaître. Cette simplicité, c'est peut-être ce que j'apprécie le plus chez toi. Et je ne suis pas le seul. Regarde ces gosses, ils t'adorent, fait McIntyre en brandissant sa fourchette vers les tables voisines.

— Tu crois ?

— Pour la plupart, ça ne fait aucun doute.

— J'étais heureux. Mais pas mon père. Il a abandonné la ferme pour travailler dans la prospection pétrolière.

— Je peux comprendre. L'or noir, ça fait rêver.

— Oui. Mais lui était tout en bas de l'échelle. C'était un modeste employé, pour ne pas dire un tâcheron au service des gros bonnets qui, eux, s'en mettaient plein les fouilles. Il ne s'est jamais enrichi. Chaque soir, il ramenait cette forte odeur de pétrole à la maison. Et ses vêtements étaient trempés et noircis. Il était barbouillé de la tête aux pieds comme ces mineurs qui, après le travail, remontent éreintés des galeries souterraines. C'est à cette époque qu'il a cessé de sourire. À jamais. Et c'est à ce moment-là qu'il m'a embarqué dans cette galère.

— Tu es devenu toi aussi un forçat du pétrole ?

— Oui. Et je peux te dire que j'en ai chié. Je connais la valeur de l'argent.

Un silence. Gable reste un moment prostré devant son assiette. Il poursuit :

— Un jour, une troupe de comédiens est passée dans mon patelin. Je n'avais jamais vu ça. Ça a été le déclic. Je me suis joint à eux. Je n'avais pas l'idée de faire l'acteur, c'est venu plus tard.

— Quel était ton rôle ?

— Machiniste, entre autres. J'étais bricoleur, je leur rendais service. J'étais un peu leur homme à tout faire. Je me suis tout de suite senti à l'aise. Leur monde était si éloigné du mien, des derricks, des boulots dégradants qui ôtent toute joie de vivre et tuent à petit feu. Ça a été une révélation. J'avais trouvé ma voie.

— Et ton père ? Il t'a encouragé ?

— Non. Il ne voulait pas entendre parler de théâtre. Pour lui, les artistes étaient des bons à rien, des crève-la-faim. Jouer la comédie n'était pas un vrai métier. Il m'a mis des bâtons dans les roues. Alors j'ai pris mon baluchon et je lui ai dit bye-bye. Je suis parti avec ma petite troupe. C'était ma famille. On a taillé la route, joué de ville en ville. On ne gagnait presque rien mais on s'en foutait. On était jeunes, pleins d'espoir.

— La vie de bohème, quoi.

— Oui. Sûrement la période la plus heureuse de ma vie. J'étais libre comme l'air. Je n'avais pas à sortir des hôtels par la porte de service pour échapper à mes fans.

— Et après ?

— On a bourlingué jusqu'à l'Oregon.

— C'est là que tu as rencontré cette actrice, Franz Dorfler.

— Tu es bien renseigné.

— Je l'ai lu dans un bouquin. Tu es si populaire que tu as déjà fait l'objet de plusieurs biographies ! À ma connaissance, aucun autre acteur n'a eu ce privilège.

— Ça me fait une belle jambe.

— J'ai encore en tête ce que cette comédienne disait de toi : « Billy[1] avait une diction épouvantable et semblait peu doué pour le théâtre. Mais il était gentil et plein de charme, à défaut d'être un champion des bonnes manières. »

Gable esquisse un sourire. Le chef opérateur poursuit sur sa lancée :

— Et après, tu rencontres Josephine Dillon, professeur de comédie, qui deviendra ta femme.

— Oui. Josephine ne m'a pas seulement enseigné les bases du métier, elle m'a aussi payé des soins dentaires et a appris au garçon de ferme que j'étais à bien se tenir en société. Elle a rectifié ma voix qui était un peu trop haut perchée.

Gable se décide enfin à goûter à son plat. McIntyre en profite pour changer de sujet. Ce déjeuner en tête à tête avait un autre but que d'entendre l'acteur lui raconter sa vie.

1. Durant sa jeunesse, Gable était parfois surnommé Billy.

— Clark ?

— Oui ?

— Je pense qu'on devrait rester au pays.

— C'est une blague ?

— L'armée n'a pas besoin de nous pour gagner la guerre. Enfin, merde ! Ce ne sont pas quelques types en moins qui feront la différence.

— Tu remets ça ? Pourtant, tu sais que je ne reviendrai pas en arrière.

McIntyre reprend des pâtes et répond, la bouche pleine, en pointant sa fourchette vers les autres recrues :

— Regarde-les : ce sont tous des gamins. On a l'âge de leurs pères. Ils n'ont pas besoin de croulants comme nous pour aller foutre une trempe à ce dictateur de mes deux. Ils feront le job, crois-moi.

— J'ai signé. Je partirai. Point barre.

— Tu veux que je te dise ?

— Quoi ?

— Je crois que tu as les foies.

Gable cesse de manger.

— Oui, j'ai peur. Et je n'en ai pas honte. Tu crois que je vais grimper dans un B-17 de gaieté de cœur pour aller m'expliquer avec les Boches au-dessus de la Manche ? Je fais dans mon froc, c'est vrai. Mais si tout le monde se débinait, ces enfoirés de nazis n'auraient aucun souci à se faire. Ils seraient peut-être encore là dans mille ans, comme ils en ont l'intention. On parlerait l'allemand au Texas ou dans le Nevada. Ce n'est pas ce que je veux pour mon pays.

16

— Vous avez mauvaise mine, mein Führer, s'inquiète le docteur Morell.

— Je ne dors plus que trois ou quatre heures par nuit en ce moment, avoue le chancelier.

— Je vous avais prévenu. Les effets secondaires de la Pervitine ne sont pas anodins.

— Je confirme, Theo.

— Vous êtes pâle comme un linge, vous avez les yeux cernés, continue le médecin en prenant son pouls.

Un silence.

— Alors ? s'impatiente Hitler.

— Soixante-cinq battements par minute. Trop bas.

— Ce n'est qu'un coup de mou passager.

— J'espère au moins que vous avez obtenu les résultats souhaités.

— Ces pilules ont été au-delà de mes espérances. Dommage qu'elles soient aussi fortes.

— Nous allons suspendre le traitement.

— C'est préférable, en effet.

— Souffrez-vous toujours de migraines ?

— Oui. Depuis le début du siège de Stalingrad, elles sont presque quotidiennes.

— Je vais vous administrer un puissant remontant qui agira aussi sur vos céphalées. Relevez votre manche, je vous prie.

Le patient A tend son bras. Après avoir préparé sa seringue, Morell lui fait un garrot et lui injecte un produit. Aussitôt, Hitler redevient le Führer, ce personnage exubérant, débordant d'énergie, qui déplace des montagnes.

— Cocaïne ? devine-t-il.

— Oui.

— J'adore ça !

— Cette substance réveillerait un mort et lutte efficacement contre la douleur. Mais là encore, il ne faut pas en abuser. Le risque d'addiction est sérieux. Et le manque aussi, prévient Morell.

— Je m'en remets à toi.

Le médecin sourit. Le patient A est loin d'imaginer que son docteur se comporte avec lui comme un laborantin avec une souris. Depuis qu'il dispose du corps d'Hitler, de sa santé, Morell a testé toutes sortes de produits, parfois expérimentaux, sur son illustre patient. Entre ses mains, l'homme le plus redouté de la planète n'est plus qu'un inoffensif cobaye. La cocaïne, que consommait entre autres Sigmund Freud pour combattre sa neurasthénie et qui lui permettait d'échapper aux dîners ennuyeux en déliant sa langue, est largement utilisée dans le cadre médical comme dans la sphère privée. C'est la drogue festive par excellence. Mais Morell se garderait bien de révéler au Führer que c'est ce médecin juif, connu pour être le père de la psychanalyse, qui en était l'un des promoteurs les plus actifs.

— Je me sens ragaillardi comme jamais, dit le chancelier en parcourant sa chambre de long en large.

— C'est le propre de cette drogue. L'effet est immédiat.

— J'ai l'impression d'être au maximum de mes capacités.

— À la bonne heure, mein Führer, se félicite le médecin en nettoyant sa seringue.

— Je devrais ordonner à tous mes généraux, à commencer par cette poule mouillée de Paulus, de passer entre tes mains. Si tous prenaient cette drogue, la guerre serait gagnée en quelques semaines. Peut-être qu'Eva aussi pourrait en profiter.

— Fräulein Braun est souffrante ?

— Oui. Pour une raison que j'ignore, elle ne m'ouvre plus sa porte depuis quelques jours.

— Je croyais que mon traitement avait réglé votre problème.

— La Pervitine a bien marché. Mais à trois reprises seulement. Après, Eva s'est refermée comme une huître. Depuis, chaque fois que je lui propose mon aide, elle m'envoie balader. Elle a l'air complètement abattue.

— Pourtant, votre relation était au beau fixe. Quel événement peut expliquer un tel changement d'humeur ?

— J'aimerais bien le savoir.

— Je vais demander à mon épouse d'aller lui parler pour éclaircir ce mystère. Je ne doute pas qu'elle lui ouvrira sa porte.

Assoupi contre sa maîtresse, Negus dresse la tête et montre les dents. Quelqu'un est derrière la porte.

Les quelques coups qui suivent, quoique peu appuyés, réveillent Fräulein Braun et font aboyer Negus. Stasi renchérit.

— Assez ! crie la jeune femme.

Les chiens obtempèrent.

— Eva ?

— Qui est là ?

— Hanni.

— Un instant.

Eva se lève et enfile une robe de chambre à la hâte. Elle ouvre sa fenêtre et pousse les volets. C'est une voix amie derrière la porte, Johanna Moller – Hanni pour les intimes. Elle a épousé le docteur Morell en 1920. C'est une héritière doublée d'une actrice réputée. Eva l'a rencontrée lorsqu'elle travaillait à Munich chez le photographe Hoffmann. Elle s'est d'emblée sentie en confiance avec cette femme plus âgée qu'elle, qui l'a toujours traitée avec bienveillance et dont le parcours l'inspire. Eva aussi caresse l'espoir de devenir comédienne. C'est un rêve qui deviendra peut-être réalité après la guerre.

Hanni s'engouffre dans la chambre, pleine d'appréhension. Elle découvre une jeune femme en perdition, défigurée à force d'avoir trop pleuré.

— Mon Dieu ! s'exclame-t-elle en la prenant dans ses bras.

Le Führer est encore sous l'emprise de la cocaïne lorsque, une heure plus tard, Hanni demande à le voir. Il s'apprête à retrouver les membres de son état-major dans le grand salon, sur la table duquel des cartes militaires ont été étalées. Il est gonflé à bloc et entend bien les rappeler à leurs devoirs. L'objet de la réunion est récurrent : comment ravitailler la 6e armée de Paulus et éviter à ses hommes, déjà très éprouvés par des mois de lutte sans merci et le terrible hiver russe, de sombrer corps et biens. Alors qu'il se dirige d'un pas décidé vers la pièce où les autres l'attendent, il hésite, s'arrête net. La santé de sa maîtresse n'est pas moins importante que la survie de ses soldats qui se battent comme des diables à Stalingrad. Après tout, peu lui importe que ses généraux poireautent. Ils n'ont qu'à se montrer plus efficaces pour espérer regagner son estime. Il décide d'accéder à la requête d'Hanni et dit à Martin Bormann, qui marche derrière lui :

— Dis-leur de patienter. J'ai une affaire urgente à régler.

— Mais…

— Ça suffit !

Sitôt la conversation avec l'épouse de son médecin achevée, Hitler va voir son aide de camp. Il entre une fois encore sans frapper, à la différence près qu'il ouvre la porte d'un coup de botte. Surpris dans un demi-sommeil, Julius Schaub sursaute et se met au garde-à-vous.

— Ça va, rassieds-toi, lui ordonne Hitler en s'appuyant sur le rebord de sa table.

— La réunion est déjà finie, mein Führer ? s'inquiète l'aide de camp.

— Elle n'a pas commencé. Dis-moi un peu, Julius : depuis combien de temps tu me caches la vérité ?

— Je ne comprends pas.

— Ça fait deux semaines que Fräulein Braun refuse de me voir parce que son garde du corps, avec qui elle avait l'habitude de descendre au village, a disparu. Deux semaines qu'elle déprime parce qu'elle se sent recluse. Peux-tu m'expliquer où est passé ce soldat ? Quel est son nom, déjà…

— Horst Bleiber.

— C'est ça, Bleiber. Où est-il ? Et pourquoi je n'ai pas été informé de sa disparition ?

— C'est que… c'est un peu difficile à expliquer, temporise Schaub.

— Ne me prends pas pour un imbécile. J'ai déjà fait fusiller pour moins que ça ! prévient le chancelier en frappant la table du plat de la main.

— Bleiber était, heu, comment dire…

— Allez, accouche !

— À voile et à vapeur.

— Quoi ? Tu veux dire pédé ?

L'aide de camp fait oui de la tête. Hitler semble tomber des nues. Mais un doute persiste.

— Tu as des preuves de ce que tu avances ?

— Mieux que des preuves. Un témoignage.

— De qui ?

— Willy Fleicher.

— Connais pas.

— C'est un jeune garde-barrière, un très bon élément. Bleiber lui a fait des avances sous la douche.

— Ça alors !

— Je peux lui dire de venir séance tenante. Il confirmera, propose Schaub en décrochant le combiné du téléphone.

— Tu crois peut-être que j'ai le temps de m'occuper de ces conneries ? J'ai une guerre à gagner, au cas où tu l'aurais oublié.

Schaub repose le combiné.

— Vous avez d'autres chats à fouetter, j'en conviens. Et comme c'est moi qui ai recruté ce renégat, je me suis senti responsable de cette situation. C'était à moi de faire le nécessaire. Voilà pourquoi j'ai pris la liberté de vous laisser en dehors de cette piteuse affaire. Même Bormann n'est pas dans la confidence. J'ai peut-être eu tort d'agir ainsi.

— Non, Julius, tu as bien fait. Martin aussi est débordé. Mais dis-moi, qu'as-tu fait de ce pervers ?

— Je l'ai convoqué sur-le-champ. Il a reconnu les faits, espérant peut-être ma clémence. Mais je n'ai pas plié. Je lui ai laissé trois possibilités : Dachau, le front de l'Est ou le suicide.

— Qu'a-t-il choisi ?

— Le suicide.

— Ça valait mieux.

— Oui. Le scandale est étouffé.

— Dire que j'ai pensé que ma chérie avait une liaison avec lui.

— Aucun risque de ce côté-là, pouffe l'aide de camp.

— Le souci, c'est que je ne me vois pas donner cette version à Eva. C'est tellement infamant.

— Vous n'aurez qu'à lui dire que Bleiber a été renvoyé à Stalingrad. Et qu'il a été tué.

17

Même au plus fort de la bataille, Florian Weiter recevait des lettres d'Hilda et pouvait lui répondre. Depuis qu'il est à Minsk, il n'a plus de nouvelles. Dans la dernière lettre qu'elle lui a écrite – et qu'il a reçue la veille de son départ de Stalingrad –, Hilda lui raconte son quotidien à Berlin.

Ici, on ne ressent pas la guerre. Les gens vaquent à leurs occupations comme à leur habitude. Les rues sont toujours pleines de promeneurs, d'automobilistes et de tramways. Les étals des boutiques sont bien garnis, on ne manque de rien. J'ai quitté mon emploi de secrétaire pour travailler chez M. Stein, un artisan qui restaure des tableaux et fait aussi de la dorure. Son atelier se trouve dans une petite rue qui donne sur la Spree. Je peux contempler la rivière tout en travaillant. Tous les samedis, je vais à la patinoire où nous nous sommes rencontrés. J'ai toujours espoir de t'apercevoir dans la foule. Ce serait une sacrée surprise. Chaque jour que Dieu fait, je pense à toi, mon amour. Si tu savais comme tu me manques. J'espère que nous gagnerons vite cette guerre pour être auprès de toi. Et cette fois, crois-moi, rien ni personne ne nous séparera plus. Prends soin de toi.

Ton Hilda qui t'aime.

Cette lettre vaut tout l'or du monde. Dans ses moments de doute, Weiter la serre contre son cœur. Elle lui redonne espoir. Tout a une fin, les bons comme les mauvais moments. Cette saloperie de guerre finira bien un jour. « *Nous pourrons continuer à nous aimer, nous marier et fonder une famille. C'est ce que nous voulons. Pourquoi devrions-nous être privés de nos rêves ?* » se dit-il alors que des bruits de bottes se font entendre dans la coursive.

— Debout, feignasses ! Et magnez-vous le train. Je veux tout le monde au réfectoire dans dix minutes, éructe le major Dinz.

Weiter regarde sa montre. Il est 5 heures. Dehors, il fait encore nuit noire. La veille, on l'a prévenu que la journée serait longue.

Cette fois Weiter n'est pas assis dans la voiture de tête. On lui a demandé de monter dans le camion avec les jeunes SS *déniaisés* par Dinz. On lui a confisqué sa tenue vert-de-gris caractéristique des soldats de la Wehrmacht pour l'affubler de cet uniforme qui donne aux hommes d'Himmler l'apparence de croque-morts. Son calot et son fusil aussi lui ont été retirés. Comme les autres, il doit porter la casquette à tête de mort et utiliser un Mauser 98k, arme qui ne lui est pas familière. Tout semble fait pour qu'il ne se distingue plus du reste de la troupe. Quant à sa mission, il se doute bien qu'elle n'aura rien d'un assassinat ciblé. En regardant ces soldats muets assis à ses côtés, bien alignés, il réalise soudain à quel esprit pervers il a affaire. Manifestement, Dinz a un contentieux avec lui. Il semble décidé à lui en faire baver. Pourquoi lui ? Sûrement le fruit du hasard. C'est tombé sur lui comme ça aurait pu tomber sur un autre. Le plus petit officier, le moindre kapo a toujours besoin d'une tête de Turc pour montrer son importance et se faire respecter. Chaque provocation, chaque brimade n'a d'autre objet que de rappeler qui donne les ordres et qui doit se soumettre. Prendre sur soi et rester calme, c'est tout ce que Weiter peut faire pour le moment.

Après un bon quart d'heure, le convoi s'arrête à la lisière d'un bois, non loin du ghetto juif. Sitôt sorti du camion, le capitaine remarque une file interminable de prisonniers entourés de miliciens et d'auxiliaires armés. Ils sont conduits dans la forêt.

— Encore des Juifs ? demande-t-il à Dinz.

— Pour la plupart, oui. Ils viennent du ghetto voisin. La marche n'a pas été longue.

— Vous dites pour la plupart. Qui sont les autres ?

— Commissaires politiques, cadres du parti communiste, universitaires, scientifiques. La pêche a été bonne.

— Combien de personnes en tout ?

— Un bon millier, répond Dinz alors que des coups de feu provenant de la forêt se font entendre.

Il rectifie, sur le ton de la plaisanterie :

— Ah ! Un peu moins maintenant.

Le capitaine, cette fois, ne prendra pas le risque de questionner Dinz sur les torts de ces prisonniers qu'on mène à la mort. Ils sont coupables parce qu'ils sont juifs ou russes. Pas parce qu'ils ont commis un délit. Mais Weiter n'a encore rien vu.

Le petit groupe de SS, Dinz en tête, s'engouffre à son tour dans la forêt alors que d'autres détonations résonnent à intervalles réguliers. Après quelques minutes de marche, le major et ses hommes retrouvent d'autres soldats en noir dans une clairière où une profonde fosse a été préalablement creusée. Dinz s'approche d'un lieutenant-colonel de sa connaissance, un certain Ernst Frack, responsable de l'*Einsatzkommando*[1] à l'œuvre près de la fosse.

— *Heil Hitler !* lui crie-t-il, bras tendu.

— *Heil Hitler !* répond l'autre.

Après cet échange d'amabilités, Frack lui annonce la couleur :

— Vous arrivez à point nommé, major. Mes hommes commencent à faiblir. Prenez le relais, le temps qu'ils soufflent.

— *Ja voll, Oberststurmbannführer*[2] *!*

Puis, se tournant vers ses recrues, Dinz s'écrie :

— Allez, mes chéris, c'est le moment de montrer ce que vous avez dans le calbute. Amenez-vous par ici !

Les jeunes SS obtempèrent. Quant à Florian Weiter, il reste en retrait comme s'il n'était qu'un spectateur. Piqué au vif, le major se plante devant lui. Il doit bien faire une tête de moins que le capitaine mais ses galons

---

1. Commandos d'extermination répartis sur tous les territoires conquis à l'Est. Dans la région de Minsk sévissait l'*Einsatzgruppe B*, dirigé dès 1941 par le général SS Erich von dem Bach, l'un des plus zélés serviteurs d'Himmler.

2. Lieutenant-colonel dans la Waffen-SS.

compensent sa petite taille et lui donnent l'aplomb qu'impose la situation.

— Ça vaut aussi pour vous, Weiter.

— Sauf votre respect, major, j'ai été envoyé à Minsk comme tireur d'élite. Je n'ai rien à faire ici.

— Approchez-vous de la fosse ! bouillonne Dinz en posant une main sur la crosse de son pistolet.

Le capitaine ne résiste que pour la forme. Le major serait capable de le tuer sur-le-champ pour ne pas perdre la face, d'autant que la confrontation se déroule devant ses hommes et le lieutenant-colonel Frack qui n'en perdent pas une miette. Il y va de son honneur et de sa réputation. La mort dans l'âme, Weiter se joint aux autres. Il croise les derniers membres de l'*Einsatzkommando* qui, sitôt revenus de la fosse, s'empressent de poser leurs fusils pour aller boire du schnaps.

Dinz passe une dernière fois ses hommes en revue. Pour les galvaniser, il leur cite une phrase célèbre prononcée par le Führer lors d'un de ses discours, qu'il leur demande de répéter :

— « Il faut que le jeune homme allemand du futur soit grand et mince, vif comme un lévrier, résistant comme le cuir et dur comme l'acier. »

Les SS reprennent la citation en chœur alors qu'un groupe d'environ trente personnes trépigne au bord de la fosse. Ordre est lancé à ces malheureux de se déshabiller, de descendre dans le ravin par un escalier de fortune et de s'allonger sur les corps encore chauds qui viennent d'être suppliciés, face contre terre. Leurs effets personnels, surtout les objets de valeur, sont triés et rangés dans des boîtes étiquetées. Certains obéissent en silence et s'allongent sans faire d'histoire. D'autres, des mères d'enfants en bas âge surtout, fondent en larmes, hurlent, implorent la pitié de leurs jeunes bourreaux qui semblent tout aussi effarés qu'elles. Elles sont brutalisées par des miliciens qui leur font entendre raison à coups de crosse dans les reins.

Lorsque les hommes de Dinz, parmi lesquels Weiter, commencent à tirer, la tuerie a déjà commencé depuis une heure. Pour chaque victime, trois tireurs font feu en même temps. Ainsi, aucun d'eux ne sait exactement qui a donné la mort. Cette méthode a pour but d'atténuer le sentiment de culpabilité dont souffrent certains exécutants. Mais elle ne satisfait que modérément l'état-major. Trop de munitions sont gaspillées. À Berlin, on réfléchit à la mise en place de techniques plus économes.

Des dizaines de cadavres, dont l'odeur pestilentielle s'élève déjà de la fosse, forment un amas de plusieurs couches. Toutes les cinq couches, les corps sont recouverts de terre tandis que les tireurs cèdent leur place à d'autres bourreaux. Et l'opération se poursuit jusqu'au remplissage complet du ravin. Cette procédure, appelée *Sardinen Packung* – « méthode des sardines » –, est l'œuvre d'un autre haut gradé de la Waffen-SS, Friedrich Jeckeln[1]. Elle est largement employée lors des massacres de masse.

1. Nommé par Himmler chef de la police dans la Russie de l'Est, Friedrich Jeckeln fut responsable de la mort de plus de cent mille Juifs, Tziganes, communistes et autres *indésirables* lors des tueries de Kamianets-Podilskyï, Babi Yar, Rivne, Rumbula et Dnipropetrovsk.

Lorsque les hommes de Frack reprennent leur macabre besogne, ceux du major Dinz viennent d'exécuter une centaine de personnes, essentiellement des femmes et des enfants. Reprenant leur position au bord du ravin, les tueurs aguerris ont un regard amusé pour ces assassins en herbe qui, posant à leur tour leurs fusils, semblent désorientés. Le plus jeune SS, arrivé à Minsk seulement trois jours plus tôt, fait quelques pas, chancelle et s'évanouit. Un autre, prostré, bouche entrouverte, écarquille les yeux comme s'il venait de voir le diable. Un troisième s'éloigne pour aller vomir derrière un arbre. Weiter, lui, marche tranquillement jusqu'à la sentinelle préposée au schnaps et avale deux verres d'une traite alors que les tirs reprennent.

À la pause déjeuner, les officiers, sous-officiers et autres gradés s'attablent sous une tente. Au menu, charcuterie et vin rouge. Dinz a ordonné à Weiter de se joindre aux chefs. Le capitaine n'a pas protesté.

Les officiers lèvent leur verre et trinquent à la santé du Führer. L'Oberststurmbannführer Frack se réjouit du travail de ses *petites mains*, comme il désigne les membres de son *Einsatzkommando*. L'un de ses subordonnés renchérit en lui annonçant qu'à la mi-journée la fosse est à moitié pleine et qu'à ce rythme-là il est raisonnable d'espérer qu'environ neuf cents Juifs, Tziganes, bolcheviks et autres ennemis du Reich seront liquidés avant la nuit. Le Graal de ces officiers est d'égaler le massacre de Babi Yar, au cours duquel trente-trois mille sept cent soixante et onze Juifs ont été tués par balles en seulement deux jours.

Dinz, jusque-là muet, revient sur la méthode employée. N'y aurait-il pas d'autres moyens que la fusillade pour mener à bien le nettoyage ethnique et l'éradication des partisans et opposants de tout poil ? Cette méthode, à la longue, éprouve les nerfs des exécutants, surtout les jeunes recrues. Tout en regardant Weiter, le major évoque certains éléments de sa propre unité que l'Oberststurmbannführer a pu voir à l'œuvre près de la fosse, qu'il qualifie d'âmes sensibles. Weiter baisse les yeux. Frack reconnaît que le sujet est épineux. À tel point qu'Himmler en personne, venu plusieurs fois à Minsk pour suivre les opérations, a émis de sérieux doutes et demandé à ses hommes de réfléchir à d'autres procédures. Frack raconte les expériences qui se sont hélas avérées inefficaces : liquidation de malades mentaux à la dynamite, utilisation d'un camion à gaz – un tuyau est relié au pot d'échappement et le gaz est projeté à l'intérieur du véhicule où sont regroupés les condamnés. Un officier rappelle que le gaz reste un moyen prometteur et que le Reichsführer songerait même, dans un avenir proche, à l'employer dans des camps de grande capacité tels qu'Auschwitz ou Treblinka. Mais la conversation, soudain, est jugée trop sérieuse. Les bouteilles de rouge sont vidées. L'alcool aidant, on délaisse les sujets épineux pour échanger des blagues.

Une heure plus tard, le train-train recommence. D'autres prisonniers sont rudoyés avant d'être mis à nu et dirigés vers la fosse. Et les tirs reprennent, à cadence régulière. Les hommes de Frack sont à la manœuvre.

— Regardez et prenez-en de la graine ! lance Dinz à ses recrues.

Un sous-officier resté sous la tente finit dare-dare les restes de ses collègues. Puis il actionne un gramophone.

Entre deux salves, les oreilles des bourreaux se tournent vers la tente d'où s'échappent des notes de *La Walkyrie*.

S'assurant que personne ne se trouve plus dans les parages, le sous-officier rote un bon coup et allume une cigarette, l'air repu.

18

Clark Gable entend bien reprendre la main. N'est-il pas le patron de l'équipe ? Si son vieux complice Andrew McIntyre a des états d'âme, alors qu'il reste au pays. Il ne lui en tiendra pas rigueur. Sa femme et ses gosses seront ravis de le revoir. Les techniciens de talent ne manquent pas à Hollywood. Louis B. Mayer n'aura qu'à passer quelques coups de fil pour lui trouver un remplaçant. Quant aux autres, il serait bon de s'assurer de leur loyauté.

John Lee Mahin, Mario Toti, Bob Boles et Howard Voss sont convoqués à la faveur de la pause dominicale. Sitôt entrés dans le bureau de l'acteur – en qualité de capitaine de l'USAAF, Gable a désormais son propre bureau –, ils se mettent au garde-à-vous et se fendent d'un salut militaire.

— Repos ! fait Gable en les saluant à son tour.

Même s'il a un grade supérieur, l'acteur s'est toujours comporté d'égal à égal avec ses techniciens. Mais le jour du départ pour l'Europe approche et il doit savoir à quoi s'en tenir. Qui sait si McIntyre n'a pas tenté de les retenir eux aussi ?

— Je n'irai pas par quatre chemins, les gars. Êtes-vous toujours partants pour foutre une raclée aux Boches ?

Étonné, John Lee Mahin répond aussitôt :

— Plutôt deux fois qu'une. Pourquoi ? Tu en doutes ?

— Je pose la question, c'est tout.

— J'aimerais déjà y être, enchaîne Mario Toti.

Seul Boles se montre plus nuancé.

— Ça ne va pas être de la tarte mais il faut bien qu'on s'occupe de cette bande de tarés.

— Comme tu dis, sourit Gable.

— Où est Andy ? demande Voss.

Un silence. Et l'acteur répond :

— Je ne suis pas sûr qu'il soit du voyage.

— Quoi ? Qu'est-ce que c'est que ces conneries ? tonne Mahin.

Le colonel Devon, commandant de la base, est un fin connaisseur du bombardier B-17. Il est instructeur et a participé à sa conception lorsqu'il était ingénieur chez Boeing dans le civil. Le monstre d'acier long de vingt-trois mètres, avec une envergure de plus de trente et un mètres, n'a plus de secret pour lui. Dans le hangar qui abrite une trentaine d'exemplaires du mythique appareil, il en vante les mérites à ses jeunes recrues, tel un représentant de commerce.

— Regardez bien cet avion, soldats. Bientôt, il sera votre nid douillet, votre *home sweet home*. Vous passerez plus de temps en son sein que sur le plancher des vaches. Apprenez à le chérir, fait-il en caressant le nez de l'appareil.

Massés autour du commandant, les soldats écoutent attentivement. Devon poursuit :

— Voici le B-17G, la version la plus aboutie de ce modèle.

— Quelles différences avec les modèles précédents ? demande Gable.

— Les moteurs sont plus performants. Ils délivrent près de cinq mille chevaux. Sa dérive et ses ailes ont été agrandies pour améliorer la stabilité. Le système d'armement a été renforcé. On est passé de huit à treize postes de tir. En tout, l'avion sera défendu par treize mitrailleuses de calibre 12,7 millimètres ; de quoi décourager les chasseurs ennemis de venir vous faire la bise.

Une salve de rires salue le colonel.

— Quel est son rayon d'action ?

— Plus de mille six cents kilomètres avec son chargement. Largement de quoi décoller des environs de Londres le matin pour faire un peu de tourisme au-dessus de l'Allemagne et revenir à l'heure du thé si chère à nos amis anglais.

Nouveaux rires. Mais une troisième recrue s'inquiète.

— Les bombardements auront lieu de jour ?

Le sujet est sensible. Là encore, Devon balaie la question.

— Cet avion vous emmènera à plus de vingt-cinq mille pieds. À cette altitude, la Flak[1] est inefficace. Vous toucherez presque les étoiles.

— Combien de bombes embarquées à chaque mission ?

---

1. Défense antiaérienne allemande.

— L'équivalent de trois tonnes. Je vais vous confier un secret : les usines de boules Quies allemandes tournent à plein régime depuis qu'on a fait irruption dans leur espace aérien.

Les réactions sont accompagnées d'applaudissements. Gable et ses hommes sont tout aussi conquis que leurs jeunes camarades par la démonstration du colonel. Lorsque les soldats ressortent du hangar, on ne distingue plus aucune trace d'appréhension sur leur visage. Devon est autant showman que pédagogue. Avec des formateurs de cette trempe, on pourrait presque croire que la guerre n'est qu'un divertissement.

— Il devrait tenter une carrière à Hollywood, suggère Voss.

— Je vais en toucher un mot à Mayer, approuve Gable en se prêtant au jeu.

Depuis quelques jours, Andrew McIntyre s'est fait porter pâle. Il se trouve à l'infirmerie pour un mal de dos. Il passe ses journées à lire la presse et à écouter la radio, chouchouté par les infirmières dont il savoure l'attitude autant que les charmes. Si ça ne tenait qu'à lui, il resterait là jusqu'à la fin de la guerre. Quel meilleur endroit ?

Ce jour-là, Gable et son équipe sirotent une bière à la buvette de la base. L'épisode du *juke joint* d'El Paso a été porté à la connaissance de leurs supérieurs. Jusqu'à leur départ pour l'Angleterre, l'acteur et ses hommes ont interdiction formelle de sortir de la base sans une autorisation écrite du commandant.

Clark Gable s'interroge toujours sur les intentions de son chef opérateur. Aussi, lorsqu'il le voit pousser la porte et venir jusqu'à sa table d'un pas décidé, il se montre surpris.

— Et ton dos ?

— Réparé, fait McIntyre en s'asseyant face à lui.

— Comme par enchantement, persifle Voss.

— Les infirmières l'ont vite remis sur pied, renchérit Toti.

Gable lève la main pour signifier la fin des hostilités. Et demande à son chef opérateur :

— Qu'est-ce que tu bois ?

— Comme vous.

L'acteur fait signe à la serveuse d'approcher. C'est une jeune femme d'une vingtaine d'années, blonde aux yeux clairs. Un badge est épinglé sur sa poitrine, sur lequel est inscrit son prénom : Sue.

— Oui ?

— La même chose pour mon ami, s'il vous plaît. Plus une nouvelle tournée.

— Voilà qui est bien parlé, capitaine, se réjouit Voss.

Le regard de Gable s'attarde un instant sur la serveuse. Revenant à ses moutons, il demande à McIntyre :

— Alors, Andy, ces quelques jours de repos t'ont permis d'y voir plus clair ?

— Affirmatif.

Les autres trépignent d'impatience. Et McIntyre lâche :

— Vous ne pensiez tout de même pas partir sans moi, les gars ?

La face de Gable s'illumine.

— C'est bien, Andy, dit-il en posant une main sur son épaule.

— Tu me rassures, vieux. J'ai failli croire que t'avais une toute petite bite, exulte Mahin en levant sa chope.

— Et moi, j'ai failli croire que t'en avais pas du tout, rebondit Boles, hilare, en levant son verre à son tour.

À la manière d'une équilibriste, Sue revient avec un plateau contenant six chopes. Gable se lève pour l'aider à poser les verres sur la table. Ce faisant, elle lui glisse un mot à l'oreille et repart derrière son comptoir, le visage empourpré.

— Oh, oh ! Le capitaine a une touche ! s'exclame Voss.

— T'es con, Howard. Je pourrais être son père.

— N'empêche, c'est pas la fille la plus moche de la base. Loin de là. Franchement, à ta place, j'irais les yeux fermés.

— Qu'est-ce qu'elle t'a dit ? se hasarde Mahin.

— C'est pas tes oignons, John, se renfrogne l'acteur.

— Elle lui a peut-être demandé de l'aider à faire ses devoirs, s'esclaffe McIntyre.

— Ça doit être ça, ouais, approuve Toti.

— Vous êtes fatigants à la longue, rétorque Gable, lassé.

Le colonel Devon hésite. Puis finit par donner son accord. Gable pourra exceptionnellement sortir de la base et retrouver Sue. D'ici quelques jours, l'acteur s'envolera pour affronter les nazis en Europe. Comment lui refuser cette faveur ? Devon aussi est soldat. Il a combattu les Japonais dans le Pacifique, a connu l'éloignement, les privations de toutes sortes, l'abstinence sexuelle. Il peut comprendre. En outre, Gable n'est pas une recrue comme les autres.

On peut difficilement lui dire non.

Pueblo est une ville moyenne entourée d'une nature spectaculaire. Rivières, lacs et cimes enneigées s'offrent au regard du visiteur. Lorsque Sue, forçant sa timidité, a dit à Clark « Je vous adore », elle n'espérait pas qu'il donne suite à sa déclaration. Les voilà pourtant face à face dans un café du centre-ville. La jeune femme est si troublée qu'elle reste muette un long moment. L'acteur en profite pour l'observer attentivement. Il sait maintenant pourquoi il a accepté de la retrouver. Sue ressemble trait pour trait à Carole.

— Quand partez-vous pour l'Europe ? finit-elle par demander.

— D'ici deux ou trois semaines.

À nouveau le silence. Un serveur apporte deux verres de bourbon.

— Tu es native de Pueblo ?

— Oui.

— Quel âge as-tu ?

— Vingt-deux ans.

L'acteur semble soulagé. Sue est majeure et vaccinée. Il n'a rien à craindre, sauf peut-être une indiscrétion. Ils viennent à peine d'arriver que des regards provenant de tables voisines se tournent déjà vers eux. Gable passe difficilement inaperçu, même dans le trou le plus perdu.

— Et vous ? continue-t-elle après avoir bu une gorgée qui la fait grimacer.

— Moi, quoi ?

— Votre âge ?

— Quarante-deux ans.

— Ah ! Mon oncle aussi, dit-elle comme s'il venait de lui révéler une maladie grave.

— Pourquoi tu me parles de ton oncle ? Tu n'as plus ton père ?

Sue se rembrunit.

— Je l'ai à peine connu. Il s'est fait la malle quand j'avais sept ans. Il bossait dans une aciérie en dehors de la ville. Les seuls souvenirs que j'en ai, c'est quand il filait des beignes à ma mère, le soir, en rentrant du boulot. Il picolait sec.

Gable soupire. Cette histoire, il l'a entendue cent fois. C'est le parcours type d'une petite provinciale comme on en voit tant à Hollywood. Il ne compte plus ces jeunes beautés en perdition croisées dans des castings ou dans ces fêtes décadentes à Malibu ou Beverly Hills. Sue est le genre de fille dont se repaissent les producteurs dépravés qui règnent sur les studios. Une victime idéale.

— Et ta mère ?

— Elle bosse dans le piment.

— Le piment ?

— Oui. Avec l'acier, c'est la spécialité locale. C'est une simple employée.

— Tu vis toujours avec elle ?

— Non. J'ai un studio en ville. À deux pas d'ici.

— Je vois, fait-il en prenant sa main.

Elle s'approche, l'embrasse.

— On serait mieux chez moi, non ?

— Tu es sûre ?

— Certaine.

Ça pourrait être un logement d'étudiant. Une dizaine de mètres carrés tout au plus, pas de sommier, un simple matelas posé à même le sol, deux chaises, une petite table et un réchaud. Quelques étagères aussi, sur lesquelles reposent des ouvrages de Steinbeck, Faulkner ou Dos Passos. Voilà la tanière de Sue, serveuse à Pueblo, Colorado, incarnation vivante de feu Carole Lombard.

Ils s'embrassent à nouveau, longuement cette fois. Elle déboutonne son chemisier.

— Attends, lui dit-il.

— Quoi ? Tu n'as pas envie de moi ?

— Bien sûr que si. Tu es très séduisante. Mais rien ne presse. On a encore quelques jours devant nous. Faisons d'abord connaissance, dit Gable en s'allongeant sur le matelas.

— Je ne comprends pas.

— Tu vas peut-être me trouver vieux jeu. Les hommes de ma génération ne sautent pas sur les filles au premier rendez-vous. Ils mettent les formes, tu comprends ?

Comme elle reste sans voix, il lui demande d'approcher d'un signe de la main. Elle s'allonge contre lui, se blottit dans ses bras. Il baise son front et chuchote :

— Moi aussi, je t'adore.

19

Planté derrière la fenêtre de son bureau, Julius Schaub allume une cigarette et contemple le paysage alpin, l'air satisfait. Il l'a échappé belle. Son plan a fonctionné. Le Führer a tout gobé. Faire passer le caporal Bleiber pour un homosexuel et dire qu'il s'est suicidé, quelle trouvaille ! Quant à Fräulein Braun, cette petite salope qui a manqué de provoquer sa perte, il lui a confirmé de vive voix que son garde du corps avait bien été renvoyé à Stalingrad où il a perdu la vie. La garce n'a montré aucune émotion. Elle cache bien son jeu. Il va falloir se méfier d'elle. Concernant le jeune Fleicher, Schaub a été clair. Si Willy le trahit, les représailles seront terribles. L'aide de camp lui a promis qu'il ne s'en prendrait pas seulement à lui mais à toute sa famille. Les voilà donc unis dans le crime ad vitam æternam.

La nuit dernière, le chancelier a passé du bon temps avec sa goûteuse. Il est parti au petit matin pour la Wolfsschanze, son QG de Prusse-Orientale, pour comploter avec Himmler. L'objet de la réunion : la destruction complète des Juifs d'Europe. Un haut responsable de l'OKW a parlé de « solution finale », formule on ne peut plus évocatrice, approuvée par tous les participants.

Pour Eva, la coupe est pleine. Ce climat mortifère qui règne au Berghof, en plus de la fin tragique du caporal Bleiber, l'éprouve à tel point qu'elle décide de partir quelques jours à Munich retrouver sa sœur Gretl. Mais il lui faut d'abord informer Bormann de ses intentions. En l'absence du Führer, c'est lui qui est responsable de sa sécurité et le seul officier habilité à délivrer des autorisations de sortie.

La maison du bras droit d'Hitler est presque aussi imposante que le Berghof. Mais elle résonne en plus de cris d'enfants à longueur de journée. Mme Bormann les a conçus à la chaîne. Respectant les consignes d'Himmler à la lettre – tout Allemand en âge de procréer doit contribuer au repeuplement du Reich –, elle en a déjà pondu une demi-douzaine.

Eva apparaît tandis qu'une partie des enfants s'ébattent joyeusement sur la terrasse. Les plus téméraires élaborent un bonhomme de neige, avec la carotte de rigueur faisant office de nez. Alors qu'elle approche, Fräulein Braun manque de prendre une boule de neige en pleine face. Loin de s'en offusquer, elle montre son plus beau sourire à l'auteur de l'attentat, un gamin de dix ans qu'elle a souvent photographié au Berghof avec ses frères et sœurs.

Bormann, lui aussi berné par Schaub, accueille la maîtresse de son patron.

— J'ai appris la disparition de votre garde du corps, mort au champ d'honneur. Je suis vraiment navré. C'était un bon soldat. Et je sais à quel point vous aimiez partir en balade avec lui. Nous ferons en sorte de lui trouver un remplaçant, lui assure-t-il.

« Pauvre imbécile ! Comment remplacer un homme qui m'a rendue aussi heureuse ? » songe-t-elle avant de se ressaisir.

— Je vous en saurais gré, Martin, feint-elle en entrant dans la maison.

Bormann n'a pas fait d'histoires pour lui signer son autorisation. Mais il lui a tout de même flanqué un motard pour l'escorter jusqu'à Munich. Il ne pouvait pas prendre le risque de la laisser partir seule au volant de sa voiture. Toutes sortes d'opposants sévissent encore dans le Reich aussi bien que dans les territoires occupés. Hitler et son premier cercle sont des cibles de choix.

Eva se gare devant une coquette maison située 12 Wasserburger Straße, dans la banlieue chic de la capitale bavaroise. Elle l'a reçue en cadeau du Führer quelque temps après les débuts de leur relation. C'est ici qu'ils se sont aimés sans entrave, délaissant l'arrière-salle de la boutique d'Hoffmann où M. Wolf – tel était le pseudonyme d'Hitler – venait flirter avec la jeune Eva.

Non sans émotion, elle tourne la clé dans la serrure et pénètre dans la maison silencieuse qui abritait autrefois ses amours clandestines. C'était une époque bénie où le chancelier avait encore pour elle les attentions d'un homme amoureux ; une époque révolue. Le motard lui emboîte le pas. Elle ouvre les volets, aère toutes les pièces. Il s'assure qu'aucun intrus ne se trouve à l'intérieur. Et, après qu'Eva lui a offert un rafraîchissement, il prend congé d'elle et s'en retourne au Berghof sur sa motocyclette.

Une heure plus tard, voilà Gretl et Herta qui sonnent à la porte, les bras chargés de victuailles, de bouteilles de spiritueux et de champagne. À Munich, pas plus qu'à Berlin, on n'a conscience de la réalité de la guerre. Tandis que les fantassins de la Wehrmacht crèvent de faim et de froid en Russie – quand ce n'est pas sous le feu ennemi –, on trouve encore ici à boire et à manger, on circule librement et on peut faire la fête.

Faire la fête, c'est précisément l'objet de la soirée.

— Oh, je suis si heureuse de vous revoir ! s'exclame Eva en leur ouvrant sa porte.

— Quelle mine affreuse tu as ! remarque Gretl en posant les bouteilles sur la table de la cuisine.

— La vie au Berghof m'épuise.

— Alors reste à Munich, suggère Herta.

— Si seulement je le pouvais.

Alors que sa sœur et son amie déballent leurs provisions, Eva place un microsillon sur son tourne-disque. Une mélodie envoûtante se diffuse dans la maison, tel un parfum capiteux.

— Qu'est-ce que c'est ? s'étonne Gretl.

— *April Showers*, d'Al Jolson. Une chanson de 1921, répond Eva.

— Un chanteur de charme américain ? Mais c'est totalement illégal, ma chérie ! feint de s'indigner Herta en faisant sauter le bouchon d'un dom-pérignon millésimé.

Eva sert le champagne, boit une première coupe d'une traite et dit :

— C'est un peu déprimant tous ces violons, non ?

— Oui, mélodramatique à souhait, reconnaît Gretl.

— Qu'à cela ne tienne, je vais trouver autre chose. Ce soir, je n'ai pas envie d'être triste.

Eva se lève, se ressert une coupe qu'elle vide aussi sec sous l'œil amusé des filles qui, échangeant un regard complice, semblent se dire que ça promet.

Tandis qu'Herta et Gretl honorent à leur tour la cuvée millésimée, Eva met *I'm Just a Vagabond Lover*, de Rudy Vallee, un crooner à la chevelure ondoyante qui, dans les années d'avant-guerre, faisait chavirer les cœurs des jeunes Américaines.

— C'est mieux, dit Herta en finissant sa coupe.

— Très jazzy. Ça me donne envie de danser, approuve Gretl en esquissant quelques pas cadencés au milieu du salon.

— Oui, eh bien, moi, je commence à avoir faim. On dansera après, coupe Eva en disposant le homard, le caviar et les blinis sur la table.

Elles dînent de bon cœur en échangeant des blagues potaches et en buvant force vodka. Voilà des mois qu'Eva n'a pas passé un moment aussi agréable. La compagnie de sa petite sœur et de son amie d'enfance lui procure un bien-être salvateur. Jamais elle ne s'est abandonnée de la sorte avec Hitler. Il ne fume pas et ne boit pas. Il prend ses bains seul et ne supporte pas qu'on le touche, même lorsqu'on est de ses intimes. C'est un vrai bonnet de nuit. Cette soirée volée entre filles est une divine parenthèse. Elle en savoure chaque seconde.

Sous l'emprise de l'alcool, elles se désinhibent. Une fois le dîner terminé, Gretl se lève de table et reprend sa danse. Les autres ne tardent pas à la rejoindre. Eva a toute une collection de disques prohibés, des crooners et des orchestres de jazz, cette musique que le docteur Goebbels qualifie de dégénérée.

Entre deux disques, les filles continuent de boire du champagne. On en est à la quatrième bouteille quand sonnent les douze coups de minuit. Ce ne sont que fous rires, chahut de collégiennes jusqu'à une heure avancée. La soirée atteint son paroxysme lorsque Eva met une chanson de Bing Crosby, *Rhythm on the River*, une sorte de fox-trot débridé comme on en jouait dans les speakeasys à l'époque de la Prohibition. Déchaînée, Gretl prend les autres par la main et les entraîne dans une farandole. Soudain, Herta se prend les pieds dans un tapis et entraîne ses camarades dans sa chute. Toutes se retrouvent les quatre fers en l'air, riant à gorge déployée. Une fois la chanson finie, Eva se relève et, au prix d'un terrible effort, parcourt en zigzaguant les quelques mètres qui la séparent du tourne-disque… qu'elle n'atteindra jamais.

À l'aube, Herta est la première à ouvrir un œil. Le salon est sens dessus dessous. Des cadavres de bouteilles jonchent le sol, les cendriers sont pleins, des chaises renversées, un rideau a même été arraché. C'est comme une scène de guerre. La jeune femme est en proie à une migraine atroce. Gretl, elle, est affalée sur un canapé, torse nu. Dieu seul sait comment elle a perdu son chemisier. Elle dort profondément en ronflant. Quant à Eva, elle est recroquevillée sur une méridienne et sanglote doucement.

— Qu'est-ce que tu as, ma chérie ? s'inquiète Herta.

Comme Eva continue de pleurer, Herta se lève et titube jusqu'à la méridienne. Elle s'assied à côté de son amie et la prend dans ses bras.

— Je n'y arriverai pas, flanche Eva.

— De quoi parles-tu ?

— D'Horst.

— Horst ?

Eva lui livre alors, dans les moindres détails, les raisons de sa détresse ; sa rencontre avec le caporal, les virées en side-car, le refuge en forêt, leurs amours interdites. Puis la séparation, insupportable ; Horst reparti à la guerre, sa fin brutale, quelques mots en guise d'adieux qui lui font toujours l'effet d'un poignard planté en plein cœur.

Une fois le secret révélé, Herta reste un moment silencieuse. Et dit doucement :

— Tu as joué avec le feu, Eva.

— Je sais. Et si c'était à refaire, je recommencerais. Tu as déjà été amoureuse, tu sais bien de quoi je parle.

— Bien sûr. La vie semble soudain d'une extrême douceur. On se sent plus légère, comme portée par une force mystérieuse. Le regard, les attentions de celui qu'on aime nous rendent plus belle, plus forte. Cette sensation est sans équivalent, d'autant qu'elle ne survient que rarement au cours d'une vie. Être amoureuse n'a pas de prix, j'en conviens. Mais de là à risquer ta vie et celle de tes proches. Tu les connais. Ce sont des brutes.

— Je sais. D'ailleurs, j'ai des doutes sur la mort d'Horst.

— Que veux-tu dire ?

Eva sort alors la lettre d'une poche de sa robe et la lui tend.

Herta la lit d'une traite et demande :

— Et après ? Qu'est-ce qui cloche ?

— Je ne sais pas. Horst était un homme sensible. Cette lettre est trop factuelle. On dirait un télégramme. Ça ne lui ressemble pas.

Herta lui rend la lettre.

— C'est peut-être un complot, qui sait ? Mais comment le prouver ? Tout ce que ça m'inspire, c'est que tu dois rester sur tes gardes. Encore une fois, le Berghof est un repaire de loups. Tu ne sembles pas comprendre à qui tu as affaire.

Eva se lève et s'étire en grimaçant. Elle aussi a la gueule de bois.

— Je vais faire du café.

— Bonne idée, approuve Herta.

Un rayon illumine le salon. Fräulein Braun prend un plaid et recouvre sa sœur qui continue de ronfler. Puis elle disparaît dans la cuisine.

Dehors, une benne à ordures passe devant la maison. C'est une nouvelle journée qui commence à Munich. Une journée ordinaire.

20

Il fait un froid polaire dans le dortoir. Et pour cause, le major Dinz a fait retirer le poêle. La nuit, on entend claquer des dents. Certains soldats se cachent sous leur fine couverture pour pleurer, d'autres éternuent ou toussent. On en a même retrouvé deux dans le même lit au petit matin, blottis l'un contre l'autre. Quinze coups de fouet chacun, voilà ce qu'ils ont récolté. Une nuit, un autre s'est fait la belle. Au bout du rouleau, le gars. Il s'est débrouillé pour chiper des tenailles à l'atelier de mécanique, a cisaillé la clôture et s'est faufilé entre les barbelés. Mais les chiens l'ont senti. Des aboiements ont réveillé la chambrée. La lumière d'un puissant projecteur a léché les fenêtres du dortoir. La sentinelle postée sur le mirador a crié le « *Halt !* » de rigueur avant les tirs de sommation. Stefan, tel était son prénom, ne s'est pas arrêté. Alors la sentinelle l'a mis en joue. Le projecteur continuait d'éclairer le fuyard comme en plein jour. Une balle a suffi. Stefan a été enterré à la sauvette à l'aube, plus loin, dans la forêt.

Souvent, à la lueur d'une bougie, Florian écrit à Hilda. Il ne comprend pas son silence. Depuis son arrivée à Minsk, il n'a plus rien reçu. Neuf lettres sans réponse. Il a questionné Dinz. Même à Stalingrad, il recevait des nouvelles de sa fiancée. Paulus avait compris l'importance du courrier. Il a toujours fait en sorte que ses soldats restent en contact avec leur famille. C'est aussi vital que la nourriture, les munitions ou l'essence. Sans ce lien ténu, les combattants perdent tout espoir et se font tirer comme des lapins dès qu'ils repartent à l'assaut.

Non, il n'y a pas de problème, lui a assuré Dinz.

Cette nuit encore, Florian souffle dans ses mains pour les réchauffer, reprend son bloc-notes et son crayon. Mais les mots ne viennent pas. À quoi bon raconter ce qu'il a enduré ? Il ne veut pas flétrir Hilda avec toute cette souillure. La garder loin des atrocités, de l'inavouable, telle est sa ligne de conduite. Elle n'a pas besoin de savoir. Il portera seul le fardeau des crimes qu'on l'a obligé à commettre. Mais pourquoi ne répond-elle pas ? Il doit y avoir un problème de distribution, s'évertue-t-il à croire pour chasser d'autres hypothèses de son esprit.

Le jour s'est levé, blafard, neigeux, dans un blizzard impitoyable. Dehors, sans vêtements chauds, on peut mourir en quelques minutes. C'est ce qui est arrivé la semaine passée à une dizaine d'adolescents, des Juifs du ghetto que Dinz a réquisitionnés pour réparer une canalisation qui avait pété à cause du gel. On les a retrouvés raides comme des piquets, les paumes des mains soudées au tuyau. Malgré leur jeunesse, leur bonne constitution, ils n'ont pas résisté longtemps à ce vent qui glace les entrailles et fige les visages.

Toujours ce bruit de bottes et ce major qui hurle en entrant dans le dortoir ; ce sempiternel « Debout, feignasses ! » auquel on finit par s'habituer. On s'habitue à tout, aux brimades, aux insultes, aux coups de fouet, aux maigres rations qui ne suffisent pas à affronter cet hiver sans fin, à la peur vissée au ventre lors des patrouilles en ville, aux tirs soudains, aux escarmouches, aux hurlements de terreur, au sang, aux corps démembrés par les charges explosives déclenchées au passage des Panzers. Oui, on s'habitue à tout. Sauf à être privé de courrier. Weiter ne comprend pas. Alors il retourne demander des explications au major.

— Vous commencez sérieusement à m'emmerder, capitaine. Combien de fois je devrai vous le répéter ? Je n'ai constaté aucune anomalie dans l'acheminement du courrier.

— Pourtant je suis l'un des seuls officiers de la garnison à ne pas recevoir de lettres.

— Où habitiez-vous avant la guerre ?

— À Berlin.

— Vos parents ont peut-être quitté leur domicile. Le bruit court que les Alliés vont bientôt bombarder la capitale.

— Je n'ai plus mes parents.

— Ah ! Une petite amie ?

Weiter hoche la tête.

— Comment s'appelle-t-elle ?

— Hilda.

— Joli prénom. Depuis combien de temps êtes-vous séparés ?

— Ça fait plus de deux ans.

— Je vois. Hilda a peut-être perdu patience, suggère Dinz, l'œil malicieux.
— Que voulez-vous dire ?
— Je ne vais quand même pas vous faire un dessin.

Les SS enrôlés dans la division Totenkopf ont le cuir épais, exception faite de quelques éléments que Dinz s'est fait un devoir de transformer en guerriers sans foi ni loi. Ceux qui ont participé au massacre de la forêt ont déjà changé. Ils tuent désormais sans se poser de questions, presque mécaniquement. C'est devenu une tâche comme une autre, nécessaire à la survie du Reich. Quand le fantassin de base de la Wehrmacht pille, viole, incendie des chaumières ou exécute des villageois au lance-flammes, le Waffen-SS, lui, assassine des Juifs, des Tziganes, des prisonniers de guerre et autres individus considérés comme nuisibles. À chaque corps d'armée ses victimes.

Jour après jour, la carapace des hommes de Dinz s'épaissit. La phrase-choc du Führer dont le major a fait son credo résume à elle seule le but recherché. Elle a été placardée sur les portes des dortoirs, du réfectoire, de l'infirmerie, de l'armurerie afin que chaque recrue s'en imprègne. C'est devenu une sorte de mantra.

Florian Weiter donne le change. Il ne montre plus aucun signe de rébellion. Il feint d'être un mouton parmi les moutons, prompt à obéir au chien de garde qui chaque matin aboie dans le dortoir pour regrouper les bêtes. À chaque instant, il se fait violence pour paraître tel que le major Dinz voudrait qu'il soit : un soldat obéissant et enthousiaste, prêt à tuer ou donner sa vie sur un ordre. Une colère indicible commence à prendre forme dans les tréfonds de son être. Elle remonte lentement comme la lave en fusion qui s'élève dans la cheminée du volcan. Il faut contenir cette haine, ce bouillonnement qui menace de jaillir à la surface.

Ludwig Decker, vingt-trois ans, est l'un des derniers SS arrivés au camp. L'un des derniers aussi à rentrer dans le rang. Il est encore trop vert et donne du fil à retordre au major. Il s'est déjà fait remarquer en s'évanouissant lors du massacre perpétré dans la forêt. Dans le civil, il était charpentier. Il a demandé à être affecté au garage car il est aussi doué en mécanique. Et Dinz, plutôt que d'employer ses talents à bon escient, l'a d'emblée affecté à un commando d'extermination.

Comme tous ceux qui ont osé braver la loi commune, celle de la soumission, ce jeune homme originaire de Rhénanie est vite devenu le souffre-douleur de la chambrée. Chaque jour, chaque nuit, ses camarades lui jouent des tours pendables. Au début, ça n'a pas été bien méchant : poil à gratter, lit en portefeuille et autres pièges habituels tendus dans les pensionnats. Ensuite ça s'est gâté. On l'a traité de dégonflé, de lâche, de lopette. On lui a filé des claques pour le tester. La violence, graduelle, a atteint son paroxysme une nuit, alors qu'il sanglotait. La réaction de la meute ne s'est pas fait attendre. Une pluie de coups s'est abattue sur ses épaules. Il n'a dû son salut qu'à Weiter qui, dormant dans le lit voisin, a pris sa défense. Alors, dès le lendemain, les autres lui ont attribué le titre peu glorieux de « putain du capitaine ».

Comme chaque matin, c'est le branle-bas de combat. Se lever, faire son lit, s'habiller en toute hâte avant de filer au réfectoire. Ici, on ne se lave pas. Ou alors à la fraîche, dans la cour où a été installé un simple robinet le plus souvent gelé. Seuls les officiers disposent de douches à l'intérieur de leur baraquement. Elles ne donnent qu'une eau croupie qui a tout de même le mérite d'être tiède. Weiter, en sa qualité de capitaine, pourrait en profiter. Mais il préfère être traité à la dure comme les autres. Cet inconfort ne le tourmente pas outre mesure. À Stalingrad, c'était pire. Il n'avait même pas de toit au-dessus de la tête et devait souvent dormir à la belle étoile ou dans les décombres d'un immeuble bombardé.

Alors qu'il se dirige vers le réfectoire, se tenant sur ses gardes, le jeune Decker rêve d'un bain brûlant. C'est la première chose qu'il fera en rentrant au pays, avant même d'aller voir ses parents. Il passera la nuit dans un bon lit avec des draps propres et un épais duvet. Le lendemain matin, il prendra un copieux petit déjeuner dans le salon de thé à l'angle de sa rue, où les brioches sont si savoureuses. On lui servira un café allongé. Il feuillettera *Der Stürmer*, même s'il n'aime pas le ton antisémite de ce journal. Ragaillardi, il se rendra enfin chez ses parents.

Le réfectoire, lui, est chauffé. Voilà pourquoi les hommes de Dinz sont pressés de s'y retrouver. Ils en sont parfois chassés à coups de pied au cul quand l'heure du service a sonné et qu'ils s'attardent près du poêle.

Decker fait la queue devant les fourneaux. Le repas du matin consiste en une soupe fade, toujours la même, composée de blettes, de céleri ou de topinambours.

On doit tenir avec ça jusqu'à midi. C'est mieux que rien et les soldats l'ingurgitent avec hargne, comme si leur vie en dépendait.

— Alors, Decker, bien dormi ? l'interpelle un gaillard avec lequel il a déjà eu maille à partir.

Ludwig ne répond pas. Il attend sagement son tour. Le voilà enfin devant le cuistot qui, lui aussi, le regarde d'un air narquois et ne lui sert qu'un bol à moitié rempli. Là encore, il s'abstient de protester, de peur de faire un esclandre. Il aperçoit le capitaine Weiter déjà attablé au fond du réfectoire. Rassuré, il se dirige vers lui comme on retrouve un ami, lorsqu'un autre soldat lui fait un croche-patte. Il s'affale de tout son long et son bol se brise. Sous les rires, il contemple, impuissant, sa soupe qui se répand en une flaque sombre sur le carrelage. Il se relève aussitôt et va s'asseoir à côté de Weiter, lequel n'a rien manqué de la scène.

— Pas un mot, Ludwig, lui dit le capitaine.

Decker se plie à sa recommandation. Ce matin, il est le seul parmi une trentaine de SS à ne rien manger.

La petite demi-heure de répit touche à sa fin lorsque le capitaine pousse discrètement son bol vers son voisin de table. Ludwig s'assure que personne ne s'intéresse plus à lui. Il prend le bol, le soulève et le porte à ses lèvres. Il s'apprête à boire lorsqu'il sent un objet dur se poser sur sa gorge. C'est la cravache de Dinz, lequel lui ordonne :

— Posez ce bol, Decker.

Il s'exécute, la mort dans l'âme. Et le major ajoute :

— Vous devriez avoir honte de prendre les rations des autres.

Florian Weiter, une fois encore, courbe l'échine. Il n'y a rien d'autre à faire.

Dinz dit enfin, en gardant sa cravache plaquée contre la gorge de Decker :
— Et vous nettoierez vos saletés.

Les soldats sortent du réfectoire sans se presser. Au bout d'un couloir faiblement éclairé, derrière une porte qui grince sous l'effet du vent, ils savent ce qui les attend. Ils doivent prendre la relève des Juifs que Dinz a envoyés au casse-pipe pour réparer une conduite d'eau. Quelques minutes seulement après être arrivés sur place, ils sont déjà transis de froid. Surtout, ne pas rester statique. Faire des mouvements avec ses bras et ses jambes pour ne pas s'ankyloser. Mais le jeune Decker ne tarde pas à flancher. Il s'effondre, les genoux plantés dans la neige comme une ancre, et s'exclame :
— J'en peux plus !
Sous l'œil noir de ses camarades d'infortune, Weiter l'aide à se relever et lui crie, alors que le blizzard redouble d'intensité :
— Prends sur toi, soldat ! Et dis-toi que tout passe. Un jour tu rentreras chez toi et toute cette merde ne sera plus qu'un mauvais souvenir.

Planté derrière l'une des fenêtres de son logement bien chauffé, Dinz observe la scène, l'air amusé. Puis il s'assied à son bureau, ouvre un tiroir et en sort une boîte à chaussures contenant le courrier intercepté. Il y a là des dizaines de lettres destinées à d'anciennes recrues, classées par date. Et aussi celles échangées par le capitaine Weiter et Hilda, une quinzaine en tout. Les lettres de la jeune femme, surtout les dernières, sont de véritables suppliques.

Mon chéri,

Je suis morte d'inquiétude. Pourquoi n'ai-je plus de nouvelles ? J'ai écrit au lieutenant-colonel von Hurel qui m'a répondu que tu avais été envoyé en mission à Minsk. Et que mes lettres ont bien été transférées. Il ne m'a pas donné d'autres précisions.

Ou encore :

Je me fais un sang d'encre. De quelle mission s'agit-il au juste ? Chaque jour, je prie pour que tu rentres sain et sauf. Je ne supporterais pas qu'il te soit arrivé malheur.

La dernière lettre, interceptée il y a deux jours, est la plus poignante :

Je t'en supplie, Florian, donne-moi signe de vie ! Sans toi, je deviens folle.

Soudain, quelqu'un s'écrie de la pièce voisine :

— Alors, Albert, qu'est-ce que tu fous ?

— J'arrive, répond le major en refermant la boîte.

Dinz se lève, ouvre le poêle et y ajoute une bûche. Puis il entre dans sa chambre. Sur son lit, allongé dans une pose lascive, l'attend un certain Jörgen Schalp. C'est l'un des deux soldats qu'il a fait fouetter quelques semaines auparavant. Le dos du jeune SS est encore douloureux. Aussi Jörgen grimace-t-il lorsque le major, après s'être déshabillé, s'allonge sur lui pour lui faire l'amour.

21

Clark Gable hésite devant le paquet de Lucky Strike posé sur la table de chevet. Voilà un mois qu'il a cessé de fumer. Mais la date fatidique du départ pour l'Europe approchant, il est nerveux. Il finit par prendre une cigarette, fait craquer une allumette. Après la première bouffée, il demande à Sue, alors qu'elle se rhabille :

— Qu'est-ce que tu cherches au juste ? Le père que tu n'as pas connu ?

La jeune femme se tourne vers lui, abasourdie. Il a suffi d'une phrase pour tout gâcher. Tout avait si bien commencé. Une succulente côte de bœuf partagée dans le meilleur *steak house* de Colorado Springs. Puis le drive-in, la Cadillac décapotable prêtée par le colonel Devon depuis laquelle ils ont assisté à la projection de *Ninotchka*, avec Greta Garbo. Une virée en voiture dans la nature, le poste de radio jouant Nat King Cole, Ella Fitzgerald ou The Andrew Sisters. Et le premier baiser sous un ciel étoilé au son de *Silent Night*, dernier succès de Bing Crosby.

Silent night, holly night,
All is calm, all is bright.

Le retour à El Paso, une nuit d'amour comme il n'en avait pas eu depuis la mort de Carole. Une nuit d'amour comme elle n'en avait jamais eu tout court. Et cette phrase soudaine, brisant net la magie d'une aventure naissante.

— Excuse-moi, dit-il, réalisant soudain sa maladresse.

Mais le mal est fait. Les mots sont imprimés. Ils résonnent odieusement, se diffusent dans l'esprit de la jeune femme. Elle s'assied sur le rebord du lit, défaite. On dirait un animal blessé.

— Je ne sais pas ce qui m'a pris. C'est stupide, vraiment. Sue, je t'en prie : fais comme si je n'avais rien dit.

Elle tend la main vers le paquet de Lucky Strike, allume une cigarette à son tour et lui répond, en relevant la tête :

— Je vais essayer.

Alors que Gable et Sue s'attablent à la terrasse où ils se sont retrouvés la première fois, une escadrille composée de trente-deux B-17 survole El Paso avant de s'éloigner vers les montagnes. L'acteur lève la tête, l'air inquiet.

— Tu as peur ? demande Sue.

— Ce n'est pas vraiment de la peur. C'est juste que je n'arrive pas encore à réaliser que je serai bientôt dans l'un de ces coucous au-dessus de l'Allemagne. On ne parle plus d'entraînement, là.

— Je peux comprendre ce que tu ressens. Risquer sa vie, ce n'est pas anodin.

Il prend sa main et soupire :

— Tu lui ressembles tant.

Elle lui sourit.

— Je sais. Ma mère était abonnée au *Reader's Digest*. J'adorais lire ce truc. J'ai vu des photos d'elle. Et aussi de toi. J'étais au courant de tous les potins d'Hollywood. C'est comme ça que je t'ai connu. Et que je suis tombée amoureuse.

Un serveur se présente.

— Autre chose ?

— Je reprendrais bien une bière, lui répond Sue.

— Moi aussi.

Une fois le garçon revenu, Sue demande à l'acteur, après avoir bu une bonne gorgée de bière pour se donner du courage :

— Tu me trouves aussi jolie qu'elle ?

Gable boit une rasade à son tour, rallume une cigarette et se surprend à répondre oui. Jamais il n'aurait cru une telle réponse possible. Carole était unique, incomparable. Aucune fille ne lui arrivait à la cheville. Il y a du sacrilège dans cette approbation. Et pourtant, c'est ce qu'il pense : Sue n'est qu'une petite serveuse d'El Paso. Mais elle pourrait être reine elle aussi.

La jeune femme rougit.

— Tu veux bien me parler d'elle ?

Sue a creusé une brèche. Il pensait la refermer. Mais il se prête au jeu, surpris de voir que l'évocation du grand amour de sa vie n'est plus aussi douloureuse.

— Que veux-tu savoir ?

— Tout.

— Toi, alors ! s'amuse-t-il en buvant une nouvelle gorgée.

— Si ça te gêne, on peut changer de sujet.

Il observe un silence et raconte :

— Nous n'avons tourné qu'un seul film ensemble, en 1932 : *Un mauvais garçon*. Je jouais le rôle d'un gars qui triche aux cartes. Il rencontre une jeune bibliothécaire dont il s'éprend. Il pense alors revenir dans le droit chemin, mais…

— Je l'ai vu. J'ai adoré. Carole est très convaincante. D'ailleurs, je la préfère dans ce rôle que dans ces comédies loufoques qui l'ont rendue célèbre.

— Je vois que tu es une connaisseuse.

— Tu ne crois pas si bien dire. J'ai vu tous ses films. Et les tiens aussi, bien sûr.

— Voyez-vous ça ! Et lequel de mes films as-tu préféré ?

— Tu ne vas pas me trouver très originale.

— *Autant en emporte le vent* ?

Sue fait oui de la tête et ajoute, en fronçant les sourcils :

— Si tu savais comme j'étais jalouse de Vivien Leigh ! J'aurais tué père et mère pour être à sa place.

Gable éclate de rire. Et Sue ajoute, vexée :

— Ne rigole pas, c'est vrai.

— C'est ce que je vois.

Ils échangent un long baiser. Et l'acteur précise :

— Vivien était une fille courageuse. Le public la détestait parce qu'elle était anglaise. La production recevait des lettres d'insultes où revenait toujours cette question : pourquoi donner le rôle à une Anglaise quand nous avons tant d'actrices talentueuses à Hollywood ? Vivien a tenu bon. D'ailleurs, pour ce rôle, elle a décroché l'oscar de la meilleure actrice.

— Belle revanche.

— Oui, d'autant que le tournage était plutôt éprouvant. Ses rapports avec Victor Fleming, le réalisateur, étaient exécrables. Ils ne pouvaient pas se blairer. Un jour, Fleming lui a lancé : « Il ne faut pas jouer comme une lady, Scarlett est une salope. » Et tu sais ce qu'elle a fait ?

— Non.

— Elle a déchiré son chemisier et a montré ses nibards à toute l'équipe en criant : « C'est assez salope pour vous, ça ? »

— Sérieux ?

— Oui. C'est l'un des moments que j'ai préférés sur ce tournage, avoue Gable, taquin, en reprenant sa chope.

— Je veux bien te croire. Mais revenons à Carole : tu as couché avec elle sur le tournage d'*Un mauvais garçon* ?

— Le moins qu'on puisse dire, c'est que tu es directe. Mais je vais te répondre. Non, je n'ai pas couché avec elle sur ce tournage. Parce qu'elle était encore mariée à William Powell, qui était un chic type.

— Tu n'étais pas amoureux ?

— Non. Elle non plus d'ailleurs. On était dans une relation strictement professionnelle. Il nous a fallu attendre quatre ans de plus pour comprendre que nous étions faits l'un pour l'autre.

— Comment ?

— Lors d'une soirée chic à Beverly Hills. On était tous habillés en blanc, c'était le *dress code*. Carole était magnifique ce soir-là. Et ça faisait trois ans qu'elle n'était plus avec Powell. Quant à moi, j'étais en train de divorcer.

— Toutes les conditions étaient réunies. Et après ?

Un nouveau silence. Gable finit sa bière, rallume une cigarette et répond, maussade :

— Ils se marièrent, vécurent heureux mais n'eurent pas d'enfants. À cause d'un avion.

Sue préfère en rester là. Elle connaît la fin tragique de Carole. Dans le *Reader's Digest*, l'accident était relaté dans les moindres détails. Elle se souvient même d'avoir lu que Gable s'était rendu sur place dès le lendemain du crash pour s'assurer de la réalité du désastre. En espérant aussi que Carole ait survécu. Il est resté longtemps près du mont Potosí. Et lorsque les secours ont retrouvé le corps de l'actrice, affreusement mutilé, il a pu enfin essayer de faire son deuil. Sans succès.

Ils roulent lentement vers l'appartement de Sue alors qu'une pluie fine commence à tomber. Gable relève la capote de la Cadillac.

— Tu restes avec moi cette nuit ? espère-t-elle.

— Je ne demanderais pas mieux mais demain on se lève aux aurores pour le dernier entraînement. Ce ne serait pas raisonnable.

— Raisonnable ? Je n'ai pas du tout envie d'être raisonnable, moi. Bientôt, tu ne seras plus là, se renfrogne-t-elle.

Gable se gare devant l'immeuble de la jeune femme. Il prend son visage entre ses mains géantes et lui dit, sur un ton d'une infinie bienveillance :

— Je serai toujours là pour toi, petite. Si j'en reviens.

22

« *Ни шагу назад !* Pas un pas en arrière ! » Telle est la phrase clé de l'ordre n° 227 que le camarade Joseph Staline a signé le 28 juillet 1942. On ne se rend pas, on résiste jusqu'au bout. L'Armée rouge est sans pitié avec ses combattants. Au sein de chaque bataillon, des unités dites de barrage ont été créées pour punir ceux qui oseraient se débiner ou simplement faiblir. Si besoin, ces unités ont le droit de tirer sur leurs propres troupes. Côté allemand, on n'est pas en reste. C'est le *Standbefehl*, l'ordre de tenir sur place. Hitler, lui aussi, a été on ne peut plus clair. On garde les positions. On ne se replie pas sinon c'est le peloton d'exécution. Et pourtant, le 2 février 1943, ce que le Führer redoutait par-dessus tout finit par se produire : Paulus a capitulé. Capitulé ! C'est un fait sans précédent, un cataclysme. Dans toute l'histoire militaire allemande, jamais un officier de ce rang ne s'est rendu. Pour les stratèges de l'OKW, en revanche, ce n'est pas une surprise. Le scénario était couru d'avance. Voilà des semaines que ce général aux abois crie à l'aide. Des semaines que le Führer l'ignore, pire, le méprise. Quant à Göring, il est directement responsable de ce fiasco abyssal. C'etait aussi à lui que Paulus adressait ses suppliques, restées là encore sans effet. Le salut ne pouvait venir que du ciel. Le patron de la Luftwaffe lui avait promis cinq cents tonnes de vivres et de munitions par jour. Il en a obtenu dix fois moins.

Alignant trois mille cinq cents pièces d'artillerie, les Russes ont commencé par pilonner les alliés de la Wehrmacht qui opéraient sur ses flancs. Il s'agissait de la 8e armée italienne, de la 3e armée roumaine et de la 2e armée hongroise. Le général Vatoutine n'en a fait qu'une bouchée. Forte de ce succès, l'Armée rouge a proposé la reddition à son ennemi mortel. Mais Paulus a refusé, croyant peut-être encore à un sauvetage providentiel. Alors les Russes ont décidé d'en finir. Au terme de terribles combats qui leur ont permis de récupérer la quasi-totalité du territoire de Stalingrad, les Allemands se sont retrouvés pris au piège dans une poche comprise entre le Don et la Volga. Le 16 janvier, les Russes ont repris l'aérodrome de Pitomnik, principale voie d'approvisionnement allemande. Puis celui de Gumrak. Privé de moyens de ravitaillement, tout aussi incapable d'évacuer ses blessés, Paulus comprend que les jeux sont faits. Il supplie Hitler de l'autoriser à se rendre. Cet appel de détresse reste sans réponse.

Le 26, l'Armée rouge s'empare d'une position emblématique : le kourgane Mamaïev, point culminant de la ville. À court de munitions, de carburant et de nourriture, les Allemands résistent encore une semaine et capitulent. La veille de sa reddition, Paulus a été élevé à la dignité de maréchal par le Führer. Ce dernier espérait peut-être que son général mourrait avec dignité – c'est-à-dire qu'il se suiciderait – plutôt que de se déshonorer. Mais Paulus, au fil du temps, nourrissait une haine grandissante pour son chef. Aussi a-t-il préféré que les vainqueurs décident de son sort au lieu d'avaler une capsule de cyanure ou de se tirer une balle dans la tête.

2 février 1943, jour qui restera à jamais marqué au sceau de l'infamie. À l'instant où Martin Bormann reçoit la nouvelle, il se trouve sur la terrasse de son chalet en train de jouer avec ses enfants. Il reste planté là, les bras ballants, comme un boxeur sonné. L'événement est à ce point crucial qu'il risque d'ébranler en profondeur les plans de l'OKW, de la Waffen-SS et des autres corps d'armée de l'Axe impliqués dans la guerre à l'Est. Les conséquences de cette défaite sont pour l'heure difficiles à concevoir. Bormann laisse ses enfants aux bons soins de son épouse qui, remarquant son teint livide, comprend tout de suite que quelque chose de grave est arrivé.

Une fois revenu à l'intérieur, le secrétaire du Führer commence par se servir un verre de cognac qu'il avale d'une traite. Puis il décroche son téléphone et convoque sur-le-champ Julius Schaub et Rochus Misch. Sa montre indique 9 h 30. La nuit dernière, le chancelier s'est couché tard. Reclus dans le grand salon avec son état-major, il a suivi les développements de l'ultime affrontement, ne cessant de répéter à qui voulait l'entendre que la promotion de Paulus au grade de maréchal allait lui donner des ailes. Il est allé se coucher vers 4 heures du matin, confiant, après avoir pris un puissant somnifère.

Bormann dispose de quelques heures avant que le Führer ne rouvre les yeux. Ça lui laisse le temps de trouver comment lui annoncer la nouvelle. À moins que son aide de camp ou son garde du corps ne s'en chargent. Mais ceux-ci déclinent l'offre. Ils ne sont pas pressés d'entrer dans la chambre d'Hitler pour lui apprendre, au saut du lit, que plus de sept cent mille soldats qui se battaient avec rage depuis six mois pour la conquête de Stalingrad sont morts pour rien. Et que leur chef s'est rendu.

Les murs du Berghof ont tremblé. Tétanisé, le personnel a été témoin d'un accès de violence inédit : chaises renversées, vitres brisées – un cendrier en bronze a même traversé une fenêtre et fini sa course sur la terrasse –, portes claquées. Passé cette colère titanesque, le docteur Morell a été convoqué en urgence au chevet du patient A. Il lui a administré un sédatif à même d'assommer un cheval. Le temps que le produit fasse effet, le Führer a tout de même trouvé assez d'énergie pour vilipender non seulement Paulus, mais tous les autres généraux responsables de la perte de Stalingrad. Jamais ils n'ont autant senti l'haleine fétide du dragon qui, depuis les débuts de l'opération Barbarossa, leur donne des ordres ineptes et lourds de conséquences. Pour les plus sceptiques – parmi lesquels Göring –, la démonstration est faite : Hitler n'a jamais été un chef de guerre digne de ce nom. Pour ce qui est de la stratégie, il n'a pas plus de connaissances ou d'à-propos que le petit caporal qu'il était durant la Grande Guerre et qu'il n'a dans le fond jamais cessé d'être. C'est une pure folie de l'avoir laissé aux commandes. Mais qui pouvait l'empêcher de faire son numéro, de laisser croire aux vrais professionnels de la guerre, comme au peuple, qu'il était un génie militaire, l'égal de Napoléon sur les champs de bataille ?

Telle une pluie tropicale, la crise de nerfs du Führer n'a duré qu'un court moment. Et puis elle a cessé, laissant le personnel et ses principaux collaborateurs en état de choc. Fräulein Braun, elle, est restée cloîtrée dans sa chambre, attendant que l'orage passe. Ces colères fracassantes ont au moins un mérite : elles lui rappellent qu'elle n'est pas le centre du monde. Elle comprend que son chagrin, ses états d'âme sont peu de chose au regard du désastre militaire que vient de subir l'Allemagne. Dans ces moments où l'on sent que l'histoire peut basculer, où la certitude de la victoire fait soudain place à la peur et au doute, elle se surprend à plaindre ce tyran dont elle partage l'existence. Elle aurait presque envie de frapper à sa porte, de le prendre dans ses bras et de lui chuchoter des mots doux dans le creux de l'oreille, comme le ferait une mère consolatrice. Mais ça n'est qu'une pensée qu'elle n'est pas décidée à convertir en acte. Elle pourrait se contenter d'organiser une projection. Le cinéma, avec la drogue, est le seul expédient à même d'apaiser le Führer.

Au signal habituel, Fritz Sauber enclenche le projecteur. Le générique annonce *Pilote d'essai*, un film réalisé en 1938 par Victor Fleming. Dans les rôles principaux : Clark Gable, Myrna Loy et Spencer Tracy.

Gable incarne Jim Lane, un pilote d'essai casse-cou chargé d'ouvrir une nouvelle ligne sans escale entre la côte est et la côte ouest des États-Unis. Mais une avarie le contraint à se poser en catastrophe dans un champ au beau milieu du Kansas. Alors que Gunner Morris, son mécanicien, joué par Tracy, s'affaire aux réparations, Jim rencontre Ann Barton, la fille du propriétaire du champ. C'est le coup de foudre.

Le scénario est bien troussé, les scènes de vol sont spectaculaires. Et Gable est toujours aussi photogénique. Dès qu'il apparaît à l'écran, la magie opère. Hitler et sa maîtresse ne le quittent plus des yeux. Le temps de la projection, tous deux sont transportés dans une autre dimension. Fini Stalingrad, fini Horst Bleiber. Ils ont décollé comme cette tête brûlée de Jim Lane qui fait le pitre dans les airs. Tout semble plus léger.

Au moment du crash, le chancelier a serré la main de sa maîtresse comme s'il se trouvait lui-même dans l'avion de Gable. Elle a joué le jeu. Le cinéma les rapproche, mieux, les rabiboche, quelles que soient les tempêtes qu'ils traversent.

À la fin de la projection, ils restent un long moment à commenter le film. Ils en discutent à chaud et en détail, comme des spécialistes.

— Ce film est d'un réalisme saisissant. Les Américains sont nos ennemis mais ils n'en demeurent pas moins les maîtres du septième art, commence le Führer.

— Depuis que Charles Lindbergh a traversé l'Atlantique d'une traite, ils ont découvert un nouveau filon. Ils excellent dans ce genre, enchaîne Eva.

— Si ma mémoire ne me fait pas défaut, je crois bien que Gable a déjà incarné des aviateurs avant *Pilote d'essai*.

— C'est exact. Dans *Les Titans du ciel*, de George Hill. Et surtout dans *Vol de nuit*, de Clarence Brown.

— *Vol de nuit* ? N'est-ce pas un film adapté du roman de cet écrivain français, quel est son nom, déjà ?

— Saint-Exupéry, l'auteur du *Petit Prince*.

Soudain, le visage du chancelier s'assombrit. Il poursuit, sur un ton beaucoup moins enjoué :

— J'ai été informé que Gable suivait une formation d'artilleur aérien depuis plusieurs mois.

— Tu penses qu'il a l'intention de partir au front ?

— Oui. Il ne va pas tarder à s'envoler pour l'Angleterre. Officiellement, son rôle se bornerait à superviser le tournage d'un film de propagande. D'après une note confidentielle, il a été promu capitaine.

— Ce qui signifie qu'il est apte à combattre, s'inquiète Eva.

— En théorie, oui.

— Mon Dieu ! fait-elle en posant une main sur sa bouche.

— Ces acteurs sont stupides. Ils feraient mieux de rester à leur place au lieu de se mêler de ce qui ne les regarde pas. Crois-moi, Eva, je serais tout aussi navré que toi d'apprendre que Clark Gable a été abattu par notre chasse ou la Flak.

23

Cher parrain,

Comme tout un chacun, j'ai appris que Stalingrad est tombée. Des mois de boucherie, de misère, de privations pour en arriver là. On sait de quel cerveau est sortie cette idée absurde de conquérir la Russie. J'espère que ce monstre sera un jour jugé et puni, lui et ses sbires. Puissent-ils payer pour leurs crimes. Je suis inquiet pour mon pays. Quelle trace laisserons-nous dans l'histoire ? Que diront les générations futures lorsqu'elles auront connaissance de nos actes, des atrocités commises par la Wehrmacht, la Waffen-SS et leurs affidés ? Je m'inquiète aussi pour vous car je n'ai aucun moyen de savoir si vous avez survécu au désastre. Ici, la capitulation de Paulus est considérée comme une trahison. Voilà pourtant un saint homme qui a préféré rendre les armes plutôt que de sacrifier ses dernières troupes à la bêtise criminelle de son chef. Sa désobéissance, je l'espère, fera des émules. Mais vous ? Je vous en prie, parrain, donnez-moi de vos nouvelles si vous le pouvez.

Sincèrement vôtre,

Florian.

Le capitaine Weiter relit sa lettre à la lueur d'une chandelle. Les chances qu'elle parvienne à son destinataire sont minces. Et son contenu pourrait lui porter préjudice. Alors il la déchire. Avoir couché ces quelques mots a soulagé sa conscience. C'est déjà ça.

— Tu ne dors pas ? chuchote Ludwig Decker du lit voisin.

— Comme tu vois.

— Toujours pas de nouvelles d'Hilda ?

— Toujours pas.

— Pourquoi déchirer cette lettre ? Elle peut encore arriver, on ne sait jamais.

— Je n'écrivais pas à Hilda mais à un officier dont j'étais très proche à Stalingrad. Impossible de savoir ce qui lui est arrivé.

— Tu penses qu'il a été tué ?

— J'espère que non.

— Il a peut-être été fait prisonnier.

— Qui sait ? fait Weiter en soufflant la bougie.

Sitôt sortis du réfectoire, Florian Weiter et Ludwig Decker ont été convoqués chez le major Dinz. Pourquoi ? Ils n'en ont aucune idée. Ce SS est si tordu qu'il trouve toujours un motif pour vous opprimer. Et quand bien même il n'en trouverait pas, il en inventerait.

La porte s'ouvre.

— Entrez, dit le major.

Une fois rassis à son bureau, Dinz entre dans le vif du sujet.

— Messieurs, nous avons un sérieux problème. Il semblerait que l'Oberscharführer[1] Rudy Sedelman ait été capturé cette nuit à Babtsy, un village situé à une centaine de kilomètres au nord de Minsk.

Comme Weiter affiche son étonnement, le major précise :

— Sedelman est notre meilleur agent. Je parle de lui au présent, j'espère qu'il est encore en vie. Pour nous, sa perte serait catastrophique.

— Vous parlez d'un agent. Vous voulez dire espion ?

— Si vous voulez. Sedelman opère derrière les lignes ennemies. Depuis trois mois, il nous livre des informations sur des groupes de partisans au sein desquels il a placé ses hommes.

— Comment savez-vous qu'il a été capturé ? Il est peut-être mort.

— Nous le supposons, c'est tout. Les derniers messages reçus de son opérateur radio font état d'une escarmouche. On n'en sait pas plus. Le signal a cessé après une série de coups de feu et de cris que nous avons pu enregistrer. Je vous transmettrai les bandes, une photo récente de Sedelman et d'autres informations utiles à votre mission.

— Ma mission ?

— Oui, capitaine, fait Dinz en ouvrant un dossier posé sur son bureau.

— Je ne vous suis pas.

Le major sort une feuille du rapport et la lui montre.

— J'ai là le compte rendu détaillé de vos exploits en Pologne. Vous avez bravé tous les périls pour ramener cet officier, dit-il, admiratif.

1. Grade d'adjudant dans la SS.

— C'est de l'histoire ancienne. Je suis un tireur d'élite à présent. Vous semblez l'avoir oublié.

Dinz lui sourit et répond :

— Je n'ai rien oublié, au contraire. Je me réjouis de constater l'étendue de vos talents. Vous n'êtes pas seulement un tireur hors pair. Vous êtes aussi capable de mener à bien les opérations les plus risquées.

— Et Decker, qu'a-t-il à voir dans cette affaire ? demande Weiter en se tournant vers son camarade.

— Il sera du voyage.

— Il n'a pas d'expérience, proteste le capitaine.

— Qu'à cela ne tienne. Ce sera pour lui l'occasion de faire ses preuves.

— En Pologne, nous étions cinq pour mener à bien cette mission.

— Je n'ai que Decker à vous proposer. J'ai ouï dire que vous vous entendiez bien. Vous ferez un parfait binôme.

— Ne me dites pas que vous manquez d'effectifs. Il vous suffirait de retirer deux ou trois soldats d'un *Einsatzkommando*.

— Non, Weiter. Désolé. J'ai besoin de tous mes hommes. La traque et l'élimination des Juifs sont pour nous une priorité. Tant que de nouvelles techniques ne seront pas mises au point, les tueries par balles continueront.

Weiter et Decker sont conduits dans la salle des transmissions où un technicien leur fait écouter l'enregistrement. On entend des tirs en rafale et des hurlements. Puis le silence, seulement troublé par des pépiements d'oiseau.

— Apparemment, la scène s'est déroulée en plein air, en déduit le capitaine.

— C'est une hypothèse, admet le technicien.

— Avez-vous un plan de Babtsy ?

— Oui.

Une fois la carte dépliée, Weiter est conforté dans son impression. La zone est très boisée. Ça ne va pas être facile de retrouver cet espion.

Les voilà lancés sur les routes sinueuses et boueuses de Biélorussie. Deux soldats allemands face à l'Armée rouge. Ils portent des uniformes russes et se déplacent à bord d'un véhicule tout terrain de fabrication soviétique confisqué à des partisans. Si Weiter parle couramment le russe, Decker, lui, n'en possède aucune notion. Aussi se fera-t-il passer pour un officier muet. En plus de l'armement russe de base, Dinz leur a fourni tous les laissez-passer utiles à leur mission et des lettres vierges à en-tête de l'état-major russe. Au bas de ces lettres a été imitée la signature du colonel Plenikov, commandant en chef des troupes basées en Biélorussie.

À la faveur d'une halte, les deux hommes se perdent en conjectures sur le but véritable de cette opération. Deux soldats n'ont jamais suffi à relever pareil défi.

— Dinz voudrait nous envoyer à la mort qu'il ne s'y prendrait pas autrement. Je pense qu'il a décidé de se débarrasser de nous, affirme Decker.

— Ou alors c'est un piège, imagine le capitaine.

— À quoi penses-tu ?

— C'est la première fois qu'on quitte le camp. On est libres, Ludwig. Regarde autour de toi. Il n'y a que des plaines à perte de vue. Rien ne nous oblige à aller à Babtsy.

— Et rien ne nous oblige à retourner à Minsk.

— Non. Mais qui nous dit que nous ne sommes pas surveillés ?

— Je ne vois personne à des kilomètres à la ronde, fait Decker en tournant sur lui-même.

— Dinz est la pire salope que j'aie jamais rencontrée. Il attend peut-être un faux pas de notre part pour nous faire fusiller.

— Tu te fais des idées. Il ne pousserait quand même pas le vice jusqu'à nous faire suivre. Sur le plan logistique, ce serait trop compliqué. Il te l'a dit lui-même : il a trop à faire avec les Juifs.

— Je ne sais pas, hésite Weiter.

— Florian, écoute-moi. C'est une chance qui ne se représentera plus avant longtemps, une occasion inespérée d'échapper à cette ordure. Allez, on se fait la belle !

— Je ne le sens pas, désolé.

— Dans ce cas, je partirai de mon côté.

— Tu ne comprends pas un mot de russe. Comment tu passeras les contrôles ?

— Je me débrouillerai, crois-moi. La volonté donne des ailes.

— Tu me fais rire, Ludwig. Seul et livré à toi-même en territoire ennemi, ton espérance de vie ne dépasserait pas vingt-quatre heures.

24

Les fenêtres de la buvette offrent une vue saisissante sur le tarmac. De leur table où ils boivent une dernière bière avec le colonel Devon, Gable, McIntyre et les autres peuvent contempler les bombardiers dans lesquels ils prendront place dans moins d'une heure. Les réservoirs sont pleins à ras bord. Une nuée de mécaniciens s'affaire autour des trente-huit B-17 et des quinze B-24 qui rallieront la base de Gander, sur l'île canadienne de Terre-Neuve, avant de traverser l'Atlantique. C'est au Ferry Command[1] qu'incombe la tâche délicate de convoyer les avions américains vers le théâtre de guerre européen. C'est aussi de Gander que décollent les patrouilles chargées de repérer et de détruire les redoutables U-Boots qui sèment la terreur dans le Nord-Ouest atlantique. Le colonel Devon en connaît un rayon dans ce domaine. Avant d'être instructeur, il a effectué plusieurs missions de protection de convois maritimes. En outre, il a lui-même participé à la traque

1. Commandement de la Royal Air Force (RAF) responsable de l'acheminement des avions des États-Unis à l'Angleterre.

des sous-marins allemands. Il est aussi volubile sur ce sujet que lorsqu'il parle de ses chers B-17.

— Quel type d'appareil est utilisé pour combattre les U-Boots ? lui demande l'acteur.

— Principalement des hydravions. Le Vought Kingfisher a ma préférence parce qu'il est polyvalent. Il peut aussi bien décoller d'une piste terrestre que d'un navire. Il est maniable, rapide et dispose de tout l'armement nécessaire pour faire de jolis trous dans ces boîtes de conserve farcies de torpilles qui nous causent tant de soucis.

McIntyre et les autres esquissent un sourire. Décidément, cet officier les distraira jusqu'au bout. Devon poursuit, trop heureux de briller devant un tel auditoire :

— Pour les missions lointaines, rien ne vaut le Consolidated Catalina. Ce gros bourdon est armé de quatre mitrailleuses et de deux canons de 20 millimètres. Il peut aussi embarquer une tonne de bombes et des charges de profondeur. De quoi inspirer le respect.

— Des charges de profondeur ? relève Voss.

— Oui, ces charges explosives qui ressemblent à des barils d'essence. On les catapulte d'un navire ou on les largue d'un avion à l'aplomb des sous-marins. Les capitaines des U-Boots les redoutent par-dessus tout. Cette arme nous a permis d'intercepter le *U-110*, que nous avons pourchassé jusqu'en Islande.

— Le *U-110*, n'est-ce pas ce sous-marin dans lequel on a retrouvé un système d'encodage ? intervient Mahin.

— Si, la fameuse machine Enigma. Elle permettait aux Allemands de chiffrer leurs communications. Par la suite, les Anglais ont réussi à comprendre le fonctionnement de cet appareil. Ils avaient connaissance des messages et des ordres envoyés par l'ennemi, ce qui leur a permis de déjouer les pièges et de continuer à être ravitaillés. Depuis, la route des convois est plus sûre. C'en est fini de l'invincibilité des U-Boots.

— L'équipage du *U-110* s'est laissé cueillir sans résister ?

— Leur navire était hors de combat. Ce jour-là, on travaillait de concert avec la Royal Navy. C'est leur destroyer HMS *Bulldog* qui a fait le job. Ils ont réussi à entrer dans le sous-marin et à faire main basse sur cette machine avant que le capitaine Fritz Lemp ne saborde son navire.

— Carton plein, se réjouit Toti.

— Comme vous dites. D'autant que Lemp était une cible prioritaire. Ce putain de *U-110* a envoyé à lui seul dix-sept bâtiments par le fond, dont le paquebot *Athenia*, qui n'était pas armé et transportait des civils. Vingt-deux Américains y sont restés. J'avais un compte à régler avec ce sale Boche.

— Vous avez tué Lemp ? reprend Gable.

— Je n'en ai pas eu l'occasion, hélas. Il a préféré sombrer avec son sous-marin.

Le joli minois de Sue apparaît. Elle échange un regard complice avec l'acteur et reprend les chopes vides. Cette fois c'est McIntyre qui se lève pour l'aider.

— J'offre la prochaine tournée ! s'exclame le colonel.

— À la bonne heure ! approuve Voss.

Une fois resservi, Devon poursuit, aussi grisé par la bière que par l'attention soutenue dont il fait l'objet.

— Les Rosbifs méritent notre respect et notre aide. En Europe, ils sont seuls face à Hitler à présent.

La France est hors jeu, même si la Résistance commence à s'organiser.

— C'est David contre Goliath, s'inquiète McIntyre.

Le colonel boit une grande rasade de bière et reste un moment pensif avant de répondre, un panache de mousse blanchissant sa moustache :

— C'est vrai. Mais David a fini par baiser Goliath, non ?

Nouvelle cascade de rires. Et Devon continue, gonflé à bloc :

— Les Anglais se battent comme des chiffonniers depuis le début de la guerre. Ils vous raconteront eux-mêmes comment ils ont repoussé les nazis de l'autre côté de la Manche. La bataille d'Angleterre, nom d'un chien, quel spectacle ! C'est probablement la bagarre aérienne la plus féroce de tous les temps. J'aurais tant aimé en être !

— C'est sûr, ils n'ont pas l'air comme ça, mais ce sont des coriaces ces Anglais, admet le chef opérateur.

— Hitler a commis une grave erreur. Il a cru que Churchill répondrait favorablement à ses offres de paix. Mais l'homme au cigare l'a envoyé se faire foutre. Il ne veut pas négocier avec lui. Il n'a qu'une obsession : mettre ce cinglé hors d'état de nuire. Et nous l'aiderons autant que possible à atteindre cet objectif. C'est pour ça que vous allez grimper dans ces coucous qui vous attendent là, fait le colonel en pointant un doigt vers le tarmac.

— Pas de risque de se faire descendre au-dessus de l'Atlantique ? s'alarme Toti.

— Non, aucune chance. La chasse allemande n'a pas assez d'autonomie pour venir nous chercher des noises à des milliers de kilomètres de ses bases. De plus, les Anglais disposent d'une autre arme : le radar. Ils maîtrisent cette technologie mieux que quiconque. C'est ce qui les a sauvés. Dès qu'un Messerschmitt décolle de France ou de Belgique, la RAF le repère et envoie aussitôt ses Spitfire pour lui montrer qu'il aurait mieux fait de rester dans son hangar.

Howard Voss semble boire les paroles de Devon. Il lui demande, après une hésitation :

— Quand vous combattiez dans le Pacifique, vous avez été blessé, ou abattu ?

— Non, mais j'ai eu de la chance. À Midway, je suis passé à deux doigts de la catastrophe. Ça tirait de tous les côtés. Les faces de citron sont encore plus fanatiques que les Boches. Ce sont des bêtes sauvages. Vous avez sûrement vu ces images de pilotes kamikazes piquant sur nos porte-avions. J'ai souvent frôlé la mort dans le Pacifique, mais je m'en suis sorti. La seule fois où je me suis retrouvé éjecté de mon appareil, c'était lors d'une mission de protection d'un convoi au large des côtes américaines.

— Que s'est-il passé ? continue Toti.

— Rien. Je pilotais un Hurricane spécialement préparé pour être catapulté d'un cargo. Aucun atterrissage possible, cet avion est fabriqué sans roues.

— Un avion à usage unique, en quelque sorte.

— Oui. Je me suis retrouvé le cul dans l'océan. Les copains ont mis deux heures avant de me repêcher. Je peux vous dire que ce n'est pas le meilleur moment que j'ai pu vivre dans ma chienne de vie.

Cette dernière tirade déclenche une nouvelle salve de rires. On trinque, on vide les verres et Gable offre une ultime tournée alors qu'un officier vient prévenir les recrues de l'imminence du départ.

Derrière son comptoir, Sue s'impatiente. Elle aimerait bien que Devon lui laisse le loisir de faire ses adieux à Gable. Mais le colonel est un conteur intarissable. Et il possède cette précieuse faculté de communiquer sa détestation du Boche à ses recrues. Au fil de sa formation, l'acteur en a assez appris sur l'ennemi pour n'avoir aucun scrupule, aucune hésitation à appuyer sur la détente le moment venu. Lui qui affirmait que son casier universitaire était vierge n'a jamais autant lu de bouquins sur Hitler et sa clique. On lui a enseigné l'histoire récente de l'Allemagne, expliqué la montée des périls, montré, films à l'appui, tout le malheur que les nazis ont répandu en Europe de l'Ouest depuis le début de la guerre et les crimes abominables qu'ils ont perpétrés en Russie. Il a aussi appris l'existence des camps de la mort, du génocide des Juifs, de l'exécution des Tziganes, des malades mentaux et de centaines de milliers d'autres malheureux, opposants politiques, prisonniers de guerre ou autres. Il sait que sa mission ne relève pas seulement du devoir. Il s'agit de combattre des forces maléfiques. Bien plus qu'une expédition militaire, c'est une croisade pour préserver les valeurs essentielles qui ont façonné la démocratie.

Pressé par le temps, le colonel a fini par se taire. Les hélices des B-17 commencent à tourner. C'est le moment d'embarquer. Après l'ultime accolade, Devon souhaite bonne chance à ses recrues – « Je prierai pour vous », a-t-il promis – et les accompagne jusqu'à leur appareil. Gable, lui, est resté dans la buvette. Il n'a qu'une poignée de minutes pour réconforter Sue qui, malgré tous ses efforts, n'arrive pas à admettre que, dans quelques instants, elle sera séparée de cet acteur dont elle est éperdument amoureuse.

— Je ne te demanderai pas de m'écrire, lui dit-elle en baissant les yeux.

Il la prend dans ses bras.

— Je le ferai si je peux.

— Quelle connerie, cette guerre !

— C'est un mal nécessaire.

— Tu me quittes au moment où je commençais à m'attacher à toi.

Il l'embrasse alors que, de l'autre côté de la vitre, McIntyre lui fait signe de se dépêcher. Et il lui dit, avant de la quitter :

— Prends soin de toi, petite. Et ne te fais pas de mouron.

25

Bormann, Göring, Goebbels, Speer et leurs épouses sont attendus pour le déjeuner. Il y aura d'autres invités, membres du premier cercle ou vieux camarades de lutte qui ont participé au putsch de la Brasserie[1] ou fait leurs armes avec le chancelier. Hitler fait un baisemain à Magda Goebbels et s'isole un moment avec son mari et ses principaux lieutenants. En ce début d'année 1943, les Alliés ont regagné du terrain et renforcé leurs positions jusqu'en Extrême-Orient où ils luttent à mort contre le Japon. Au Maghreb, la survie de l'Afrikakorps ne tient plus qu'à un fil. Mais c'est surtout la catastrophe militaire de Stalingrad qui alimente la conversation. Pour le Führer, la prise de cette ville était un objectif prioritaire. Elle avait valeur de symbole. La reddition de Paulus n'a pas seulement ébranlé l'état-major, elle a aussi montré à l'opinion publique, jusque-là en parfaite osmose avec

1. Putsch de la Brasserie ou putsch de Munich : tentative de coup d'État manquée d'Hitler en 1923. C'est lors de son emprisonnement que le futur Führer a écrit *Mein Kampf*.

ses dirigeants, que la Wehrmacht n'est plus une armée invincible.

La veille, à Berlin, Goebbels a fait un discours enflammé devant quatorze mille personnes au Sportpalast. La patrie est en danger, partout l'ennemi avance. La seule réponse qui convienne est la guerre totale. Il n'est pas question de cesser les hostilités, encore moins de négocier une paix infamante avec les Alliés. L'Allemagne a montré sa puissance au monde, elle peut encore compter sur des troupes de réserve et ses usines d'armement qui continuent de tourner à plein régime grâce au talentueux et énergique ministre Albert Speer. Non, la guerre n'est pas finie. Loin de là. Et si l'on vient à manquer de soldats, le peuple tout entier devra se lever comme un seul homme pour défendre le Reich, a-t-il martelé. Plus théâtral que jamais, Goebbels a fini son discours en hurlant : « Et maintenant, peuple, lève-toi ! Tempête, déchaîne-toi ! »

Le chancelier a approuvé chaque mot de cette harangue jusqu'au-boutiste. Parce qu'il est dans le même état d'esprit que son ministre. Lui aussi a toujours joué son va-tout et celui de l'Allemagne. Göring le lui a souvent reproché, d'ailleurs. Mais c'est dans sa nature. Lorsque le Führer prend une décision, bonne ou mauvaise, il est rare qu'il en dévie. À Stalingrad, malgré d'incessantes mises en garde de ses généraux et les supplications de Paulus, il a laissé sombrer sa 6e armée parce qu'il a estimé, dès le départ, que la défaite n'était pas une option.

Alors que ces messieurs cherchent une solution pour sauver le Reich, Fräulein Braun retrouve Magda

Goebbels en grande conversation avec une autre femme illustre : Hanna Reitsch.

Reitsch est une pilote d'essai émérite, une tête brûlée qui a failli mourir plusieurs fois lors de vols expérimentaux. Un crash l'a défigurée. Elle respire depuis avec un nez artificiel. À ses débuts, elle a battu le record féminin de vol en planeur en restant plus de cinq heures d'affilée dans les airs. Elle a été la première femme à survoler les Alpes avec ce type d'appareil. En 1942, elle a testé le premier avion-fusée jamais construit, le Messerschmitt Me 163 Komet. Cet avion révolutionnaire avait déjà coûté la vie à plusieurs pilotes. Mais il en fallait plus pour impressionner ce petit bout de femme qui, en récompense de sa témérité, a été décorée de la croix de fer. Tout comme Leni Riefenstahl, Reitsch voue au Führer une admiration sans bornes. Eva Braun se sent encore une fois minuscule devant cette femme extraordinaire. Mais elle n'en est pas jalouse. Au contraire, elle admire Hanna comme elle aime Leni ou Magda, ces icônes, ces modèles qu'elle rêve d'égaler. Voilà des femmes libres qui ont su tirer leur épingle du jeu, affirmer leur personnalité et leur indépendance au sein d'une dictature des plus patriarcales. « Chapeau bas », se dit-elle en constatant à quel point l'aviatrice suscite la curiosité.

La réunion a été pesante. À table, les sujets graves sont mis de côté. Place aux plaisirs culinaires, aux discussions légères. Les plus hauts dignitaires du régime essaient de se dérider mais le cœur n'y est pas. Même leur chef fait grise mine. À la suite de la capitulation de Paulus, Hitler a décrété trois jours de deuil national.

Il règne une atmosphère étrange au Berghof. La défaite de l'Allemagne, jusqu'alors impensable, ne relève plus du fantasme.

Eva a été séparée des autres femmes avec qui elle discutait pourtant agréablement avant le déjeuner. D'autorité, Schaub l'a assise à la droite du Gauleiter[1] de Munich, Adolf Wagner, un fonctionnaire connu pour son zèle à traquer les Juifs. Ce vieux compagnon de route du Führer a l'allure d'un repris de justice. Une large balafre traverse sa joue gauche de l'oreille au nez. Il la porte comme une médaille et raconte fièrement à sa voisine de table, qui ne lui en demandait pas tant, comment il l'a reçue.

— C'était dans ma jeunesse, à l'université. On se battait dans la cour. Parfois ça tournait au vinaigre et on sortait les sabres.

— Vraiment ? fait Eva en feignant de se montrer intéressée.

Une autre brute épaisse, dénommée Josef Dietrich – Sepp pour les intimes – mastique son entrecôte à la gauche de la jeune femme. Ancien boxeur, ex-garde du corps d'Hitler, il est l'un des créateurs de la SS avec Himmler. Il a participé à la Nuit des longs couteaux, en 1934. Au début de la guerre, il a obtenu le grade de général dans la Waffen-SS pour ses bons et loyaux services. Durant la campagne de France, il s'est distingué en massacrant des prisonniers au mépris de la convention de Genève. En 1942, en Ukraine, il s'est montré encore plus féroce avec les populations civiles.

1. Responsable local du NSDAP et d'un *Gau*, circonscription territoriale.

À côté de Dietrich se trouve le Gauleiter de Vienne, Baldur von Schirach, père de la Hitlerjugend, les Jeunesses hitlériennes. C'est dans ce vivier qu'ont été prélevées les meilleures troupes de la Wehrmacht et de la Waffen-SS. Pour sa guerre totale, Goebbels y puisera bientôt les dernières forces du Reich pour aller épauler son armée de fortune faite d'anciens combattants et de préadolescents.

La plupart de ces caciques sont les piliers de l'édifice hitlérien. Ils sont laids, grossiers, violents, habitués aux coups tordus et n'hésitent pas à s'entre-dévorer. Même si elle n'en montre rien, Fräulein Braun est impressionnée par leurs faciès de tueurs. Dans ce marigot, Albert Speer fait figure d'exception. Fils de grands bourgeois, architecte, il est plutôt beau gosse et s'exprime avec délicatesse. Passionné d'architecture, le Führer l'a pris sous son aile et entretient avec lui une relation amicale qui exaspère les autres courtisans.

Si tous ces personnages ont montré l'étendue de leurs *talents*, la palme de l'horreur revient sans conteste à l'homme assis en face d'Eva, le docteur Karl Brandt. Cet homme ombrageux a dirigé le programme T4 visant à éliminer par injection létale les aliénés et les handicapés. Dans les camps de la mort, il s'est attelé à l'expérimentation en inoculant des virus et autres substances mortelles à des déportés.

À eux seuls, les nazis qui font ripaille à cette table ont tant de sang sur les mains qu'il serait hasardeux d'avancer le nombre de leurs victimes. Des centaines de milliers, sans compter celles d'Himmler, l'exterminateur en chef, absent ce jour-là. C'est un banquet de démons, une confrérie du mal comme le monde n'en a encore jamais connu. Pourtant, Eva s'en accommode. Elle sait depuis longtemps à qui elle a affaire, dans quel milieu elle évolue. La plupart de ces dirigeants ont un lourd passé criminel. Devrait-elle pour autant éprouver de la culpabilité à se trouver en pareille compagnie ? Non. Car cette bande de soudards a conquis le pouvoir par les urnes, en toute légalité. C'est là que réside son génie. Quant à la guerre, c'est une affaire d'hommes. Elle n'y est pour rien. Aussi, le jour où un haut gradé est venu lui demander si elle consentirait à lui céder quelques manteaux de fourrure pour aider des soldats mal vêtus à supporter l'hiver russe, elle s'est montrée surprise et n'a pas donné suite. Cette requête lui a semblé déplacée.

La conversation se veut plaisante. Mais elle finit par retomber sur l'actualité que personne à cette table ne peut plus occulter. Le ton redevient grave. Hanna Reitsch, que la proximité de ces éminents personnages n'effraie guère, propose une solution pour reprendre l'avantage sur l'ennemi.

— Pourquoi ne pas utiliser une version pilotable de la fusée V1 ? demande-t-elle à Göring, qui a été le premier à finir sa viande.

— Et c'est vous qui seriez aux commandes ? s'amuse le patron de la Luftwaffe en prenant les autres à témoin.

— Pourquoi pas ? Tester de nouveaux engins volants, c'est mon métier, après tout.

— L'idée n'est pas nouvelle, ma chère. Nous ne vous avons pas attendue pour y penser.

— J'ai entendu dire que de tels essais ont déjà été menés sur des fusées V1 modifiées. Deux pilotes en sont morts, rappelle Dietrich.

— Je sais, Sepp. Je les connaissais personnellement. J'ai pu analyser les restes de leurs fusées. Il s'avère que leur système gyroscopique d'autoguidage était défectueux. Le problème a été résolu. Je suis prête à vous prouver que cette idée est encore viable, se défend Reitsch.

Pris de court, Göring se tourne vers Hitler, lequel consulte Speer. Le ministre de l'Armement hoche la tête. Magda et Eva échangent un regard complice. Hanna a eu gain de cause. Même Goebbels, qui semblait irrité qu'une femme mette son grain de sel dans un sujet aussi grave que la guerre, approuve en penchant la tête à son tour. Après tout, cette proposition farfelue va dans le sens de sa stratégie. Au point où on en est, toute aide est bonne à prendre.

La discussion dévie sur les bombardements que le Reich subit de plus en plus souvent depuis le début de l'année. Göring est mal à l'aise. Hitler le tient pour directement responsable des attaques alliées. C'est au chef de la Luftwaffe qu'incombe la tâche de défendre l'espace aérien et de contrer ces raids qui, de jour comme de nuit, endeuillent de nombreuses familles allemandes. Ce déjeuner, Göring le sait, pourrait devenir son procès. On ne compte plus les fois où tel général, tel ministre s'est fait étriller. Lorsque le chancelier a l'un de ses collaborateurs dans le nez, il ne se prive pas de lui faire sa fête en public. Ça conforte son autorité.

Voyant son collègue de la Luftwaffe en fâcheuse posture, le ministre de la Propagande tente de lui venir en aide en changeant de sujet. Il passe sans transition de sa guerre totale à Clark Gable. L'évocation de la star tombe comme un cheveu sur la soupe.

— On m'a projeté un film de propagande américain où l'on voit Gable embarquer pour l'Angleterre. Nous avons du souci à nous faire, se gausse-t-il.

— C'est sûr. Cet acteur est une arme de séduction massive, enchaîne Dietrich, pas peu fier de son bon mot.

— Clark Gable, le bourreau des cœurs ? ajoute Speer sur le même ton.

— Lui-même, confirme Goebbels.

Von Schirach dit, perplexe :

— Je ne comprends pas ce pouvoir qu'il exerce sur les femmes. Après tout, il n'est pas si beau que ça.

Magda remarque qu'Eva et le Führer blêmissent. Elle sait à quel point ils idolâtrent Gable. Elle s'inquiète pour son mari. Ce jeu de massacre risque de se retourner contre lui. Pourtant, Goebbels poursuit, encouragé par les réactions de ses collègues.

— Savez-vous qu'à ses débuts personne ne voulait de Gable ? Il avait les dents écartées et des oreilles d'éléphant. Darryl Zanuck, le patron de la Warner, disait qu'il ressemblait à un singe.

Von Schirach, Dietrich, Brandt et Speer éclatent de rire. Pétrifiée, Eva cherche le regard d'Hitler. Lui aussi semble outré, tout comme Bormann d'ailleurs. Mais le chancelier ne bouge pas. Parmi les membres du premier cercle, Goebbels – avec Himmler – est le plus fanatique et le plus loyal de tous ses lieutenants. Il le suivrait jusqu'en enfer s'il le fallait. Son aide est trop précieuse pour songer à lui faire payer cette moquerie.

Eva a vu Hitler baisser la tête, il ménagera son ministre. Alors, n'y tenant plus, elle lance à Goebbels, avant de se lever et de quitter la pièce avec fracas :

— Un singe, dites-vous ? Non, mais regardez-vous !

26

Florian Weiter est serein. Il pilote le véhicule tout-terrain comme s'il se trouvait sur une route de campagne un beau jour d'hiver en temps de paix. Il savoure le paysage grandiose qui s'étale devant lui, à l'infini ; une succession de plaines, de lacs et de forêts de conifères jalonnés de rares villages. À la place du passager, il imagine Hilda contemplant ce spectacle, un pinceau à la main. La jeune femme est aussi douée pour la peinture que pour le patinage. Il se souvient avec émotion de ces jours de repos où il l'accompagnait sur les bords de la Spree ou à la campagne avec son chevalet et ses tubes de couleurs.

La réalité rattrape Weiter au détour d'un virage. Ce n'est pas sa chérie qui est assise à côté de lui mais un jeune SS qui, lui, n'en mène pas large. On peut rouler des heures sans trouver âme qui vive. Mais voilà un hameau qui se dessine au loin. On aperçoit déjà quelques isbas au-dessus desquelles s'élèvent des panaches de fumée.

— Je meurs de faim. Et je suis frigorifié, se plaint Ludwig Decker.

— Petite nature !

— La nuit va bientôt tomber.

— On va s'arrêter dans ce village. Et surtout, souviens-toi : pas un mot, pas un son. Tu es muet comme une carpe.

— Compris.

Ils s'arrêtent devant un abreuvoir gelé alors que des paysans apparaissent derrière leurs fenêtres. Une porte s'ouvre. Un homme large d'épaules surgit, longue barbe, manteau de fourrure, fusil à la main. On dirait l'un de ces moujiks qu'on trouve dans les livres de Tolstoï ou de Tourgueniev. À la vue des deux uniformes de l'Armée rouge qui descendent du véhicule, son visage s'illumine.

— *добро пожаловать, солдаты !* Bienvenue, soldats ! lance-t-il aux visiteurs, les bras grands ouverts.

— *Спасибо*, merci, lui répond Weiter.

Le samovar fume. Une matriochka sert le thé. Gestes précis et sûrs. Decker, accroupi près de la cheminée, tend ses mains vers le brasier.

— Pas très bavard, votre ami, fait remarquer le paysan prénommé Piotr.

— Et pour cause, il est muet. C'est de naissance, explique Weiter.

— Et il a pu être incorporé ?

Un blanc. Et le capitaine rebondit :

— Disons qu'habituellement un tel handicap empêche toute carrière militaire. Mais Anatoli est le neveu d'un haut gradé, alors…

— Je comprends, dit Piotr, rassuré, en invitant ses hôtes à passer à table.

La femme sert un succulent bortch, soupe à base de betteraves. Et puis des zakouskis, des harengs fumés, du caviar d'aubergine et des concombres aigres-doux arrosés de kvas. Weiter et son acolyte se régalent. Voilà des mois qu'ils n'ont rien mangé d'aussi savoureux.

— Vous avez l'air affamés. Vous n'êtes pas assez nourris dans l'armée ? s'étonne la paysanne.

— Pas aussi bien que chez vous, la flatte le capitaine en s'essuyant la bouche.

— Que faites-vous seuls dans les parages ? continue Piotr.

— Nous sommes en service commandé.

— Je vois. Pardonnez mon indiscrétion.

— Il n'y a pas de mal, fait Weiter en reprenant un bol de soupe.

Decker fait l'impossible pour se comporter comme s'il était réellement muet. Il redoute qu'un son s'échappe de sa bouche malgré lui. Aussi mange-t-il avec précaution.

— Le blizzard va se lever. Vous passerez la nuit chez nous, décrète la femme en regardant au-dehors.

— Le couvert et le gîte. Votre générosité vous honore, remercie le capitaine.

— C'est la moindre des choses. Vous versez votre sang pour nous libérer des Boches, martèle Piotr.

Weiter sourit. Il remarque d'autres fusils posés contre le mur ainsi que des peaux de bêtes.

— Chasseur ? lui demande-t-il.

— Oui. Ici, on trouve de tout : cerfs, élans, chevreuils, loups, sangliers. Et aussi des nazis.

— Partisan ?

Le paysan fait oui d'un signe de tête.

— Moi aussi je suis chasseur, révèle le capitaine.

— Ah oui ? Et que chassez-vous ?

— Le même gibier que vous. Avec une préférence pour les espions. Une vraie plaie, ces agents infiltrés.

Piotr écarquille les yeux et demande, admiratif :

— C'est vous qui avez capturé cet adjudant SS à Karalino ?

— Vous parlez de l'adjudant Rudy Sedelman ?

— Je ne connais pas son nom. Je sais seulement qu'il venait de Minsk. Il a fait des dégâts.

— Celui-là ne nous causera plus de soucis. Mais d'autres ont pris la relève. C'est l'objet de ma mission.

— Il se fait tard, Piotr. Conduis-les à l'étable, s'interpose son épouse.

Florian et Ludwig sont allongés sur un matelas de paille. Si la literie est réduite à sa plus simple expression, il fait moins froid ici que dans leur dortoir. Une bonne cinquantaine de moutons dispensent une chaleur salvatrice.

— Où as-tu appris à parler aussi bien le russe ? chuchote Ludwig.

— À Berlin. J'ai eu la chance d'étudier dans les meilleurs collèges et à l'université grâce à cet officier dont je n'ai plus de nouvelles. Il m'a élevé comme son propre fils. Je parle aussi le français et l'anglais couramment.

— Tu n'as plus ton père ?

— Non, je l'ai à peine connu. Il est mort en 14, au champ d'honneur comme on dit.

— Tu parles d'un honneur !

La paysanne a vu juste. Le blizzard souffle sans discontinuer depuis l'aube. Chaque bourrasque est un supplice. Après avoir loué l'hospitalité de ses hôtes et les avoir salués, Florian grimpe dans le véhicule tout-terrain, suivi de Decker. Et ils reprennent la route.

— Tu as bien tenu ton rôle, le félicite Weiter.

— Ce n'était pas évident.

— Être muet a au moins un avantage.

— Lequel ?

— Ça évite de dire des conneries.

— Très drôle, se renfrogne Ludwig.

— Prends la carte et trouve-moi Karalino, tu veux ?

— Je croyais qu'on allait à Babtsy.

— Changement de programme.

Un silence. Et Ludwig d'ajouter :

— Tu es toujours certain de vouloir continuer cette mission ?

Weiter pile et se range sur le côté de la route.

— Écoute-moi bien, soldat. Il y a quelque part dans cette tempête un officier qui attend d'être secouru. Peu m'importe qu'il soit SS, je ne l'abandonnerai pas. Ça peut te sembler dingue après tout ce que j'ai supporté dans ce pays de merde, mais j'ai encore le sens de l'honneur et du devoir. Sûrement mon éducation. Maintenant, si tu veux te sauver, vas-y, je ne te retiens pas.

Decker contemple un moment la neige tourbillonner. À présent, le pare-brise est recouvert de grésil.

— C'est bon, j'en suis, mais juste pour t'épauler. Tu n'y arriveras pas seul. Après, j'aviserai.

Le capitaine se remet en route. Ils roulent péniblement jusqu'à Karalino, distant d'environ cinquante kilomètres. Même avec des pneus adaptés, le sol se dérobe à chaque virage. À plusieurs reprises, ils frôlent la sortie de route.

— Comment retrouver Sedelman ? s'interroge Decker une fois le véhicule arrêté sur la place du village qui s'étire le long d'une forêt.

— Il est ici, dit calmement Weiter.

— Comment le sais-tu ?

— Disons que ce paysan a un peu trop parlé.

— Si l'adjudant est prisonnier dans cette forêt, comment le localiser avec ce vent et cette neige ? On n'y voit pas à plus de trente mètres.

— Il n'est plus dans cette forêt, ni ses geôliers d'ailleurs. Le blizzard les a fait décamper. Ils sont dans le coin, bien au chaud.

— On ne sait même pas à qui on a affaire. Armée rouge, partisans ?

— Armée rouge.

— Ah oui ? Tu lis dans le marc de café ?

— Ça aussi, je le tiens du paysan. D'ailleurs, tu vas sortir pour t'en assurer par toi-même.

— Quoi ?

— Va jusqu'au bout du village. Ma main à couper que tu vas trouver un ou plusieurs véhicules comme le nôtre devant une maison. C'est là que se cache notre client.

— Pourquoi on n'y va pas en voiture ?

— Parce que c'est le meilleur moyen de se faire repérer, patate. Allez, va ! Secoue-toi ! Et sois prudent.

Sitôt la portière passager ouverte, un vent violent s'engouffre dans l'habitacle. Decker s'éloigne à la hâte en prenant soin de rester à la lisière de la forêt. Bientôt, il disparaît dans les frimas. Dix minutes plus tard, le voilà de retour, grelottant.

— Alors ? s'impatiente Weiter.

— Tu avais raison. Ils sont dans l'avant-dernière maison.

— Combien de véhicules ?

— Deux.

— Combien d'hommes dans la maison ?

— J'ai pu en compter trois à travers la vitre, des soldats en uniforme. Mais je n'y voyais pas clair, il y en a peut-être plus. Et pas de prisonnier.

— Ils ont dû l'emmener à la cave.

— Bon, et après ? Comment tu vas sortir Sedelman de là ?

— Très simplement.

— Ça ne m'avance pas.

— En sonnant à la porte.

— Vraiment ? Et après, tu leur dis quoi ? S'il vous plaît, messieurs, laissez-moi passer ? Je viens chercher mon ami l'espion ?

— Oui, c'est à peu près ça, sourit le capitaine.

— Florian, s'il te plaît…

— Je leur montrerai une de ces lettres vierges que m'a données Dinz.

— Celles avec la signature du colonel Plenikov ?

— Oui. Il y sera stipulé : « Veuillez remettre votre prisonnier au lieutenant Patchenko. »

— Plutôt gonflé, ton plan.

— Il suffira que tu grimpes sur l'un de ces pylônes et que tu coupes le câble, fait Weiter en lui montrant du doigt un poteau télégraphique.

— C'est le fil du téléphone ?

— Oui. Ils ne s'étonneront pas de ne plus avoir de ligne à cause de la tempête. Du coup, ils ne pourront pas vérifier notre identité. Ça nous laissera le temps de prendre le large.

— Et s'ils ne marchent pas ?

Weiter ouvre sa besace et lui en montre le contenu, quatre Stielhandgranate 24, des grenades à main d'une efficacité redoutable. Et il dit :

— Dans ce cas, on leur offrira un beau feu d'artifice.

27

Voilà maintenant trois semaines que, sous l'égide du Bomber Command[1], Gable et ses hommes ont atterri en Angleterre à bord d'un B-17 de la 8e Air Force. La base de Polebrook, située dans le Northamptonshire, ressemble à n'importe quelle autre base. Il y a toutefois une différence de taille : ici, pas d'entraînement. Les avions n'ont qu'une fonction, bombarder des villes allemandes ou des cibles stratégiques en France. Certains reviennent sans dommages. D'autres ont moins de chance. On ne compte plus les atterrissages sur le ventre, les Lancaster en flammes, les Halifax criblés d'impacts d'obus de 20 millimètres, les pilotes ou les mitrailleurs blessés, les brancards, les ambulances. L'acteur et son équipe sont confrontés à la mort au quotidien. D'ici quelques jours, ce sera leur tour d'aller risquer leur peau au-dessus de la France ou de ce maudit Reich qui a mis le monde à feu et à sang.

Avant la guerre, Clark Gable est déjà venu à Londres pour raison professionnelle. L'acteur a été

1. Commandement des forces de bombardement de la RAF.

surpris d'emblée par la singularité des cousins anglais. La langue mise à part, ils ne ressemblent en rien aux Américains. Leur flegme, leur humour, ces caractéristiques qui tendent au cliché ne sont pas usurpées. Ils ont une propension à ne rien prendre au tragique, à commencer par leurs propres malheurs. Ici, l'autodérision semble innée. Les Anglais sont les champions de la résilience. Il faut imaginer ce qu'ils ont enduré au début de la guerre, ce *Blitz* meurtrier, Londres et d'autres villes ravagées, deux millions de maisons détruites dans le sud du pays, plus de soixante mille morts. Et un peuple toujours debout, stoïque, qui continuait de vivre et d'aller au travail comme si de rien n'était alors que les bombes sifflaient au-dessus de sa tête.

Hitler et Göring se sont acharnés sur cette île qu'ils ont finalement renoncé à envahir. Après la Pologne, les Pays-Bas, la Belgique et la France, c'était la prochaine cible. Mais pas un soldat allemand n'a foulé le sol anglais. L'opération Lion de mer a été abandonnée. Les défis logistiques qu'elle imposait étaient trop importants.

Ma chère Sue,

Tu vois, je n'ai pas été long à t'écrire. Pour le moment, on reste à terre. On observe et on apprend. Et on filme, bien sûr. C'est surtout pour ça qu'on est là.

Bientôt la première mission opérationnelle. On va pouvoir montrer nos gars à la manœuvre dans les bombardiers. Churchill n'a promis aux Anglais que du sang et des larmes. Promesse tenue, c'est leur lot quotidien. Ils encaissent sans broncher. Chacun, selon ses possibilités, participe à l'effort de guerre. À Londres, personne ne s'est sauvé. Seuls les enfants ont été évacués à la campagne au début des hostilités. Même la famille royale est restée alors que des bombes pleuvaient sur Buckingham Palace. C'est un peuple soudé et combatif qui force l'admiration.

Je pense bien à toi et te serre dans mes bras (en pensée),

C. G.

L'acteur contemple une photo de Sue qu'il a prise quelques jours avant son départ. Boucles blondes, regard franc, sourire angélique. C'est Carole tout craché. Il l'embrasse et la range dans une poche de son *flight-jacket*.

Jour J. Ce matin-là, Clark Gable a droit à une douche bien chaude, comme le reste de son équipe et des soldats réquisitionnés pour le vol. Et s'il se rase avec le plus grand soin, ce n'est pas par coquetterie mais pour ne pas être gêné lorsqu'il portera son masque à oxygène. La cabine des bombardiers n'est pas pressurisée. En outre, à haute altitude, la température peut descendre à moins trente degrés.

L'acteur revêt un caleçon long et un gilet à manches longues. Il enfile un pantalon chaud, de grosses chaussettes de laine qui montent jusqu'aux genoux. Il complète sa tenue par un épais chandail et une veste de treillis. Il chausse des bottes fourrées en cuir noir. Harnaché de la sorte, il pourra théoriquement résister aux courants d'air polaires qui traverseront la carlingue durant la mission.

Gable retrouve ses comparses au réfectoire, qui déjeunent copieusement : œufs, bacon, saucisses et autres spécialités locales. Les missions diurnes peuvent durer jusqu'à dix heures d'affilée. Dix heures sans manger, si ce n'est quelques barres de chocolat pour tenir le coup. Alors ils font un festin de roi. Repus, ils gagnent la salle des opérations.

Le colonel Fulton, commandant de la base, grand échalas portant moustache et casquette de la RAF, désigne les cibles du jour sur une carte murale, une cravache à la main. Outre l'équipe cinématographique, une trentaine de pilotes, copilotes, mitrailleurs, opérateurs radio, mécaniciens, techniciens responsables du largage des bombes – qu'on appelle bombardiers – et navigateurs assistent à la réunion. Fulton commence par pointer sa cravache sur la Ruhr, région industrielle du Reich. Derrière sa caméra, McIntyre filme le briefing.

— La première cible est l'usine d'armement Vereinigte Stahlwerke, à Bochum. C'est une incursion profonde en territoire ennemi, une mission à haut risque, prévient le colonel.

Howard Voss blêmit. Il espérait un baptême du feu plus tranquille.

— T'inquiète, c'est pas pour nous, lui glisse Gable dans le creux de l'oreille.

La mission est attribuée au capitaine Harvey, un vieux briscard auteur de vingt-huit victoires durant la bataille d'Angleterre. Aussitôt, l'as et son équipage se lèvent, règlent les derniers détails du vol avec Fulton et sortent de la salle.

Le colonel dirige ensuite sa cravache vers la France et dit au capitaine Dwight, pilote de l'USAAF qui décollera avec Gable et son équipe :

— Le deuxième objectif est une gare de triage au Havre, en Normandie. En vol, vous ferez jonction avec quatre-vingt-sept bombardiers partis d'autres bases. Vous serez escortés par une centaine de Mosquito et de Spitfire qui protégeront vos arrières.

Cette fois c'est Mario Toti qui, pas rassuré, cherche le regard de l'acteur. A priori cette mission n'est pas moins dangereuse que celle assignée à Harvey.

Sitôt le briefing terminé, Gable et ses hommes retournent au vestiaire pour compléter leur équipement. Outre un harnais de parachute et un gilet de sauvetage, on leur remet une lampe de poche ainsi qu'un « nécessaire d'évasion » comprenant des allumettes, cinq cigarettes, des tablettes de glucose, des cubes de potage déshydraté, des cartes, une boussole et même un rouleau de papier hygiénique ; de quoi survivre en milieu hostile après un crash – si toutefois on en réchappe.

L'acteur et son équipe montent dans un B-17 battant pavillon anglais. McIntyre est à la traîne. Il semble ployer sous le poids de son matériel. Le radio, le copilote, les mitrailleurs et les autres sont déjà à bord.

Le décollage se déroule sans encombre. La campagne anglaise défile sous les ailes du mastodonte. Et bientôt c'est la Manche, sous un ciel sans nuages. C'est au tour de Bob Boles de s'alarmer.

— La visibilité est parfaite. Si les Chleuhs se trouvent dans les parages, ils n'auront aucun mal à nous tirer comme des lapins.

À peine a-t-il fini sa phrase qu'une armada apparaît de part et d'autre de l'appareil : des dizaines de B-17 volant eux aussi sous les couleurs de la RAF. Dans leur sillage vrombissent les Mosquito promis par le colonel

Fulton. Ce sont des bimoteurs très puissants et lourdement armés que les pilotes allemands craignent autant que les Supermarine Spitfire.

— Alors, rassuré ? lui demande Gable.

Voilà les côtes françaises qui se dessinent au loin. McIntyre, jusqu'alors occupé à filmer les mitrailleurs en train de manipuler leurs rubans de munitions, essaie de capter le paysage à travers un hublot lorsque le copilote lui lance :

— Laissez votre caméra et retournez vous asseoir. On va prendre de l'altitude pour être hors de portée de la Flak.

Ce moment, tous les soldats à bord le redoutent. La température va encore chuter. Les mieux lotis sont ceux qui se trouvent dans le cockpit, seule partie de l'appareil chauffée par les moteurs. Dans le nez de l'avion, en revanche, le technicien chargé du bombardement est directement exposé au froid. Le mitrailleur de la tourelle supérieure, communiquant avec le cockpit, bénéficie pour sa part d'un peu d'air chaud. Le plus à plaindre est sans conteste le mitrailleur arrière. Relégué dans la queue de l'avion, c'est lui qui est le plus soumis au vent glacial. Il ne peut communiquer avec les autres que par un interphone. Sa seule consolation : une combinaison et des gants chauffants reliés à une prise d'alimentation, elle-même connectée aux batteries de l'appareil.

— Putain, ça caille sévère ! fait Howard Voss en se frictionnant les bras.

John Lee Mahin approuve, de la vapeur sortant de sa bouche :

— J'ai grandi à Winona, dans le Minnesota. Pas vraiment les tropiques. Je suis habitué aux températures négatives, à la neige, aux vents violents. Mais là, franchement, c'est le pompon. Jamais vu ça.

— Je ne vous ai pas promis un week-end aux Bahamas, les gars, coupe court Gable en grelottant lui aussi.

— OK, gentlemen, on n'est plus très loin de l'objectif. Équipez-vous et tous à vos postes, ordonne le capitaine Dwight.

Le bruit des quatre moteurs Wright, développant chacun mille deux cents chevaux, est assourdissant.

— Comment vous faites pour entendre les chasseurs ennemis approcher ? crie l'acteur au mécanicien assis à côté de lui.

— On ne les entend pas. On les voit débouler au dernier moment, lorsqu'ils piquent sur nous et commencent à tirer. Les Boches ont des pilotes chevronnés qui ont déjà combattu en Pologne, en France ou en Russie. Le plus souvent, ils arrivent par l'arrière. Ils sortent du soleil et nous tombent dessus comme la foudre.

« Ça promet », songe l'acteur alors que les premiers tirs de la Flak commencent. Mario Toti, Bob Boles et les autres se pressent contre les hublots et contemplent, effarés, une multitude de petits nuages noirs se former sous l'avion.

— Ça fait toujours peur la première fois. Mais on ne risque rien tant qu'on reste entre vingt mille et vingt-cinq mille pieds, leur explique le copilote.

L'agglomération du Havre apparaît soudain. Le sous-officier chargé du bombardement active une machine sophistiquée.

— Qu'est-ce que c'est ? lui demande McIntyre en reprenant sa caméra.

— Un viseur Norden à correction gyroscopique. Seuls les B-17 en sont équipés. Il permet une plus grande précision. En théorie, avec cette machine, je peux viser et atteindre une cible de la taille d'un bocal de cornichons.

— Vous plaisantez ?

— En tout cas, c'est comme ça que le fabricant de ce viseur nous l'a vendu. Dans la réalité, le largage est un peu plus aléatoire. Vous allez pouvoir en juger par vous-même pas plus tard que tout de suite, poursuit le technicien en actionnant une trappe.

Le trou béant opéré dans le plancher laisse entrer une quantité d'air glacial qui paralyse instantanément Gable et ses hommes. Les autres, rompus à l'exercice, font mine de s'en accommoder. En se penchant, on peut nettement distinguer la ville, ses artères principales, ses infrastructures ferroviaires et portuaires.

— Paré à larguer, capitaine ! crie le bombardier.

— Larguez ! lui répond Dwight.

La cargaison mortelle tombe à la verticale comme un long chapelet de suppositoires. En tout, plus de six tonnes de bombes frappent Le Havre en quelques instants. Le spectacle que filme tant bien que mal Andrew McIntyre est saisissant. À l'impact, on distingue d'abord l'onde de choc qui forme une large auréole autour de la cible. Gable prend soudain conscience de la situation. Il imagine sans peine que, dans ce périmètre, tout le bâti et la population ont été anéantis en une fraction de seconde.

Les autres bombardiers entrent en action à leur tour. Bientôt, la ville est recouverte d'un immense panache de fumée blanche. Le raid n'a duré que quelques minutes.

— Mission accomplie, on rentre à la maison, se félicite Dwight en virant brutalement pour repartir vers l'Angleterre.

28

Échaudé par le raté qui a failli lui coûter sa place, peut-être même la vie, le roué Julius Schaub a pris toutes les précautions pour ne plus risquer un nouveau désastre. Le remplaçant d'Horst Bleiber a été choisi parmi les SS les plus laids de la caserne. Arno Pretzl, l'heureux élu, a surpassé soixante-quinze candidats. Petit – il atteint péniblement un mètre soixante-sept –, dégarni, les dents gâtées, souffrant en prime d'un eczéma qui l'afflige d'importantes plaques rosâtres sur le visage et la nuque, il est de loin le soldat le plus rebutant de tout le complexe militaire de l'Obersalzberg. Immobile au milieu d'un champ, il pourrait faire office d'épouvantail. Ou alors de croque-mitaine, cette créature effrayante que les enfants dissipés redoutent tant. Après Horst Bleiber, le beau gosse aux yeux clairs, l'Aryen dans toute sa quintessence, le choc risque d'être rude pour la maîtresse d'Hitler. Schaub rit déjà sous cape en contemplant cette dernière faire sa gymnastique sur la terrasse du Berghof en cette belle matinée d'avril 1943. Le froid est vif mais, quelle que soit la température, Fräulein Braun ne rechigne pas à sortir pour faire de l'exercice.

Une ombre familière plane au-dessus de la maison. La jeune femme lève la tête tout en continuant ses mouvements. Le choucas est patient. Il restera en l'air tant qu'elle n'aura pas fini sa séance.

La voilà enfin qui rentre dans le chalet. Alors l'oiseau se pose sur le rebord de la terrasse et, comme chaque fois, attend son dû. Eva ressort quelques instants plus tard avec les restes de la veille que le cuisinier a mis de côté. Tandis que le volatile picore l'offrande, Stasi et Negus, derrière une fenêtre, jappent sans discontinuer. Ils font un tel raffut que Rochus Misch, à bout de patience, les prend par le collet et les emmène à l'écart. Mais le choucas n'aura pas le loisir de finir son repas. Un autre chien apparaît sur la terrasse, qu'il redoute davantage.

Fräulein Braun n'a pas vu débouler le berger allemand du Führer.

— Blondi ! hurle-t-elle en le voyant charger l'oiseau.

Il s'en est fallu de peu. Le choucas, d'un coup d'ailes, a pu échapper au chien et repartir vers son royaume. Pas sûr qu'il revienne. Cette terrasse, décidément, est bien dangereuse.

Revitalisé par son injection quotidienne, le patient A sort à son tour sur la terrasse. Il reçoit aussitôt une volée de bois vert.

— Combien de fois je t'ai demandé de lui mettre sa laisse quand je nourris mon oiseau ? fulmine Eva.

— Blondi, au pied ! s'écrie Hitler.

La chienne obtempère. Elle vient se coucher près de son maître sous les yeux amusés du personnel qui, des fenêtres qui donnent sur la terrasse, n'a rien perdu de cette comédie.

De comédie il est encore question après le déjeuner que le chancelier et sa maîtresse ont pour une fois passé en tête à tête. Aujourd'hui, le Führer est bien luné. Il a envie de se distraire. Stalingrad est perdue ? On s'en remettra. Partout les Alliés reprennent du terrain ? La chance finira bien par tourner. Le Reich subit des bombardements qui l'affaiblissent ? Rien de grave, Goebbels est à la manœuvre. Il répliquera par une guerre totale. Non, il n'y a pas à s'en faire. L'Allemagne peut encore empêcher Staline, Churchill et son complice Roosevelt de dormir sur leurs deux oreilles.

Au signal, Fritz Sauber démarre le projecteur. Et c'est parti pour une heure trente de fous rires. Au générique, le génial Charlie Chaplin dans *Le Dictateur*. Hitler devrait détester ce film dans lequel il est parodié dans ses excès, ses mimiques les plus grotesques. Et pourtant il en est friand. Il rit à gorge déployée à chaque gag, preuve qu'il peut être parfois enclin à l'autodérision. Mais le naturel revient au galop lorsque, dans la scène culte où Chaplin fait voler un ballon représentant une mappemonde, le chancelier se plaît lui aussi à s'imaginer en maître de l'univers. Ce film l'amuse autant qu'il flatte son ego. À la fin de la projection, Eva, elle, se montre moins enthousiaste.

— Je ne comprends pas pourquoi tu aimes tant ce film. Chaplin se paie ta tête du début à la fin.

— C'est vrai. Mais il le fait avec un tel talent que je pourrais difficilement lui en vouloir. C'est bien vu, tu ne trouves pas ? répond le patient A, fébrile, sous l'effet de la cocaïne.

— Mais c'est la neuvième fois qu'on voit *Le Dictateur*, Adolf.

— La dixième, Eva.

— Ce Charlot ne m'amuse pas.

— Pardonne-moi, ma chérie. C'est un plaisir égoïste.

— La prochaine fois, ce sera sans moi.

— Je voulais me changer les idées. La situation est grave, tu sais. Et j'en suis l'unique responsable. C'est un fardeau très lourd à porter, crois-moi.

Eva n'en revient pas. Pour la première fois, l'homme qui fait trembler la planète montre un semblant de faiblesse. Et reconnaît ses fautes.

— Je te comprends. À ton tour, excuse-moi. Je sais ce que tu endures, dit-elle, émue, en prenant sa main.

Ils échangent un baiser. Le projectionniste s'éloigne de la lucarne en avalant sa salive. Comme d'habitude, il n'a rien vu, rien entendu.

Le Führer sait que Bormann trépigne d'impatience dans la pièce voisine. Des réunions importantes sont prévues aujourd'hui. Mais il entend rester encore un moment dans la salle de projection avec sa maîtresse. C'est leur jardin secret, peut-être le seul endroit où ils peuvent oublier soucis et responsabilités, lâcher prise le temps d'un film. Ils sont désormais rabibochés. Et l'un comme l'autre décidés à prolonger cet apaisement.

— Fritz ? crie le chancelier en se retournant vers la lucarne.

— Oui, mein Führer ? répond le projectionniste en actionnant l'interphone.

— Avez-vous reçu les dernières actualités anglaises ?

— Bien sûr. Je prépare la bobine.

Quelques instants plus tard, la guerre fait de nouveau rage dans le sanctuaire. Produit et réalisé par une équipe de la Gaumont British News, le film de propagande ne dure que trois minutes. Il montre Clark Gable et son équipe qui montent dans un B-17 en partance pour la France. L'acteur a fière allure dans son uniforme de l'USAAF. Chaque étape de la mission est filmée au plus près des protagonistes, ce qui donne l'impression d'être avec eux en vol. Ces images sont à ce point réussies qu'Hitler en oublie même que ces hommes sont ses ennemis. Il est saisi par leur élégance, leur courage, l'esprit de camaraderie et la complicité qui semblent régner entre eux. « Ce sont de beaux soldats animés de nobles sentiments », songe-t-il alors que le B-17 commence à larguer ses bombes sur Le Havre. Le Führer se ressaisit lorsqu'il réalise que la ville attaquée est l'une de ses conquêtes, un port stratégique où se trouvent entre autres de précieux dépôts de carburant. Clark Gable a beau être ce fringant officier qui sert à merveille les intérêts de la propagande alliée, il n'en demeure pas moins un danger pour le Reich. Donc un homme à abattre. « Au diable, Rhett Butler ! » se dit-il en serrant les mâchoires. Quant à Fräulein Braun, elle demeure interdite devant ces images. À chaque fois, c'est pareil, elle retombe sous le charme. Cet acteur est plus qu'un séducteur, c'est un magicien. Personne d'autre, feu Horst Bleiber compris, n'a eu autant de pouvoir sur elle.

— Eva ?

La jeune femme n'entend plus Hitler. Elle n'a d'yeux que pour Gable et se fout royalement qu'il participe à une mission dirigée contre le Reich. Son cœur battant à se rompre, elle s'imagine dans ses bras. Le chancelier comprend que la mort de l'acteur serait pour elle un drame insurmontable, un tsunami qui aurait probablement raison de leur histoire déjà assez tourmentée. C'est alors qu'une idée lumineuse – c'est du moins ce qu'il croit – jaillit dans son esprit.

Sitôt la projection achevée, Hitler retrouve Martin Bormann qu'il prend par le bras pour l'emmener à l'écart.

Julius Schaub a tenu à ce que les présentations soient faites dans son bureau. Peut-être a-t-il souhaité qu'Eva pousse les hauts cris ou s'évanouisse en découvrant le remplaçant d'Horst Bleiber. Mais la jeune femme a eu une réaction inattendue. Elle s'est approchée du nain censé lui servir de garde du corps, s'est penchée sur lui comme on dévisage un monstre de foire et lui a demandé, aussi étonnée qu'attendrie :

— Oh, mon pauvre, que vous est-il arrivé ?

— Euh, rien, madame. Pourquoi ?

— Un accident, un problème à la naissance ?

Arno Pretzl soupire. Il cherche de l'aide dans les yeux de Schaub, lequel préfère regarder au-dehors. Alors il répond tristement, bien obligé de se défendre seul :

— Les moqueries, j'y suis habitué depuis l'enfance. Alors vous savez…

— Pardonnez-moi, Arno. Je ne voulais pas vous blesser.

— Il n'y a pas de mal, madame.

Schaub se décide enfin à intervenir. Après tout, c'est lui qui a trouvé ce nouvel ange gardien.

— Fräulein Braun, sachez que le soldat Pretzl est digne de confiance. Il ne paie pas de mine mais, croyez-moi, ses états de service sont à la hauteur de ce poste. Il est habilité à piloter toutes sortes de véhicules, est aussi doué au tir qu'à la protection rapprochée. Bref, malgré sa petite taille et son physique ingrat, il vous sera d'une aide précieuse.

— Je n'en doute pas, Julius, s'incline Eva.

« Capturez Clark Gable ! » Voilà l'ordre délirant qu'Hitler a lancé à Bormann il y a dix jours de cela. C'est une priorité autant qu'un secret d'État. En dehors de ces deux hommes et de Göring, personne n'est dans la confidence. Bormann n'en dort plus. C'est à lui et à lui seul que le chancelier a confié la tâche de trouver l'homme à même de réaliser cette mission. Alors, le secrétaire a réactivé ses réseaux. À Berlin, à la chancellerie du Reich qu'il dirige et où sont centralisés les fichiers de tous les officiers de la Wehrmacht et de la Waffen-SS affectés aux opérations spéciales, il a pu obtenir une liste d'une centaine d'agents ayant opéré avec succès dans les territoires annexés. Sur cette centaine d'hommes, il en a éliminé les trois quarts qui, selon lui, ne correspondaient pas aux critères souhaités. Sur la vingtaine de soldats restants, quinze sont encore passés à la trappe. Il n'en reste plus que cinq. Mais Bormann n'est pas entièrement satisfait de ces derniers profils. Malgré leurs qualités indéniables de combattants – habileté, courage, autonomie derrière les lignes ennemies –, il leur manque un atout de taille : la langue. Clark Gable est basé en Angleterre. C'est là-bas qu'il faudra aller le chercher. Or aucune de ces têtes brûlées ne parle assez bien l'anglais pour espérer infiltrer la base où il se trouve.

Le casse-tête semble insoluble, jusqu'au jour où Bormann reçoit un rapport transmis à la chancellerie depuis le front russe. Son auteur, un certain major Dinz opérant en Biélorussie, fait état d'une mission dangereuse couronnée de succès. Il s'agissait de récupérer un espion de la Waffen-SS tombé aux mains de l'Armée rouge. L'officier à qui a été confiée la mission a parcouru, seulement accompagné d'un homme, plus de deux cents kilomètres en territoire ennemi. Il parle le russe, le français et l'anglais à la perfection, a réalisé cette prouesse en pleine tempête de neige et sans tirer un coup de feu.

À la lecture de ce rapport aux airs de roman d'aventures, Bormann jubile. Il sait qu'il tient son homme.

29

Dans son compte rendu, le major Dinz a volontairement passé sous silence la dernière partie de la mission. Si Florian Weiter et le jeune Decker ont effectivement exfiltré l'espion Sedelman avec un culot et un sang-froid remarquables, ils ont été stoppés cinquante kilomètres plus loin, sur le chemin du retour, par Piotr, le paysan qui leur avait offert le gîte et le couvert.

Non sans peine – nous sommes en pleine tempête et il fait un froid polaire –, Ludwig Decker commence par escalader un pylône à mains nues, coupe un câble téléphonique qui alimente la maison où se trouvent Sedelman et ses geôliers. Une fois la ligne sabotée, il retrouve Weiter. Lorsque les geôliers entendent la sonnerie de la porte, ils sont en train de dîner. N'attendant personne, ils sont surpris de découvrir, à la nuit tombée, en plein blizzard, deux officiers de l'Armée rouge venus réclamer leur prisonnier. Le lieutenant Patchenko, l'un de ces officiers, comprend leur étonnement. Il leur montre une lettre signée de la main du colonel Plenikov, laquelle confirme leur identité et l'objet de leur mission.

Ce faux est si bien réalisé qu'on ne saurait remettre en cause son authenticité. Malgré tout, l'un des geôliers, répondant au nom de Nicolaïev – sûrement le chef du groupe –, se montre suspicieux. Sans en prendre ombrage, Patchenko lui suggère alors de téléphoner à Plenikov, ce que l'autre fait sur-le-champ. En vain, la ligne ne fonctionne plus. Après un moment de flottement, les geôliers obtempèrent. Ils remettent leur prisonnier à ces hommes surgis en pleine nuit d'on ne sait où.

Voilà donc Weiter et Decker roulant à tombeau ouvert avec, sur la banquette arrière, un espion traumatisé mais sain et sauf. Sedelman raconte comment son unité a été décimée. Lui seul a survécu. Un projectile n'ayant fait qu'entailler son bras gauche, il a joué le mort pour sauver sa peau. Mais un soldat russe plus malin que les autres a compris son manège et l'a confondu.

Sedelman remercie le capitaine Weiter de l'avoir délivré. Il estime qu'il a une dette envers lui. Effusion, accolades à la faveur d'un arrêt en rase campagne. Et le véhicule tout-terrain reprend sa course vers Minsk alors que la neige rend la route de moins en moins carrossable. Weiter doit ralentir et ils perdent du temps. Quelques kilomètres plus loin, des lumières scintillent dans l'obscurité. Ce sont des torches brandies par le paysan Piotr et d'autres hommes, des partisans en armes. Les geôliers n'ont pas tardé à réparer le câble. Nicolaïev a appelé le colonel Plenikov. Tombant des nues, ce dernier lui a annoncé qu'il ne connaît aucun Patchenko et, plus grave, qu'il n'a jamais ordonné de transfert de prisonnier. Le paysan Piotr, qui dirige l'un des groupes de partisans les plus actifs du secteur, est aussitôt prévenu. Nicolaïev l'a sommé d'intercepter à tout prix ce lieutenant Patchenko et les deux hommes qui l'accompagnent. Alors que Piotr lui fait signe de s'arrêter, le capitaine Weiter appuie à fond sur l'accélérateur. Deux partisans sont fauchés. Des tirs retentissent. La vitre arrière explose. Une balle vient se loger dans l'épaule droite de Decker. Pris en chasse par d'autres véhicules, Weiter parvient tant bien que mal à distancer ses poursuivants et regagne sa garnison in extremis. Mais le jeune Decker a perdu beaucoup de sang. Il a frôlé la mort et se trouve en soins intensifs à l'infirmerie.

Si le major Dinz a préféré taire la fin de la mission, c'est qu'il a estimé inutile de livrer trop de détails à sa hiérarchie. Il a voulu passer pour un stratège capable de mettre sur pied une opération audacieuse. Nul doute que ce succès fera le meilleur effet en haut lieu et lui vaudra peut-être de prendre du galon. Il n'a qu'une ambition : briller aux yeux de son maître, Heinrich Himmler, qu'il n'a croisé qu'une fois lors d'une tuerie de masse en Ukraine.

— Comment vas-tu, soldat ? demande Florian Weiter.

Le jeune Decker se redresse en grimaçant.

— Mieux, je te remercie. La blessure est presque cicatrisée.

— Avec un peu de chance, pour toi, c'est bientôt la quille.

— J'en doute, Florian.

— Pourquoi ?

— Dinz m'a dans le nez. Il ne me laissera jamais partir. Ou alors les pieds devant.

— Qu'est-ce que tu racontes ? Toi aussi, tu lis dans le marc de café ?

— Je le sens, c'est tout.

Une infirmière apparaît. Elle apporte un plateau sur lequel sont posés une assiette fumante et un verre d'eau.

— Langue de porc et purée. Tu es gâté, fait le capitaine en humant le plat.

— Tu n'as qu'à te faire tirer dessus, toi aussi. La chambre voisine est libre, ironise Decker.

— C'est une bonne idée. Je vais y réfléchir.

Ludwig redevient sombre. Il s'assure que l'infirmière s'est éloignée et chuchote à l'oreille de Weiter :

— J'aurais dû me tirer quand je le pouvais.

— Ce qui est fait est fait, Ludwig. On ne réécrit pas l'histoire.

— Ne me laisse pas tomber.

— De quoi as-tu peur ?

— Je ne sais pas.

— Tu es encore faible, tu divagues. Repose-toi, à présent. Je reviendrai bientôt, dit Weiter en se levant.

Le capitaine ouvre la porte. Mais au moment de sortir de la chambre, il se retourne. Decker tend son bras valide dans sa direction et dit une fois encore :

— Ne me laisse pas tomber.

— Albert !

— Quoi ?

— Ouvre un peu la fenêtre, tu veux ? Ton poêle chauffe trop fort. Je suis en nage.

— Dans ce cas, déshabille-toi.

— C'est déjà fait.

Le major entrebâille la fenêtre derrière laquelle il aperçoit Weiter sortir de l'infirmerie. Et il rejoint le jeune Jörgen Schalp dans la pièce voisine.

— T'en fais une tête, chéri, lui lance ce dernier.

— Weiter est encore allé voir le soldat Decker à l'infirmerie, lui dit le major en se glissant dans le lit.

— Et alors ?

— Ça fait la troisième fois cette semaine.

— Qu'est-ce que tu t'imagines ? Qu'ils sont de la jaquette eux aussi ?

— Ça me dérange, c'est tout. Un SS digne de ce nom ne devrait pas chercher un protecteur. Qui sait s'ils ne complotent pas ?

— Tu as trop d'imagination. Lâche-leur un peu la bride. Ils n'ont pas démérité, que je sache.

— Ils n'ont fait que leur boulot.

— C'était une mission suicide. Aucun d'entre nous n'en serait revenu.

— Je vais mettre le holà à leurs petites messes basses, promet le major en se pelotonnant contre son giton.

— Tu veux que je m'en occupe ?

— Pourquoi pas ? J'ai assez de pain sur la planche avec tous ces métèques à liquider.

— Compte sur moi. Et maintenant, arrêtons de parler de ces gugusses. On a mieux à faire, non ?

Le lendemain matin, Ludwig Decker est forcé de quitter l'infirmerie alors qu'il est encore convalescent. Deux SS, parmi lesquels Jörgen Schalp, l'escortent jusqu'au bloc B, celui des soldats les plus endurcis.

— Vous vous trompez, les gars. Je crèche dans le bloc A, proteste-t-il autant que ses forces le lui permettent.

— Ta gueule ! aboie Schalp.

Il y a là d'anciens repris de justice, violeurs, escrocs ou assassins fraîchement recrutés. Les hommes commencent à manquer dans la Waffen-SS. Les critères de sélection sont moins draconiens qu'au début de la guerre. Tout comme Goebbels, Himmler ne s'embarrasse plus de savoir si les candidats à l'embauche ont un casier judiciaire vierge. Tout ce qui lui importe, c'est que la chair à canon ne manque pas, faute de quoi la guerre serait perdue.

Decker, encore fébrile, est livré à lui-même dans cet espace clos où quelques brutes le dévisagent déjà comme un agneau égaré sur le territoire d'une meute de loups.

— Mais c'est la putain du capitaine ! s'exclame l'un d'eux en s'asseyant près de lui.

— Bienvenue, soldat Decker, dit un autre en approchant à son tour.

Cette nuit-là, lorsque le carnage a commencé, le capitaine Weiter dormait à poings fermés. La veille, Dinz l'a réquisitionné pour participer à une tuerie. Il a tiré toute la journée, mécaniquement, en songeant à Hilda. Il est rentré fourbu à la nuit tombée et s'est vautré sur son grabat sans même aller manger.

Le jour vient de se lever lorsque Jörgen Schalp entre dans le bloc A. Il vient prévenir Weiter que le soldat Decker a demandé à le voir.

— Que se passe-t-il ? s'inquiète le capitaine.

— Il y a eu un incident cette nuit. Venez.

Ludwig Decker est méconnaissable. Un bandage sanguinolent entoure sa tête. Il a le visage tuméfié. Arcades sourcilières éclatées, yeux boursouflés, nez cassé. Les vertèbres cervicales aussi ont trinqué puisqu'il porte une minerve. Ils se sont acharnés sur lui pendant dix longues minutes. Il a imploré leur pitié lorsqu'ils ont commencé à le frapper à terre après l'avoir fait tomber de son lit. Les coups, précis, ultraviolents, ont été assenés pour tuer. Il les a suppliés. Ils ont continué à le martyriser. L'un d'eux lui a même flanqué un coup de pied dans son épaule encore douloureuse. C'est à ce moment qu'il a perdu connaissance.

— Qui ? demande seulement Weiter.

— Les gars du bloc A, marmonne-t-il.

— Le bloc A ?

— Oui.

— Putain !

— Florian ?

— Quoi ?

— Je ne sens plus mes jambes.

Decker n'est pas en état d'en dire plus. Il ferme les yeux et s'assoupit. Alors Weiter se lève, le regarde un moment et, le poing serré, sort de la chambre. Il retrouve l'infirmière dans une pièce voisine.

— Vous pensez qu'il remarchera un jour ?

— Il y a peu d'espoir, capitaine. La colonne est touchée.

Il est une frontière au-delà de laquelle un homme ne répond plus de rien. Cette frontière, le major Albert Dinz et son giton l'ont franchie. La lave, jusqu'alors contenue, ne demande plus qu'à jaillir. Cette fois, Florian Weiter ne la retiendra pas.

C'est un secret de polichinelle. Tout le monde sait qu'Albert Dinz a une préférence pour les hommes. Mais qui oserait le lui reprocher ? Lorsqu'il fait punir des soldats qui, pour échapper au froid mortel, sont découverts au petit matin dans le même lit, personne ne moufte. Il est le commandant du camp. Il a pouvoir de vie ou de mort sur chacune de ses recrues. Tous le redoutent. Sauf Weiter.

Comme à son habitude, Jörgen Schalp a retrouvé son major après une journée passée dans la forêt de Minsk, où un nouveau contingent de Juifs, de Roms et de partisans a été massacré. À pas feutrés, Weiter avance vers le bâtiment bien chauffé et bien éclairé qui abrite les amours clandestines des deux SS. La neige tombe à gros flocons et les fenêtres du logement de Dinz sont recouvertes de buée. Qu'importe ! Weiter n'a pas l'intention d'agir lâchement en tirant à travers un carreau. Il faut que Dinz et son giton voient la mort en face. Et qui la leur donne. Il est aussi calme et déterminé qu'il l'est en mission, à ceci près que cette fois il abattra ses cibles à bout portant. Il ne lui reste plus que quelques mètres avant d'atteindre l'entrée du bâtiment. Il sort déjà son Luger lorsqu'un véhicule de la Wehrmacht surgit de l'obscurité, pile à sa hauteur, et lui barre le passage. Il cache aussitôt son arme. Un haut gradé en uniforme vert-de-gris en descend et lui demande avec empressement :

— Le major Dinz, s'il vous plaît ?

— Là, fait le capitaine en pointant du doigt le bâtiment.

Accompagné d'un autre officier, le haut gradé frappe à la porte de Dinz tandis que Weiter s'éclipse.

Dix minutes plus tard, le major, accompagné des deux officiers et seulement vêtu d'une robe de chambre, entre dans le dortoir du bloc B et s'écrie :

— Weiter, levez-vous !

30

D'un œil suspicieux, le colonel Fulton observe Clark Gable faire ripaille avec son équipe. Il ne semble nullement impressionné par ce nouveau Rudolph Valentino qui, à en croire les magazines, reléguerait Casanova et Don Juan au rang de petits garçons. Lui est là pour gagner une guerre et non se pavaner dans un B-17 avec une caméra pour susciter des vocations. Il ne croit pas aux vertus de ce film documentaire. Après avoir vu dans quel état les avions et les pilotes reviennent d'une mission, qui aurait envie de grimper dans un bombardier pour aller se geler les fesses à trente mille pieds et risquer de se faire dézinguer ? Franchement, si l'USAAF arrive à faire gober à ses futurs artilleurs qu'ils deviendront des héros et que le pays leur en sera éternellement reconnaissant, chapeau. De plus, il y a chez le colonel Fulton, comme chez tous ses concitoyens, un instinct patriotique si prononcé qu'il se méfie de ces Américains venus lui prêter main-forte. « Qui sait ce que nous leur devrons, une fois la guerre finie ? L'addition risque d'être salée », songe-t-il en finissant ses œufs au bacon.

Remarquant le regard torve de Fulton, l'acteur lève son verre et lui lance, avec son plus beau sourire :

— *Cheers*, mon colonel !

— *Cheers !* répond de mauvaise grâce l'officier en levant sa tasse de thé.

— Colonel, je peux vous poser une question ? en profite Howard Voss.

— Tant qu'elle n'est pas d'ordre privé, je n'y vois pas d'inconvénient, prévient Fulton, faussement décontracté.

— Dieu m'en garde.

— Je vous écoute.

— On a effectué trois missions depuis notre arrivée. Et toujours aucun Boche à l'horizon. Seulement ces petits nuages noirs.

— Et vous vous en plaignez ?

— Bien sûr que non.

— Mais vous voudriez quand même un peu plus d'action.

— Ben, pour être tout à fait franc, ça me chagrinerait de rentrer au pays sans avoir vu au moins le nez d'un Messerschmitt.

Fulton se rembrunit.

— Pourquoi êtes-vous venu, au juste ? La guerre n'est pas un spectacle, soldat Voss.

— Ce n'est pas ce que je voulais dire.

— Vous ne pouvez pas comprendre. Aucun de vous ne le peut. Vous n'avez pas combattu.

Voyant le dialogue s'envenimer, Clark Gable tente de voler au secours de Voss.

— Vous avez entièrement raison, colonel. Ce qu'Howard voulait dire…

— Je ne suis pas stupide. J'ai bien compris ce qu'Howard voulait dire, capitaine. Il voudrait voir un film d'action. En Cinémascope, si possible. Eh bien, soit, je vais répondre à ses exigences. Vous pouvez me faire confiance.

Le colosse s'arrache péniblement du plancher des vaches. Il est chargé jusqu'à la gueule. Neuf tonnes de bombes, la capacité maximale. Après une bonne demi-heure de vol, le voilà enfin arrivé à vingt-cinq mille pieds. Il ne pourra pas monter plus haut. Cent cinquante-trois bombardiers ne tardent pas à le rejoindre. Ils sont escortés par plus de trois cents chasseurs, Mosquito, Spitfire, Hurricane, Mustang et autres Curtis P-40, pour un raid massif sur la région parisienne.

Moins sollicités, les moteurs du B-17 où se trouvent Gable et ses hommes permettent à nouveau d'échanger. C'est le moment qu'attendait Bob Boles pour s'en prendre à Voss.

— Tu pouvais pas fermer ta gueule, Howard ? Un bombardement à haut risque, voilà ce qu'on a gagné !

— C'est vrai. Le comité d'accueil sera sûrement moins sympathique qu'en Normandie, enchaîne Toti.

— Je confirme. La Flak a concentré plus de pièces d'artillerie aux alentours de Paris que dans le reste de la France. Et il y a aussi une base à Villacoublay d'où partent les meilleurs pilotes de la Luftwaffe. À trente mille pieds, on joue sur du velours. À vingt-cinq mille, on joue à la roulette russe, dit le capitaine Dwight, goguenard.

Gable, lui, ne pipe mot. Les invectives de ses techniciens ne semblent pas l'atteindre. Il songe à Sue, à son joli minois qu'il n'est plus sûr de revoir un jour. Malgré ce vent terrible qui souffle en permanence dans la carlingue, il sent une goutte de sueur perler sur son front.

Cette fois, on y est.

Depuis le cockpit, Andy McIntyre cadre les bombardiers et les chasseurs qui, par centaines, vont répandre la mort dans moins d'une demi-heure. Howard Voss, le preneur de son, l'a rejoint. Il n'est pas mécontent d'échapper à la vindicte de ses amis.

Les deux techniciens sortent du cockpit et filment le navigateur penché sur ses cartes. Ils se hissent dans la tourelle supérieure pour immortaliser le mitrailleur concentré sur sa mission, le doigt sur la détente de sa Browning 12,7 millimètres, déjà prêt à parer à toute attaque.

Gable s'est assis à côté du technicien chargé du largage, lequel est déjà affairé aux réglages de son viseur Norden.

— Pourquoi l'usine Renault ? lui demande-t-il.

— Parce qu'elle est passée sous contrôle allemand depuis le début de l'Occupation. Elle ne produit plus de voitures mais des chars et des transports de troupes pour l'ennemi.

— Et ça, c'est quoi ? fait l'acteur en pointant du doigt plusieurs piles de papiers ficelées.

— Des tracts. On les balancera sur Boulogne-Billancourt avant le bombardement.

— Qu'est-ce que ça dit ?

— Prenez-en un, vous verrez.

Gable tire un tract d'une des piles et lit à voix haute :

— « Il y a quelques mois, nous avons annoncé notre intention de bombarder en France occupée les usines qui travaillent pour le compte d'Hitler. Nous savions d'avance que vous approuveriez cette décision. Chez vous comme ailleurs, nos objectifs sont choisis d'après des renseignements précis. Nous viserons aussi exactement que possible et nous connaissons notre affaire. Il y aura fatalement des bombes qui passeront à côté. Aidez-nous à éviter les pertes françaises. Mettez-vous à l'abri. »

— En bas, les sirènes vont retentir. La population aura quelques minutes pour aller se planquer sous terre avant le début de l'orage, précise le bombardier.

— « Nous viserons aussi exactement que possible et nous connaissons notre affaire. » Vous ne pensez pas que c'est exagéré ?

Le technicien paraît soudain vexé. L'acteur enfonce le clou.

— Quelle est la devise du Bomber Command, déjà ?

— *Strike hard, strike sure.* Frappez durement, frappez avec précision.

— Ne le prenez pas pour vous, l'ami, je sais que vous faites de votre mieux. Mais lors des missions précédentes, j'ai constaté que, sur toutes les bombes larguées, peu ont atteint leur objectif.

— C'est vrai. Mais vous connaissez le proverbe : on ne fait pas d'omelette sans casser des œufs. Maintenant, si vous voulez bien, j'ai à faire, coupe court le bombardier en calant un œil sur son viseur.

— Côtes françaises en vue ! annonce le copilote.

— Dis, Clark, tu crois qu'on va voir la tour Eiffel ? demande Mario Toti avec des yeux d'enfant.

Un crépitement familier se fait soudain entendre. Le mitrailleur arrière vient d'entrer en action.

— Messerschmitt à 11 heures ! beugle-t-il dans son interphone.

Aussitôt, les autres artilleurs prennent la défense de l'avion. Ça tire à tout va. Le bruit des armes opérant toutes en même temps couvre presque le boucan des moteurs.

— À vos postes ! ordonne le capitaine Dwight.

« Le moment de vérité », se dit Gable en se signant.

Seuls McIntyre et le preneur de son sont restés debout. La négociation a été âpre mais le colonel Fulton les a finalement autorisés à filmer les combats.

— Ton film à grand spectacle commence ! peste Boles en fusillant Voss du regard.

McIntyre et le preneur de son entrent dans le cockpit au moment où l'avion survole Cabourg. D'ici la vue est imprenable. Les hublots sont plus larges et ils laissent admirer, outre la terre et le ciel, un spectacle grandiose. C'est la première fois qu'ils voient et filment des duels aériens, ces affrontements sans merci qu'on appelle les *dogfights*. Et là il y a de quoi faire. On peut apercevoir des flammes jaillir des mitrailleuses et des canons d'autres forteresses volantes qui progressent en formation serrée. Les Spitfire, les Hurricane et les Mustang sont à la manœuvre pour éviter aux bombardiers le grand plongeon. Leur vitesse, leur dextérité sont stupéfiantes. En quelques minutes, cinq Messerschmitt Bf 109E ont déjà été descendus. Si ce fleuron de la Luftwaffe grimpe plus vite dans la zone de combat, il ne possède que deux mitrailleuses MG 17 de 7,9 millimètres dans le nez et deux canons de 20 millimètres dans les ailes. Le légendaire Spitfire, lui, aligne huit mitrailleuses du même calibre et deux canons. Mais surtout, il vire beaucoup plus vite et il est plus maniable que son rival allemand. Le combat est inégal.

La région parisienne n'est plus loin. Les nuages noirs tant redoutés font leur apparition. Mais cette fois, ils se forment plus près de l'appareil et sont bien plus gros.

— Nom d'un chien, t'as vu ça ? s'inquiète Toti en regardant au-dehors.

John Lee Mahin jette un œil à son tour lorsqu'un obus de 20 millimètres traverse la carlingue de part en part, emportant le bout de sa chaussure droite et le manquant d'un cheveu.

— Couchez-vous ! crie le copilote.

— On ne peut pas prendre de l'altitude ? panique Boles.

— Non, on est trop lourds, lui répond un mécanicien.

La suite se déroule en une poignée de secondes. Andrew McIntyre et Voss ressortent du cockpit pour se mettre à l'abri. C'est alors qu'ils assistent à une scène effroyable. Le mitrailleur de queue se fait hacher menu dans sa cage de verre. Il danse affreusement sous l'effet des projectiles de gros calibre qui le martyrisent. Le plexiglas lézardé est maculé de sang et de boyaux. Hébété, McIntyre laisse tomber sa caméra. D'autres obus atteignent deux moteurs qui prennent feu. Un panache de fumée noire s'en échappe, transformant l'appareil en comète. Les autres mitrailleurs parviennent à repousser une nouvelle escadrille de Messerschmitt surgissant des nuages telle une nuée de frelons. Mais le sort du B-17 est scellé. Devenu incontrôlable, il commence à piquer. Le technicien responsable des bombes largue sa cargaison au hasard, sans se soucier de savoir où elles tomberont.

— Prenez vos parachutes ! gueule le copilote tandis qu'un mécanicien tire la porte latérale au prix d'un terrible effort.

Les piles de tracts sont aussitôt aspirées à l'extérieur. Le ciel se gorge de confettis. L'avion penche si fort que Gable et les autres ont un mal fou à s'équiper.

— Tu voulais voir la tour Eiffel, pas vrai ? lance l'acteur à Toti, avant de se préparer à sauter.

Mahin, Voss, Toti et Gable se jettent dans le vide les premiers. Quant à Bob Boles, il reste tétanisé quand vient son tour. Il ne peut plus faire un pas.

— Hé, vieux, tu te décides ou quoi ? On ne va pas y passer la nuit ! le tance le copilote.

— C'est que…

— Quoi ?

— J'ai le vertige.

Ni une ni deux, le copilote l'empoigne et l'entraîne avec lui dans le vide.

Les derniers à sauter sont les mécaniciens et le capitaine Dwight. Après avoir survolé Paris, le B-17 meurtri continue sa course folle vers la vallée de Chevreuse. Et il s'écrase en rase campagne, dans un champ de maïs.

31

Escorté par quatre chasseurs Focke-Wulf, le Junkers Ju 188 a bravé le vent et la neige depuis Minsk jusqu'à Vienne. Un vol de nuit harassant qui a duré plus de cinq heures. Une fois réapprovisionné en carburant, l'avion a poursuivi sa route jusqu'aux Alpes bavaroises. Au petit matin, il s'est posé sans encombre sur un terrain d'aviation de la Luftwaffe proche de Berchtesgaden. Durant tout le trajet, les deux gradés de la Wehrmacht n'ont pas échangé une parole. Avant de les suivre, Weiter a pourtant ôté l'uniforme de la Waffen-SS dont l'avait affublé le major Dinz. Sous l'œil perplexe de ses camarades du bloc B, il l'a roulé en boule et l'a jeté rageusement à terre. Il l'aurait même brûlé s'il en avait eu le loisir. À nouveau en vert-de-gris, il s'est figuré que ses libérateurs, constatant son appartenance à leur corps d'armée, se montreraient plus loquaces. En vain, il n'a pas réussi à leur tirer les vers du nez. Pourquoi est-on venu le chercher et où l'emmène-t-on ? Il a beau retourner le problème dans tous les sens, il n'entrevoit aucune réponse.

Dinz a été chanceux. Il n'a eu la vie sauve que grâce à l'apparition inopinée de ces officiers. Mais il ne perd rien pour attendre. Il paiera un jour. Weiter se l'est juré.

L'appareil vient de s'immobiliser sur la piste boueuse. Les trois hommes en descendent, s'engouffrent dans une voiture et prennent la direction de l'Obersalzberg.

— Où est-on ? essaie encore Weiter alors que l'automobile passe le premier contrôle.

— Un peu de patience, capitaine, lui répond l'un des gradés.

Quelques minutes plus tard, la voiture s'arrête au pied du Berghof. C'est alors que Weiter comprend. Cet édifice imposant ne lui est pas étranger. Il l'a déjà vu dans les *Deutsche Wochenschau*[1]. Pas de doute, c'est le QG de montagne du Führer. Les deux officiers l'escortent jusqu'à la terrasse où l'attendent Bormann et le chancelier. C'est une belle journée. Blondi est couchée au soleil. Lorsque Weiter apparaît, elle se redresse et montre les crocs. Hitler la retient.

— N'ayez crainte, elle n'est pas méchante, lui assure Bormann.

Weiter n'en croit pas ses yeux. Il y a quelques heures encore, il se trouvait à Minsk à exécuter les basses besognes d'un SS. Et le voilà maintenant en présence du Führer. Est-ce un rêve ? Il peine à mesurer sa chance, à comprendre par quel miracle il est passé sans transition de l'enfer du front de l'Est à cette terrasse baignée de lumière où le maître de l'Europe le reçoit en personne.

— *Heil Hitler !* crie-t-il, subjugué, en tendant le bras.

— *Heil Hitler !* lui répond Bormann.

— Approchez, lui sourit le chancelier.

---

1. Actualités cinématographiques allemandes de propagande.

Le capitaine s'exécute. Parce qu'il est autorisé à entrer dans le périmètre immédiat de son maître, Blondi se montre alors beaucoup plus accueillante. Arrivé à la hauteur de la chienne, Weiter se hasarde même à la caresser.

— J'ai moi aussi un berger allemand, dit-il alors que Blondi lui lèche la main.

— Ah oui ? Un mâle ou une femelle ? s'enquiert Hitler, visiblement intéressé.

— Un mâle.

— Comment s'appelle-t-il ?

— Werther.

— Comme le héros de Goethe ?

— Oui.

— Pourquoi l'avoir appelé ainsi ? Vous avez vous aussi vécu un amour impossible ?

— Oui.

— J'espère que vous ne serez pas tenté de finir comme Werther, capitaine, s'inquiète le chancelier.

— L'idée ne m'a jamais effleuré l'esprit. De plus, tout est rentré dans l'ordre.

— Vous êtes donc marié et l'heureuse élue a définitivement oublié votre rival ?

— Fiancé. Mais je n'ai plus de nouvelles d'Hilda. Elle ne répond plus à mes lettres depuis mon départ de Stalingrad.

— Et où réside Hilda ?

— À Berlin.

— Son immeuble a peut-être été bombardé. Vous n'êtes pas sans savoir que les Alliés mènent des raids de plus en plus violents sur nos villes comme sur les territoires que nous avons conquis.

— Oui, c'est ce que j'ai appris.

— Nous allons essayer de savoir ce que votre fiancée est devenue, promet le Führer en se tournant vers son secrétaire.

— Je vous remercie infiniment, mein Führer, s'incline Weiter.

Les trois hommes parlent à voix basse près du garde-fou, à la manière de comploteurs. Hitler sort une photo de sa veste et la montre à Weiter.

— Connaissez-vous cet homme, capitaine ?

Weiter observe le cliché. Il hésite un moment. Ça y est, il se souvient. Il a vu cet homme au cinéma, il y a sept ou huit ans, avec son parrain. À l'époque, les films américains n'étaient pas interdits.

— C'est un acteur célèbre, répond-il.

— Oui, acquiesce Bormann.

— J'ai son nom sur le bout de la langue.

Le chancelier s'accoude à la rambarde et fait signe à Weiter de venir près de lui. Bormann leur emboîte le pas. Hitler continue à voix basse, comme s'il s'apprêtait à révéler un secret d'État :

— Martin vous a sélectionné parmi de nombreux candidats. Après examen de votre dossier, vous êtes apparu comme le seul officier capable d'effectuer une mission hors normes qui justifie votre présence parmi nous.

— Mein Führer, Obergruppenführer Bormann, c'est pour moi un honneur d'avoir retenu votre attention, dit Weiter, profondément ému.

— Je ne doute pas que vous serez à la hauteur de nos attentes.

— Je ferai l'impossible pour ne pas vous décevoir, soyez-en sûr.

— C'est très bien, capitaine.

— J'imagine que cet acteur sera ma cible, conjecture Weiter.

— Oui. Mais il ne s'agit pas de le tuer. Au contraire. Herr Gable doit impérativement rester en vie, précise Hitler.

— Entendu.

Et le chancelier ajoute, avant de prendre congé de ses visiteurs :

— C'est une mission clandestine qui ne doit en aucun cas être éventée. Seuls vous, l'Obergruppenführer Bormann, le Reichsmarshall Göring et moi-même en avons connaissance. Herr Bormann va maintenant vous en exposer les détails et étudier avec vous tous les moyens nécessaires à sa réalisation.

Une journée sans le moindre coup de feu. Depuis quatre ans, le capitaine Weiter n'a jamais connu ça. Des gens qui vont et qui viennent en toute liberté sans redouter les tirs d'ennemis embusqués ; personnel de maison, militaires, secrétaires, aides de camp, gardes du corps. Le Berghof est tel qu'il se l'est imaginé : une véritable ruche.

— Par ici, capitaine, dit Julius Schaub en l'invitant à le suivre.

Les deux hommes entrent dans une dépendance dévolue aux invités de marque. C'est là que Martin Bormann a souhaité loger Weiter. Schaub ne comprend pas pourquoi un simple capitaine qu'il ne connaît ni d'Ève ni d'Adam a droit à tant d'égards.

— C'est ici. Mettez-vous à votre aise, fait l'aide de camp en poussant une porte.

Le capitaine découvre une chambre douillette attenante à une salle de bains. Sur le lit, il remarque une tenue civile bien repassée avec une étiquette où il peut lire son nom. Et des chaussures de ville.

Schaub ajoute, avant de sortir :

— Le déjeuner sera servi à 12 h 30 précises. Ne soyez pas en retard, le Führer est très à cheval sur la ponctualité. Voici des vêtements de rechange. Si vous avez besoin de quoi que ce soit d'autre, appelez-moi.

Immergé dans un bain brûlant, Florian Weiter profite de chaque seconde de ce moment irréel. Il voudrait ne jamais avoir à sortir de cette baignoire. Il plonge la tête sous l'eau. Sensation exquise. Il s'abandonne à ses réflexions. Les pièces du puzzle commencent à se mettre en place dans son esprit. Sa bonne fortune, il la doit sûrement à Dinz. Son rapport aura été envoyé à la chancellerie de Berlin où sont centralisées les synthèses des opérations spéciales. Dinz a harcelé Weiter au point d'en faire son jouet. Mais il l'a bêtement laissé filer en voulant cueillir seul les lauriers de la mission Sedelman.

Le capitaine jette un œil à son bracelet-montre posé sur le lavabo : midi. Il est temps de sortir de cette eau bienfaisante. Il enfile un peignoir et se plante devant le miroir tout en songeant à Ludwig Decker, à ses paroles prononcées à l'infirmerie, qui résonnent tristement en lui.

Ne me laisse pas tomber.

Alors ressurgit ce sentiment de culpabilité, vertigineux, dont il ne peut se défaire.

Si je l'avais laissé filer, il n'aurait pas perdu l'usage de ses jambes.

Weiter réalise soudain que tous ses frères d'armes ont connu un sort funeste après avoir croisé son chemin. Rudolf Brehmer, Siegfried Jung, dont il n'a plus de nouvelles depuis la chute de Stalingrad. Et aussi Friedrich Sturm. Tous seraient probablement encore en vie s'ils ne l'avaient pas rencontré.

Il est 12 h 20. À force de ressasser ces épisodes douloureux, le capitaine Weiter n'a pas vu le temps passer. Rasé de frais, habillé en civil pour la première fois depuis le début de la guerre, il parcourt la faible distance qui sépare la dépendance du Berghof sans se hâter. Il ne sera pas en retard. Chemin faisant, il n'arrive pas encore à réaliser qu'il est l'hôte d'Hitler. Et que ce dernier, parmi des dizaines d'autres officiers, l'a élu pour mener à bien une mission clandestine. Il baigne dans une douce euphorie, une sorte d'ivresse qu'il n'a encore jamais ressentie ; celle que confère la proximité des hommes de pouvoir. Alors, d'un pas assuré, il gravit les marches du Berghof pour entrer dans le saint des saints.

Comme à leur habitude, Hitler et Eva Braun s'attablent les premiers, puis c'est au tour des invités. Aujourd'hui ils ne sont que deux : Martin Bormann et Florian Weiter.

Après le baisemain de rigueur, le capitaine est placé à côté de Fräulein Braun. Curieuse de découvrir ce visage frais qui tranche avec les faciès de gangster du premier cercle, la jeune femme engage la conversation. Sans entrer dans les détails, le capitaine lui apprend qu'il a combattu à Stalingrad. Eva écarquille les yeux. Elle le presse de questions durant tout le repas, sans toutefois citer le nom de son défunt amant. Comment le pourrait-elle ? Weiter la trouve encore plus séduisante que dans les *Deutsche Wochenschau* où elle apparaît presque aussi souvent que le chancelier. Mais quelque chose dans son regard le trouble, comme une tristesse enfouie. Eva Braun est souriante et de bonne compagnie. Mais elle ne semble pas heureuse.

— Et si nous prenions le café sur la terrasse ? propose Hitler une fois le dessert expédié.

— Pourquoi pas ? approuve Fräulein Braun après avoir signifié à une servante, d'un geste de la main, de récupérer les restes de son assiette pour son oiseau.

Eva boit rapidement son café et, après s'être assurée que Blondi n'est pas dans les parages, retrouve ses chiens de l'autre côté de la terrasse. Lorsque Hitler reçoit, elle doit garder ses distances. C'est un rituel auquel elle se plie d'instinct. Ce qui ne l'empêche pas de regarder ce jeune capitaine à la dérobée. Peut-être a-t-il croisé Horst Bleiber, même s'il servait dans un autre corps d'armée. Et s'il ne l'a pas vu, il en aura éventuellement entendu parler et pourra lui confirmer sa mort. Voilà ce qu'elle espère lorsque Julius Schaub déboule sur la terrasse, l'air affolé.

— Eh bien, Julius, que se passe-t-il ? Vous avez vu le diable ? sourit Bormann.

Ignorant son collègue, dont il supporte mal les sarcasmes, Schaub répond en s'adressant directement à Hitler :

— Mein Führer, le Reichsmarshall Göring vient de me prévenir que l'acteur Clark Gable a été victime d'un accident d'avion.

— Comment ? Qu'est-ce que vous dites ?

— Il participait à un raid au-dessus de la région parisienne. Il a été abattu par la Flak.

— On vous a confirmé sa mort ? s'interpose Bormann.

— Non. On sait seulement que son bombardier s'est écrasé près de Paris.

Un silence. Et Hitler prend Weiter par le bras et l'emmène à l'écart.

— Eh bien, capitaine, voilà qui arrange nos affaires. Si Herr Gable est en vie, nous n'aurons aucun mal à le capturer puisqu'il se trouve en territoire occupé. Ce sera sûrement plus simple que d'aller le chercher en Angleterre. Connaissez-vous Paris ?

— Non, mein Führer. Mais je parle le français aussi bien que l'anglais ou le russe.

— Je sais. C'est pourquoi vous êtes plus que jamais l'homme de la situation. Profitez de cette belle journée. Vous partez dès demain pour la France.

32

— Bonjour mademoiselle, passez-moi M. Mayer, s'il vous plaît.

— Qui le demande ?

— Le général Arnold, chef de l'US Air Force.

— Un instant, général, je transmets l'appel.

Un bref silence.

— Allô, général, comment allez-vous ?

— Très bien, merci.

— Que puis-je faire pour vous ?

— Vous êtes bien assis ?

— Oui. Je vous écoute.

— Clark Gable est porté disparu.

Le producteur éclate de rire.

— Très drôle, général. Vraiment très drôle.

— Louis, écoutez-moi. Son bombardier a été descendu.

— Très réussi, ce ton grave. Vous feriez un excellent dialoguiste.

— Je ne plaisante pas.

— Je vous prépare un contrat. Cent dollars par semaine, ça vous va ?

— Louis !

Solange Delcourt, résistante de vingt-deux ans, a vu la mort en face. Lorsque le B-17 a piqué sur le champ de maïs où elle flirtait avec Henri Bedel, vingt-cinq ans, lui aussi membre du réseau Vengeance, elle a bien cru sa dernière heure arrivée. Les tourtereaux ont à peine eu le temps de se lever pour aller se mettre à l'abri dans un pigeonnier. Il y a eu une énorme explosion. Une boule de feu a ravagé une partie du champ. Un nuage en forme de champignon s'est élevé dans les airs. Des débris métalliques ont été éjectés à des centaines de mètres à la ronde.

Solange et Henri ont eu la trouille de leur vie. Se croyant encore en danger, ils ont couru à en perdre haleine vers Dampierre. Ils se sont réfugiés dans la forêt, à bonne distance du lieu de la catastrophe. Ça puait le brûlé. D'autres débris étaient éparpillés ici et là. Un des quatre moteurs, presque intact et fumant encore, reposait près d'un étang. Ils se sont arrêtés à l'ombre d'un grand chêne pour reprendre leur souffle.

— Encore un de ces bombardiers, halète Henri.

— Celui-là n'a pas eu de chance, déplore Solange en s'adossant au tronc.

— Dieu merci, tu n'as rien, constate-t-il en la prenant dans ses bras.

— Toi non plus. On a eu chaud.

Ils restent un moment assis au pied de l'arbre, tout étonnés d'être encore en vie, lorsqu'un rayon de soleil illumine le feuillage. Solange lève la tête et discerne une tache claire à travers les branches, à une quinzaine de mètres à sa verticale, qui tranche singulièrement avec le vert ambiant.

— Henri…
— Oui ?
— Regarde un peu en haut.
Le jeune homme lève la tête à son tour et s'exclame :
— Nom de Dieu !

Une semaine après le crash, une flottille d'une centaine d'avions, surtout des Lancaster et des Halifax protégés par une multitude de chasseurs, force encore les Parisiens à se réfugier dans les abris en pleine nuit. Il est 4 heures du matin lorsque la sirène retentit dans la capitale endormie. Les raids nocturnes sont essentiellement menés par la RAF. Les Américains, eux, n'opèrent qu'en journée. Les bombardiers anglais volent plus bas et sont donc plus exposés aux tirs de la Flak. Même s'ils sont invisibles, les radars ennemis indiquent leurs positions et permettent aux Allemands de les débusquer dans le noir grâce à des projecteurs surpuissants. Il s'ensuit une canonnade qui illumine encore plus le ciel.

— Ça y est, ça recommence, s'inquiète Solange Delcourt en se réveillant en sursaut.

Quelques instants plus tard, la jeune femme et ses parents sortent de la maison. Même à quarante kilomètres de Paris, le spectacle est saisissant. On y voit presque comme une nuit de pleine lune. Des milliers d'éclairs lézardent l'obscurité, accompagnés de bruits sourds. Martine, la mère, hoche la tête, indignée. Elle sait qu'après chaque lueur des innocents se retrouvent coincés sous les gravats. Le dernier bombardement a fait des dizaines de victimes et détruit autant d'immeubles à Boulogne-Billancourt, mais aussi à Neuilly-sur-Seine, Courbevoie, Issy-les-Moulineaux et d'autres villes de la banlieue ouest. « Les Anglais se vantent de connaître leur affaire. Qu'ils viennent donc sur place constater les dégâts, ils cesseront de fanfaronner. Ces attaques imprécises sont une honte », songe-t-elle en retournant à l'intérieur, en proie à une colère sourde.

Jacques, le père, hausse les épaules. Sa femme est trop sensible. Chaque jour, chaque nuit, ces pilotes risquent leur vie pour la délivrer de l'occupant. Et elle réagit comme s'ils étaient des ennemis. Solange, elle, reste avec son père jusqu'à la fin du raid. Parce qu'elle occupe une place importante au sein de la section qu'il dirige. Elle est tout comme lui un membre important du réseau Vengeance, chargé d'aménager des terrains pour le parachutage de matériel et d'armes destinés aux maquis locaux. Les Delcourt ne sont pas les plus à plaindre.

Tandis que le père allume le poste de radio, Martine met la table, l'air maussade. Solange est en cuisine. Elle prépare une omelette, un mets de roi par les temps qui courent. Après un grésillement caractéristique, Jacques Delcourt réussit à capter Radio-Paris au moment où le maréchal Pétain, avec sa voix chevrotante, prend la parole pour partager son indignation.

Rues soufflées, quartiers rasés, enfants précipités de leur berceau dans leur tombe, pauvres restes arrachés aux décombres sous la fumée suffocante, nous avons vécu minute par minute vos affreuses tortures. Elles ont atteint la France au plus profond de son âme…

— Bien parlé, approuve la mère.

Jacques lance un regard courroucé à son épouse. Combien de fois lui a-t-il expliqué que ces bombardements n'ont d'autre but que de détruire tout ce qui pourrait encore donner l'avantage à l'Allemagne : les usines d'armement ou de roulements à billes indispensables à l'assemblage des blindés et des avions, les lignes de chemin de fer qui acheminent les troupes du Reich sur les théâtres d'opérations, les routes, les ports qui abritent les sous-marins, les sites de lancement des fusées V1 qui, depuis le début de la guerre, s'abattent en masse sur l'Angleterre, les champs pétrolifères, sans lesquels les chars de la Wehrmacht seraient en panne sèche ? Il est las de ressasser les mêmes arguments, alors il se contente de manger ses œufs en silence en maudissant ce maréchal sénile qui a baissé sa culotte depuis maintenant trois ans et offert sur un plateau son pays à Hitler. Trois ans de privations et de persécutions. Mais l'espoir renaît et de nombreux maquis à travers toute la France ont décidé de refuser cette humiliation et de se battre pour recouvrer l'honneur et la liberté. Partout, des actes de sabotage ou des assassinats d'officiers nazis sont perpétrés, même si les représailles sont terribles. À chaque Allemand tué, entre cinquante et cent otages sont passés par les armes. Qu'importe ! Le mouvement est lancé et la Résistance s'organise. Jacques et les quelque deux cent soixante membres du réseau Vengeance ont été parmi les premiers à répondre à l'appel du 18 juin. Depuis, ils œuvrent sans relâche à la libération du pays. Avec les autres maquis disséminés sur tout le territoire, ils forment le socle sur lequel pourra s'appuyer de Gaulle s'il revient un jour en France.

C'est au tour d'Henriot, ministre de la Propagande, de prendre la parole. Il en rajoute une couche, traite Churchill de monstre, qualifie les Anglais d'assassins.

— Il a raison, renchérit Martine en avisant un reste d'omelette dans la poêle.

Jacques ronge son frein. Il est à deux doigts de lui envoyer son verre de rouge à la figure. Alors, plutôt que de donner libre cours à sa colère, il se lève, éteint la radio et sort fumer sa pipe.

— Tu ne finis pas ? lui demande son épouse.

Il claque la porte sans lui répondre. Martine en profite pour prendre les restes lorsque sa fille s'empare de son assiette.

— Tu oublies notre invité, dit-elle en disparaissant dans la pièce voisine.

L'aviateur tombé du ciel est encore faible. Mais il va mieux. Son visage boursouflé, qui le rendait méconnaissable, reprend forme humaine. Ses côtes fêlées lui arrachent des grimaces et son bras droit, plâtré, ne lui permet pas de se nourrir seul.

— Je vais vous aider, dit Solange en introduisant une cuillerée dans sa bouche.

— Merci, mademoiselle.

— Vous pouvez m'appeler Solange, sourit la jeune femme.

Il dit s'appeler Tom. Tom Harding. C'est à peu près tout ce qu'ils échangeront. Clark Gable ne parle pas un mot de français. Hormis les formules de politesse, il n'entend rien à la langue de Molière. Pareil pour Solange, elle ne connaît que quelques mots d'anglais qu'elle bafouille avec un accent à couper au couteau. À force de patience, les Delcourt ont réussi à faire comprendre à ce rescapé que trois autres aviateurs – sûrement victimes du crash eux aussi – ont été recueillis par des gens de leur connaissance dignes de confiance et cachés à Chevreuse. Tous ont eu la chance de tomber entre de bonnes mains. Solange a aussi annoncé à Tom qu'elle avait prévenu un agent du SOE[1] avec lequel collabore son réseau. Les Anglais sont donc informés que les rescapés du crash ont été sauvés et cachés par la Résistance française. Cependant, il leur faudra quelques jours avant de venir récupérer leurs hommes. L'exfiltration d'aviateurs tombés en territoire ennemi est toujours une opération à haut risque. Elle demande d'importants préparatifs.

1. Service clandestin britannique placé sous l'autorité directe de Winston Churchill. Il fut créé pour soutenir les réseaux de résistants et faciliter l'exfiltration d'agents vers l'Angleterre.

33

Ma chérie,

Même dans les moments les plus cruels, le désespoir le plus sombre, une lumière peut apparaître. Appelle ça comme tu veux ; coup de chance, bonne étoile. Il est alors permis de croire à nouveau à des jours meilleurs. J'ai quitté le front russe. Hélas, je ne peux pas t'expliquer ce qui a permis ce miracle. Sache seulement que je suis sain et sauf et que ma foi n'a pas varié. Elle ne tend que vers un but, toujours le même : te serrer dans mes bras. Les hasards de la guerre ont fait que je me trouve à Paris, où j'avais promis de t'emmener en voyage de noces. Il règne ici une atmosphère étrange. Nous sommes maîtres de cette capitale depuis 1940, et pourtant les Parisiens semblent vaquer à leurs occupations comme en temps de paix. Sans la pénurie d'essence, les tickets de rationnement, le couvre-feu et le black-out, on pourrait croire qu'ils n'ont pas été envahis ni même privés de liberté. Les trottoirs des grands boulevards fourmillent de badauds. Le métro est bondé. J'ai rarement vu autant de bicyclettes. La population est plus friande que jamais de divertissements et de spectacles. Les cinémas et les théâtres affichent complet. On ne ressent pas ici le fardeau de l'oppression, tout du moins à première vue. Pourtant, après l'humiliation du traité de Versailles, le Führer aurait pu se montrer aussi cruel qu'en Pologne et détruire Paris comme il a rasé Varsovie. C'est à croire que cette ville a de la chance, elle aussi. Ce sont peut-être ses monuments, son histoire, la place qu'elle occupe dans notre imaginaire qui l'ont sauvée du désastre. Hitler est venu deux fois ici. Et malgré sa haine de la France, des témoins ont déclaré l'avoir vu ému en contemplant la tour Eiffel depuis l'esplanade du Trocadéro.

Il y a bien longtemps – trop longtemps – que tu ne réponds plus à mes lettres. Je ne m'explique pas ton silence. Peut-être as-tu...

Trois coups secs à la porte.

— Capitaine Weiter ?

— Oui ?

— C'est l'Oberleutnant Dietrich.

— Un instant.

— Ne vous dérangez pas. C'est seulement pour vous prévenir que l'amiral vous recevra à 11 heures.

— Très bien, je vous remercie.

Weiter relit son texte, hésite et le déchire. À quoi bon s'entêter à écrire ? Ses lettres restent sans réponse. Hilda sera muette une fois encore. Que lui est-il arrivé ? Leur immeuble a-t-il été bombardé ? Est-elle morte ? Si elle a survécu, elle s'est peut-être réfugiée chez sa tante Léna, à Stuttgart. C'est la seule famille qui lui reste. Ou serait-elle retournée auprès d'Hans Dettinger, ce voisin avec qui elle vivait avant de rencontrer Florian ;

cet homme myope comme une taupe, exempté d'armée, qui est resté à Berlin au lieu de partir au front comme tous les hommes de son âge ? Cette hypothèse lui a souvent traversé l'esprit. Il la repousse comme on chasse un mauvais sort. On ne compte plus les couples que la guerre a brisés, les femmes esseulées qui, à force d'attendre un mari ou un amant, ont fini par perdre patience. Hilda est jeune et pleine de vie. Florian l'imagine mal se morfondre dans leur petit appartement berlinois de la Rugestraße. Mais il préférerait la savoir morte sous les bombes alliées que dans les bras d'un consolateur. Le Führer en personne a promis de faire la lumière sur le mutisme d'Hilda. Avant de quitter le Berghof, Weiter en a aussi profité pour s'enquérir du sort de son parrain. Là encore, Hitler s'est engagé à répondre à sa requête. Le capitaine est rassuré. Il sait qu'à son retour il saura exactement ce qu'il est advenu de ces deux êtres qui comptent pour lui plus que tout au monde.

Le Lutetia abrite le QG de l'Abwehr, le service de renseignements de l'état-major allemand. L'amiral Wilhelm Canaris en est le chef tout-puissant. Sa fonction principale est de lutter contre la Résistance. Les états de service de cet officier de cinquante-sept ans sont irréprochables. Cependant, il passe pour être un antinazi notoire, et la SD, le service de contre-espionnage concurrent attaché à la Waffen-SS, le soupçonne même d'avoir favorisé la fuite de Juifs en Espagne. Martin Bormann ne lui a pas révélé l'identité de l'aviateur que le capitaine Weiter est chargé de capturer. Officiellement, il s'agit d'une mission de routine pour le chef de l'Abwehr. Pourtant, Canaris, qui a derrière lui une longue carrière d'espion, se montre d'emblée suspicieux.

— Pourquoi vous a-t-on fait venir d'Allemagne pour cette opération ? Nous aurions pu nous en charger. Nous sommes sur place depuis trois ans et connaissons mieux que quiconque les réseaux de résistants qui sévissent sur Paris et sa région.

— Je comprends votre étonnement, amiral. Mais c'est une interrogation à laquelle je ne peux hélas répondre. Seuls l'Obergruppenführer Bormann ou le Führer pourraient vous renseigner.

Canaris marque une pause. Il trempe dans les coups tordus depuis si longtemps qu'il a la faculté de jauger un homme en une poignée de secondes. Le maintien, l'expression, le regard, rien ne lui échappe. Mais Weiter reste stoïque devant cet homme à l'air inquisiteur, blond, les yeux clairs, un sourire au coin des lèvres. Canaris lui rappelle son parrain. Même condescendance, même capacité d'intimidation ; un physique et une attitude de junker.

L'amiral reprend, en français. Lui aussi est polyglotte. Il maîtrise cinq langues à la perfection.

— Les murs ont des oreilles, capitaine. Peut-être même à l'Abwehr. Si vous n'y voyez pas d'inconvénient, nous continuerons à parler en utilisant la langue locale.

— Ça me va, approuve Weiter dans un français impeccable.

— Bien. Pour vous épauler, je dois connaître les informations dont vous disposez. Et savoir d'où elles proviennent.

— Soit. Comme vous le savez, nous possédons un système de radars qui s'étend du Danemark à la France…

— Qu'on appelle la ligne Kammhuber. Ils servent à repérer et détruire les bombardiers en provenance du Royaume-Uni. Vous ne m'apprenez rien.

— Pardonnez-moi, amiral. J'essaie d'être le plus précis possible.

— Continuez.

— Il y a quelques jours, un raid a eu lieu sur la région parisienne. Il visait l'usine Renault qui est désormais sous notre contrôle.

— J'étais aux premières loges. Un raid aléatoire, très meurtrier : des dizaines de victimes, des centaines d'immeubles détruits, des familles écrasées sous les décombres ou jetées à la rue. Le champ de courses de Longchamp a même été touché en pleine rencontre hippique. Un vrai carnage. Savez-vous que 30 % seulement des bombes de la RAF atteignent leurs cibles ? Les Alliés sont stupides. Ils s'imaginent peut-être qu'en tuant des Français ils gagneront leur sympathie, s'emporte l'amiral, visiblement affecté.

— En effet, ce n'est pas le meilleur moyen d'y parvenir.

— Mais nous nous éloignons de notre sujet. Poursuivez, je vous prie.

— Lors de ce raid, un B-17 a été abattu. À en croire les relevés d'un de nos radars, ce bombardier s'est écrasé dans un périmètre compris entre Chevreuse et Dampierre, deux communes du département de Seine-et-Oise. C'est cet appareil qui nous intéresse.

— Pourquoi ?

— Un des aviateurs abattus, appelons-le X, était sur le point de nous livrer des informations confidentielles sur les opérations futures du Bomber Command.

— Anglais, américain ?

— Américain.

— Pourquoi trahirait-il son pays et aussi la Grande-Bretagne ?

— Il est d'origine allemande. Et vous savez sûrement que les Américains qui ont une parenté allemande sont très mal traités aux États-Unis. À la faveur d'une permission, X est revenu en Californie où il vivait avec sa femme et ses deux enfants. Il a trouvé sa maison vide. Sa femme venait d'être arrêtée. Elle est détenue dans un camp de prisonniers. Et ses enfants ont été confiés aux services sociaux.

— Je vois. Mais qui vous dit que cet agent est encore en vie ? Il n'a peut-être pas survécu au crash.

— C'est précisément l'objet de ma mission. Je dois m'en assurer. Les informations qu'il détient sont d'une importance cruciale pour la Luftwaffe.

— Et comment comptez-vous opérer ?

— Aucune idée. Je m'en remets entièrement à vous, amiral. Tout ce que je sais, c'est que je devrai me débrouiller seul.

— Ça vaudrait mieux, en effet, acquiesce Canaris en parcourant le dossier posé sur son bureau.

— J'aurai toutefois besoin d'une solide couverture, de papiers d'identité, de cartes, d'un pistolet, d'argent…

— Je lis que vous avez servi en Biélorussie dans la Waffen-SS, l'interrompt Canaris en prenant un air sombre.

— Contraint et forcé, amiral. Je suis un officier de la Wehrmacht et j'en suis fier. Je n'ai rien à voir avec ces barbares, précise le capitaine.

— Voilà qui me rassure. Je ne les porte pas non plus dans mon cœur. Dans le secteur où vous serez amené à travailler, la Gestapo est d'ailleurs très active. Son QG se trouve à Maisons-Laffitte. Elle a déjà démantelé les maquis de Sermaise et d'Orgerus et menacé de compromettre nos propres opérations. Méfiez-vous d'elle comme de la peste, elle a des hommes partout.

— C'est noté, amiral.

— Bien. Je pense que nous avons fait le tour de la question. Nous allons vous trouver une bonne couverture et vous procurer tout ce dont vous aurez besoin. D'ici là, profitez des plaisirs de Paris, ils ne manquent pas. L'Oberleutnant Dietrich vous servira de guide.

La tournée commence chez Maxim's, rue Royale, où le gratin de la Wehrmacht et les agents de l'Abwehr ont leurs habitudes.

— Il n'est que 18 heures. N'est-ce pas un peu tôt pour dîner ? s'étonne Weiter en contemplant le décor fastueux du célèbre restaurant.

— Ça peut surprendre au début, mais ici tout est avancé à cause du couvre-feu qui commence à minuit. Nous n'avons que quelques heures pour faire la tournée des grands-ducs.

Un serveur se présente avec un seau à champagne contenant une bouteille de veuve-clicquot millésimé. Dietrich et son invité trinquent à la santé du Führer. Ils dégustent des soles meunières accompagnées de légumes frais. Weiter remarque des uniformes vert-de-gris aux tables voisines et quelques hommes en noir à l'autre bout de la salle. Entre deux bouchées, le lieutenant demande, en lui désignant deux personnages bruyants assis près d'une fenêtre :

— Vous ne les avez pas reconnus ?

— Non.

— C'est Raimu, l'un des acteurs français les plus célèbres. Et Sacha Guitry, un auteur à succès.

— Je vous avouerais qu'à Stalingrad j'avais d'autres chats à fouetter que de m'intéresser à l'actualité culturelle des territoires occupés.

La soirée se poursuit au cabaret La Vie parisienne, sur les grands boulevards, où se produit ce soir-là Suzy Solidor, une chanteuse populaire. Là encore, beaucoup d'Allemands en uniforme et quelques Parisiens privilégiés. La salle est comble, joyeuse et remuante. Lorsque l'artiste entonne *Lily Marlène*, le public lui fait un triomphe.

— Le destin de cette chanson est vraiment singulier. C'était à la fois l'hymne de l'Afrikakorps et des Anglais qui la fredonnaient pour se donner du courage avant d'affronter Rommel dans le désert, explique le lieutenant.

Calé au fond de son fauteuil, Weiter observe le public applaudir à tout rompre. Il éprouve soudain une grande lassitude. Le champagne lui fait tourner la tête et le rend maussade. Il se sent défait. Ces trois dernières années, il les a passées dans un pays battu par le blizzard, loin de la femme qu'il aime, dormant peu, mangeant de maigres rations qui lui permettaient tout juste de rester en vie. Chaque jour, chaque nuit, il a dû rester sur ses gardes pour éviter d'être tué par un sniper, une charge explosive ou les orgues de Staline. On l'a contraint à assassiner de sang-froid des dizaines d'innocents à l'abri des regards ; femmes, enfants, vieillards qui n'avaient d'autre tort que d'être juifs, tziganes ou communistes. Il n'a connu que le sang et la terreur, et le voilà maintenant au chaud dans une salle de spectacle parisienne où des soldats de la Wehrmacht se la coulent douce à bonne distance du front. Quels sont leurs mérites ? Qu'ont-ils fait pour obtenir de telles faveurs, un traitement aussi doux ? Ils n'ont guerroyé que quelques semaines, n'ont affronté que des troupes sans envergure. Ils ont marché sans peine sur les Pays-Bas, la Belgique et la France. Paris, déclarée ville ouverte, leur a même déroulé le tapis rouge sans même tirer le moindre coup de feu. Un sentiment d'injustice, vertigineux, le prend subitement à la gorge. « Dans ce monde, il y a deux sortes d'hommes : les planqués et les couillons. Je fais partie de la seconde catégorie », se dit-il, amer, alors que le refrain de *Lily Marlène* est repris de plus belle par le public surchauffé.

— Vous n'avez pas l'air dans votre assiette, capitaine, remarque Dietrich.

— Un peu fatigué. Mais ça va passer. Quelle est la suite du programme ?

La soirée se poursuit au Bœuf sur le toit, près des Champs-Élysées, un des lieux les plus prisés de l'occupant et de la pègre locale. On y mange en écoutant des artistes en vue. Attablés près de la scène, Weiter et son guide boivent un verre en se délectant des mimiques d'un chanteur débordant d'énergie.

— Comment s'appelle-t-il ? demande Weiter, amusé.

— Charles Trenet. On le surnomme « le Fou chantant ».

Une fois le spectacle terminé, Dietrich se lève et va bavarder un moment avec deux personnes assises à une table voisine. Weiter remarque un petit miroir posé devant l'une d'elles. Une fois son guide revenu, il ne peut s'empêcher de le questionner.

— Qui est cet homme ? Et pourquoi ce miroir ?

— C'est Jacques Doriot, chef du Parti populaire français. C'est l'un des collabos les plus zélés. Les résistants l'ont surnommé « le Petit Führer ». Ils ont juré de lui faire la peau. Ce miroir, c'est par peur qu'on lui tire dans le dos, explique Dietrich, goguenard.

— Et l'autre, avec la mine patibulaire ?

— Il s'appelle Henri Lafont. Il dirige la Carlingue.

— La Carlingue ?

— Oui, la Gestapo française. Officiellement, c'est une officine chargée de collecter l'argent que la France doit payer à l'Allemagne au titre des réparations. Dans ce marigot évoluent toutes sortes de crapules ; tueurs à gages, souteneurs et autres malfrats qui prospèrent dans le recel des biens spoliés aux Juifs, le proxénétisme ou le marché noir.

— Et vous fricotez avec ces gens-là ?

— Sans états d'âme. Ils nous donnent des tuyaux de première main sur la Résistance. Mais assez discuté affaires. Venez, allons-nous-en. Nous n'avons plus beaucoup de temps, fait Dietrich en se levant.

Cette brève visite parisienne s'achève au One-Two-Two, célèbre maison close située près des grands magasins, dans le quartier de l'Opéra. Là aussi le champagne coule à flots. Décor feutré, filles aguichantes prêtes à répondre à tous les fantasmes, chambres à thème en fonction du goût des clients ; cabine de paquebot transatlantique, compartiment de l'Orient-Express. Avec un supplément, un faux contrôleur peut faire irruption à l'improviste pour participer aux ébats. C'est ici que les officiers allemands terminent leur soirée. Ou alors au Chabanais, au Sphinx ou à La Fleur blanche. Paris compte plus d'une centaine de bordels. Il y en a pour tous les goûts et pour toutes les bourses.

Le lieutenant Dietrich est monté avec une certaine Mlle Rose, prostituée d'une vingtaine d'années dont il apprécie les rondeurs autant que l'esprit. Au One-Two-Two, le lupanar le plus chic de la capitale, les filles ne sont pas seulement séduisantes. Elles sont aussi bien éduquées et ont de la repartie.

Florian Weiter, pour sa part, a les faveurs de Mlle Agnès, une beauté de dix-neuf ans. Une fois dans sa chambre, il la regarde se déshabiller d'un air perdu. Voilà plus de trois ans qu'il n'a pas fait l'amour.

La fille s'approche, lascive. Elle exhale un parfum enivrant. Florian songe à Hilda. Il l'imagine dans le lit d'Hans Dettinger. Alors, sans hésiter, il prend la main d'Agnès et l'entraîne vers le lit.

34

Lorsque Martin Bormann fait irruption sur la terrasse avec sa tête des mauvais jours, le patient A, accoudé au parapet, est en compagnie de son pourvoyeur de drogues. Julius Schaub se tient à l'écart.

— Eh bien, Martin, que vous arrive-t-il ? Vous avez vu le diable, vous aussi ? lui lance-t-il, revanchard.

— Mein Führer, il faut que je vous parle.

Hitler se retourne, irrité. Il n'aime pas être dérangé lorsqu'il contemple ses chères Alpes bavaroises, pas même par les membres du premier cercle. Rien ne doit troubler sa méditation, surtout après une injection d'opiacé.

— Eh bien, parle !

— En aparté, si possible.

Le chancelier hésite et finit par obtempérer. Il s'excuse auprès du docteur Morell et suit Bormann dans le grand salon.

— Qu'y a-t-il de si important ?

— C'est au sujet de Weiter.

— C'est fait ? s'enthousiasme le chancelier.

— Non, pas encore. Le capitaine est bien arrivé à Paris et il est déjà au travail. Canaris a fait le nécessaire.

— Quoi, alors ?

— Vous vous souvenez du lieutenant-colonel Manfred von Hurel ?

— Bien sûr que je m'en souviens. C'est l'un des traîtres qui ont convaincu Paulus de capituler.

— Oui, l'un des quinze officiers supérieurs qui ne se sont pas rendus aux Russes et que vous avez fait fusiller.

— Ils le méritaient.

— J'en conviens.

— Bon. Et après ? Quel rapport avec la mission Gable ?

— Von Hurel était le parrain de Weiter.

— *Scheiße !* Tu en es sûr ?

— Oui. J'ai eu accès aux pièces confidentielles de leurs dossiers. Il s'avère que ce renégat de von Hurel était copain comme cochon avec le père du capitaine. Ils ont combattu ensemble à Verdun.

— Et après ?

— Le père de Weiter a été tué. Von Hurel a recueilli son fils et l'a élevé comme son propre enfant.

Le Führer arpente la pièce de long en large, les mains dans le dos. Puis il se plante devant son secrétaire.

— En dehors de nous, qui d'autre est au courant ?

— Les services d'Himmler. Mais il faut une autorisation écrite du Reichsführer pour obtenir ces informations.

— Bien. Quand le capitaine Weiter rentrera de France, tu lui diras que son parrain est mort en héros à Stalingrad. Et que je le décorerai de la croix de fer de première classe à titre posthume.

— *Ja voll, mein Führer !*

— Et la fille, quel est son nom, déjà ?

— Hilda.

— Elle est morte, elle aussi ? Ne me dis pas oui, ça ferait trop de mauvaises nouvelles en une seule journée.

— Je n'ai aucune certitude.

— Mais encore ?

— Son immeuble a été détruit lors du dernier bombardement. Les gravats ont été déblayés, mais on n'a pas retrouvé son corps.

— De la famille, des amis chez qui elle aurait pu se réfugier ?

— Oui. Une tante à Stuttgart. Mais on n'a pas pu obtenir d'informations de sa part.

— Hilda avait peut-être un employeur.

— Oui, elle travaillait chez un doreur installé non loin de la Spree.

— Eh bien, questionne-le.

— Ça ne sera pas possible.

— Pourquoi ? Il a été bombardé, lui aussi ?

— Non, seulement dénoncé.

— Juif ?

Bormann fait oui d'un signe de tête. Et le Führer ajoute :

— Tu diras à Weiter que les Alliés ont tué sa fiancée.

Fritz Sauber plonge la salle dans le noir et enclenche le projecteur. Aussitôt, les mines facétieuses de Groucho Marx et de ses frères apparaissent. Les comiques anglo-saxons sont le péché mignon du Führer. Dans la salle de projection se trouvent des étagères contenant les meilleurs longs-métrages de cette bande de pieds nickelés. Mais aussi de Chaplin, de Laurel et Hardy ou de Buster

Keaton, l'homme qui ne rit jamais. Lorsqu'il visionne ces films, le chancelier oublie la guerre. Il redevient un enfant prompt à rire au gag le plus simple, aux courses-poursuites effrénées, aux pots de peinture qui tombent sur les têtes, aux râteaux qui se dressent pour aller frapper un nez. Eva, elle, est peu sensible à ces pitreries. C'est une sentimentale. Pour elle, un film digne de ce nom doit montrer une histoire d'amour et de beaux acteurs comme Clark Gable, Tyrone Power ou Gary Cooper. Point final.

Sur l'écran, les Marx Brothers se déchaînent. Ils se trouvent sur un paquebot et leur cabine est pleine à craquer. Des personnages tout aussi loufoques tentent de se joindre à eux. La cabine est saturée, ses occupants sont les uns sur les autres, au bord de l'asphyxie. La porte s'ouvre soudain et tout ce petit monde en est éjecté dans le plus grand désordre. Hitler rit aux larmes.

— Ces frères Marx ont beau être juifs, ça ne les empêche pas d'avoir du génie, dit-il à sa maîtresse.

— C'est trop loufoque.

— Un peu de légèreté ne fait pas de mal, ma chérie.

Sitôt sorti du sanctuaire, Hitler retourne à ses occupations. Il était il y a peu le maître de l'Europe, comme naguère Napoléon. Il n'est plus qu'un dictateur en perdition dont se méfient ses lieutenants, même les plus fidèles.

Le chancelier réunit son état-major pour faire le point sur cette guerre totale amorcée par Goebbels. Un général l'informe que l'Armée rouge ne cesse de progresser. Un autre lui dit qu'à l'Ouest, ce n'est pas mieux. Décomplexés par la reconquête de Stalingrad, les Alliés bombardent à tout va et avancent eux aussi dans le sud de l'Europe, notamment en Italie où ils se battent avec acharnement pour reprendre l'avantage sur la Wehrmacht. Les nouvelles ne sont pas mauvaises, elles sont désastreuses et augurent du cataclysme final que la plupart des hauts responsables de l'OKW commencent à entrevoir sans toutefois l'évoquer. En haut lieu comme dans les rangs de l'armée, le défaitisme est considéré comme un crime. Et la capitulation éventuelle du Reich reste un sujet tabou.

Fräulein Braun est sortie de la salle de projection avant le Führer. Elle a regagné sa chambre en passant par les cuisines et les dépendances pour saluer le personnel. Dans l'ensemble, elle est plutôt appréciée. Mais elle ne s'est pas attardée dans la salle où les goûteuses étaient à l'œuvre. Elle les a rapidement saluées, à l'exception de la jeune Marlene Schaller qui a baissé les yeux à son passage. L'atmosphère a changé au Berghof. C'est palpable. Les sourires, la joie ont déserté les visages. Bravant les interdits, on n'hésite plus à capter les radios des Alliés pour se faire une idée plus précise de la situation. Le ministère de la Propagande donne une version tronquée de la réalité. Tout le monde sait que l'Allemagne n'est plus aussi redoutée qu'au début de la guerre. Elle pourrait même la perdre.

Eva Braun, elle aussi, est en proie à la morosité ambiante. Chaque jour, elle voit le Führer s'enfoncer dans le déni. Il préfère recourir aux drogues et disparaître dans sa salle de projection plutôt que de faire face à une situation qui lui échappe.

De retour dans sa chambre, la jeune femme ouvre la fenêtre en grand. Encore une belle journée propice à la balade.

Le side-car file en direction du village. Horst Bleiber était un pilote chevronné. Il aimait prendre des risques. Arno Pretzl, lui, négocie les virages avec précaution. C'est la première fois qu'il emmène la maîtresse du Führer en vadrouille. Il veut faire bonne impression. Mais la jeune femme s'ennuie.

— À ce rythme-là, on n'y sera pas avant la nuit. Accélérez, que diable !

— La route est verglacée, madame.

— Et alors ?

Le garde du corps s'exécute. La moto dérape par à-coups, ce qui semble ravir la passagère. Pretzl est inquiet. Ses bras se raidissent. Il craint de finir dans le fossé. Après une longue descente, ils arrivent enfin à Berchtesgaden. Eva est toujours grimée et porte l'uniforme. Mais une boucle blonde s'est échappée de son casque, suscitant la curiosité du patron de l'auberge où ils ont fait halte pour prendre une boisson chaude. Pretzl s'en aperçoit.

— Pourquoi vous me regardez comme ça ? s'irrite la jeune femme.

— Vos cheveux…

— Quoi, mes cheveux ?

— Il vaudrait mieux arranger ça.

Elle se lève, file aux toilettes et se regarde dans la glace. Mais elle ne se résigne pas à remettre ses cheveux en ordre. À quoi bon ? Elle n'a plus rien à cacher.

Après une longue balade dans la forêt, ils reprennent la route du Berghof lorsque Eva ordonne à son garde du corps, au détour d'un virage :

— Prenez ce chemin à droite !

Pretzl obtempère. Ils se retrouvent sur un sentier boueux qui finit en cul-de-sac.

— Arrêtez-vous !

Le garde du corps pile. Fräulein Braun descend du side-car et fait quelques pas en direction de l'abri, le cœur serré. Elle s'accroupit et reste un long moment à contempler la modeste cabane où elle a vécu les heures les plus heureuses de son existence. Pretzl la rejoint. Il l'entend soupirer.

— Tout va bien, madame ?

Elle se retourne, les yeux remplis de larmes. La vision de Pretzl la dégoûte.

Dieu que cet homme est laid ! Il ferait rater une couvée de singes.

Elle se relève et lui dit :

— Rentrons.

35

Florian Weiter s'est réincarné en un jeune Français de vingt-huit ans répondant au nom de Louis Kervaudan. Dans la chambre d'hôtes qu'il occupe depuis une dizaine de jours à Champ Romery, un hameau proche de Dampierre, Kervaudan examine les documents que lui a fournis l'Abwehr. Parmi ces papiers se trouve un *Ausweis*. C'est un document hybride, à la fois carte d'identité, permis de conduire et laissez-passer. Les résistants sont à l'affût des détenteurs de ce précieux sésame délivré par la Kommandantur.

En plus de son *Ausweis*, Kervaudan s'est vu remettre de l'argent liquide, des tickets de rationnement, une carte du département de Seine-et-Oise ainsi qu'un pistolet Browning modèle long, calibre 9 millimètres. Cette arme de fabrication américaine est souvent parachutée par la 8e Air Force pour aider la Résistance. Elle est puissante et robuste. Les maquis de la région parisienne en raffolent. En outre, l'amiral lui a indiqué le nom du réseau local qui donne le plus de fil à retordre à ses services : Vengeance. « Tout un programme », songe-t-il en remplissant le chargeur de son arme. D'après Canaris, si X a survécu au crash et qu'il n'est pas tombé aux mains de la Gestapo ou de la Milice, c'est ce réseau et aucun autre qui a pu le secourir. Le maquis Vengeance est connu pour avoir déjà sauvé de nombreux pilotes anglo-saxons abattus par la Flak.

Chaque matin, Kervaudan se rend à Dampierre à bicyclette. Il prend son café dans un bistrot situé sur la route départementale qui longe le château. Il commande deux tartines, mais le beurre est désespérément absent de la carte. Il s'installe à une table sur laquelle il pose ostensiblement la clé de sa chambre, quelques pièces de monnaie et son *Ausweis*.

Les premiers jours, les clients du café n'ont pas prêté attention à ce nouveau visage. Mais au bout d'une semaine le patron a engagé la conversation avec lui. Un habitué a tendu l'oreille et remarqué le laissez-passer posé sur sa table. Il s'est approché de l'étranger.

— Henri Bedel. À qui ai-je l'honneur ?

— Louis Kervaudan. Enchanté. Mais je vous en prie, monsieur, asseyez-vous.

— Je ne voudrais pas vous déranger.

— Vous ne me dérangez pas.

Bedel tire une chaise et s'assied.

— Un café ? propose Kervaudan en rangeant son *Ausweis* dans son portefeuille.

— Volontiers.

L'inconnu hèle le patron, commande le café et demande :

— Vous êtes de la région ?

— Oui. Je suis natif de Dampierre. C'est un petit village. Ici, tout le monde se connaît. Vous êtes de passage ?

Un silence. Et Kervaudan répond :

— Disons que je me suis mis au vert. Je n'ai pas l'intention de partir pour l'Allemagne.

— Réfractaire au STO[1] ?

— Oui.

— Où logez-vous ?

— Chez Mme Fernande, à Champ Romery.

— Vous avez les flics aux fesses ?

Kervaudan opine du chef, sous l'œil suspicieux du patron. Et il ajoute, en haussant le ton :

— Je n'ai pas confiance en Pétain. Pas plus qu'en Laval. Je n'oublierai jamais que ce salopard a souhaité publiquement la victoire de l'Allemagne. Ces vendus veulent nous faire croire qu'on sera bien payés en bossant pour Hitler. Tu parles ! Personne n'est encore revenu pour en témoigner.

— Pas si fort, on pourrait vous entendre, chuchote Bedel.

— Excusez-moi. J'ai toujours du mal à retenir ma colère. J'ai vu tellement d'amis réquisitionnés, cueillis au saut du lit par des gendarmes et conduits sous bonne escorte jusqu'à la gare du Nord.

— Vous n'avez pas à vous excuser. Je ne pense pas autrement. Les Boches sont aux abois. Ils sont en train de perdre la guerre. Ils ne se contentent plus de s'en prendre aux Juifs ou aux bolcheviks. Ils raflent nos jeunes pour les faire trimer dans leurs usines d'armement. C'est ça le but de la manœuvre. Tout le reste c'est du pipeau.

— C'est vrai. Mais paradoxalement, cette politique renforce la Résistance. On ne compte plus les insoumis

---

1. Service du travail obligatoire.

qui prennent le maquis plutôt que de partir outre-Rhin pour devenir des esclaves. Mais vous-même, cher monsieur, comment avez-vous échappé à la police ou à la Gestapo ?

— Disons que nous sommes bien organisés.

— Nous ?

Bedel se redresse et se mure dans le silence. Ce type présente bien et lui a inspiré confiance. Mais il a trop bavardé.

— Pardonnez-moi. Je me suis montré indiscret. Parler à un inconnu par les temps qui courent n'est pas sans risques. Je comprends votre méfiance, ajoute Kervaudan.

— Il n'y a pas de mal, dit Bedel en regardant sa montre.

— Vous avez sûrement à faire.

— En effet.

Bedel se lève et sort son porte-monnaie.

— Non, je vous en prie, les cafés sont pour moi, dit Kervaudan.

— Il n'y a pas de raison.

— J'insiste, fait l'inconnu en sortant à son tour quelques pièces.

— Très bien. Mais la prochaine tournée sera pour moi.

— Avec plaisir. Vous savez où me trouver. Je suis là tous les matins.

Trois jours passent. Bedel ne se montre plus. Attablé comme à son habitude, Kervaudan songe alors à se rendre à Chevreuse. Peut-être aura-t-il plus de chances d'entrer en contact avec la Résistance dans ce village où, toujours selon l'Abwehr, des pilotes ont été cachés par le passé. Il se lève, règle sa consommation et s'apprête à sortir lorsqu'une traction avant pile devant le café. Quatre hommes en sortent. Ils poussent la porte de l'établissement et se précipitent sur lui. Kervaudan reconnaît Henri Bedel qui lui ordonne, un pistolet à la main :

— Allez, suis-nous sans faire d'histoires !

— Qu'est-ce que ça veut dire ?

— Pose pas de questions, s'impatiente un autre en lui empoignant le bras.

La traction repart dans un crissement de pneus. Elle roule à tombeau ouvert jusqu'à l'abbaye des Vaux-de-Cernay, un monastère cistercien datant du XIIe siècle. Après avoir passé une grille monumentale gardée par deux hommes en armes, elle s'arrête au bout d'une allée bordée de chênes centenaires, près d'un édifice en ruine. Kervaudan est conduit dans la salle capitulaire au bout de laquelle se trouve l'entrée d'un souterrain.

— Où m'emmenez-vous ? demande-t-il alors que Bedel le pousse dans la galerie.

Les cinq hommes parcourent une cinquantaine de mètres dans une demi-pénombre. Ils aboutissent à une vaste pièce sans fenêtres où se trouve un groupe de neuf personnes, parmi lesquelles deux femmes.

— Assieds-toi ! lui lance l'une d'elles en lui montrant une chaise.

Kervaudan s'exécute.

— C'est lui ? demande une autre en se tournant vers Bedel.

— Oui.

Kervaudan reste calme. En Pologne et en Russie, il s'est sorti de situations bien plus dangereuses. Rien ne dit qu'il a été démasqué. Alors, en bon joueur de poker qu'il est, il attend que ses ravisseurs abattent leurs cartes en premier.

— Comment t'appelles-tu ? l'interpelle un homme d'une voix de stentor.

— Louis Kervaudan. Et vous ?

— C'est moi qui pose les questions. Qu'est-ce que tu fabriques dans le coin ?

— M. Bedel m'a déjà interrogé à ce sujet. Vous n'avez qu'à lui demander.

— Comment as-tu obtenu ton *Ausweis* ?

— J'ai des relations.

— Et ton pistolet ?

— Marché noir.

Il s'ensuit un conciliabule. Jacques Delcourt, le chef de section, s'entretient avec sa fille et Bedel. La veille, ils ont envoyé une équipe chez Mme Fernande, qu'ils connaissent bien. La chambre de ce Kervaudan a été fouillée de fond en comble. Rien de suspect n'a été trouvé.

— Tu n'as pas été mobilisé ?

— Non, j'ai été réformé.

— Pourquoi ?

— Raison psychiatrique. J'ai sauté à la gorge du sergent recruteur. Ça m'a valu trois mois de placard. En sortant, ils m'ont de nouveau mis le grappin dessus. Je me suis tiré une balle dans la jambe, explique Kervaudan en exhibant une affreuse balafre au mollet droit due à un sniper à Stalingrad.

Rumeurs dans l'assistance. Et Delcourt poursuit l'interrogatoire :

— Quel est ton métier ?

— Interprète. Mais je n'ai plus de travail. Le contexte actuel n'est pas des plus favorables.

— Quelles langues parles-tu ?

— Le russe, l'anglais et l'allemand.

Solange Delcourt observe l'inconnu avec attention. Il n'est pas dénué de charme et fait preuve d'un aplomb étonnant dans cette situation où d'autres auraient d'emblée perdu leurs moyens.

— Tu dis que tu maîtrises l'allemand, parle un peu pour voir, lui lance-t-elle.

— Mais bien sûr, mademoiselle. Connaissez-vous Goethe ?

— Oui. Je l'ai étudié au lycée.

— Fort bien, ce poème est pour vous. Il s'appelle *Fête de mai.*

Et l'inconnu récite ces quelques vers en regardant la jeune Solange droit dans les yeux.

O Mädchen, Mädchen, wie lieb' ich dich !
Wie blinkt dein Auge, wie liebst du mich

Kervaudan voit les joues de Solange s'empourprer.

So liebt die Lerche, Gesang und Luft
Und Morgenblumen, den Himmelsduft...

La jeune femme semble réagir comme si ce texte lui était destiné. Alors, sûr de son effet, il se lève, s'approche d'elle et poursuit, à la manière d'un acteur de théâtre :

Wie ich dich liebe, mit warmem Blut
Die du mir Jungend, und Freud und Mut
Zu neuen Liedern und Tänzen gibst...

— Ça suffit ! l'interrompt Jacques Delcourt.

Le chef de section, Henri Bedel et les autres se concertent à nouveau. Voilà un homme coriace qui possède un *Ausweis* et parle l'allemand comme si c'était sa langue natale. C'est un profil rare. Il pourrait être fort utile au réseau.

— Pour moi, il est propre, dit Delcourt à voix basse.

Bedel approuve. Les autres aussi. Seule Solange ne s'est pas exprimée. Elle semble ailleurs.

— Et toi, qu'en penses-tu ? lui demande Henri.

La jeune femme acquiesce d'un hochement de tête sans quitter Kervaudan des yeux.

36

S'extirpant d'un demi-sommeil nauséeux, Clark Gable soupire. Ses blessures le font toujours souffrir. Il sort de son lit, fait quelques pas jusqu'à un miroir posé sur une commode. « Mon Dieu, quelle tronche ! On dirait un boxeur qui vient de disputer quinze rounds contre Marcel Cerdan », se dit-il en détaillant les coupures et les ecchymoses qui parsèment son visage. Lorsqu'il a heurté l'arbre de plein fouet après une chute de plus de six mille mètres, son arcade sourcilière droite a explosé ; son nez, son bras droit et trois côtes ont été brisés net. Mais l'acteur est dur à la douleur et il s'estime heureux d'être encore en vie. Et il y a plus important que de faire l'inventaire de ses petits bobos. Que sont devenus les autres ? Il n'a que cette question en tête, qui tourne à l'obsession.

Ces gens qui l'ont décroché de l'arbre et soigné sont des saints. Il leur doit la vie. S'il s'en tire, il se souviendra de tout ce qu'ils ont fait pour lui. Mais le sort de McIntyre, de Voss, de Boles et du reste de l'équipe est tout aussi important que le sien et il ne trouvera de repos que lorsqu'il aura de leurs nouvelles. On lui a dit que certains d'entre eux auraient été secourus par d'autres résistants. Qui exactement ? Il a aussi cru comprendre que les services secrets anglais étaient prévenus et qu'il serait rapatrié dans les prochains jours. Il aimerait en savoir plus mais il a un mal fou à comprendre ces braves gens et c'est réciproque.

Martine Delcourt est affairée en cuisine lorsqu'elle voit apparaître cet escogriffe contusionné et plâtré qui vient lui demander à boire. Elle délaisse un instant ses fourneaux pour lui donner un verre d'eau de très mauvaise grâce.

— Ah, vous pouvez être fier de vous ! Le dernier bombardement a fait cent vingt-cinq morts. Et plus de mille sans-abri, peste-t-elle.

De sa main gauche, Gable s'empare du verre et le boit d'une traite. Il n'a pas saisi ce que la mère Delcourt vient de dire. Mais il se doute bien que ce n'est pas une déclaration d'amour. Il a vite compris que seule la mère ne le portait pas dans son cœur. Aussi préfère-t-il retourner dans sa chambre. Martine ne veut pas en rester là. Parmi les victimes de la tuerie qu'elle vient d'évoquer se trouve un couple de sa connaissance, des pharmaciens vivant et travaillant à Courbevoie, dont l'immeuble a été soufflé et réduit en cendres par une bombe incendiaire de cinq cents kilos alors qu'ils dormaient.

— Vous vous dites nos sauveurs ? Vous n'êtes que des bourreaux ! Honte à vous ! crie-t-elle en poussant la porte de la chambre.

Solange apparaît.

— Maman ! Tu ne vas pas recommencer ?

Martine fait volte-face et s'en retourne à ses fourneaux.

— Tu n'as pas honte de t'en prendre à cet homme qui a risqué sa vie pour te délivrer des Boches ? renchérit sa fille.

— Me délivrer ? Je ne vois qu'un assassin, pas un libérateur !

— Ça commence à bien faire !

— Comme tu dis ! Qu'il aille se faire soigner ailleurs, ce maudit aviateur !

— Ça suffit ! s'interpose Jacques, qui entre à son tour dans la cuisine.

La porte de la pièce voisine grince. Gable réapparaît, l'air contrit.

— Je vois que je suis de trop. Je ferais mieux de partir, baragouine-t-il en anglais.

— Qu'est-ce qu'il raconte encore, celui-là ? siffle Martine.

— J'en sais rien. Mais pas besoin de comprendre l'anglais pour voir que tu le fatigues.

— Vous êtes encore faible. Allez vous recoucher, dit Solange en raccompagnant l'acteur dans sa chambre.

Cette nuit-là, dans un champ en jachère situé près d'Auffargis, une vingtaine de membres du réseau Vengeance participent à une opération de parachutage. Parmi eux, Solange, Jacques, Henri et Louis, le nouveau venu.

En un ballet bien rodé, ils disposent des repères lumineux à intervalles réguliers. Un tous les vingt mètres. Visibles du ciel, ces signaux forment l'aire de largage.

Il est un peu plus de minuit lorsqu'un bourdonnement caractéristique, celui d'un Lancaster, se fait entendre. Aux quatre coins du terrain, des sentinelles en armes font le guet. La Gestapo profite parfois du bruit des avions pour intervenir par surprise. Mais cette nuit, tout se déroule sans encombre. Il n'y a pas d'ennemis en vue. L'opération n'a pas été éventée.

L'appareil ne fait qu'un passage et s'éloigne dans l'obscurité. Tant pis si les armes et le matériel tombent loin du champ. Le largage en pleine nuit est une science imprécise. La Résistance estime qu'environ 15 % de cette aide est perdue ou, pire, retrouvée par les gendarmes, la Milice ou des locaux peu scrupuleux qui l'écouleront sur le marché noir.

Cette fois, le pilote a fait preuve de dextérité. Quatre caisses heurtent le sol, freinées par des parachutes. L'une d'elles est éventrée par le choc, laissant apparaître un lot de fusils flambant neufs dans les phares des véhicules. Tout est récupéré à la hâte. En tout, l'opération n'aura duré qu'une vingtaine de minutes.

Composé de trois tractions et d'un camion, le convoi repart en direction de Dampierre. Dans la voiture de tête, Henri Bedel jubile en manipulant une mitraillette Sten de fabrication anglaise récupérée dans le conteneur abîmé.

— Hé, fais gaffe ! Toujours le canon vers le sol. Tu devrais le savoir, depuis le temps, non ? rouspète Solange.

— Elle n'est pas chargée.

Assis à l'avant, Louis Kervaudan se retourne.

— C'est une très bonne arme.

— Tu t'y connais ? lui demande Solange.

— Oui. Je pratiquais le tir sportif avant la guerre.

— Décidément, Louis a tout pour plaire, se réjouit Henri.

— Tu devrais la charger, surtout quand tu pars en mission. Ton arme de poing ne suffira pas en cas de mauvaise rencontre, lui conseille Kervaudan.

— Tu l'entends ? approuve Bedel en se tournant vers Solange.

La fille hausse les épaules. Henri ôte le chargeur et pioche quelques cartouches de calibre 9 millimètres dans une poche de son blouson. Mais il ne parvient pas à charger l'arme.

— Non, pas comme ça, dit Kervaudan en lui prenant la mitraillette des mains.

En deux temps, trois mouvements, Louis charge l'arme sous le regard ébahi de Solange et d'Henri.

Soudain, le chauffeur pile.

— Putain, un barrage !

— Fonce ! lui crie Kervaudan en baissant sa vitre.

— T'es dingue ! On va se faire descendre !

— Fais ce que je te dis ! Pied au plancher ! Et vous deux, à l'arrière, couchez-vous !

Le chauffeur s'exécute. Des coups de feu retentissent. Le pare-brise éclate. Kervaudan riposte au jugé. Dans la seconde voiture se trouve Jacques Delcourt. Il ordonne à son chauffeur de foncer à son tour alors que ses acolytes ouvrent le feu de part et d'autre du véhicule.

La traction de tête enfonce le barrage. Kervaudan continue de mitrailler à tout va. Trois miliciens sont criblés de balles. Côté maquis, on ne compte qu'un blessé léger. Le convoi est passé en force et disparaît dans la forêt.

Solange Delcourt passe le reste de la nuit dans les bras d'Henri. Alors qu'il lui fait l'amour, elle songe à Louis. Sans lui, des vengeurs seraient morts. Ou alors ils auraient été pris et livrés à la Gestapo. Peu en seraient revenus. Ils l'ont échappé belle.

En fouillant dans ses cahiers de collégienne, Solange a retrouvé une traduction du poème que Louis lui a récité.

Ô jeune fille, jeune fille, combien je t'aime !
Comme ton regard luit, comme tu m'aimes !

37

Être amoureux est un accomplissement, le but, le faîte d'une existence. Mais que vaut l'amour quand la personne qui l'inspire n'est plus ? Tu es entré dans ma vie en fanfare, tu en es ressorti peu après, me laissant à l'agonie. J'aurais préféré ne jamais te connaître plutôt que de me languir ainsi, souffrir de ton absence à toute heure du jour et de la nuit. Personne ne m'a rendue aussi heureuse que toi. Mais qu'est-ce qu'un bonheur éphémère au regard d'une douleur éternelle ? L'amour ne s'efface pas d'un claquement de doigts. Et lorsqu'on se retrouve seule, il ne vaut plus rien. Pire, il devient destructeur et conduit à la folie. Tu étais ma seule raison de vivre. Et maintenant, que dois-je faire ? Me traîner comme une âme en peine dans cette existence sans saveur ? Me trancher les veines ? Pourquoi m'as-tu plongée dans cet abîme de tristesse et d'ennui ? Quel crime ai-je commis pour mériter ce supplice ? Tu as choisi d'aller mourir à Stalingrad alors que tu aurais pu continuer à vivre auprès de moi. Ne me dis pas que tu n'avais pas le choix. On a toujours le choix, c'est une question de courage. Toi, tu en as manqué.

Tu es un déserteur. Il m'arrive de te haïr. Et pourtant, le souvenir de ton visage, de ta délicatesse ne cesse de me hanter. Tu m'as brisé le cœur et tu es toujours dans mes pensées. Mais je ne peux plus te voir, te toucher ou t'étreindre. À l'avenir, qui me lira des passages de ce livre interdit ? Tu n'es plus qu'un fantôme qui n'est bon qu'à me tourmenter...

Trois coups secs à la porte.

— Oui ?

— C'est Arno. Il est 10 heures, madame.

— J'arrive dans cinq minutes, répond Eva en se pressant de ranger son carnet.

La Mercedes file en direction de Munich. Pretzl a quitté son uniforme de la Waffen-SS pour un costume de ville. Ça ne le rend pas moins laid. Toutefois, il semble plus à son aise au volant de cette puissante berline qu'au guidon d'un side-car.

— Connaissez-vous Munich, Arno ?

— Je m'y suis rendu il y a quelques années pour le mariage d'Angela.

— Angela ?

— Oui, ma sœur aînée.

— Je vois. Et vous-même ?

— Oui ?

— Vous êtes marié ?

— Non.

— Fiancé ?

— Pas davantage.

« Quelles questions stupides ! Comment une femme accepterait-elle de se laisser approcher par un type aussi repoussant ? » se dit Eva en regardant la Forêt-Noire défiler derrière la fenêtre.

Le reste du trajet se déroule en silence. Pretzl n'est pas seulement d'une laideur outrageante, il est aussi timide et ne prend jamais l'initiative d'entamer la conversation. Bref, il n'a rien pour lui.

— Où allons-nous précisément ? demande-t-il quand même, une fois dans les faubourgs de la capitale bavaroise.

— Continuez dans cette direction, je vais vous guider.

— Bien, madame.

— Arrêtez de m'appeler madame. Ça fait vieux. Je n'ai que trente et un ans, vous savez.

— Comment faut-il vous appeler ?

— Par mon prénom, tout bêtement. Ou Fräulein Braun.

— Bien, madame. Euh, excusez-moi… Eva.

— Ce n'est pas grave, ARNO. Mais tâchez de vous concentrer et d'essayer de retenir ce qu'on vous dit. Et soyez moins rigide. Je ne suis pas le Führer, que je sache. Vous n'avez aucune raison d'être intimidé.

— C'est compris. Je ferai de mon mieux pour être à la hauteur de vos attentes.

— Pfff ! Et vos phrases, nom d'un chien ! Oubliez le protocole quand vous m'emmenez à l'extérieur. Faites plus court. « Je ferai de mon mieux » suffit.

— Entendu, Fräulein Braun.

— Très bien. Après m'avoir déposée chez mes parents, vous m'attendrez dans la voiture. Je ne serai pas longue. Ensuite, nous irons chez ma sœur. Vous aurez quartier libre. Vous pourrez en profiter pour découvrir la ville ou aller au cinéma. Ça vous changera un peu de votre vie de caserne.

— Vous êtes bien bonne, Eva.

— Non, Arno. Je ne suis pas bien bonne. Je ne vous fais pas l'aumône. C'est normal, c'est tout.

Eva n'est restée qu'une petite heure chez ses parents. Elle n'est pas près d'oublier l'éducation stricte qu'elle a reçue, les préjugés dont elle a fait les frais durant son adolescence. Au début de sa relation avec Hitler, Friedrich, son père, a failli la répudier. Il ne supporte pas le style et les manières de cet homme bien plus âgé que sa fille, son air autoritaire, sa moustache ridicule et ses cheveux gras. Il le méprise à tel point qu'il le traite de « clochard autrichien ». Mais quand ce prétendant finit par conquérir le pouvoir et lui offre une maison dans un quartier cossu de Munich, Friedrich change de point de vue du jour au lendemain. Les Braun sont issus de la petite bourgeoisie bavaroise. Le père est instituteur, la mère est couturière et femme au foyer. Ce sont des opportunistes. Après avoir été de fervents opposants au national-socialisme, ils profitent désormais des largesses du chancelier et voient d'un bon œil cette relation qu'ils ont longtemps désapprouvée.

— Et maintenant, chez ma sœur, dit Eva, soulagée, en remontant dans la berline.

Gretl semble fascinée lorsqu'elle découvre le nouveau garde du corps d'Eva. Pretzl se contorsionne sur le perron. Il a une envie pressante. Il se retient depuis le départ du Berghof et cette gêne de chaque instant, constitutive de son tempérament, lui a interdit de s'arrêter sur le bas-côté de la route pour soulager sa vessie.

— Entrez, hésite Gretl.

Herta, qui est déjà sur place, n'est pas moins surprise.

— Où as-tu dégoté ce monstre ? demande-t-elle à Eva sitôt son garde du corps enfermé dans les toilettes.

— Je n'ai rien demandé. C'est l'aide de camp d'Adolf qui me l'a collé dans les pattes, répond Eva, un rien irritée, en posant son panier à provisions sur la table de la cuisine.

— Il est vraiment affreux, renchérit Gretl, les yeux écarquillés.

— Je sais, petite sœur. Mais que veux-tu y faire ? Je n'ai pas de baguette magique pour le transformer en prince charmant.

— Est-il gentil, au moins ?

— Tout ce qu'il y a de plus correct.

— À vous entendre, on croirait que vous parlez d'une bête féroce, sourit Herta en sortant les victuailles du panier.

Un bruit de chasse d'eau se fait entendre.

— Taisez-vous, le voilà qui revient.

Le garde du corps réapparaît. Il se plante gauchement devant la maîtresse d'Hitler comme s'il attendait un ordre de sa bouche.

— Vous pouvez disposer, soupire-t-elle en débouchant un grand cru.

— Bien, Fräulein Braun.

— Un instant. Quel est votre prénom ? s'interpose Gretl.

— Arno, madame.

— Vous avez fait un long trajet. Vous devez avoir soif.

— Ma foi…

Puis, se tournant vers sa sœur :

— Sers-lui un verre, tu veux ?

— Est-ce bien raisonnable ? Nous avons encore deux heures de voiture sur le chemin du retour, proteste Eva.

— Ma sœur chérie, quand tu viens me voir, c'est pour te changer les idées, non ? Si tu tiens à être raisonnable, alors reste au Berghof.

Eva capitule. Elle remplit quatre verres.

Les filles trinquent. Pretzl, lui, n'ose pas.

— Eh bien, Arno, qu'attendez-vous pour lever votre verre ? s'étonne Eva.

— C'est que… je n'ai pas l'habitude de boire.

— Même pas une chope de bière ou du schnaps de temps en temps ?

— Non.

— Le pauvre, dit Gretl en portant le verre à ses lèvres.

— C'est une très bonne bouteille, un romanée-conti raflé pendant la campagne de France. Je l'ai trouvé dans la réserve personnelle du Führer. Goûtez, au moins, insiste Eva, presque vexée.

Pretzl s'exécute. Mais au lieu de boire une gorgée, il vide le verre d'une traite.

— Hé, pas comme ça ! Un grand cru ne se boit pas comme de la limonade, s'indigne Herta.

Gretl ne peut retenir un fou rire. Quelques instants plus tard, une bouffée de chaleur rougit les joues de Pretzl.

— Décidément, vous êtes insortable, fulmine Eva.

— Ne sois pas si cruelle. Il t'a dit qu'il n'avait pas l'habitude. Ce n'est pas sa faute, plaide Gretl.

— Il n'a l'habitude de rien.

— Peut-être qu'on ne lui a pas appris. Il y a un début à tout.

— Je vais vous laisser. À quelle heure voulez-vous repartir, Fräulein Braun ? demande Pretzl en titubant dangereusement vers la porte d'entrée.

— Tu vois, il n'a bu qu'un verre et il est déjà soûl comme un Polonais. C'est bien ce que je disais. Il n'a pas l'habitude. On ne va pas le laisser divaguer dans les rues de Munich dans cet état, continue Gretl.

— Tu as raison. Qu'il reste déjeuner avec nous, suggère Herta.

C'est un repas de filles. On parle boutiques, mode, divertissements. On échange des cancans sur tel ou tel ami ou connaissance, le tout émaillé de blagues et de rires. Gretl et Herta veulent connaître les derniers ragots du Berghof mais Eva coupe court à leur curiosité. Même éméchée, elle ne s'épanche pas sur ce sujet qui englobe aussi bien des secrets d'alcôve que des secrets d'État. Elle sait tenir sa langue.

Le romanée-conti a été rapidement bu. On passe au champagne pour accompagner les assiettes nordiques ; hareng, saumon, esturgeon et autres créatures aquatiques qui peuplent les mers froides. Pretzl a l'air mal à l'aise. Il ne sait pas quelle contenance se donner. Encore moins quoi penser de la conversation de ces dames qui parlent de plus en plus fort à mesure que leurs verres se vident. Il se contente de manger en redoutant qu'on s'intéresse de nouveau à lui. Ce qui finit par arriver.

— Alors, Arno, vous vous régalez ? commence Herta.

— Oui, madame. C'est délicieux.

— Parlez-nous un peu de vous. On ne vous a pas entendu depuis le début du repas.

— Oh, vous savez, je n'ai pas grand-chose à raconter.

— Quand même. Vous devez avoir une vie en dehors de votre travail au Berghof. Une femme, des enfants ?

— Non.

— Une petite amie ?

— Non.

Un silence. Puis Gretl se sert une énième coupe et lance à la cantonade :

— Pauvre homme, il semble qu'il n'ait encore rien connu de la vie !

Eva a l'air exaspérée. Herta enfonce le clou.

— Est-ce vrai, Arno ?

— Quoi donc ?

— Eh bien, heu…

Gretl prend la balle au bond.

— Vous n'avez jamais connu de femme ?

Nouveau silence. Et Pretzl avoue, un rien honteux :

— Non.

— Foutez-lui la paix. Vous voyez bien qu'il est rouge comme une écrevisse, s'insurge Eva en se resservant à son tour une coupe de champagne.

Les filles reprennent leurs commérages jusqu'au dessert. Pretzl, lui, semble secoué par sa confidence mais il est encore assez motivé pour terminer son assiette. Il veut en profiter jusqu'à la dernière bouchée. Il n'aura pas l'occasion de refaire un tel festin de sitôt.

— Il est peut-être puceau mais ça ne lui coupe pas l'appétit, glisse Gretl, espiègle, à l'oreille de sa sœur.

Une fois le repas fini, la joyeuse assemblée passe au salon en emportant d'autres bouteilles. Comme à l'accoutumée, la suite des festivités se déroule en musique. Et toujours sous le commandement du champagne qui est à présent bu au goulot. Les filles commencent par danser entre elles. Pretzl, lui, reste sagement assis dans un fauteuil comme s'il assistait à une représentation théâtrale.

— Connaissez-vous Bing Crosby ? lui demande Gretl à la faveur d'un changement de disque.

— Non.

— Décidément ! s'exclame-t-elle en recommençant aussitôt à se déhancher.

Alors qu'Eva et Herta décrivent des figures hasardeuses – elles ne tiennent presque plus sur leurs guiboles –, Gretl s'approche du garde du corps et le prend par la main.

— Allez, venez ! Je vais vous montrer.

— Je ne préfère pas, madame. Je risque d'être ridicule, se défend Pretzl.

— Faites un effort, Arno. Ce n'est pas sorcier.

— Puisque vous insistez.

Il s'ensuit une scène grotesque. Gretl prend le garde du corps par la taille comme si elle était son cavalier et essaie de l'entraîner. Mais il peine à se laisser faire.

— Vous êtes raide comme la justice. Détendez-vous, s'impatiente Gretl sous l'œil rieur des deux autres.

Pretzl et sa partenaire finissent leur improbable démonstration en s'affalant sur un canapé. Leurs corps restent entremêlés, leurs visages se touchent presque.

Sous l'effet du champagne, Gretl ne cherche pas à s'extraire des bras de cet empoté qui, une heure auparavant, l'aurait fait hurler de dégoût. Elle en arrive même à le trouver touchant. Comment un homme peut-il être aussi injustement traité à cause de son apparence ? Pourquoi a-t-il été privé de tout ce qui rend l'existence supportable : l'amour d'une femme ou simplement quelques mots apaisants, du respect, des égards ? Il lui semble soudain que Pretzl, depuis sa naissance, n'a traversé qu'un désert sans trouver personne pour lui tendre la main. Et cette malédiction lui arrache des larmes.

Alors que sa sœur et Herta sont tant bien que mal reparties en cuisine pour aller chercher d'autres bouteilles, Gretl se surprend à saisir le visage d'Arno entre ses mains. Puis elle pose délicatement ses lèvres sur les siennes et lui dit, tout en continuant à sangloter :

— Tu le mérites autant qu'un autre.

38

Le Standartenführer[1] Ferdinand Wengen, chef de la Gestapo du secteur Seine-et-Oise, ne décolère pas.

— Vous n'êtes qu'un incapable !

L'homme à qui s'adresse cette remontrance porte une tenue qui rappelle celle des chasseurs alpins : pantalon de ski sur guêtres et brodequins, chemise kaki, vareuse et ceinturon, cravate noire, béret incliné sur le côté gauche. À la boutonnière droite, il arbore le symbole du gamma. Il mesure environ un mètre soixante-quinze et ses yeux, d'un bleu profond, sont grossis par des lunettes à double foyer. Son nom : Jean-Paul Delaunay. C'est le responsable de la Franc-Garde locale, bras armé de la Milice. La Résistance n'a pas voulu de lui parce qu'il est myope et que ses parents, tous deux ingénieurs de haut vol, sont des collabos notoires. Alors il a choisi l'autre camp. De nombreuses familles juives lui doivent leur malheur. Elles ont été arrêtées, spoliées et déportées à cause de lui. Des résistants et des réfractaires au STO ont été livrés à l'ennemi et expédiés outre-Rhin

1. Grade de colonel dans la Waffen-SS.

sans autre forme de procès. Le réseau Vengeance et les autres maquis d'Île-de-France, qui le considèrent comme une ordure finie, ont juré de lui faire la peau. Delaunay, comme Laval, Darnand ou Touvier, est un auxiliaire des Allemands on ne peut plus zélé. Il dépasse toujours les quotas de Juifs exigés par les nazis. Quand on lui en demande mille, il en livre le double. Aussi accepte-t-il mal d'être traité de la sorte.

— Ce n'est qu'un contretemps. Je vous offrirai les têtes des membres de ce réseau sur un plateau. Toutes sans exception, se défend-il avec aplomb.

Le colonel SS semble peu sensible à cette promesse.

— Trois morts dans vos rangs et une cargaison d'armes évanouie dans la nature. Vous appelez ça un contretemps ? J'aurais dû régler cette affaire moi-même, regrette-t-il.

— Ce n'est que partie remise.

— J'espère bien, Delaunay.

Un troisième personnage, jusqu'alors silencieux, entre dans la conversation. Il s'appelle Christian Fabert. C'est un solide gaillard d'une vingtaine d'années, membre du réseau Vengeance.

— Je serai quand même payé ? s'inquiète-t-il.

Le colonel hésite. Puis il traverse son immense bureau d'un pas prussien. Il ouvre une armoire qui recèle un coffre-fort, en sort quelques billets qu'il tend à Fabert avant de lui dire sèchement :

— Disparaissez.

Tout en essuyant sa vaisselle, le patron du bistrot écarquille les yeux. Voilà Solange Delcourt et ce type louche qui entrent dans son établissement. D'un air entendu, la jeune femme lui fait comprendre qu'il n'y a rien à craindre. Kervaudan en profite pour lui serrer la main.

— Je fais partie de la famille, maintenant, plaisante-t-il.

— Pas tout à fait, rectifie Solange, l'air mutin.

Le couple s'installe à une table.

— Deux cafés, commande Louis.

— Je ne sais pas comment te remercier, dit la jeune femme.

— Ne me remercie pas. Je n'ai fait que mon devoir.

— Tu viens à peine d'arriver.

— La situation exigeait une réponse ferme et rapide.

— Et quelle réponse ! Trois salopards au tapis. Où as-tu appris à tirer comme ça ?

— C'est une longue histoire.

— Je ne demande qu'à l'entendre.

— Je viens d'une famille modeste de paysans bretons.

— Je connais bien la Bretagne. J'ai une tante à Lorient. Où vivais-tu exactement ?

— À l'opposé, à Saint-Quay-Portrieux, dans les Côtes-du-Nord.

— Je n'y suis jamais allée.

— C'est la capitale de la coquille Saint-Jacques. Mais mes parents n'étaient pas pêcheurs. C'étaient de simples fermiers qui travaillaient dur dans un domaine appartenant à une vieille famille bretonne. Mon père organisait, entre autres, les chasses du propriétaire.

— D'où ton habitude des armes.

— Oui. Je tirais déjà au fusil à un âge ou d'autres enfants sont encore dans les jupes de leur mère.

Solange finit son café et demande, en baissant les yeux :

— Ce poème, c'était pour moi ou tu fais le coup à toutes les filles ?

— C'était pour toi, Solange, répond-il en hésitant à prendre sa main, remarquant que le patron ne cesse de les épier.

Ils sont presque tous là, dans la salle au bout du souterrain. En tout, quarante-huit membres du réseau Vengeance opérant dans le département de Seine-et-Oise. Il n'en manque qu'un : Christian Fabert.

Jacques Delcourt reprend son rôle de grand maître. Les lieux, la disposition des chaises formant un demi-cercle, les flambeaux évoquent le décorum d'une société secrète. Ne manquent plus que des signes cabalistiques, un autel et des sacrifices.

Delcourt, théâtral, commence de sa voix d'ours :

— Mes frères, je tiens d'abord à saluer l'attitude exemplaire de l'impétrant ici présent. Sans lui, l'opération d'hier aurait pu tourner au désastre. Faites-lui une ovation.

Applaudissements appuyés à l'adresse de Kervaudan. Le chef continue avec gravité :

— Il y a un traître parmi nous. Inutile de prononcer son nom. Vous aurez compris de qui il s'agit.

— Pourriture ! crie un frère.

— À mort ! renchérit un autre.

— J'y viens, enchaîne Delcourt en s'approchant de Kervaudan.

Henri Bedel chuchote à Louis :

— Surtout, ne faiblis pas si tu veux rester parmi nous.

Le chef se tient devant Louis et lui annonce, solennel :

— Il te reste une épreuve à réussir avant de pouvoir prétendre être des nôtres.

Kervaudan soupire. Pas besoin d'avoir fait des études supérieures pour comprendre ce qu'on attend de lui.

Ils sont repartis comme ils sont arrivés, dans le plus grand silence et avec discipline. Seuls Delcourt, sa fille, Bedel et Kervaudan sont restés sur place. Ce dernier s'est vu confier tous les détails nécessaires à l'accomplissement de sa mission. Il n'a pas bougé un cil lorsque le chef lui a demandé d'éliminer le traître qui a failli détruire le réseau. Non, il n'a pas moufté. La mort est son métier.

Solange est rentrée avec son père. Henri et Louis sont les derniers à quitter l'abbaye.

— Viens, je te ramène, dit Bedel.

— Volontiers.

La traction file en direction de Dampierre. Sur la banquette arrière, Louis remarque la mitraillette Sten bien en évidence.

— Elle est chargée. J'ai retenu la leçon, précise Henri.

Kervaudan contemple les arbres qui défilent au-dehors. Bedel le regarde à la dérobée.

— Je comprends ce que tu ressens, Louis. Tuer un homme, ça n'est pas rien. Mais dis-toi qu'on y a tous eu droit. C'est un passage obligé.

— Un rite initiatique, en quelque sorte.

— Appelle ça comme tu veux. Si tu as le moindre doute, tu ne seras jamais un vengeur.

— Un vengeur, répète Kervaudan, un sourire aux lèvres.

— Par ailleurs, cette crapule de Fabert ne mérite rien d'autre que douze balles dans la peau.

— Une seule suffira.

— Je t'ai vu à l'œuvre, Louis. Je sais que pour toi ça ne sera qu'une formalité.

Kervaudan reste un moment songeur. Il revoit en pensée une partie des ennemis qu'il a abattus.

Ça n'est jamais une formalité.

— Fabert est d'autant plus inexcusable que Jacques le considérait comme un fils. Il lui a ouvert les bras, poursuit Bedel.

— Pourquoi vous a-t-il trahis ?

Henri semble embarrassé. Il cherche ses mots.

— Je ne suis pas censé t'expliquer pourquoi. En dehors de Solange, de son père et de moi, personne n'est au courant.

— Tu m'as dit que tu me faisais confiance. Oui ou non ?

— Oui.

— Alors, vide ton sac.

— D'accord. Christian Fabert en pinçait pour Solange. Ça, c'était avant mon arrivée. À l'instant même où j'ai croisé le regard de cette fille, j'ai su que nous étions faits l'un pour l'autre. Et qu'elle serait ma femme.

— Et Fabert est devenu ton rival.

— Oui. Je l'aurais tué. Rien ne devait entraver le chemin qui me mènerait à Solange. Je l'aimais éperdument. Et c'est toujours le cas.

— Tu l'as épousée ?
— Pas encore. Nous sommes seulement fiancés.
— Et Fabert ne l'a pas accepté.
— Non.

Kervaudan revoit Delcourt présider la réunion. Au moment où il évoquait Fabert, le chef a lancé un regard noir à sa fille. Solange est perturbée. Elle réalise qu'elle est la cause d'une catastrophe évitée de justesse. Elle est parfaitement consciente de ses charmes, du pouvoir qu'elle exerce sur les hommes. Sur Christian, sur Henri.

Et aussi sur Louis.

39

Le moteur de la traction ronronne à mesure que le jour se lève. À son bord, Solange Delcourt et Louis Kervaudan. La jeune femme est au volant. Quant à Louis, il vérifie pour la dernière fois le bon fonctionnement de son Browning.

— Sept heures quinze. Il ne devrait plus tarder, dit-elle en regardant sa montre avec lassitude.

Le chargeur est correctement inséré dans la crosse. La culasse, bien huilée. Le percuteur est opérationnel.

— Débrouille-toi pour qu'il se retourne. Je n'ai jamais tué un homme en lui tirant dans le dos.

— Tu as déjà tué ? Je croyais que tu n'avais pas combattu.

Réalisant sa bévue, Kervaudan précise :

— J'ai abattu un milicien en Bretagne.

— Alors tu sais ce que ça fait. Tu n'auras pas d'état d'âme au moment d'appuyer sur la détente.

— Non. Ça devrait aller.

— Je ferai un appel de phares. Il se retournera, continue-t-elle sur un ton morose.

Kervaudan pose son arme sur le tableau de bord et se tourne vers Solange.

— J'ai parlé avec ton fiancé.

— Ah !

— Ça ne doit pas être évident de voir mourir un homme que tu as aimé. Mais pourquoi tu m'as accompagné ? Quelqu'un d'autre aurait pu me conduire jusqu'ici. Henri, par exemple.

— Mon père m'en a toujours voulu. Il était très proche de Fabert, qu'il considérait déjà comme son gendre alors que nous ne nous connaissions que depuis quelques semaines. Christian était un bon parti. Ses parents sont les éleveurs les plus prospères de la vallée de Chevreuse. Ceux d'Henri ne sont que de modestes employés de bureau.

— Il est normal qu'un père cherche à bien marier sa fille. Tu ne devrais pas lui jeter la pierre.

— Une jeune femme amoureuse n'est pas sensible à ces arguments-là. Lorsque Henri est arrivé dans ma vie, j'ai cessé d'aimer Christian. C'est tout.

— Et Jacques t'en a voulu

— À mort. C'est lui qui m'a obligée à prendre le volant. Pour me punir de ma légèreté, comme il dit chaque fois que nous parlons de Fabert.

— Il n'empêche qu'il l'a lui-même condamné à mort.

— Il n'avait pas le choix.

Christian Fabert se regarde une dernière fois dans le miroir, ajuste une mèche et le nœud de sa cravate. Il sort du petit meublé qu'il loue depuis une semaine au Mesnil-Saint-Denis, un village proche de la nationale qui mène à Paris. Depuis le fiasco qui a coûté la vie à trois miliciens, il sait qu'il est en danger. La Gestapo, avec laquelle il a collaboré plusieurs fois, a promis de l'exfiltrer. Mais le Standartenführer Ferdinand Wengen, qui a horreur de l'échec, ne tiendra pas son engagement. Il a recruté d'autres traîtres dans différents réseaux. Pour lui, Fabert n'a plus aucune valeur. C'est de la viande froide.

— Le voilà, fait Solange en pointant du doigt une silhouette trapue qui sort de la maison.

Fabert fait quelques pas sur la route principale. Le café du village, où il a ses habitudes, n'est pas loin. Depuis l'opération manquée, il a déménagé deux fois. Aussi, lorsqu'il entend le bruit familier d'une traction qui arrive à sa hauteur, il serre la crosse du pistolet Ruby Llama de fabrication espagnole caché dans la poche de son veston. Deux appels de phares jaunissent un mur sur lequel s'étire une publicité pour le vermouth Dubonnet. Il ne se retourne pas et continue d'avancer comme si de rien n'était.

— Qu'est-ce qu'on fait ? s'alarme Solange.

— Dépasse-le.

La jeune femme s'exécute. Elle roule encore sur une centaine de mètres.

— Maintenant, arrête-toi, dit Kervaudan en baissant sa vitre.

Fabert n'attend pas que la portière passager s'ouvre pour brandir son arme. Mais face à un tireur de la trempe de Florian Weiter, il n'a aucune chance. Il s'apprête à tirer lorsqu'une balle traverse sa boîte crânienne pour finir sa course dans l'affiche publicitaire.

La traction redémarre en trombe. Solange a baissé la tête quand Kervaudan a fait feu depuis le siège passager.

— Voilà, il a payé, dit-elle, les yeux embués de larmes, en roulant à tombeau ouvert sur la départementale qui relie Le Mesnil-Saint-Denis à Dampierre.

À hauteur du château, Solange poursuit sa route en direction de Senlisse au lieu de bifurquer à droite vers Champ Romery.

— Tu ne me raccompagnes pas ? s'étonne Louis.

Elle continue de rouler et finit par s'arrêter quelques kilomètres plus loin, en rase campagne.

— Qu'est-ce que ça veut dire ? s'inquiète-t-il en empoignant discrètement son Browning.

Elle se penche sur lui et tente de l'embrasser.

— Solange…

— Je sais que tu en meurs d'envie.

— Et Henri ?

— Il n'est pas question d'Henri mais de toi et moi.

Leurs lèvres se frôlent.

— C'est un chic type. Je suis sûr qu'il te rendra heureuse, dit Louis en reposant son arme.

Elle prend sa bouche d'autorité. Il déboutonne son chemisier et caresse ses seins. Elle abaisse le dossier de son siège et soupire, ivre de désir :

— Viens.

Il fait jour depuis une heure lorsque Solange rentre chez elle après avoir raccompagné Kervaudan. Martine est déjà dans sa cuisine où elle épluche des patates.

— Où es-tu encore allée traîner ?

Solange l'ignore. Elle soulève la cafetière en fer-blanc d'où s'échappe un filet de vapeur et se sert un bol. Jacques, affairé dans le potager, la retrouve un moment après.

— C'est fait, lui dit-elle sans lever la tête de son bol.

— Qu'est-ce qui est fait ? s'inquiète Martine.

— T'occupe, lui lance son mari en s'asseyant près de sa fille.

Jacques beurre une baguette qu'il est allé chercher à l'aube à Dampierre. Il faut être matinal pour espérer du pain. C'est presque une denrée de luxe, comme les œufs ou le fromage.

— Tu veux une tartine ? propose-t-il à Solange.

Elle fait non de la tête sous l'œil inquisiteur de sa mère.

Delcourt, déjà excédé par son épouse alors que la journée est à peine commencée, se tourne vers elle.

— Laisse-nous un moment, tu veux ?

Martine hésite. Même si elle n'est pas dans le secret de leurs activités clandestines – qu'elle désapprouve viscéralement –, elle entend qu'on la respecte pour ce qu'elle est : la maîtresse de maison. Aussi rétorque-t-elle, en brandissant son économe à la face de Jacques :

— Pas de messes basses dans ma cuisine. Si vous voulez comploter, allez dans le jardin.

Ce qu'ils font aussitôt.

— Comment ça s'est passé ? demande Jacques une fois au calme et à bonne distance du domicile conjugal.

— Selon ta volonté, répond Solange, fatiguée.

— Il est mort ?

— Oui. C'est bien ce que tu voulais, non ?

Le père se renfrogne.

— Non, ce n'est pas ce que je voulais. Tout est ta faute, Solange. Christian ne nous aurait pas trahis si tu étais restée avec lui.

— Je te l'ai dit cent fois : je ne l'aimais plus.

— Je sais. Tu t'es entichée de ce bon à rien d'Henri. Et quand tu te lasseras de lui, qui prendra sa place ?

— J'en ai assez entendu, dit-elle en repartant vers la maison.

Clark Gable fait son apparition. Il arbore une barbe de trois jours et semble toujours aussi esquinté, même si son visage a partiellement cicatrisé. Solange n'a pas eu le temps de lui faire sa toilette. Et ce n'est pas sa mère qui s'en serait chargée.

— Tiens, voilà le pique-assiette ! s'écrie Martine, dérangée par ce géant planté au beau milieu de sa cuisine.

L'acteur commence lui aussi à en avoir marre d'être coincé dans cette famille, même si elle lui a sauvé la vie. C'est surtout cette harpie qu'il ne supporte plus. Elle a tant de haine en elle que même son mari et sa fille semblent s'en méfier. Elle serait bien capable de le dénoncer. Qui sait ? Il est temps de filer. Mais avec un bras dans le plâtre, Gable est aussi libre de ses mouvements qu'un insecte dans une toile d'araignée. Que faire ?

— Je dois partir, annonce-t-il pourtant dans sa langue natale.

— Qu'est-ce que vous racontez ?

— Moi quitter votre maison.

— J'y comprends rien, lâche Martine, lassée, alors que Solange revient du jardin.

— *Hello, Tom.*

— *Hello, Solange.*

Solange croit comprendre que Tom veut partir et qu'il demande où sont ses amis. Mais elle n'en est pas sûre.

Jacques revient du jardin.

— *Hello, Tom.*

— *Hello, Jacques.*

L'atmosphère est pesante. L'acteur essaie de s'exprimer. Encore un dialogue de sourds.

— Il serait temps de dégoter quelqu'un qui parle couramment l'anglais, dit Delcourt à sa fille.

Solange et son père boivent leur café en silence. Ils échangent un regard entendu, comme s'ils venaient de trouver la solution à leur problème.

40

« Dieu que cette fille est belle ! » songe Florian Weiter en contemplant la jeune femme endormie sur son épaule.

À la demande de son père, Solange est venue voir Louis hier soir. Et elle n'est pas rentrée. Il se dit qu'il est né sous une bonne étoile. Il n'y a qu'en Pologne que les choses ont mal tourné. Par la suite, il a été chanceux. À Stalingrad, il aurait pu mourir mille fois. Et contre toute attente, il s'en est tiré. Idem en Biélorussie. La mission Sedelman, accomplie de main de maître, est une telle réussite qu'elle pourrait être enseignée dans les académies militaires. Weiter a eu de la veine. Et il en a encore. Le réseau Vengeance a besoin de ses talents d'interprète. Pour qui, pour quoi ? Solange n'est pas entrée dans les détails. Mais il mettrait sa main à couper qu'il n'est pas loin du but. Sans le concours de l'amiral Canaris, il n'aurait sans doute jamais pu infiltrer un groupe de résistants aussi méfiants et bien organisés. Weiter, au fil des jours, s'identifie à son double, ce jeune Breton aux compétences multiples, en mal d'une nouvelle famille. C'est comme un jeu de rôle, à ceci près que les armes ne sont pas factices.

La lumière du jour augmente derrière les volets. On n'entend que des pépiements d'oiseaux et le souffle léger du vent. Solange ouvre un œil. Il l'embrasse tendrement. Il regrettera ce beau visage quand il partira. Se sent-il coupable d'avoir trahi sa confiance ? Non. Il est très épris d'elle mais il place sa mission au-dessus de tout. Sans états d'âme.

Ils roulent vers Dampierre.

— Tu peux m'en dire plus ?

L'espace d'une seconde, elle le regarde comme si elle s'interrogeait encore sur lui.

— Il y a quelques jours, l'usine Renault de Boulogne-Billancourt a été bombardée pour la troisième fois. Les Alliés visent comme des manches. Chaque raid apporte son lot de cadavres et de ruines. Sais-tu que la France est le pays le plus touché par les bombes alliées ?

— Quand même moins que l'Allemagne, objecte Florian Weiter, redevenu Kervaudan.

— Non, Louis. Je sais ce que je dis. Nous avons des données précises sur tous les bombardements ; nombre de morts, de blessés, d'immeubles détruits.

— Les Alliés justifient ces tueries en prétextant que toute entreprise ou usine française passée sous contrôle allemand est considérée comme une cible.

— Oui. Et je n'y trouve rien à redire. Il faut en passer par là.

— Continue.

— Lors de ce raid, un B-17 s'est écrasé près de Dampierre. Nous avons récupéré un aviateur qui a pu sauter de l'avion.

Kervaudan sent un fluide glacial parcourir son échine, comme une montée d'adrénaline.

— Anglais, américain ?

— Américain, à en croire son uniforme.

Louis ferme les yeux. Il se voit maintenant au Berghof en présence du Führer, décoré de la plus haute distinction militaire pour service rendu au Reich. Mais il faut raison garder. Rien ne dit qu'il s'agisse de Clark Gable. Ça peut tout aussi bien être un pilote, un navigateur ou un mitrailleur.

La traction emprunte un sentier qui longe une rivière. La maison des Delcourt est la dernière du hameau.

— Solange ?

— Oui ?

— Tu n'as pas peur d'attirer les soupçons ?

— Qu'est-ce que tu veux dire ?

— Tes parents vont sûrement te demander où tu as passé la nuit. Henri aussi.

— Ne t'inquiète pas pour ça. J'ai un bon alibi. Je dirai que je me suis rendue à Champ Romery hier soir mais que tu étais absent. Comme la nuit tombait, je suis allée dormir chez Isabelle, qui vit juste à côté. Je suis revenue ce matin, et cette fois je t'ai trouvé.

— Isabelle ?

— C'est une amie d'enfance.

— Et Mme Fernande ? Elle est tout le temps à sa fenêtre à surveiller les allées et venues. Elle t'a peut-être aperçue entrer dans la maison.

— Ça m'étonnerait. Tu oublies qu'il faisait nuit noire. En plus, j'ai laissé la traction à l'entrée du hameau pour ne pas attirer l'attention.

Kervaudan sourit. Décidément, cette fille a la tête sur les épaules. Elle est aussi séduisante que réfléchie. Mais il y a un léger détail qui semble lui avoir échappé. Lorsqu'ils sont partis pour Dampierre au petit matin, un homme circulait à vélo dans le hameau. Louis l'a suivi du regard un moment dans le rétroviseur alors que la voiture s'éloignait. Le comportement de ce cycliste, qu'il n'avait jamais vu, lui a paru suspect. Il semblait fureter d'une maison à l'autre, comme s'il n'était pas du coin. En outre, il portait une tenue de ville qu'on observe rarement à la campagne, surtout pour faire de la bicyclette.

— Bienvenue, Louis, fait le père Delcourt en lui donnant l'accolade.

— Merci, Jacques.

— Venez, je vais vous présenter.

Son cœur battant à se rompre, Kervaudan suit Delcourt dans le séjour. Martine a eu la bonne idée de s'absenter pour la journée. Elle est partie au Perray où elle a une cousine prénommée Sidonie.

— Tom ? fait Delcourt en frappant à la porte de l'acteur.

— Un instant, répond Gable en finissant de se débarbouiller dans un lavabo à l'aide de sa main valide.

La porte s'ouvre sur un homme de haute taille, large d'épaules, les cheveux ébouriffés, qui a un bras dans le plâtre et une barbe fournie. Bien malin qui pourrait affirmer que c'est Clark Gable, le célèbre interprète d'*Autant en emporte le vent*. L'homme a vraiment l'air d'être tombé du ciel. Il est tout cabossé. Mais pas de doute, c'est bien lui, se réjouit Kervaudan en contenant sa joie. La taille, la corpulence, la couleur des yeux et des cheveux, tout correspond aux données anthropométriques et aux photographies fournies par Bormann.

Jacques Delcourt fait les présentations.

— Tom Harding, Louis Kervaudan.

— Ravi de vous rencontrer, dit Louis dans un anglais parfait en serrant la main de l'acteur.

Les yeux de Gable scintillent.

— Tout le plaisir est pour moi.

Solange s'approche des deux hommes.

— Bien. Tu peux confirmer à Tom que le SOE sera en mesure de le rapatrier d'ici une semaine, dit-elle en se tournant vers Louis.

Kervaudan traduit aussitôt l'information. Gable paraît d'abord soulagé. Mais dans l'instant suivant, il réitère son inquiétude au sujet de ses camarades. Combien exactement ont été sauvés ? Dans quel village et par qui ? Connaît-on leurs noms ? Seront-ils eux aussi évacués vers l'Angleterre ? Quand ? Comment ?

À cette avalanche de questions, Solange répond qu'à sa connaissance trois aviateurs seulement ont été retrouvés et pris en charge par un autre maquis. Leur exfiltration ne dépend pas du réseau Vengeance. L'acteur fait des va-et-vient dans la cuisine. Il demande enfin quand on le débarrassera de ce maudit plâtre. Cette fois, c'est Jacques qui lui répond. Le médecin qui a soigné l'aviateur est l'un de ses bons amis. Il exerce à Rambouillet. Il est prévu qu'il revienne à Dampierre d'ici quelques jours pour juger si oui ou non Tom doit garder son plâtre. Après que Louis a traduit le dernier échange, Gable s'assied sur une chaise et soupire longuement.

— Ne soyez pas inquiet, vous reverrez bientôt les vôtres, lui promet Jacques.

41

Martine Delcourt a le cœur léger. Le temps d'une journée, elle a échappé à sa fille et à son mari qui lui mènent la vie dure. L'air est irrespirable dans cette maison où ils ont pourtant coulé des jours heureux. Surtout depuis que son mari, improbable saint-bernard, s'est mis en tête de secourir les aviateurs alliés abattus par la Luftwaffe ou la Flak. Qu'il est loin le temps où elle et Jacques partaient dans la forêt cueillir des champignons ou pêcher dans l'Yvette ! Les années ont passé et la guerre n'a rien arrangé. Pire, l'Occupation a mis au jour leurs différences et exacerbé la haine qu'ils éprouvent maintenant l'un pour l'autre. Les parents de Martine vouaient un culte au maréchal Pétain, le héros de Verdun. Martine a hérité de cette dévotion et n'en démord pas. Jacques, pour sa part, avait des parents communistes. Leur dieu à eux s'appelait Lénine. Seule Solange évite le naufrage à ce couple qu'un monde sépare.

Le jour décline. Martine roule depuis une demi-heure sur les chemins escarpés de la vallée de Chevreuse. Elle n'est plus très loin de Dampierre lorsqu'elle aperçoit une voiture garée sur le bas-côté de la route. À son bord, quatre hommes attirent son attention. Sa gaieté se mue en inquiétude.

« J'ai déjà vu ces sales tronches quelque part », se dit-elle en pédalant de plus belle.

— C'est bien elle ? demande l'un des hommes alors que Martine dépasse la voiture.

— Oui, répond le chauffeur.

— Alors, qu'est-ce que tu attends ? Roule !

À Maisons-Laffitte, on évite de passer devant cet hôtel particulier proche de la mairie d'où s'échappent parfois, des soupiraux entrouverts, des cris de terreur ou des râles d'agonie. La seule évocation de cette maison, repaire de la Franc-Garde, suffit à susciter l'effroi.

Le visage de Martine Delcourt n'est plus qu'une bouillie sanguinolente. Lèvres et arcades sourcilières éclatées, nez écrasé, dents cassées. Voilà trois heures qu'elle est recluse dans une salle au sous-sol, trois heures qu'elle résiste à la torture.

— Coriace, la vieille, reconnaît un homme dont elle ne discerne plus les traits tant elle a été frappée.

— Bon. Et après ? On fait quoi ? Elle a encore rien lâché, s'énerve un autre.

Le cliquetis d'une serrure. Un bruit de porte métallique.

— Alors ? demande l'homme qui vient d'entrer.

— Toujours rien, chef.

Jean-Paul Delaunay contourne la femme ligotée à une chaise, à demi consciente, qui implore la pitié de ses bourreaux. Il découvre son visage dévasté à la lumière d'un néon blafard.

— Oh, putain ! Vous avez eu la main lourde. C'est pas comme ça qu'on parle aux dames, les gars, s'esclaffe-t-il.

Rires gras de ses subalternes. L'homme au costume de ville s'avance.

— C'est pas une bonne cliente.

— Vous savez pas y faire, rétorque Delaunay.

— Alors quoi ? On la finit ou bien…

— Non. Je suis sûr que son homme est un vengeur.

— Après ce qu'on lui a mis, elle aurait craché le morceau, non ?

— C'est qu'elle doit l'aimer, son Jacques.

— C'est beau, l'amour, patron.

Nouveaux rires. Et Delaunay décrète :

— Elle a besoin d'un bon bain. On va la nettoyer. Amène-toi, Max !

Le dénommé Max, milicien aguerri, s'empresse alors de remplir une baignoire d'eau froide. Tandis que le niveau monte, Delaunay s'approche de Martine et lui demande posément :

— C'est le moment ou jamais de parler, madame Delcourt. Qui a tué mes hommes ? Où sont passées les armes ?

— Espèce de raclure ! Quand je pense que tu étais au collège avec ma fille. Tu venais souvent à la maison, bredouille la malheureuse.

— Eh oui, c'était le bon vieux temps, admet Delaunay.

— Je t'offrais le thé et des pommes au four. Tu étais toujours le bienvenu.

La baignoire est presque remplie. Max ferme le robinet.

— Madame Delcourt, pour la dernière fois…

— Tu perds ton temps. Je ne sais pas comment mon mari occupe son temps libre.

Delaunay soupire. Il se tourne vers Max, lequel trépigne d'impatience.

— Elle est à toi.

La nuit vient de tomber sur la vallée de Chevreuse. Jacques regarde sa montre. Son épouse devrait être rentrée depuis un moment. Il décroche son téléphone et appelle Sidonie. Martine est partie du Perray depuis longtemps. L'inquiétude laisse place à l'angoisse. Voilà des années qu'ils ne s'aiment plus et cohabitent tant bien que mal sous le même toit. Mais Jacques est toujours attaché à elle. L'habitude, sans doute. L'idée qu'il ait pu lui arriver malheur lui est insupportable.

— Maman n'est pas rentrée, annonce-t-il, blême, alors que Solange revient du jardin.

Père et fille pensent d'emblée à un accident. Les routes de la vallée sont dangereuses. On ne compte plus les cyclistes renversés par des chauffards.

Ils roulent à faible allure et pleins phares – malgré l'obligation de circuler la nuit tous feux éteints – en direction du Perray. Passé le château, ils prennent la départementale jusqu'à Cernay. Solange a baissé sa vitre et balaie les abords de la route et les fossés à l'aide d'une puissante lampe torche. Elle espère qu'ils ne feront pas de mauvaise rencontre.

Deux kilomètres plus loin. Toujours rien à l'horizon.

— Je n'aime pas ça, marmonne Jacques.

— Ne te fais pas de bile, papa. On va la retrouver.

Après une série de virages, ils approchent de Saint-Robert. Quelque chose brille dans le faisceau de la lampe.

— Là, regarde ! Arrête-toi !

Ils descendent de voiture et avancent avec précaution, pistolet au poing. Jacques s'agenouille.

— C'est son vélo, dit-il à sa fille, désemparé.

Solange se penche à son tour. Pas de doute, c'est bien la bicyclette de sa mère.

Ils fouillent les environs en redoutant de la découvrir blessée ou tuée. Mais ils ne trouvent qu'une écharpe mauve lui appartenant. Et aussi un béret dont les caractéristiques leur sont familières. Un béret orné du sigle de la Milice.

Cinq tractions remplies d'hommes puissamment armés roulent à tombeau ouvert en direction de Maisons-Laffitte. En tout, une vingtaine de vengeurs. En quelques coups de fil, Jacques Delcourt a rameuté ses partisans les plus chevronnés. Dans la voiture de tête, il a pris les commandes de l'opération.

— Personne n'a encore attaqué le siège de la Franc-Garde. C'est de la folie, fait remarquer Bedel en serrant le canon de la Sten posée sur ses genoux.

— C'est l'occasion ou jamais. Ils sont une quinzaine, nous sommes plus nombreux. Et nous profiterons de la nuit et de l'effet de surprise, objecte Kervaudan, assis à l'arrière à côté de Solange.

Jacques, lui, reste silencieux.

À l'entrée de la ville, les tractions se garent dans une avenue déserte. Deux groupes distincts sont formés. Le premier comprend Jacques, sa fille, Henri Bedel,

Louis Kervaudan et six autres hommes choisis parmi les plus aptes au combat rapproché. Certains ont eu un parent ou un ami raflé par la Milice. Ils ont hâte d'en découdre avec ces vendus dont l'immoralité et la cruauté ulcèrent même certains cadres de la Gestapo. Le second groupe, lui, ira en éclaireur. Il s'assurera que la voie est libre. Durant l'assaut, il restera à l'extérieur pour barrer la route à d'éventuels renforts. Ou pour cueillir des miliciens qui tenteraient de se sauver.

Alors qu'ils approchent de la mairie, Kervaudan songe à Gable, laissé seul à Dampierre. Et si l'acteur en profitait pour prendre la clé des champs ? Ce serait une catastrophe. Il ne se voit pas en train de raconter à Bormann et au Führer qu'il l'a laissé filer pour aller délivrer la femme d'un résistant des griffes de la Milice. Mais Louis n'aurait pas pu se débiner. Bien obligé de répondre à l'appel de détresse de Jacques. Il redoute à présent que sa mission capote à cause de sa grandeur d'âme. « Pourquoi ne suis-je pas né SS ? » se demande-t-il alors qu'Henri Bedel lui montre une maison d'un signe de la main.

En un instant, Kervaudan se fait une idée précise de la topographie des lieux. L'avenue est large. Le repli sera facile.

— Une porte de service ? chuchote-t-il.

— Oui. Quatre hommes de l'autre équipe vont se poster devant.

Louis compte deux étages et remarque plusieurs fenêtres éclairées derrière lesquelles s'affairent des hommes en tenue de chasseurs alpins. Il discerne aussi les fameux soupiraux qui ont alimenté la légende de ce sinistre bâtiment.

— Elle doit être au sous-sol.

Bedel confirme en hochant la tête alors que les autres prennent position de part et d'autre de la porte d'entrée.

— Allez ! dit Henri en invitant Louis à le suivre.

La porte est fermée à double tour et cadenassée. Mais elle ne résiste pas à la charge explosive placée par l'artificier du réseau. Henri et Louis entrent en premier. Ils sont cueillis par des tirs en rafale qui ne les atteignent pas. Ils ripostent et abattent deux miliciens. Accompagnée de quatre vengeurs, Solange prend position au pied de l'escalier tandis que Jacques, Louis et Henri descendent au sous-sol. De nouveaux tirs retentissent. Des miliciens qui se trouvaient dans les étages tentent de forcer le passage. Ils sont criblés de balles. Côté vengeurs, un homme est sérieusement blessé à l'abdomen. Il est évacué et pris en charge par des hommes de la seconde équipe.

Arrivés au sous-sol, Delcourt, Kervaudan et Bedel essuient de nouveaux tirs. Ils ripostent en vidant plusieurs chargeurs. Les trois pièces en enfilade sont soudain plongées dans le noir. On ne distingue plus que des flammes jaillissant des armes automatiques. Elles éclairent Delaunay et ses hommes qui tentent de prendre la fuite par une porte dérobée.

— Martine ! hurle Jacques en passant dans la deuxième salle.

Trois projectiles sifflent à ses oreilles. Un quatrième creuse une profonde entaille dans son avant-bras gauche. Bedel le prend par les épaules et le ramène dans la première salle tandis que Louis progresse à son tour en rechargeant sa Sten.

— Magne-toi, Max ! gémit Delaunay, touché à une jambe, en claudiquant jusqu'à la porte.

— J'y vois que dalle, chef !

— Ils se tirent par-derrière, prévient Louis en passant dans la troisième salle.

— Ils n'iront pas bien loin, lui dit Henri en soutenant Delcourt qui pisse le sang.

— Voilà la porte ! s'écrie l'homme en costume de ville.

Quatre hommes de la seconde équipe attendent les miliciens dans la rue. Nouvelle fusillade. Deux vengeurs s'effondrent, les autres leur viennent en aide. Ils les tirent par les bras et les emmènent à l'écart. L'homme en costume de ville a pris trois balles dans le thorax. Il fait encore quelques pas et s'écroule. Max, lui, a reçu un projectile à la gorge et agonise près de la porte. Quant à Delaunay, il s'en est sorti. Malgré sa blessure à la jambe, il boitille à perdre haleine en direction du siège de la Gestapo, distant d'environ un kilomètre du centre-ville.

Malgré l'appel d'air, l'odeur âcre de la poudre emplit la pièce obscure. Kervaudan sort un briquet pour localiser l'interrupteur. Il allume et découvre la baignoire au fond de laquelle il discerne une forme humaine. Il plonge une main dans l'eau rougie et agrippe un cadavre défiguré et boursouflé qu'il remonte à la surface.

— Où est-elle ? halète Jacques en entrant à son tour dans la troisième salle.

Dans sa fuite éperdue, le chef de la Milice croise les tractions qui viennent récupérer les membres du commando.

— Hé, ce gars, ce serait pas… s'interroge le chauffeur de la première voiture en pilant.

Les autres voitures freinent à leur tour et manquent de l'emboutir. Le chauffeur sort du véhicule et demande à l'un de ses camarades, qui a lui aussi reconnu Delaunay, de prendre sa place et de partir rejoindre les autres. Le chef de la Milice n'est plus qu'à trois cents mètres environ du siège de la Gestapo. Il s'arrête un instant pour reprendre son souffle. Sa jambe le fait atrocement souffrir. Il se retourne et distingue la silhouette d'un homme qui le suit sans se presser. La rue est déserte et sombre. Il n'y a pas âme qui vive. Les riverains n'ont pas attendu l'heure du couvre-feu pour se claquemurer dans leurs appartements cossus du quartier historique. Dès les premiers coups de feu, ils ont tiré leurs volets. Delaunay le sait. Personne ne lui portera secours. Pourtant il crie à l'aide à plusieurs reprises alors que l'homme se rapproche.

42

Bras en écharpe, visage défait, Jacques Delcourt se lève et s'adresse à ses hommes sur un ton solennel. Il a les larmes aux yeux mais pas une seule fois ce taiseux n'a évoqué son épouse. Il est question de faire le bilan de cette opération dont on peut lire les détails à la une de *Gringoire* ou de *Je suis partout*, les journaux collabos. « La Franc-Garde de Seine-et-Oise décimée. Cinq morts du côté de la Résistance. » Voilà ce qu'affichent ces torchons en caractères gras. Sur Radio-Paris, le ministre Henriot, à la solde des nazis, n'est pas en reste. Il parle d'un dangereux groupuscule terroriste dont les crimes ne resteront pas impunis. Les victimes ? D'honnêtes représentants de l'État, tous bons pères de famille. Il promet des représailles. Le ton est donné. Le réseau Vengeance sait à quoi s'en tenir.

— Camarades, je tiens d'abord à vous rendre hommage. Durant l'assaut, chacun a rempli son rôle et fait preuve d'un courage exemplaire. Certains y ont laissé leur peau. Je propose de constituer une cagnotte pour aider les familles endeuillées.

Rumeurs d'approbation dans l'assistance.

— Nous avons traité ces salopards comme ils le méritaient. Mais, ce faisant, nous avons ouvert la boîte de Pandore. Nul doute que dans les jours qui viennent nous serons la cible prioritaire, non seulement de la Milice et de la Gestapo, mais aussi de la police française et de la Wehrmacht. Contre un tel péril, je ne vois qu'une solution : disparaître du paysage.

Nouvelles rumeurs dans l'assistance, d'inquiétude cette fois.

— Que veux-tu dire par « disparaître du paysage » ? demande Bedel.

— Quittez vos maisons, partez aussi loin que vous le pourrez avec femmes et enfants. N'emportez que le strict nécessaire.

— Nous avons déjà connu l'exode en 1940. Je n'ai aucune intention de fuir à nouveau. Partout les Alliés harcèlent les Boches. On va la gagner, cette putain de guerre. Ce n'est qu'une question de temps.

La volte-face d'Henri est largement approuvée par des applaudissements. Mais le vieux chef n'entend pas qu'on remette en cause son autorité, surtout en public. D'autant moins si cette fronde vient de l'homme qui a corrompu sa fille. Aussi lui répond-il sèchement, en prenant ses partisans à témoin :

— Regarde-toi, Henri, tu t'imagines vaincre l'Allemagne à toi tout seul ? Pour qui tu te prends ? Nous finirons peut-être par la gagner, cette guerre. Mais d'ici là, la répression ne faiblira pas. Ils nous persécuteront jusqu'au dernier, s'en prendront à nos proches et à nos amis. Et je ne parle pas des otages qu'ils fusilleront par dizaines. Il faut prendre cette ordure d'Henriot au mot : le sang n'a pas fini de couler.

La réunion se termine dans la confusion. Le réseau Vengeance est maintenant divisé. Ce sont deux clans distincts qui se séparent en désordre avant d'emprunter le souterrain. Bedel et ses partisans sortent les premiers. Delcourt, sa fille, Kervaudan et les autres restent sur place pour régler les détails de leur fuite.

— Et Tom ? demande Solange.

— On va l'exfiltrer au plus vite.

— Tu sais bien que les Anglais sont tributaires de la météo. Il y a du gros temps ces jours-ci sur la Manche. À en croire les informations que j'ai pu obtenir, ça n'est pas près de s'arranger. Je ne pense pas que le SOE prenne le risque de rapatrier Tom en ce moment.

— Tant pis. Il y a urgence. À présent, cet aviateur est le cadet de nos soucis. Plus tôt nous en serons débarrassés, mieux nous nous porterons.

— Je peux me charger du transfert, propose Kervaudan.

Delcourt hésite un instant et approuve d'un signe de tête. Kervaudan jubile intérieurement. Mais au moment de quitter les lieux, le chef ajoute :

— Tu partiras pour la Normandie avec Henri.

— Je peux très bien me débrouiller seul. J'ai fait mes preuves, non ? objecte Louis.

— Au-delà de toute espérance. Je dirais même que tu as été l'un des compagnons de lutte les plus pugnaces que notre réseau ait jamais comptés. Mais nous fonctionnons toujours par binômes, surtout pour une mission aussi délicate. Question de sécurité.

Louis et Solange sont les derniers à quitter l'abbaye. Alors qu'ils remontent l'allée vers la sortie, la jeune femme lui donne toutes les informations nécessaires : nom de code de l'agent anglais du SOE chargé de réceptionner l'aviateur, lieu d'embarquement, procédure à respecter en cas d'arrestation, etc.

— J'ai l'impression que c'est la dernière fois que je te vois, lui avoue-t-elle en prenant sa main.

— Ne dis pas ça. On ne sait jamais ce que l'avenir nous réserve.

— J'aurais pu t'accompagner mais mon père en a décidé autrement.

— C'est mieux comme ça. La côte normande fourmille d'Allemands.

— Il espère peut-être secrètement que ça tourne au vinaigre. Et qu'Henri n'en revienne pas.

— Ce n'est pas impossible, admet-il en la serrant dans ses bras.

— C'est surtout pour toi que je m'inquiète.

— C'est réciproque. Je t'en prie, Solange, écoute ton père : quitte ta maison au plus vite. À partir d'aujourd'hui, tu ne seras en sécurité que loin de chez toi.

— Et toi ? Que vas-tu devenir ?

— Après la Normandie, je retournerai en Bretagne me cacher le temps qu'il faudra chez mes parents.

— Je pourrais t'y retrouver.

Il pose un baiser sur ses lèvres. Elle est belle comme une madone de Raphaël. Il tarde à la quitter.

La traction vient de partir de Dampierre. Bedel est au volant, sa Sten sur les genoux. Gable est assis à côté de lui. On lui a laissé la place passager pour qu'il soit plus à son aise avec son plâtre. Kervaudan est à l'arrière.

— Et toi, Henri, où vas-tu te mettre au vert ? demande-t-il.

— À Saint-Gall, en Suisse. Il y a là-bas un maquis important avec lequel on collabore. D'ailleurs, tu peux être du voyage si tu ne sais pas où aller.

Profitant d'une halte à une station-service, Henri réitère sa proposition, tout en faisant le plein.

— Le réseau Vengeance renaîtra de ses cendres pour mieux frapper les traîtres qui roulent pour les Boches. Si tu veux nous rejoindre, je t'indiquerai le nom de notre contact et l'endroit où le trouver.

— D'accord.

Une fois le plein effectué, Bedel griffonne à la hâte les informations sur un bout de papier qu'il tend à Kervaudan. Et les deux hommes remontent dans la voiture.

— Tu ne pars pas avec Solange ? demande Louis.

— Je la rejoindrai dès que possible.

Ils se remettent en route. Et soudain, alors qu'ils s'engagent sur la nationale 12, Louis brandit son Browning.

— Hé, à quoi tu joues ? s'alarme Henri.

— Arrête-toi !

Bedel s'exécute, sous l'œil effaré de Gable qui observe Kervaudan dans le rétroviseur. Henri esquisse un mouvement en direction de sa Sten.

— N'y pense même pas, prévient Louis en lui apposant le canon de son arme sur le crâne.

— Qu'est-ce que c'est que ces conneries ?

— Passe-moi ta mitraillette. Tout doucement. Et n'essaie pas de jouer au héros ou je te loge une balle dans la tête.

— Qui êtes-vous ? s'interpose l'acteur.

— Vous le saurez assez tôt. Restez calme. Je ne vous ferai aucun mal.

Sur ordre de Kervaudan, la traction fait demi-tour et prend la direction de Paris. À l'approche de Chevreuse, elle est interceptée par deux voitures qui l'obligent à s'arrêter. Six hommes en civil encerclent la traction, arme au poing.

— Sortez du véhicule ! ordonne l'un d'eux.

Kervaudan serre la crosse de son Browning. Mais son instinct de survie lui commande de ne pas résister.

— *Schnell !* s'impatiente un autre en braquant sa mitraillette en direction du chauffeur.

La mort dans l'âme, Louis sort en premier, suivi des autres.

— Mains sur la tête ! crie un troisième en procédant à une palpation corporelle.

— Où sont vos armes ? demande un quatrième.

— Dans la voiture, répond Louis.

L'homme récupère les armes et les clés de la traction tandis que les prisonniers sont poussés sans ménagement dans les véhicules des assaillants. Et le cortège repart en direction de la capitale. Assis sur la banquette arrière de la voiture de tête, Kervaudan est coincé entre Bedel et Gable, qui grimace à cause de son plâtre. Dans le rétroviseur, il croise par à-coups le regard de l'homme assis à côté du chauffeur, qu'il ne tarde pas à reconnaître. C'est l'Oberleutnant Dietrich.

43

À l'entrée de Versailles, le convoi est stoppé net. Une barrière amovible a été installée en travers de la route. Des soldats armés jusqu'aux dents fouillent minutieusement tous les véhicules, n'hésitant pas à faire descendre leurs occupants pour les interroger. Des herses truffées de pointes d'acier interdisent tout passage en force. Des chiens policiers, tout aussi méfiants et déterminés que leurs maîtres, veillent au bon déroulement des contrôles.

Dans la file de voitures où ils prennent place, Dietrich et ses hommes pourraient passer inaperçus puisqu'ils sont en civil. Mais ce serait compter sans l'œil expert d'un homme en long manteau de cuir noir qui remonte la file à pied, escorté de deux hommes en armes.

— Tiens, une vieille connaissance, remarque le lieutenant Dietrich en pâlissant.

L'homme au manteau s'arrête devant la voiture de tête. Ses sbires se raidissent aussitôt, comprenant que leur chef vient de flairer quelque chose de suspect.

— Standartenführer Wengen, c'est un plaisir de vous revoir ! s'exclame Dietrich en sortant de la voiture.

— *Heil Hitler !*

— *Heil Hitler !* reprend Dietrich.

— Que faites-vous par ici ? enchaîne Wengen tout en détaillant les occupants de la voiture.

— Vous comprendrez, j'en suis sûr, que je ne suis pas tenu de répondre à cette question.

— Vous êtes dans ma juridiction.

— Votre juridiction ? Allons, colonel, ne m'obligez pas à vous rappeler mes prérogatives. L'Abwehr n'est soumise à aucune restriction territoriale. En clair, nous pouvons opérer sur tout le territoire, y compris dans l'ancienne zone libre.

— C'est qui, ces zouaves ? s'impatiente Gable en observant les deux hommes palabrer.

Weiter s'inquiète. Le ton monte entre Dietrich et Wengen. La situation est tendue. Bedel, lui, se dit qu'il pourrait en profiter pour se faire la belle. Il regarde au-dehors, étudie ses chances.

— Je ne te le conseille pas, le met en garde le capitaine en le tirant brusquement de ses pensées.

À l'extérieur, ça ne s'arrange pas. L'agent de l'Abwehr et l'officier de la Gestapo sont maintenant face à face. Chacun campe sur ses positions. Wengen a reconnu Bedel. Quant à l'homme barbu et plâtré, il voit bien que c'est un aviateur américain, puisqu'il porte une veste de l'USAAF. Mais il l'ignore. Seul le résistant l'intéresse.

— Vous avez là un terroriste qui a probablement participé au massacre de la Franc-Garde locale. Il est à nous, menace Wengen en le montrant du doigt.

— Sauf votre respect, colonel, je garde mon prisonnier.

Wengen laisse échapper un rire nerveux.

— Vous n'êtes qu'un modeste lieutenant et je suis colonel. Devrais-je vous rappeler votre devoir d'obéissance ?

— Et devrais-je vous rappeler que je suis l'aide de camp de l'amiral Canaris, qui possède un grade bien supérieur au vôtre, et que j'agis selon ses ordres ?

Un silence. Les sbires de Wengen ont le doigt sur la détente de leur mitraillette, attendant la réaction de leur chef. Dietrich profite de ce moment d'hésitation pour enfoncer le clou. Il avise une guérite près de la barrière et lance au colonel, au culot :

— Appelez mon supérieur. Il vous expliquera lui-même l'objet de ma mission. Je pense que cela mettra un terme à notre discussion.

Wengen réfléchit un instant et fait signe à l'un de ses subalternes de lever la barrière. Dietrich le salue poliment et reprend sa place dans la voiture de tête. Le convoi sort de la file et la remonte jusqu'à la barrière.

Il y aura un dernier contrôle à Boulogne-Billancourt, une centaine de mètres après le pont de Sèvres. Mais cette fois sans aucun officier de la Gestapo pour jouer les trouble-fêtes. Et les deux voitures rallieront sans encombre le 6e arrondissement.

L'amiral Canaris allume un cigare – c'est son péché mignon – et regarde un moment au-dehors. Le boulevard Raspail est toujours aussi animé. Les trottoirs sont noirs de monde, la chaussée est encombrée de bicyclettes. Les Parisiens semblent pressés. Vers où courent-ils ainsi ? Des lendemains meilleurs ? Le patron de l'Abwehr est convaincu que leurs rêves de liberté seront exaucés plus tôt qu'ils ne l'espèrent. Voilà d'ailleurs le son familier de la sirène annonçant un bombardement qui résonne à nouveau. Aussitôt, la foule cosmopolite disparaît aussi vite qu'elle est apparue, comme une volée de moineaux. Selon une chorégraphie bien réglée, elle s'évanouit dans les caves, les stations de métro et autres abris souterrains.

— Pourquoi êtes-vous intervenus ? demande Florian Weiter.

— Vous n'auriez passé aucun contrôle. Surtout pas le premier. Sans le lieutenant Dietrich, qui a fait preuve d'un sang-froid remarquable, Wengen vous aurait arrêté, ainsi que Bedel et votre aviateur. Il vous aurait tous les trois expédiés au mont Valérien et fait fusiller au petit matin, comme ces quatre-vingt-sept innocents qui ont payé hier pour l'attaque de la Franc-Garde de Seine-et-Oise, répond Canaris en contemplant le boulevard déserté.

— Mon Dieu ! laisse échapper Weiter.

L'amiral se retourne et vient s'asseoir en face de lui.

— Et ce n'est pas fini. Vous connaissez les quotas : pour un Allemand ou un milicien tué, entre cinquante et cent otages seront passés par les armes. Or une quinzaine d'hommes de la Franc-Garde, à commencer par leur chef, y sont passés. Je vous laisse faire le calcul. On est loin du compte.

— Vous m'avez fait espionner depuis le commencement ?

— Oui. Pour votre salut.

— Je n'ai rien vu, à part ce milicien en costume de ville qui circulait à bicyclette.

— La discrétion fait partie de notre métier, capitaine. Nous connaissions tous les membres du réseau Vengeance. Et aussi leurs cachettes, notamment dans cette abbaye. Nous savions aussi qu'après le désastre du dernier parachutage, au cours duquel trois hommes de la Franc-Garde ont été tués, Delaunay et Wengen vous traqueraient sans relâche.

— Qui vous a renseigné ?

— Feu Christian Fabert. Il jouait double jeu. En l'assassinant, vous nous avez privés d'un agent de grande valeur. Mais ça, évidemment, vous ne pouviez pas le savoir. Il y avait aussi le patron du bar de Dampierre, qui était un indicateur de premier ordre.

— Où est Henri Bedel ?

— Pour le moment, il est au frais dans une de nos cellules. Mais je vous rassure, nous sommes bien plus policés que nos homologues de la Gestapo. Ici, pas de torture.

— Qu'allez-vous faire de lui ?

— J'imagine qu'il prendra lui aussi le chemin du mont Valérien.

— Amiral, je vous en supplie, laissez-lui la vie sauve !

— Pourquoi tenez-vous tant à lui ?

— Une femme l'attend. Une femme remarquable.

— Solange Delcourt ?

— Oui.

— J'ai ouï dire que vous avez noué des liens avec elle. Des liens qui, comment dire, dépassent largement le cadre de la Résistance.

On frappe à la porte. Un officier entre sans avoir attendu de réponse et prévient, haletant :

— Un message crypté de la Luftwaffe signale cent vingt bombardiers anglo-américains à l'approche.

Ils survoleront l'Île-de-France dans moins de dix minutes. Il est temps de descendre dans l'abri, amiral.

— L'Île-de-France, ça n'est pas que Paris. Ils viseront sûrement les usines de la banlieue ouest qu'ils n'ont pas réussi à détruire entièrement.

— Mais vous savez que leurs largages sont imprécis. Au dernier bombardement, plusieurs immeubles de la rue de Vaugirard et de la rue du Cherche-Midi ont été soufflés. C'est à deux pas d'ici.

— Merci, soldat. Nous finissons notre conversation et vous retrouvons au sous-sol.

L'officier claque les talons et disparaît. Ignorant les allégations de son interlocuteur, Weiter revient à la charge :

— Sauvez Bedel, amiral. C'est en votre pouvoir.

On entend soudain des bruits sourds provenant de l'extérieur. Les vitres tremblent par à-coups. L'amiral regarde sa montre tout en retournant à sa fenêtre.

— Ils ont cinq minutes d'avance.

— On ferait mieux de descendre.

Canaris retourne à son bureau et écrase son cigare.

— Vous avez fait un travail remarquable, capitaine. Je vais voir ce que je peux faire. Mais je vous conseillerais de vous soucier d'Herr Gable plutôt que de trouver le moyen d'épargner ce résistant. Après tout, c'est l'objet de votre mission.

— Pour lui aussi, vous saviez ?

— Encore heureux. Il vaut mieux tout connaître pour offrir une protection optimale aux agents qui risquent leur vie sur le terrain. Je n'aime pas ce cliché de l'espion solitaire qui ne peut compter que sur lui-même. Une bonne couverture, une arme et quelques billets de banque ne suffisent pas toujours en cas de pépin. L'Abwehr n'abandonne pas ses hommes. Quant à Clark Gable, c'est une prise de guerre d'une valeur inestimable. Avant votre arrivée, Bormann a jugé utile de me révéler l'identité de l'aviateur X. Il a bien fait. À vous de le ramener au Berghof. Ma mission s'arrête là.

Une déflagration blanchit le ciel. La Flak entre en action. Comme d'habitude, peu de bombes alliées atteignent leurs cibles. Plusieurs immeubles de la rive gauche sont touchés. Une nouvelle explosion fait voler les vitres du bureau en éclats.

— Il est temps de descendre, conclut l'amiral en sortant dans le couloir.

Weiter lui emboîte le pas.

Le lendemain, au chant du coq, le capitaine demande à être conduit à la cellule où croupit Bedel. Sitôt qu'il l'aperçoit, le résistant se lève.

— Fumier, va !

— Du calme, Henri.

— Je te prenais pour un frère.

— Je n'ai fait que mon boulot.

— Qui es-tu, exactement ?

— Florian Weiter, capitaine de la Wehrmacht.

— Putain !

— Henri, écoute-moi. Il y va de ta vie.

— Écouter un traître ?

— Cet après-midi, les détenus des cellules voisines seront conduits au mont Valérien. Tu sais ce que ça veut dire ?

— Je suis né à Paris. Je suis un résistant. Oui, je sais ce que ça veut dire, capitaine Weiter, répond Bedel avec une moue de mépris.

— J'ai négocié ta libération. Mais ça n'a pas été simple. À la minute où tu sortiras d'ici, ils te laisseront vingt-quatre heures d'avance. Après, ils lâcheront les chiens.

— Et je devrais te faire confiance ?

— Tu crois que tu as le choix ?

— Qu'est-ce que tu es venu faire dans notre réseau ?

— Je devais récupérer cet aviateur.

— Tom ?

— Oui.

— Pourquoi ?

— Disons qu'il intéresse des personnes haut placées au sein du Reich.

Bedel se rassied sur son grabat et regarde longuement le capitaine, l'air perdu.

Weiter poursuit :

— Solange m'a dit qu'elle irait en Bretagne où elle a de la famille.

— Tu es bien renseigné.

— Tu devrais la retrouver. Elle a besoin de toi. Protège-la, chéris-la. Cette fille est un cadeau du ciel.

Quelques heures plus tard, après s'être assuré que l'espace aérien était libre de tout avion ennemi, le lieutenant Dietrich vient frapper à la porte de la suite avec vue sur le Panthéon qu'occupe Clark Gable, au dernier étage de l'hôtel. L'acteur vient d'être sorti de l'abri et ramené dans ses quartiers. Dietrich demande aux deux gardes qui font le pied de grue dans le couloir de rester vigilants. Depuis qu'il a été capturé, Gable est incontrôlable. Malgré le plâtre qui entrave ses mouvements, il pourrait bien donner du fil à retordre à ses geôliers.

Dietrich ne s'est pas trompé. Sitôt entré, il se fait copieusement insulter. L'acteur invoque la convention de Genève, exige qu'on le rapatrie sur-le-champ.

— Vous savez qui je suis ? s'emporte-t-il alors que les gardes entrent à leur tour dans la pièce, prêts à le ceinturer.

— Vous êtes le grand, l'unique, l'incomparable Clark Gable. J'ai vu certains de vos films avant qu'ils ne soient interdits. Je suis un admirateur de la première heure. D'ailleurs, je serais honoré si vous pouviez me signer un autographe, ironise Dietrich dans un anglais approximatif.

— Mais bien sûr ! Allez me chercher un stylo et du papier-toilette. Vous pourrez vous torcher avec, si ça vous chante !

Usant de tout son tact, Dietrich réussit non sans mal à calmer l'acteur. Gable consent à se laisser conduire jusqu'à la réception où l'attendent Weiter et Canaris.

— Je vous souhaite bon voyage, Herr Gable, lui dit le chef de l'Abwehr en inclinant la tête.

Dehors, deux berlines attendent, moteur en marche. L'acteur et Weiter montent dans la première. Quatre agents de l'Abwehr s'engouffrent dans la seconde. Le convoi s'ébranle, précédé d'une automitrailleuse et de deux side-cars. Direction Le Bourget, où un Junkers Ju 52 et son escorte, composée de six Messerschmitt Bf 109, sont prêts à décoller pour l'Obersalzberg.

44

Le choucas se pose sur le garde-fou et picore les restes du repas de Fräulein Braun. Derrière la vitre, Stasi et Negus aboient sans discontinuer, au grand dam de Julius Schaub et du reste du personnel.

— Satanés clébards ! peste l'aide de camp en passant son chemin.

Eva s'est assise sur la rambarde, à bonne distance de l'oiseau. Chaque fois qu'il daigne l'honorer de sa présence, le chasseur solitaire se rapproche un peu plus. Elle finira bien par l'apprivoiser. Ça n'est qu'une question de temps. D'ailleurs, il faudrait lui donner un nom. Mais comment voir si c'est un mâle ou une femelle ? Les choucas arborent invariablement une robe d'un noir profond. Rien ne semble les distinguer.

Quelqu'un toque à la vitre. La jeune femme se retourne.

— J'arrive ! crie-t-elle à Pretzl qui, planté entre les deux chiens, manque de se faire mordre.

Ragaillardi par sa dernière virée, le garde du corps semble pressé de retourner à Munich. Et pour cause, un événement crucial l'a transformé. La délurée Gretl ne s'est pas bornée à poser un baiser sur sa bouche disgracieuse, elle l'a aussi dépucelé. Pour la première fois de sa calamiteuse existence, Pretzl a pu enfin étreindre le corps d'une femme. La sensualité n'était pour lui qu'un monde abstrait, un paradis interdit dans lequel il n'aurait jamais espéré entrer. Il fallait que Gretl soit bien éméchée pour s'abandonner ainsi à une telle créature.

La Mercedes dévale la pente qui mène au village. Pretzl négocie les virages avec assurance et décontraction, comme s'il en était le propriétaire.

— Levez un peu le pied, Arno. Je ne tiens pas à finir dans le fossé.

— Je croyais que vous aimiez la vitesse.

— Oui. Quand c'est un chauffeur expérimenté qui tient le volant. Et cessez de sourire comme un imbécile. Ma sœur ne sera pas là cette fois.

Pretzl ne cache pas sa déception.

— D'ailleurs, je vous saurais gré de ne plus penser à elle. Ce qui s'est passé la dernière fois est vraiment, comment dire… Gretl aime trop le champagne, voilà tout.

Dans le dernier virage, ils croisent une berline qui déboule à vive allure. Eva reconnaît l'officier que le Führer a invité à sa table quelques jours auparavant. L'espace d'une seconde, elle distingue aussi la silhouette d'un homme de forte corpulence portant une barbe. Intriguée, elle se retourne et suit du regard la voiture, qui disparaît presque aussitôt.

Clark Gable est éreinté. Depuis son transfert au Lutetia, il n'a pas fermé l'œil.

La berline dérape sur la route enneigée. Le chauffeur garde le contrôle, il a l'habitude. En plus de la fatigue, l'acteur se sent sale. Au Lutetia, il aurait pu prendre un bain, mais il était tellement remonté qu'il n'y a pas pensé. Sa barbe s'est épaissie. Elle masque son visage. Il peut la remercier : elle lui a évité d'être confondu. Pas sûr que le colonel Wengen l'aurait laissé repartir s'il l'avait reconnu.

À mesure que les sapins défilent, Gable sent l'air lui manquer. Il peine encore à réaliser qu'il se trouvera bientôt en présence d'Hitler.

— J'ai besoin de respirer, dit-il à Weiter, assis à côté de lui.

Le capitaine baisse un peu la vitre. Un vent glacial s'engouffre dans la voiture.

Sitôt arrivé, Clark Gable est reçu par Martin Bormann, qui l'accueille comme la star qu'il est. Il est logé dans la dépendance réservée aux invités de marque, celle où Weiter, avant son départ, a passé une nuit. Bormann l'informe que le docteur Morell, médecin particulier du Führer, viendra lui prodiguer des soins dans les meilleurs délais. Quant au capitaine, il a été conduit dans la caserne qui jouxte le Berghof, là où s'entassent deux mille SS chargés de la protection du site. Sa mission est achevée. Et bien qu'il l'ait menée avec brio, Bormann estime qu'il n'a fait que son devoir. Il aura besoin de lui une dernière fois pour ses talents d'interprète lorsque l'acteur et le maître des lieux se rencontreront.

Quelques heures après son arrivée, Clark Gable ressemble enfin à l'homme qu'il était avant de s'enrôler :

lavé, rasé, coiffé avec la raie sur le côté comme sur les affiches de ses films. Il se sent déjà mieux. Il enfile un peignoir, sort de la salle de bains et constate que son uniforme de l'USAAF a disparu. À la place, il découvre une tenue de ville élégante mais à la mode allemande. Il entre dans une colère noire et sort de sa chambre en claquant la porte. Il demande des explications au garde qui fait le pied de grue dans le couloir. On va chercher Weiter en toute hâte. Il jure que si son uniforme ne lui est pas rendu, il refusera de rencontrer le Führer.

— Quel est le problème ? Ce costume est très élégant. Je ne doute pas qu'il vous aille à merveille, lui assure le capitaine en avisant la veste et le pantalon suspendus à un cintre.

— Capitaine Weiter, je vous rappelle que j'ai le même grade que vous, mais dans l'armée des États-Unis, ce qui signifie que je suis votre ennemi. Si je me trouve ici aujourd'hui, c'est contre mon gré. Je n'ai aucune intention de faire des mondanités. Si je dois prendre le thé avec votre dictateur, ce qui, selon toute vraisemblance, risque de se produire, ce sera en uniforme. Je ne suis pas un traître, moi.

Weiter élude la pique et promet de faire le nécessaire.

Moins de deux heures plus tard, une femme de chambre rapporte l'uniforme lavé et repassé. Weiter annonce à l'acteur que le Führer l'attend sur la terrasse. Aidé par la femme de chambre, Gable s'habille. Il s'observe dans le miroir une dernière fois. Il ajuste une mèche, arrache un poil qui dépasse de sa narine droite. Voilà, il est fin prêt à affronter le dragon.

45

Deux monstres face à face sur une terrasse ensoleillée qui domine les Alpes bavaroises. Un monstre sacré du septième art contre un monstre tout court. Cette rencontre, Hitler en a rêvé. Gable, lui, ne l'aurait jamais imaginée. Même dans ses pires cauchemars. Ils sont aussi intimidés l'un que l'autre. Deux personnages de légende qui, à eux seuls, suscitent la crainte et l'admiration de millions d'âmes à travers le monde. Le roi d'Hollywood et le maître de l'Europe réunis. Ils se dévisagent, se flairent un moment comme deux chiens en maraude. Qui es-tu ? Que me veux-tu ?

Hitler ne s'explique pas pourquoi il a commandité la capture de l'acteur le plus célèbre au monde. Faire une surprise à Eva qui la marquerait pour le restant de ses jours ? Éviter à l'acteur de se faire descendre par sa chasse ou la Flak ? Gable a eu de la chance, beaucoup de chance. Il aurait pu se faire tuer. Comme souvent, le Führer n'a écouté que son instinct. Il a agi sur un coup de tête, comme pour se prouver à lui-même que rien ni personne ne peut entraver sa volonté, empêcher ses caprices les plus fous. Le capitaine Weiter se sent soudain inexistant. La tension est si forte entre ces deux hommes, si palpable qu'il en a la chair de poule. Il reste droit comme un piquet et regarde au loin.

— Herr Gable, quel plaisir ! se décide Hitler en avançant d'un pas.

Weiter reprend ses esprits et traduit. Et l'acteur répond, laconique :

— Plaisir non partagé.

« Ça commence fort », se dit le capitaine en mordillant sa lèvre inférieure. Mais il continue à faire le lien entre les deux hommes.

— Allons, détendez-vous, je vous reçois en ami, enchaîne le Führer sans se démonter.

— Je n'ai pas demandé à venir.

— La guerre provoque souvent des situations inattendues. Il convient de s'adapter.

— Qu'attendez-vous de moi ?

— Je n'ai aucune attente particulière, si ce n'est de vous montrer mon estime. Fräulein Braun et moi-même sommes vos plus fidèles admirateurs. Nous avons vu tous vos films.

— Et je devrais m'en réjouir ?

— Non, bien sûr. J'imagine sans peine les sentiments qui vous animent. Vous me percevez comme un ogre, l'ennemi du genre humain, Belzébuth, Dracula, que sais-je encore ?

— Vous êtes fin psychologue. C'est exactement ce que je pense.

— C'est une vision un peu manichéenne. Je n'ai pas fait que la guerre, vous savez.

— C'est vrai. Lors de ma formation, j'ai eu tout le loisir de vous étudier. J'ai lu *Mein Kampf*, entre autres.

Ce bouquin m'a donné envie de vomir. Comment un peuple de poètes et de penseurs a-t-il pu tomber aussi bas, prêter foi à ce monceau d'ordures, vous offrir son suffrage et se laisser embarquer dans une nouvelle guerre ?

Hitler esquisse un sourire.

— Vous vous exprimez du point de vue d'un Américain. Sauriez-vous faire l'effort de vous mettre à la place d'un Allemand ? Vous comprendriez son ressentiment face au diktat du traité de Versailles. Vous seriez révolté comme je l'ai été face à l'arrogance des vainqueurs de 14-18 qui nous ont infligé des réparations sans équivalent dans l'histoire et qui ont démembré notre pays.

— Et vous vous en plaignez ? Qui est à l'origine de la Grande Guerre ? Vous semblez l'avoir oublié.

— Je n'ai rien oublié. Ni la faillite de mon pays, ni la faim ou les privations. Voyez comment j'ai rendu sa dignité à mon peuple, endigué le chômage, reconstruit tout ce qui pouvait l'être. Sans moi, nous serions encore en train de croupir comme des rats.

— Vous avez fait du bon boulot, ça, je le reconnais. Mais votre côté obscur a rapidement pris le dessus. Vous aviez un plan qu'on découvre avec stupeur à chaque page de votre profession de foi. Et qui a conduit à une seconde catastrophe planétaire.

— Mon seul plan était de secourir les minorités allemandes éparpillées en Autriche, en Tchécoslovaquie et en Pologne à la suite du traité de Versailles. Et de les rattacher au Reich. Quant à la Grande Guerre, nous n'en sommes pas plus responsables que les Français, les

Anglais, les Russes ou les Serbes. C'est le nationalisme exacerbé des uns et des autres qui a mené à ce désastre.

— Vouloir venir en aide à des minorités est légitime. Mais pas au prix de la destruction et de l'asservissement des pays où elles vivaient. Il suffit de voir ce que vous avez fait en Pologne. Varsovie, rayée de la carte, des civils par dizaines de milliers jetés sur les routes, des patriotes fusillés ou pendus sans autre forme de procès. Et je ne parle pas de la Belgique, des Pays-Bas, de la France et surtout de la Russie. En 1939, vous êtes en pleine lune de miel avec Staline, ce qui peut surprendre lorsqu'on découvre ce que vous pensez des Rouges à la lecture de votre ouvrage. Vous signez pourtant un pacte de non-agression avec la Russie. En 1941, vous bafouez cet accord en l'attaquant par surprise. Là, vous vous surpassez. Entre les exactions de la Wehrmacht et les exécutions de masse de civils perpétrées par vos SS, on atteint des sommets.

— Un nouvel empire ne pourra jamais naître que dans le sang et par le fer, sous la contrainte de la volonté la plus dure et de la force la plus brutale, se défend Hitler, piqué au vif.

— Nous y voilà. Le masque tombe, vous montrez enfin votre vrai visage.

Le chancelier accuse le coup. Il se tourne vers Weiter, lequel évite de croiser son regard. Et il répond, en reprenant son air dominateur :

— Mon pays a été étranglé et mis au ban de l'humanité. Il était de mon devoir non seulement de le remettre sur pied, mais aussi de lui rendre l'espoir dont on l'avait privé. L'essor de ma nation devait passer par son réarmement et la conquête de nouveaux territoires.

— À la manière des chevaliers Teutoniques : conquérir par l'épée le sol où la charrue allemande devait faire pousser le blé ? sourit Gable.

— Comment auriez-vous fait ? On ne reconstruit pas un pays en étant faible ou timoré. Aux grands maux les grands remèdes.

— De là à commettre toutes ces atrocités…

Le Führer semble pris de court. Il ne s'attendait pas à rencontrer un adversaire aussi sûr de lui. Manifestement, Gable a bien retenu ses leçons. Il peut parler de politique ou de guerre avec l'aisance d'un connaisseur. C'est d'autant plus intéressant que son point de vue est celui de l'ennemi. Bormann, Schaub et Morell apparaissent. Hitler en profite pour faire diversion.

— Venez, je vais vous présenter, dit-il à l'acteur en l'invitant à le suivre.

Les membres du premier cercle, sauf Bormann, écarquillent les yeux. Le secret était bien gardé mais il a tout de même été éventé. Voici Clark Gable en chair et en os, prisonnier du Führer. Quel événement !

Le pourvoyeur de drogues baisse la tête et lui dit :

— Très honoré.

Puis c'est au tour de l'aide de camp de s'incliner. Ce qui les surprend le plus, c'est que l'acteur ait gardé son uniforme de l'USAAF. Il tranche singulièrement avec ceux des SS qui patrouillent alentour. Un capitaine de l'armée américaine sur la terrasse du Berghof au plus fort de la guerre. L'image est saisissante. Dommage que Fräulein Braun ne soit pas là pour immortaliser la scène.

Quelques instants plus tard, Göring arrive de son chalet voisin. Puis c'est au tour de Goebbels, d'Albert Speer et d'Alfred Rosenberg, grand théoricien du régime et ministre des Territoires occupés de l'Est, de faire leur entrée. Ils sont tout aussi étonnés de découvrir l'acteur. Himmler, lui, est absent. Trop occupé à exterminer les Juifs de Russie, il n'a pas une minute à lui. Sitôt les présentations faites, un majordome en livrée apparaît et annonce :

— Mein Führer est servi.

Retrouvant son assurance, Hitler dit à Gable :

— Cette conversation passionnante m'a ouvert l'appétit. Nous la poursuivrons à table, si vous le voulez bien.

Grands crus et mets d'exception sont au menu. Comme à son habitude, le chancelier préfère l'eau plate au champagne. Gable, lui, ne refuse pas une coupe de veuve-clicquot millésimé qu'un laquais en gants blancs lui sert.

Göring lève son verre en premier. Il a l'air radieux parce qu'il revendique en partie la capture de Gable. N'est-ce pas la Flak, dont il est le patron, qui a abattu le B-17 où se trouvait l'acteur ? Il espère qu'Hitler en est conscient et que cet événement lui fera oublier les bombardements alliés sur l'Allemagne et les pays conquis.

Le docteur Goebbels lève son verre à son tour.

— Je bois à la santé de notre illustre invité, dit-il en évaluant déjà les avantages que le Reich pourrait tirer d'un tel prisonnier.

— Santé ! s'écrient les autres en se levant pour faire tinter leurs verres.

Seul Gable ne trinque pas. Il reste assis, l'œil noir, à dévisager chaque convive de cette sinistre assemblée.

— Allons, Herr Gable, ne faites pas cette tête-là. Nous sommes ici pour partager un bon moment entre gentlemen, rien de plus, lui assure Hitler.

Tous se tournent vers l'acteur, ce qui ne fait qu'ajouter à son irascibilité. Il vide sa coupe d'une traite et leur lance :

— Arrêtez de me regarder comme ça ! Qu'est-ce que vous espérez ? Que je me mette à chanter ou à faire des claquettes ? Je ne suis pas un animal de cirque.

Weiter hésite à traduire cette sortie. Et quand il se décide, c'est Goebbels qui réagit :

— Vraiment formidable, cette interprétation. Votre réputation est méritée. Vous êtes un acteur hors pair et nous avons cru à votre colère.

Hitler sourit. Ce Goebbels est malin comme un singe. Il parvient toujours à dénouer les situations délicates. C'est un fin diplomate. Peut-être devrait-il lui confier le portefeuille de von Ribbentrop en plus de son ministère de la Propagande.

Gable, que le champagne a désinhibé, ne compte pas en rester là.

— Des gentlemen, mon cul ! À cette table, je ne vois qu'une brochette d'assassins, sûrement la pire que le monde ait jamais connue. Seul un homme vous dépasse en cruauté : Staline, votre ennemi mortel. Lui s'en est pris à son propre peuple, aux cadres de son parti et de son armée. Épuration, déportations massives au goulag, persécution des paysans, famines organisées. Il comptabilisait déjà des millions de morts avant même le début de la guerre. Fortiche, le moustachu. Mais je vous fais confiance, au train où vous allez, vous finirez par le rattraper.

Cette fois, Weiter n'a aucune hésitation. Il se délecte même de l'effet que produit sa traduction.

— Il a le vin mauvais, s'indigne Julius Schaub.

— Il divague, ajoute Bormann.

Gable se tourne vers le laquais en gants blancs et s'écrie, en tendant sa coupe :

— Une autre, patron !

Göring et le Führer se regardent, interloqués. Et l'acteur poursuit sur sa lancée, après avoir avalé une nouvelle rasade de champagne :

— Cela dit, je ne devrais pas lui jeter la pierre, au camarade Staline. Parce que avec les Anglais, c'est surtout lui qui se tape le sale boulot. Nous, on se contente de vous arroser depuis nos forteresses volantes. Les Ruskoffs, eux, mouillent la chemise. Ils sont sur le terrain, ils vous travaillent au corps. Et après ce que vous leur avez fait, ils ne vous laisseront aucun répit, croyez-moi. Ils iront vous chercher jusqu'en enfer s'il le faut.

Hitler regarde Gable, atterré. Jamais on ne l'a bousculé de la sorte, surtout devant ses plus fidèles lieutenants. L'acteur a touché sa corde sensible. Le Führer sait que, s'il perd la guerre, ce sont les Russes qui lui porteront le coup de grâce. Leur soif de vengeance est telle que s'ils entraient à Berlin avant les Alliés, il y aurait un bain de sang. Ils feraient preuve de la même sauvagerie que les SS. Gable a ravivé le souvenir du désastre de Stalingrad, que les drogues permettaient au chancelier d'enfouir dans les profondeurs de sa conscience.

Goebbels, une fois encore, vient au secours de son maître en changeant de sujet.

— Herr Gable, vos remarques sont peut-être pertinentes, mais elles sont déplacées, surtout à cette table. Regardez plutôt votre assiette et faites-lui honneur. Je suis sûr que vous n'avez rien mangé de tel depuis le début de la guerre.

Pour toute réponse, l'acteur se lève, jette sa serviette et dit à la cantonade :

— Je n'ai que faire de votre caviar. Et avant de vous laisser entre gentlemen, je me permettrai ce conseil : libérez-moi au plus vite ou il vous en cuira.

Weiter, une fois encore, est en difficulté. Doit-il traduire cette menace ? Personne n'a encore osé défier le Führer avec autant d'aplomb. Gable est allé trop loin. Cette simple phrase pourrait le mener devant un peloton d'exécution. Et c'est une responsabilité que le capitaine n'est pas prêt à endosser.

— Alors Weiter, vous dormez ou quoi ? s'impatiente Hitler.

46

Sitôt rentrée de Munich, Fräulein Braun s'enferme dans sa chambre et fait savoir aux domestiques qu'elle ne doit pas être dérangée. Son escapade, qui a duré vingt-quatre heures, a été très arrosée. Elle a une migraine terrible et tombe de sommeil. Cette fois Gretl était absente, mais d'autres copines, sachant Eva en ville, ont débarqué sans crier gare. En tout, une dizaine de filles qui ont fait une fête de tous les diables jusqu'au petit matin. Pretzl, lui, n'a pas été invité. Eva ne tenait pas à l'avoir dans les pattes. Livré à lui-même, il a commencé par flâner dans la vieille ville. Puis il est allé se recueillir devant la Maison brune, le quartier général du parti nazi situé au 34 Brienner Straße. C'est dans ce bâtiment imposant, lors d'une conférence en septembre 1938, qu'Hitler s'est bien moqué des Français et des Anglais en leur offrant des garanties de paix en échange de la Tchécoslovaquie. Après ce pèlerinage incontournable pour tout SS qui se respecte, Pretzl a visité le Deutsches Museum, l'un des musées des sciences les plus importants au monde. Mais il était distrait et n'a pas apprécié le lieu à sa juste valeur. Il n'a pensé qu'à

Gretl, à cette nuit inoubliable passée dans ses bras. Et à la perspective douloureuse de ne jamais pouvoir renouveler l'expérience.

Il est presque 19 heures lorsque Eva, requinquée, se réveille enfin. Elle a dormi sept heures d'affilée. On toque à la porte. Stasi et Negus aboient. Elle est attendue pour l'apéritif.

— Le Führer est rentré ? Je croyais qu'il était parti pour la Prusse-Orientale, s'étonne-t-elle.

— Effectivement, Fräulein Braun. Le Führer est parti hier soir après le dîner.

— Dans ce cas, qui m'attend ?

Le domestique n'a pas répondu à la dernière question. Il a refermé la porte et s'est éloigné.

Lorsque Eva entre dans le grand salon, apprêtée comme il se doit pour se montrer en public, elle découvre l'officier croisé sur la route de Berchtesgaden vingt-quatre heures plus tôt.

— Capitaine Weiter ?

— Ravi de vous revoir, Fräulein Braun.

— Je ne comprends pas.

— Le Führer a donné des instructions. Seulement vous, moi et monsieur, explique Weiter en lui montrant un homme de dos, assis sur un canapé qui fait face aux montagnes.

— Qui est-ce ?

Planté derrière la porte de la pièce voisine, Julius Schaub tend l'oreille. L'aide de camp du chancelier, intrigant en chef du Berghof, n'a pas digéré d'avoir été tenu à l'écart. Pourquoi Hitler a-t-il choisi Bormann pour capturer Gable ? Schaub aussi a ses réseaux, ses entrées à la chancellerie ou au QG d'Himmler. Il aurait pu être tout aussi efficace. Et voilà maintenant le secrétaire particulier encensé, tenant le rôle de premier courtisan qu'il aurait pu espérer au vu de ses bons offices. Ivre de jalousie, Schaub s'est renseigné sur le petit capitaine qui a permis ce miracle et qui mange maintenant à la table du Führer. Il lui a suffi de passer un coup de fil à Berlin pour accéder à son dossier. Et ce qu'il a découvert l'a laissé sans voix.

Aussi inquiète que curieuse, Eva avance à pas feutrés vers la silhouette immense qui, depuis son arrivée, est restée immobile à contempler le paysage.

Clark Gable regarde au loin. Son visage exprime à la fois de la tristesse et de la colère. Il se demande s'il reverra un jour son pays. Après ce dîner au cours duquel il a rudoyé Hitler et sa clique et qu'il a quitté avec fracas, que peut-il espérer ? Qu'on lui offre un billet de première classe pour Hollywood avec les remerciements de la maison ? Il a joué avec le feu et peut s'estimer heureux de ne pas avoir subi de représailles. Et maintenant ? Quelles sont ses perspectives ? Quel sort ses geôliers lui réservent-ils ? Gable prend le verre de whisky posé devant lui, le porte à ses lèvres tout en songeant à Sue.

Que fais-tu, petite ? Penses-tu encore à moi ou es-tu bien au chaud dans les bras d'un autre ? Je n'ai pas pu continuer à t'écrire. Je t'expliquerai pourquoi, si toutefois je reviens. Si tu savais avec qui j'ai dîné hier soir...

— Oh, mon Dieu ! Comment est-ce possible ? s'écrie Eva en manquant de se prendre les pieds dans un tapis tant l'émotion est forte.

Weiter la rejoint et fait les présentations. Clark Gable, morose, lui tend mécaniquement la main. Elle s'assied près de lui et le dévisage. Elle n'en croit pas ses yeux.

— C'était donc vous dans la voiture ?

— Pardon ?

Weiter commence à traduire.

— Que vous est-il arrivé ? continue-t-elle en fixant son plâtre.

— Je me suis cassé un bras en tombant du ciel.

Elle ne peut retenir un sourire.

— Ça vous fait rire ?

— Pardonnez-moi. Je suis si troublée.

— Je vous sers un verre ?

— Volontiers.

— À la défaite de l'Allemagne ! ose l'acteur en trinquant.

— À la vôtre ! traduit Weiter.

— Santé ! répond Eva.

— Vous êtes encore plus mignonne que dans les films de propagande.

— Trop aimable. Je vous retourne le compliment. Vous êtes mieux en vrai, rougit-elle.

Gable boit une gorgée et pose son verre.

— J'ai cru comprendre que vous aimiez le cinéma.

Elle écarquille les yeux.

— Je ne vis que pour ça. Mon rêve, c'était de devenir actrice.

— Alors pourquoi êtes-vous là ?

La jeune femme boit à son tour et répond, l'œil vague, en regardant au-delà de la baie vitrée :

— J'imagine qu'on ne fait pas toujours ce qu'on veut dans la vie.

— Foutaises ! On peut réaliser ses rêves. Ça demande juste du courage et de la persévérance.
— Je dois en manquer.
— Sûrement. Vous avez fait le mauvais choix.
— Le Führer est un homme admirable. Je ne regrette rien, se défend-elle, agacée.
— Le jour où vous l'avez rencontré, vous auriez mieux fait de vous casser une jambe.
— Vous ne le connaissez pas.
— J'ai dîné avec lui hier soir. Je n'ai pas été déçu. Il est tel que je l'imaginais.
— C'est-à-dire ?
— C'est le diable en personne.
— Je ne vous permets pas.
— Votre chéri est l'ennemi public numéro un du monde civilisé.
— Du monde civilisé ? Vous feriez mieux de regarder où vous en êtes avant de vous permettre un tel jugement. Votre prétendue démocratie vous a menés à la ruine. De quel pays est partie la crise de 1929 ? Vous êtes en pleine déliquescence. Un régime corrompu manipulé par des banquiers juifs, un métissage et des tensions raciales récurrentes. Elle est belle, l'Amérique !
— On croirait entendre votre dictateur à la noix. Il vous a bien dressée.
— Je suis capable de penser par moi-même, ne vous en déplaise.
Il se rapproche d'elle, lui prend la main.
— Mademoiselle Braun, écoutez-moi. D'après ce que je sais, vous êtes l'une des rares personnes qui peuvent influencer Hitler. Dites-lui de cesser les hostilités. C'est encore possible.

Troublée au plus haut point, la jeune femme répond :

— On lui a déjà suggéré. Mais tel que je le connais, il préférerait se tirer une balle dans la tête plutôt que de négocier la paix ou, pire, de se rendre. Souvenez-vous de Stalingrad.

— On peut toujours trouver une issue honorable pour chaque partie. Pourquoi continuer à s'entretuer ? La guerre a assez duré, non ?

— Vous me donnez trop d'importance. Je n'ai pas son oreille au point de pouvoir changer le cours des événements.

— Vous êtes passée à côté de votre rêve. Vous pourriez vous rattraper. Imaginez le destin qui serait le vôtre si vous trouviez le moyen de le convaincre. Vous deviendriez une figure historique. On vous donnerait le prix Nobel de la paix. On érigerait des statues à votre effigie.

Elle lui sourit.

— Vous avez beaucoup d'imagination.

— Si vous restez les bras croisés, vous sombrerez corps et âme avec lui. L'image qui restera de vous jusqu'à la fin des temps sera celle d'une femme complice de crimes contre l'humanité. C'est ça que vous voulez ?

— Ce que je veux ou pas n'a aucune importance. Encore une fois, je n'ai aucun pouvoir sur les décisions du Führer, dit-elle en se libérant de son étreinte.

À court d'arguments, Gable reprend son verre.

— Dites-lui au moins de me libérer. Je n'ai rien à faire ici.

— J'arrive juste de Munich. Je n'étais au courant de rien. J'imagine qu'il a voulu m'impressionner.

— Il vous a offert une star de cinéma comme il vous aurait offert un diamant ou une Mercedes.

— Oui. C'est son côté excessif. Ses succès militaires, la peur qu'il inspire lui autorisent toutes les folies. Je désapprouve ce qu'il a fait. C'est stupide et dangereux. J'imagine que vous avez dû braver bien des périls avant d'arriver ici.

— Pas qu'un peu. Et mes petits copains risquent de lui envoyer une addition salée. Un kidnapping ça va chercher loin, surtout quand la victime est une célébrité.

— Jusqu'à preuve du contraire l'affaire est restée secrète. Jamais je n'aurais cru qu'on puisse vous capturer.

— Il y a quelques jours, j'ai joué de malchance au-dessus de Paris. Nous volions trop bas. Votre Flak a troué mon avion comme une passoire.

— Encore heureux que vous ayez pu sauter et vous poser vivant.

— J'ai atterri dans un arbre, précise Gable en lui montrant son bras.

— La fracture est sérieuse ?

— Au dire du toubib qui m'a examiné, c'est presque réparé. Mais il tient à me faire faire une radio avant de me retirer le plâtre.

— Vous êtes entre de bonnes mains. Le docteur Morell connaît bien son affaire.

Un silence.

— Bien. Si vous le permettez, je vais me retirer. La soirée d'hier a été mouvementée, j'ai besoin de me reposer, dit l'acteur en se levant.

Weiter est soulagé. Il a la langue sèche et redoutait que la conversation s'éternise. Depuis son retour, il n'a cessé de faire l'interprète et n'a pas encore pu prendre des nouvelles d'Hilda et de son parrain.

Eva a regagné sa chambre, étourdie mais aussi un peu déçue par cette rencontre qu'elle n'aurait jamais espérée. À force d'idéaliser Gable, elle en a oublié qu'il n'était qu'un simple mortel et non ce dieu vivant pour qui toute femme respectable pourrait quitter son mari dans la minute. Comme tant d'admiratrices à travers le monde, elle l'a hissé sur un piédestal. Elle ne s'attendait pas à le voir diminué et fragile, soucieux de son sort et de l'issue de la guerre.

L'acteur, lui, a été raccompagné sous bonne escorte jusqu'à sa chambre. Lui aussi est déçu. Il constate à quel point l'endoctrinement a contaminé les Allemands, le peuple comme l'élite. Eva Braun est d'une loyauté totale. Sa tournure d'esprit, ses propos semblent tout droit sortis de *Mein Kampf* qui a fait la fortune de son auteur et lui a permis, entre autres, d'acquérir le Berghof. Eva lui fait penser à ces provinciales paumées qui viennent à Hollywood dans l'espoir d'améliorer leur sort et qui, pour la plupart, ne font que de mauvaises rencontres. Cette Allemande adhère aux thèses et aux plans mortifères de son amant. Elle court à sa perte en son âme et conscience. Gable sait qu'il n'a rien de bon à attendre d'elle.

47

Sitôt sorti du grand salon, Weiter croise Julius Schaub qui fait mine d'arriver.

— *Heil Hitler !*

— *Heil Hitler !* répète Schaub.

— Je souhaite m'entretenir avec l'Obergruppenführer Bormann. Pouvez-vous m'obtenir un rendez-vous, s'il vous plaît ?

Schaub le dévisage, outré.

— Je ne suis pas son secrétaire, capitaine. Débrouillez-vous.

L'aide de camp s'éloigne en haussant les épaules. Weiter sort du Berghof, longe la caserne lugubre où il a dû poser son barda et marche au hasard. Il ne connaît personne et semble aussi perdu qu'un touriste découvrant une ville pour la première fois. Ici, tout est réglementé. On ne se déplace que pour une raison précise et ses déambulations attirent l'attention d'une sentinelle qui, revenant d'une patrouille, croise son chemin.

— Vous cherchez quelque chose ?

— Oui. La maison de l'Obergruppenführer Bormann.

— Votre *Ausweis*, s'il vous plaît.

Le capitaine lui montre le laissez-passer que Bormann lui a remis à son arrivée.

— Continuez tout droit à travers le bois. Vous la trouverez à environ quatre cents mètres, l'informe la sentinelle en lui rendant le papier.

Weiter entend d'abord des cris et des rires d'enfants. Puis, sortant du chemin forestier, il découvre l'imposante demeure de la famille Bormann. Plusieurs gamins répondant aux canons de la race aryenne s'amusent près d'une terrasse où se trouve une femme avachie sur un transat, un exemplaire du *Völkischer Beobachter* entre les mains. Alors qu'il approche, les gosses continuent de jouer sans le regarder. Il monte les quelques marches qui le séparent de la femme.

— Hum !

Elle se réveille en sursaut.

— Qui êtes-vous ? s'alarme-t-elle en se redressant d'un coup.

— Capitaine Weiter. Je souhaiterais m'entretenir avec l'Obergruppenführer Bormann.

— Vous avez rendez-vous ?

— Non.

Elle se lève, remet ses cheveux en ordre.

— Mon mari ne reçoit que sur rendez-vous. Vous devriez le savoir, non ?

— Je suis arrivé hier. Je ne suis pas d'ici.

— N'êtes-vous pas ce capitaine qui…

— Si. J'ai sollicité Herr Schaub qui m'a dit de m'adresser à votre époux. Tenez, voici mon *Ausweis*, fait le capitaine en ressortant son laissez-passer.

— Attendez ici, lui dit-elle en disparaissant dans la maison.

Elle revient quelques instants plus tard et l'invite à la suivre. Ils traversent le séjour et un couloir au bout duquel se trouve une enfilade de bureaux.

— Asseyez-vous. Mon mari vous recevra dès qu'il en aura fini avec le docteur Goebbels, lui dit-elle.

Weiter s'assied et patiente. Il perçoit des bribes de conversation provenant d'une pièce dont la porte est restée entrouverte. Il reconnaît la voix de fausset du ministre de la Propagande. Et celle de Bormann, plus virile.

— Je n'ai jamais rien entendu de tel, surtout à la table du Führer. C'est un scandale ! vocifère l'homme au pied bot.

— Ces Yankees sont d'une grossièreté sans bornes. Si ça ne tenait qu'à moi, je le ferais fusiller, renchérit Bormann.

— C'est un peu excessif. Voyons plutôt ce que nous pouvons tirer de cette diva. Gable n'est pas un otage comme un autre. On pourrait l'utiliser pour faire pression sur les Alliés.

— À quoi pensez-vous ?

— À lui offrir un nouveau rôle.

— Mais encore ?

— Pourquoi ne pas le filmer en train d'exhorter les siens à cesser les hostilités ?

— Gable est une tête de mule. Il n'acceptera jamais de se prêter à une telle mascarade.

— Avec un pistolet sur la tempe, on accepte tout.

— Je n'y crois pas. Trouvez autre chose.

— On pourrait exiger l'arrêt immédiat des bombardements sur le Reich et la France en échange de sa libération.

— Ils nous riront au nez.

— Même si on menace de l'exécuter ? Croyez-moi, c'est un risque qu'ils ne prendront pas.

— Ma foi, pourquoi pas ? Ça vaut le coup d'essayer. J'en parlerai au Führer et vous dirai dès que j'aurai son aval.

— Quand rentre-t-il de Prusse-Orientale ?

— Demain.

Des bruits de chaise se font entendre. L'entretien est terminé. Weiter se lève et va s'asseoir à l'autre bout du couloir pour ne pas laisser penser qu'il a pu entendre l'échange. Goebbels sort du bureau et remonte le couloir.

— *Heil Hitler !* salue le capitaine en se levant comme un automate.

— Vous avez fait du bon boulot, le félicite le ministre avant de disparaître.

— Capitaine Weiter ! crie Bormann depuis son bureau.

— Pardonnez-moi, je n'ai pas eu une minute à moi depuis votre retour.

— Il n'y a pas de mal.

— Asseyez-vous.

Weiter prend place dans le fauteuil encore chaud que vient de quitter Goebbels. Et Bormann enchaîne, sans transition, après avoir bu un verre d'eau :

— Je n'ai pas de bonnes nouvelles. L'immeuble de votre fiancée a été bombardé.

Brusquement, Weiter sent l'air lui manquer.

Voilà pourquoi.

— Et mon parrain ?

— Mort au champ d'honneur. Désolé.

Le capitaine se lève et fait quelques pas jusqu'à la fenêtre. Ses jambes se dérobent.

— Vous permettez que j'ouvre la fenêtre ?

— Bien sûr.

Dehors, les petites têtes blondes chahutent de plus belle. Elles débordent d'énergie. Si un peintre posait son chevalet pour immortaliser la scène, il pourrait baptiser son tableau *Célébration de la vie.* Weiter respire à pleins poumons l'air sain de la montagne. Il se retourne et titube jusqu'au bureau.

— Tenez, buvez. Ça va vous faire du bien, dit Bormann en lui servant un verre d'eau.

Le capitaine boit quelques gorgées, la main tremblante. Hilda et Manfred étaient les murs porteurs de son existence. Le voilà seul au monde à présent.

Bormann se lève et pose une main sur son épaule.

— Demain, le Führer vous remettra la croix d'or de l'Ordre allemand, la plus haute distinction, pour vos mérites exceptionnels. Maintenant, allez vous reposer. Vous l'avez bien mérité.

— Obergruppenführer Bormann ?

— Oui ?

— Je peux vous demander une faveur ?

— Je vous écoute.

— Je souhaiterais être logé ailleurs. Ces SS sont dissipés et bruyants. Impossible de fermer l'œil.

— Ça ne m'étonne pas. Le recrutement laisse à désirer depuis quelque temps. Voyez ça avec Schaub. C'est lui qui s'occupe des questions domestiques.

— Herr Schaub n'est pas de bonne composition.

— Je vais appuyer votre requête, concède Bormann en rédigeant une note à l'attention de l'aide de camp.

Sur le chemin du retour, Weiter s'arrête dans une clairière et s'assied un moment sur un rocher. Il regarde au loin les géants de granit qui forment une barrière naturelle. Derrière se trouve l'Autriche, pays natal du Führer, que ce dernier a annexé en 1939. Florian songe à sa fiancée qu'il ne serrera plus jamais dans ses bras ; sa douce Hilda ensevelie sous les gravats à cause de ces salopards d'Alliés. Et dire qu'il a douté d'elle. Il imagine aussi son parrain sous le feu des Russes, brandissant son sabre dans une charge ultime.

Revenu au Berghof, le capitaine passe le contrôle après avoir montré patte blanche, grimpe à l'étage et toque à la porte de Schaub. Après le salut de rigueur, il lui montre le mot rédigé par Bormann.

— Et maintenant, je suis un aubergiste ! tempête l'aide de camp.

— Dites-moi seulement où je peux loger et je me débrouillerai avec la femme de chambre.

— Je ne comprends pas comment un simple capitaine peut être aussi choyé. Surtout lorsqu'on sait qu'un membre de sa famille a été fusillé pour trahison.

— Qu'est-ce que vous dites ?

— Ne faites pas l'innocent. Je parle de votre parrain, le lieutenant-colonel von Hurel. Il faisait partie des traîtres qui ont poussé Paulus à la reddition. Il a été bien puni. Ayant lui-même ordonné son exécution, je suis surpris que le Führer vous ait accordé sa confiance et envoyé en France pour capturer cet acteur.

48

Jamais Florian Weiter n'a été plongé dans une telle affliction. Il y a quelques instants encore, il était un héros. Le voici maintenant dévasté, incapable de reprendre ses esprits. La figure tutélaire qu'il portait aux nues ? Fusillée pour avoir voulu sauver ses hommes. Hilda ? Victime d'un bombardement aveugle. Le mensonge et la fourberie, traits caractéristiques du Führer, sautent au visage du capitaine. Jusque-là, il était fier d'avoir rejoint les Jeunesses hitlériennes avant d'intégrer les troupes de choc qui allaient déferler à l'Ouest. Fier d'avoir rendu sa dignité à l'Allemagne, de l'avoir vengée de l'injustice causée par le traité de Versailles. Il s'est pris lui aussi pour l'un de ces Vikings qui allaient contribuer à la renaissance de la Grande Allemagne, conquérir d'immenses territoires où la race des seigneurs prendrait souche et dicterait sa loi. Oui, il a cru au bien-fondé de cette croisade, à la légitimité des batailles voulues par le chef suprême. Jusqu'à Stalingrad. Jusqu'à Minsk. Et le voile s'est levé. Weiter a ouvert les yeux. Il ne s'agit pas d'une guerre conventionnelle mais de barbarie à l'état pur. Il est question de sacrifier un peuple à la folie d'une poignée d'illuminés. Il s'est laissé emporter, subjuguer par Hitler en qui il voyait un visionnaire et un protecteur. Il n'a pas ménagé sa peine pour lui ramener Gable. Et voilà comment il est remercié. Il se sent déshonoré, souillé au plus profond de son être. Et cette sourde colère, irrépressible, le submerge à nouveau. Le major Dinz n'était qu'un subalterne, une pâle copie du Führer comme il y en a des milliers à travers le Reich et les territoires conquis. C'est au Berghof que se trouve l'original, l'unique responsable de sa détresse et du désastre universel. C'est Hitler la tête pensante, le génie maléfique qui a méthodiquement planifié la destruction du monde, épaulé par des disciples encore plus cinglés que lui.

Émergeant de sa torpeur, Weiter réalise soudain qu'une chance lui est offerte de changer le cours de l'histoire. Quelques enjambées le séparent du monstre qui lui a ôté toute envie de continuer à vivre et qui a instillé en lui une haine abyssale. Tuer Hitler. Débarrasser l'univers de cette vermine, c'est sûrement la mission la plus noble et la plus salutaire qu'il pourrait accomplir.

Trois coups secs à la porte.

— Oui ?

— C'est moi. Gable.

— Que me voulez-vous ?

Pas de réponse. Weiter ouvre sa porte. L'acteur entre sans attendre d'y être invité.

— Je vous ai vu arriver de ma fenêtre. Ma chambre est au premier.

— Je sais.

— Vous n'êtes plus logé à la caserne ?

— Non. Les SS, très peu pour moi.

Gable va à la fenêtre, tire un pan de rideau. À l'extérieur, la sentinelle de garde s'est assoupie sur sa chaise.

— Je tiens à m'excuser. J'ai été dur avec vous. Après tout, vous n'êtes qu'un exécutant. Vous ne faites qu'obéir aux ordres.

— Où voulez-vous en venir ?

— Si j'ai bien compris, vous êtes un agent hors pair, un champion des coups tordus. C'est Hitler en personne qui vous a envoyé en France pour me capturer ?

— Oui. Mais c'est Martin Bormann qui m'a recruté.

— Eh ben ! Vous devez être un crack.

— Je l'étais. C'est fini.

— Ils vous offrent des vacances pour vos bons et loyaux services ?

— Non.

— Vous allez repartir à l'Ouest infiltrer d'autres réseaux ?

— J'ai mieux à faire.

Un silence. Weiter s'assied sur une chaise, complètement abattu.

— Ça ne va pas ?

— J'ai perdu mon parrain. C'était un haut gradé. Il servait à Stalingrad.

— Condoléances, capitaine.

— Il n'est pas mort au combat.

— Je ne comprends pas.

— Le Führer l'a fait fusiller.

— Quoi ?

— Il faisait partie des officiers qui voyaient en Hitler le fossoyeur du peuple allemand. Il aurait soi-disant incité Paulus à cesser le combat et à se rendre aux Russes.

— Qui vous a annoncé son exécution ?

— Schaub, l'aide de camp du Führer. Après que Bormann m'a dit qu'il avait été tué pendant la bataille. Je ne sais pas à quoi ils jouent.

— Ils sont sans foi ni loi. J'espère que vous commencez à le comprendre.

— Hilda aussi est morte.

— Qui est Hilda ?

— Ma fiancée. On vivait à Berlin. Notre immeuble a été soufflé lors d'un bombardement.

Gable reste sans voix. Voyant son embarras, Weiter lui demande en le regardant droit dans les yeux :

— Vous vous sentez merdeux ?

L'acteur arpente la pièce de long en large, s'arrête devant la fenêtre, remarque la sentinelle qui s'est redressée et astique son fusil. Il se retourne.

— Carole aussi est morte. C'était la femme de ma vie. Elle faisait des tournées pour récolter des fonds pour l'effort de guerre. Après un meeting dans l'Indiana, elle a repris un avion pour me retrouver à Los Angeles. Elle n'est jamais rentrée.

— Je ne voulais pas raviver des souvenirs douloureux.

— Vous n'y êtes pour rien. Et je n'y suis pour rien. Nous ne sommes que des pions, des pantins. Nous ne tirons pas les ficelles.

Florian Weiter semble reparti dans ses pensées. Il se lève, va à la fenêtre à son tour. La sentinelle fait les cent pas. Il dit, sans se retourner :

— Demain, Hitler me remettra une décoration pour votre capture. Après la cérémonie, je vous accompagnerai à l'hôpital de Munich pour passer votre radio. Je ne pense pas vous ramener au Berghof.

— Qu'est-ce que vous mijotez ?

— J'ai été témoin d'une conversation entre Bormann et Goebbels. Une conversation que je n'aurais pas dû entendre.

— Me concernant ?

— Oui. Ils ne savent pas quoi faire de vous.

— Pourquoi me prévenez-vous ?

— Vous êtes en danger.

— Et vous vous êtes mis en tête de me sauver ? Nous sommes ennemis, que je sache.

— Je ne suis plus votre ennemi. Et s'il vous arrivait malheur, je ne pourrais plus me regarder dans une glace en sachant que j'aurais pu vous aider.

— Si je suis dans cette situation aujourd'hui, c'est à vous que je le dois. Pourquoi je vous ferais confiance ?

— Vous n'avez pas le choix. Nous partirons demain. Je vous emmènerai en lieu sûr. Mais avant, j'ai une dernière mission à accomplir.

L'acteur rejoint Weiter à la fenêtre et lui pose une main sur l'épaule.

— Ne faites pas ça.

Le capitaine se retourne. Des larmes ruissellent sur ses joues.

— Cette ordure doit mourir.

— Weiter, écoutez-moi, enlevez-vous cette idée de la tête. La guerre est presque gagnée.

— C'est un service que je rendrais à l'humanité tout entière.

— C'est vrai. Mais vous en feriez un martyr. Ça nous compliquerait la tâche.

Le capitaine s'assied sur son lit, en proie à une confusion extrême. L'acteur en profite pour continuer à lui faire entendre raison. Mais il n'est pas sûr que Weiter ne passera pas à l'acte.

49

Sitôt rentré de son QG de Prusse-Orientale, le patient A s'est couché quelques heures. Au réveil, alors qu'il était à jeun, le docteur Morell lui a administré un cocktail de vitamines coupé à la cocaïne, de quoi lui permettre de tenir tout au long de cette journée qui s'annonce chargée.

La matinée du Führer a commencé par des remontrances. Eva lui a dit sans détour ce qu'elle pensait de sa *surprise*. Clark Gable est et restera toujours son acteur favori. Mais elle aurait préféré continuer à vénérer cette légende plutôt que de se retrouver face à lui, dans une situation que ni lui ni elle n'ont souhaitée et encore moins appréciée. C'est une chose d'idolâtrer un acteur, c'en est une autre de le rencontrer, de discuter avec lui de politique, de guerre, de partager ses doutes et ses faiblesses et de se rendre compte qu'il vous ressemble, qu'il n'est plus cette divinité qui vous faisait vibrer. Le chancelier a écouté sa chérie sans mot dire. Douché par cette réaction à laquelle il ne s'attendait pas, il a pris congé d'elle. Après un rapide petit déjeuner, il a retrouvé sa suite dans le grand salon pour la remise de médaille.

Le capitaine Weiter n'a rien d'un comédien. Contrairement à Gable, il lui est impossible de rire ou de pleurer sur commande. Encore moins de masquer sa détresse. Aussi, lorsqu'il entre dans la pièce monumentale pour recevoir sa décoration, les rares témoins de la scène remarquent d'emblée qu'il n'est pas dans son assiette. Sont présents, outre le chancelier, son garde du corps, Misch, Bormann et le roué Julius Schaub qui observe avec jubilation l'effet dévastateur que sa révélation a produit sur ce capitaine méritant.

Selon un protocole strict, Weiter s'avance à pas feutrés jusqu'au Führer et s'incline. Un des quatre SS qui assistent à la cérémonie lui a confisqué son Luger avant qu'il n'entre dans la pièce. C'est précisément ce qu'il attendait. On ne l'a pas fouillé. On aurait dû. Dans sa botte droite, il a dissimulé une dague tranchante comme un rasoir. Cette arme blanche, il l'a souvent utilisée lors de corps-à-corps qui lui ont valu son agrafe de combat rapproché, médaille dont il était le plus fier.

— Au nom du peuple, et au vu de vos mérites exceptionnels, nous vous décorons de la croix d'or de l'Ordre allemand, commence le Führer en tirant d'un écrin une lourde médaille ornée d'une croix gammée et surmontée de deux glaives croisés et de l'aigle nazi.

Bormann et Schaub, malgré leur inimitié, échangent un regard consterné. Cette distinction, la plus prestigieuse de toutes, n'a été décernée qu'en de rares occasions à des personnages d'envergure nationale tels que Reinhard Heydrich, bras droit d'Himmler assassiné par des partisans tchèques, ou Fritz Todt, ingénieur de génie qui a fait bâtir les autostrades, les bases sous-marines et toutes les lignes de fortifications défendant aussi bien le Reich que les territoires conquis. Pourquoi devrait-on donner cette médaille à ce modeste officier ? Parce qu'il a capturé une célébrité encombrante dont on ne sait que faire ? Bormann s'est retenu de hausser les épaules. Le comportement de son maître est imprévisible et ne répond à aucune logique. Le mieux est de le laisser faire. Ceux qui se hasardent à remettre en cause ses décisions ne sont pas longs à le regretter. La critique, même fondée, le met dans une rage folle et peut conduire à des représailles.

Le chancelier se penche sur le capitaine et épingle la médaille sur son uniforme, à côté des autres décorations. Weiter se relève et Hitler l'embrasse. Leurs regards se croisent. C'est maintenant ou jamais. Le capitaine esquisse un mouvement de la main vers sa botte droite tout en imaginant les secondes qui vont suivre. Il va sortir sa lame et frapper au cou à la vitesse de l'éclair. Ce geste, il l'a effectué des dizaines de fois à l'entraînement ou en situation réelle, en Pologne ou à Stalingrad. Il sait exactement où se trouve la carotide. Après ce coup mortel, Hitler se videra de son sang en trois petites minutes. La baie vitrée est entrouverte. Weiter tentera de sauter par la fenêtre. Il n'y a qu'une faible hauteur. Et puis ce sera une course effrénée à travers la forêt. Mais il y a fort à parier qu'un des quatre gardes présents dans la salle l'aura abattu avant qu'il ait pu s'enfuir. Et Gable, qu'adviendra-t-il de lui ? Le capitaine pourra difficilement lui venir en aide s'il se fait descendre. Ses chances sont minces. Il convient de bien les peser avant de se lancer.

Le Führer s'écarte de Weiter à reculons. Aurait-il senti le danger ? Dans les secondes suivantes, il va se rasseoir. Le capitaine peut encore agir.

Dans ce moment fatidique où la balance va pencher du côté de la vie ou de la mort, Gable, pour sa part, tourne comme un lion en cage dans sa chambre. Il sait que son destin, mais aussi celui du monde, est suspendu à l'action d'un seul homme. Il allume une cigarette de marque allemande, ouvre sa fenêtre et se penche au-dehors.

— *Hallo Hans, wie geht es dir heute ?* Bonjour Hans, comment allez-vous aujourd'hui ? demande-t-il au planton qui trépigne sur le perron.

Le dénommé Hans, sentinelle avec laquelle il a sympathisé et qui lui a appris quelques rudiments d'allemand, lui renvoie la politesse :

— *In Ordnung, Herr Gable. Und Sie ?* Très bien, monsieur Gable. Et vous ?

Pour toute réponse, l'acteur jette un œil en direction du Berghof avec anxiété. Tout est calme. Pour le moment.

Une heure passe. Weiter devrait être là. Ils ont prévu de partir sitôt la cérémonie achevée.

Qu'est-ce qu'il fout, nom de Dieu ?

Deux SS apparaissent. L'un d'eux s'adresse à la sentinelle, laquelle lui montre sa fenêtre d'un signe de la main. Gable recule, le cœur battant.

Il a dû rater son coup. Et maintenant, ils viennent me chercher pour me régler mon compte.

Des bruits de bottes se font entendre. L'acteur ouvre la porte.

— Herr Gable, suivez-nous.

— Il n'en est pas question ! Je suis prisonnier de guerre, et à ce titre je suis protégé par la convention de Genève. Vous n'avez pas le droit ! proteste-t-il en agitant son plâtre au nez des SS.
— Le Führer veut vous voir.
— Où est le capitaine Weiter ?
— Avec le chancelier. Ils vous attendent.

Sitôt entré dans le grand salon, Gable constate avec soulagement que Florian Weiter n'est pas passé à l'acte. Il est en grande conversation avec Hitler, Bormann et Schaub qui, à la suite de la cérémonie, se sont joints à lui pour célébrer son succès. À n'en point douter, ce coup d'éclat sera enseigné dans les livres d'histoire. Sur l'uniforme du capitaine, l'acteur remarque la croix d'or qui brille de mille feux. Weiter a beau être comblé d'honneurs, il affiche un air accablé qui contraste avec celui d'un héros.
— Herr Gable, approchez ! Je tenais à vous voir avant de repartir en tournée d'inspection, lui explique le chancelier.
L'acteur obtempère alors que l'aide de camp et le secrétaire s'éclipsent. On ne sort pas indemne d'un entretien avec Hitler. Gable, aussi solide soit-il, sera marqué à vie par cette rencontre. Il le sait mais fait l'impossible pour ne rien en montrer. Il a porté son art à un tel niveau qu'il peut faire bonne figure en toutes circonstances. Surtout, ne pas baisser les yeux car ce type est un fauve. Au moindre signe de faiblesse, il vous dévore tout cru.
— Je suis correctement nourri et logé. Mes affaires sont repassées. Vous êtes aux petits soins pour moi.

Bref, je passe un séjour très agréable, mais je vous avouerais que j'ai le mal du pays. Quand vous déciderez-vous à me renvoyer chez moi ? commence-t-il en arborant ce sourire qui ferait fondre une pierre.

Weiter traduit. Et le chancelier répond, du tac au tac :

— Ça ne dépend que de vous, cher ami. Le docteur Goebbels me suggère d'utiliser vos talents et votre entregent pour stopper la guerre. Qu'en pensez-vous ?

— Je ne demande pas mieux. Sitôt rentré en Amérique, j'en toucherai un mot au président Roosevelt. Je suis sûr qu'on trouvera une solution.

Hitler sourit.

— Si je jouais au poker contre vous, je serais sûr de perdre. Vous rendre votre liberté sans rien obtenir en échange. Vous me prenez pour un imbécile ?

— Bien au contraire, monsieur Hitler. Je vous prends pour quelqu'un d'intelligent. Mais qui, hélas, met toute son énergie et son savoir-faire au service du mal.

— Je suis responsable du destin de quatre-vingt-dix millions d'âmes. Je ne fais que défendre leurs intérêts.

— À quel prix !

— La vie est une guerre. Les faibles, les indécis n'ont pas leur place sur terre.

— Ce n'est pas mon opinion.

— Herr Gable, vous êtes un saltimbanque. Autrement dit, un doux rêveur. Devrais-je vous rappeler l'histoire de votre pays ? Croyez-vous que les États-Unis se sont libérés de l'oppresseur anglais avec des poèmes ou des fleurs ? Non. Ils ont dû faire parler la poudre pour devenir la grande puissance qu'ils sont aujourd'hui. Pareil pour l'Angleterre. Cette île de taille modeste a bâti le plus vaste empire que le monde ait jamais connu.

Et vous savez comment ? En étant impitoyable et sans scrupules partout où les Anglais ont pris pied.

— Je connais l'histoire de mon pays aussi bien que vous, ne vous en déplaise. Quant à l'Angleterre, je sais à quel point elle vous fascine. Vous n'avez d'autre but que de bâtir un empire comparable au sien. Vous auriez bien voulu conclure un accord avec Churchill. Et comme il vous a envoyé balader, vous avez bombardé Londres et d'autres villes anglaises pendant des mois et sans vergogne, imaginant peut-être qu'il se soumettrait par la force. Voyez le résultat : non seulement il n'a pas cédé mais il vous rend la pareille. L'Angleterre est un roc sur lequel vous vous êtes cassé les dents. Alors vous vous en êtes détourné pour vous attaquer à la Russie. Résultat : Stalingrad. Dites-moi un peu, monsieur le chancelier : lorsque vous êtes seul devant votre miroir, est-ce que vous vous dites encore que vous allez gagner cette guerre ?

— Je n'ai aucun doute là-dessus, répond Hitler en se raidissant.

— Je n'y crois pas une seconde.

— Eh bien, vous avez tort. Malgré nos revers militaires, notre capacité de production n'a jamais été aussi efficace. Nos usines tournent à plein régime. Nous produisons trois fois plus de chars et d'avions qu'en 1941.

— Sursaut d'orgueil.

— Nous verrons bien.

— Pour moi, c'est plié.

Le chancelier sort un papier de son uniforme, un mémo que lui a préparé Goebbels.

— Vous êtes un formidable contradicteur, Herr Gable. Et pourtant, nous devrions nous entendre. À en croire ces informations, nous sommes presque cousins, dit-il en agitant le papier à la face de l'acteur.

— Qu'est-ce que c'est ?

Hitler lit à haute voix :

— Vous êtes né en 1901 à Cadiz, Ohio, de William Henry Bill Gable, foreur de puits de pétrole d'origine allemande, et d'Adeline Hershelman, elle aussi d'ascendance allemande. Même votre regrettée épouse, née Jane Alice Peters – paix à son âme – pouvait se féliciter d'avoir des racines en Allemagne.

— Et après ? Qu'est-ce que ça prouve ? Vous croyez que je vais vous prendre dans mes bras parce que j'ai du sang allemand ?

— Savez-vous que 15,2 % de la population des États-Unis, soit vingt millions de personnes, est d'origine allemande ? C'est le groupe ethnique le plus important d'Amérique.

— Vous m'en direz tant.

— Nous avons essaimé dans le monde entier. Nos partisans sont légion aussi bien aux États-Unis qu'en Angleterre où, Dieu merci, il reste des hommes assez intelligents pour avoir compris que la démocratie et le libéralisme sont des systèmes périmés voués à disparaître. Vous n'avez pas saisi la portée de mon œuvre. Je n'entends pas seulement balayer vos vieux principes, votre art de vivre petit-bourgeois qui ne consiste que dans l'accumulation de richesses ou la gestion de patrimoine. Je vois plus grand, je vois plus loin, moi. Je ne suis pas un boutiquier ou un rentier mais un prophète. C'est un nouvel ordre mondial que je m'efforce de créer.

— Et aussi un surhomme, comme celui imaginé par Nietzsche ?

— Pourquoi pas ?

— Naturellement, il serait blond aux yeux bleus, à l'exclusion de tout autre critère.

— Naturellement.

— Monsieur Hitler, vous êtes manifestement un homme cultivé. Vous savez que mon pays s'est construit comme une mosaïque. Des centaines de milliers d'immigrés de toutes nationalités ont fui l'Europe pour échapper à la misère et aux persécutions de dictatures telles que la vôtre. Nous les avons accueillis à bras ouverts. Les plus méritants ont pu se reconstruire et prospérer librement. À New York comme dans d'autres grandes villes, les Chinois, les Italiens, les Noirs, les Portoricains et les Juifs cohabitent pacifiquement. Non, la vie n'est pas une guerre. Et s'il faut se battre pour s'en sortir, on n'est pas obligé d'écraser les autres pour y parvenir.

— Le métissage, voilà ce qui vous perdra. Quant aux Juifs, ils sont la plaie du monde, s'emporte Hitler en reprenant son air de tribun hystérique.

— S'en prendre aux minorités, c'est un peu facile, non ? Comment et pourquoi avez-vous décidé que les Juifs étaient « la plaie du monde », comme vous dites ? En lisant *Le Protocole des Sages de Sion*, en cédant aux théories conspirationnistes les plus fumeuses ?

— Je n'ai pas été le premier à leur faire la guerre. Et si de toute éternité *le peuple errant* a été persécuté, ce n'est pas pour rien. C'était déjà l'ennemi de l'Empire romain. Et même de l'Égypte et de Babylone.

— En somme, vous perpétuez une longue tradition.

— Qu'ils soient maudits !

— Savez-vous que, sans ces Juifs pour qui vous avez une haine pathologique, bon nombre de chefs-d'œuvre de la littérature, de la peinture et du cinéma n'auraient pas vu le jour ? Je connais votre passion pour mon art. Je sais que vous avez ici une salle de projection privée, une sorte de jardin secret où vous vous réfugiez avec votre compagne pour vous délecter des classiques d'Hollywood, ces films que vous avez proscrits. Qui a produit ces films ? Vous l'ignorez ? Eh bien, je vais vous le dire : Carl Laemmle, fondateur des studios Universal ; William Fox, patron de la Twentieth Century Fox ; Harry Cohn, patron de la Columbia ; les frères Warner, fondateurs de la compagnie qui porte leur nom ; Samuel Goldwyn et Louis B. Mayer, qui ont créé la MGM ; D.W. Griffith, cofondateur de United Artists avec Charlie Chaplin. Tous ces producteurs sont juifs. Sans eux, vous n'auriez jamais vu *Autant en emporte le vent*, *Casablanca*, *La Chevauchée fantastique*, *Le Mécano de la « General »* ou *Le Voleur de Bagdad*.

Hitler tourne le dos à Gable. Il reste planté devant sa baie vitrée et préfère contempler la montagne. L'acteur et son interprète échangent un sourire. Et Gable porte l'estocade :

— Lors de notre dernière conversation, nous avons passé en revue toutes vos réussites. Elles sont nombreuses et spectaculaires. La crise surmontée, le plein emploi, la fierté rendue à votre peuple, etc. Rien à dire de ce côté, vous avez fait du bon boulot. Mais quand l'Histoire vous jugera, tout ça ne pèsera rien face à la destruction d'une partie de l'Europe, aux massacres de masse en Russie et à l'extermination des Juifs à Auschwitz, Buchenwald, Treblinka et dans d'autres camps de la mort. Car nous savons très bien ce qui se passe là-bas, bien que votre copain Himmler fasse son possible pour le dissimuler. Non, tout ça ne pèsera rien et vous resterez dans la mémoire collective comme l'un des pires criminels de tous les temps.

Weiter s'est arrêté de traduire après « fierté rendue à votre peuple ». Il a expliqué au Führer, en regardant sa montre, que l'acteur était attendu à Munich pour passer une radio et qu'ils étaient déjà très en retard. Puis il a pris Gable par son bras valide et l'a emmené dare-dare à l'extérieur, sous l'œil perplexe d'Hitler.

— Vous cherchez vraiment les emmerdes, fulmine Weiter en le tirant par la manche.

— Vous n'avez pas tout traduit.

— Encore heureux.

50

Schaub n'est pas né de la dernière pluie. En révélant l'exécution du lieutenant-colonel von Hurel à son filleul, il a pu constater, lors de la remise de médaille, à quel point ce dernier a été ébranlé. Weiter a eu un geste étrange quand le Führer s'est penché sur lui, comme une hésitation. L'espace d'une seconde, l'aide de camp a craint le pire. Puis ses soupçons se sont étayés dans les vapeurs d'alcool, lorsqu'il est venu trinquer avec le héros du jour. Schaub, à qui rien n'échappe, sait que le capitaine doit accompagner Gable, otage d'une valeur inestimable, à l'hôpital de Munich. Il se renseigne sur l'escorte des deux hommes. Sa surprise est de taille lorsque l'officier Jäger, chargé d'organiser les déplacements du chancelier et des principaux dignitaires du Reich, lui apprend que Weiter a décliné toute proposition d'escorte. L'aide de camp convoque aussitôt Willy Fleicher.

Depuis l'assassinat du caporal Bleiber, les nuits du jeune SS sont agitées. Il pensait en avoir fini avec cette sale histoire dans laquelle il a trempé malgré lui. Ce crime dont il est complice pèse sur sa conscience.

Souvent, il a songé à s'en ouvrir à son supérieur hiérarchique, ou même à Martin Bormann, pour dénoncer l'aide de camp. Mais il sait qu'il signerait du même coup sa propre perte. Pourquoi Schaub l'a-t-il sommé de venir au plus vite ? Est-ce en rapport avec la mort de Bleiber ?

— Qu'y a-t-il pour votre service ? demande-t-il, la peur au ventre.

— Le capitaine Weiter et Herr Gable sont partis il y a un quart d'heure pour l'hôpital de Munich. Saute sur ta moto et rattrape-les. Assure-toi qu'ils sont bien allés au service radiologique. Weiter est un combattant chevronné. Sois prudent et discret. Ne te fais pas repérer. Une fois l'examen terminé, tu ne les lâches pas d'une semelle. Assure-toi qu'ils reviennent bien au Berghof. Si ce n'est pas le cas, préviens-moi.

Une fois arrivés à Berchtesgaden, les fugitifs prennent la direction de Munich. À la demande de Weiter, l'acteur a revêtu son uniforme de l'US Air Force.

— Quel est le plan ? demande Gable.

— Pour commencer, on suit le programme prévu. Il y a de fortes chances que le Berghof vérifie qu'on est bien à l'hôpital. On va faire cette radio. Mais vous garderez votre plâtre.

— Quoi ?

— Après l'examen, on prend l'autostrade et on fonce droit vers la Suisse. J'ai tout calculé. Il faut environ deux heures pour aller du Berghof à Munich. Et à peu près le même temps pour aller de Munich à Saint-Gall, notre destination finale. Avec un peu de chance, ils ne s'inquiéteront pas de notre absence avant qu'on ait passé la frontière.

— Ça me semble bien ficelé. Mais pourquoi vous voulez que je garde ce putain de plâtre ? Je commence à en avoir ras la casquette !

— Pour les contrôles éventuels. Officiellement, vous êtes un prisonnier que je suis chargé de convoyer. Si on me demande pourquoi je n'ai pas de soldats avec moi, je répondrai, en montrant votre plâtre, que vous ne risquez pas de vous échapper. Je n'ai pas besoin d'escorte, même si je tiens le volant.

Clark Gable et son accompagnateur sont accueillis par le docteur Dempf, chef du service de radiologie de l'hôpital de Munich. Ils sont conduits dans des locaux réservés aux personnalités. On leur propose du café et des viennoiseries, le temps de préparer les équipements nécessaires à l'examen. Dix minutes plus tard, Fleicher arrive à son tour. Il remarque aussitôt la Mercedes noire garée sur le parking. L'immatriculation correspond bien à celle fournie par Schaub. Pas besoin d'entrer dans l'hôpital. Il patientera à l'extérieur.

Une heure passe. Les voilà qui ressortent et remontent dans la Mercedes. Au lieu de prendre la direction de Salzbourg pour rallier Berchtesgaden, ils s'engagent sur l'autostrade et filent vers l'ouest à très vive allure. Pris de court, Fleicher les prend en chasse. Comment faire pour alerter Schaub alors qu'une course-poursuite s'engage à plus de cent cinquante kilomètres-heure ?

La Mercedes délivre toute sa puissance lorsque le temps vire à l'orage. Weiter fonce vers la frontière suisse, pied au plancher. Il a vite remarqué la BMW qui lui file le train depuis une demi-heure. Il a beau accélérer, rien n'y fait. Malgré les bourrasques et les trombes d'eau qui rendent la chaussée dangereuse, la moto est toujours dans son rétroviseur.

— Qu'est-ce que vous regardez ? s'inquiète Gable.

— Je vais quitter un moment l'autostrade, répond le capitaine en prenant la première sortie.

— Un problème ?

— On est suivis.

L'acteur se retourne et remarque, à travers la lunette arrière, une moto qui zigzague tant bien que mal sur la route détrempée.

— Vous ne pouvez pas le semer ?

— Je suis déjà à fond.

Sitôt sortie de l'autostrade, la Mercedes est dépassée par la moto.

— C'est un SS, s'alarme Weiter.

Fleicher prend de la vitesse et continue son chemin. Au bout de cinq kilomètres, alors que la pluie cesse, il freine et s'arrête en rase campagne. Il descend de sa moto et sort son pistolet. Quelques secondes plus tard, Weiter aperçoit un homme immobile planté au beau milieu de la route, bras tendu, un Luger pointé dans sa direction. Il pile et manque de le faucher. La Mercedes finit sa course folle une centaine de mètres plus loin, à la limite d'un fossé. Fleicher court vers la voiture.

— Sortez ! Mains sur la tête ! crie-t-il une fois parvenu à sa hauteur.

Les fugitifs obtempèrent. Fleicher s'approche du capitaine et, d'un geste brusque, lui confisque son arme.

— Quel est ton nom, soldat ? demande Weiter.

— Fleicher. Willy Fleicher.

— Quel âge as-tu ?
— Dix-neuf ans.
— C'est un peu jeune pour mourir.

Le SS sourit.

— Vous ne manquez pas d'air, capitaine. Qui tient le pistolet ? Et qui a les mains en l'air ?

— Je te donne une chance. Mais pas deux. Remonte sur ta moto et rentre au Berghof.

— Oui, je vais rentrer au Berghof. Avec vous.

— Je ne crois pas, Willy.

— Oh que si ! Allez, assez discuté. Reprenez le volant, capitaine. Et vous, Herr Gable, rasseyez-vous à l'avant, fait Fleicher en agitant son arme.

Une fois dans la voiture, Weiter demande une cigarette à Gable, en anglais.

— Hé, pas de messes basses ! menace Fleicher depuis la banquette arrière.

— Je lui ai demandé une cigarette. Tu permets ?

— D'accord. Mais dites-lui de sortir son paquet tout doucement. Au moindre geste suspect, vous en prenez une.

Weiter traduit. Il en profite pour glisser à l'acteur de répondre qu'il n'a pas de briquet lorsqu'il lui demandera du feu.

Gable prend délicatement son paquet et offre une cigarette au capitaine. Puis, à la question prévue, il fait non d'un signe de tête. Weiter se tourne alors vers le jeune Fleicher :

— Tu as du feu ?

Après une hésitation, Fleicher sort une pochette de son blouson et fait flamber une allumette. En une fraction de seconde, le capitaine s'empare de sa dague et la lui plante en plein cœur. Le SS pousse un hurlement et s'effondre sur la banquette arrière.

— Je t'ai laissé une chance, lui dit Weiter en retirant sa lame.

— Mon Dieu ! s'exclame Gable en reculant.

— C'était lui ou nous.

Le capitaine sort le corps du SS du véhicule et le plie dans le coffre. Il court jusqu'à la moto, ouvre le réservoir et la fait basculer. L'essence se déverse sur l'asphalte. Il craque une allumette, la lance à terre. Et la moto s'embrase.

51

Un panneau annonce la Suisse à trente-trois kilomètres. Depuis le meurtre de Fleicher, les deux hommes n'ont pas échangé un mot.

— On y est presque, dit enfin Weiter d'une voix blanche.

Perdu dans ses pensées, Gable reste silencieux. Le capitaine se tourne vers lui, l'œil noir.

— Qu'auriez-vous fait à ma place ?

L'acteur allume une énième cigarette et répond :

— J'aurais sûrement fait pareil. J'ai été surpris, voilà tout.

— Moi, plus rien ne me surprend. Ni les tirs de sniper, ni les obus de mortier qui vous crèvent les tympans, ni les combats au corps-à-corps, ni les meurtres de masse auxquels on m'a obligé à participer, ni les intrigues de cour, ni les mensonges d'État. Non, plus rien ne me surprend. Je suis fatigué. Je voudrais pouvoir me dire que tout ça n'est qu'un rêve. Tous les rêves ont une fin. Celui-là comme les autres. Je me réveillerai bientôt dans les bras d'Hilda. Au lieu d'entendre les balles siffler autour de moi, j'entendrai sa voix. Elle se penchera sur moi et me demandera avec un sourire innocent : « Tu as bien dormi, Florian ? » Puis je lui ferai l'amour. Nous nous lèverons. Elle préparera le café et la journée commencera. Une journée comme une autre à Berlin en temps de paix.

— Florian ? Je ne connaissais pas votre prénom.

— Oui, Florian. Je ne suis pas qu'un matricule, un pantin, comme vous dites. À partir d'aujourd'hui, personne ne me dictera plus ma conduite. Je ne recevrai plus d'ordres. Je n'accepterai plus aucune mission. Aujourd'hui, j'ai coupé les fils. Je suis un homme libre.

— Ils vous pourchasseront jusqu'au bout du monde.

— Peu m'importe. Je suis en paix avec moi-même. J'ai fait ce qu'il fallait.

— Je vous dois une fière chandelle.

— Vous ne me devez rien.

— Qu'arrivera-t-il une fois qu'on aura franchi la frontière, si toutefois on la passe ?

— Je vous remettrai au réseau Vengeance. Ils ont des hommes là-bas. Ils vous feront rapatrier.

— Vous plaisantez ?

— Non.

— Pourquoi ne pas me laisser à l'ambassade américaine ?

— Saint-Gall est une petite ville. Je doute que votre pays y tienne une ambassade. Pour ça, il faudrait aller à Genève, c'est-à-dire traverser toute la Suisse.

— Et vous croyez peut-être qu'en voyant votre uniforme et toutes ces médailles les résistants vont se tenir tranquilles ? « Oh, un capitaine de la Wehrmacht ! Mais entrez donc, cher monsieur, et mettez-vous à votre aise. Désirez-vous une tasse de thé ? Il est encore chaud. »

Weiter esquisse un sourire.

— Vous alors, vous n'avez pas volé votre oscar. Quel comédien !

— Florian, revenez sur terre. Il n'est pas question de comédie mais de vie ou de mort.

— Tout comme vous, j'ai emporté une tenue de ville. Je la passerai en temps voulu. L'uniforme, c'était pour circuler dans le Reich.

— S'ils vous reconnaissent, vous êtes un homme mort.

— Vous serez tiré d'affaire, c'est l'essentiel, non ?

— Après la merde que vous avez foutue à Dampierre, ils vont vous attacher à un poteau et vous coller douze balles dans la peau. C'est ça que vous voulez ?

— Vous avez tué ma fiancée dans son sommeil, et maintenant vous vous faites du souci pour moi ?

— Vous n'allez pas remettre ça ? Je n'ai jamais volé au-dessus de Berlin. Je ne suis pas responsable de la mort d'Hilda.

— Vous, non. Mais vos frères d'armes, si.

— Vous ne pouvez pas me mettre dans le même sac.

— Vous n'avez peut-être pas bombardé Berlin, mais vous auriez pu.

— C'est un mauvais procès.

— Hilda est morte, bordel ! Et mon parrain aussi. Ce n'est pas suffisant ?

À dix kilomètres seulement de la frontière, alors qu'ils continuent de se prendre le bec, les fugitifs tombent sur un barrage. Un officier SS entouré de soldats en armes leur fait signe de s'arrêter. Sûr de lui, Weiter baisse sa vitre, arbore son plus beau sourire et lui présente son

Ausweis. L'officier remarque d'emblée la croix d'or et les autres médailles épinglées sur sa veste, mais il ne semble pas impressionné outre mesure par cet étalage de décorations. Il jette un œil dans l'habitacle, observe le passager plâtré en uniforme de l'USAAF puis scrute l'arrière de la voiture. Weiter a pris soin de cacher la banquette souillée du sang de Fleicher sous une couverture. L'officier lui rend son *Ausweis* et, d'une voix aimable, lui demande d'ouvrir le coffre. Weiter écrase le champignon. Dans un rugissement de moteur, la Mercedes franchit le barrage avant que les soldats aient pu déployer les herses. Dans son rétroviseur, le capitaine aperçoit l'officier en train de gesticuler. Puis deux motos qui démarrent tandis qu'un crépitement de mitrailleuse se fait entendre. La lunette arrière vole en éclats.

— Couchez-vous ! crie Weiter en prenant de la vitesse.

D'autres balles se nichent dans le coffre et les ailes. Les motards se rapprochent.

— Il y a une mitraillette sous la banquette arrière !

Tétanisé, Gable reste un instant à observer les deux motos qui gagnent encore du terrain.

— Qu'est-ce que vous attendez ? Prenez-la ! hurle le capitaine.

L'acteur ramasse l'arme automatique avec sa main valide, se relève et tire comme un possédé en balayant le cadre de la lunette arrière. Il crève les pneus des poursuivants qui finissent leur course dans le fossé. Quelques kilomètres plus loin, Weiter quitte l'autostrade et rejoint le lac de Constance en empruntant des routes secondaires. Se fiant à une carte routière, il roule jusqu'aux abords d'Aeschach, un village côtier qui touche l'île de Lindau d'où partent des navettes pour la Suisse. Le capitaine s'arrête au beau milieu d'un bois.

— Il est temps de passer à la vie civile, dit-il en troquant son uniforme contre une tenue de ville.

Une fois habillé, Weiter aide Gable à se changer à son tour. Puis il dégrafe les décorations de son uniforme et les met dans ses poches. Les deux hommes sortent de la Mercedes. Le capitaine ouvre le coffre d'où s'échappe une odeur pestilentielle. Il y jette les uniformes, prend un bidon d'essence et asperge la voiture avant d'y mettre le feu. Et les fuyards gagnent tranquillement à pied le village, distant d'un petit kilomètre.

— J'ai une faim de loup, dit Gable.

— On va trouver une auberge. Et on tentera la traversée du lac une fois la nuit tombée.

— Vous connaissez le secteur ?

— Non. Mais j'ai bien préparé mon coup. Je sais que des bateaux rallient Rorschach ou Arbon, deux communes proches de Saint-Gall. Mais pas question d'embarquer sur l'un de ces rafiots. Après la course-poursuite de l'autostrade, notre signalement a dû être envoyé au poste-frontière. Tout le secteur doit fourmiller d'agents de la Gestapo.

— Alors, comment on passe de l'autre côté ? À la nage ?

— Je doute que l'eau soit à bonne température, sourit Weiter.

— Ça ne répond pas à ma question.

— Nous trouverons un pêcheur.

Ils s'attablent dans la première auberge qu'ils trouvent. Après un bon repas vite expédié, ils gagnent les rives du lac. Le jour commence à décliner. À l'horizon, on ne distingue qu'un bateau qui vient de quitter l'île de Lindau. C'est le dernier de la journée à assurer la liaison entre l'Allemagne et la Suisse. Weiter se renseigne auprès d'un groupe d'hommes qui s'affairent à la réparation d'un chalutier. Les pêcheurs sont toujours au large et ils ne reviendront qu'à la nuit tombée.

Moins d'une heure plus tard, les voilà qui apparaissent à la lueur des feux de navigation. L'un des hommes lui montre une solide embarcation sur la coque de laquelle est inscrit « *Parsifal* ». Le patron de ce bateau, un certain Brückner, est le plus hardi des pêcheurs locaux. Il n'est pas rare qu'il jette ses filets au-delà des eaux territoriales. Peut-être acceptera-t-il de faire la traversée moyennant quelques billets.

Il fait nuit noire à présent. Les rares lumières qu'on aperçoit sont celles des pêcheurs. Une dérogation leur permet de s'attarder sur le lac. Les eaux sont calmes et silencieuses. C'est à peine si l'on entend un mince filet de vent provenant de la montagne.

Brückner a reçu mille reichsmarks des mains de Florian Weiter, soit l'équivalent de trois mois de salaire. À ce tarif-là, une petite virée en Suisse ne se refuse pas. Cependant, le patron du *Parsifal* est curieux et il n'a pas gobé l'histoire que lui a servie cet homme providentiel. Que font des représentants de commerce sur ce lac de montagne en pleine nuit ? Ils prétendent avoir raté la dernière navette. Et après ? Leurs affaires sont-elles à ce point urgentes qu'ils n'ont pu attendre le lendemain pour embarquer sur un des navires de la ligne régulière et s'épargner une telle dépense ? En revenant au port dans une lumière crépusculaire, Brückner a croisé une vedette de la Kriegsmarine qui, à son approche, a braqué ses projecteurs sur son bateau comme si elle cherchait quelque chose.

Weiter observe le patron du *Parsifal* à la dérobée. « S'il ne se contente pas de cette petite fortune, je le rétribuerai autrement », envisage-t-il en fouillant dans ses poches.

Gable, immobile à la proue du navire, se laisse bercer par le clapotis des vagues. Mais soudain un bruit plus prononcé, comme le son d'une pierre qu'on lancerait dans l'eau, le tire de sa rêverie. Il se retourne et découvre Weiter en train de jeter ses médailles par-dessus bord.

— Qu'est-ce que vous faites ?

— Comme vous voyez : je finis de couper les fils.

— Après tout le mal que vous vous êtes donné pour les gagner ?

— Elles sont les marques de ma servitude. Mais aussi du malheur que j'ai répandu en Pologne, en Russie ou en France.

— Florian, c'est ridicule ! Arrêtez !

La dernière médaille, la croix d'or, est la plus lourde. Elle a fait un beau *plouf*.

— Voilà, c'est fini. Je me sens bien. Parfaitement bien.

— Vous êtes complètement dingue.

Brückner n'a rien vu, rien entendu. Les mains calées sur la barre, il annonce que la frontière vient d'être franchie. Ici, la Kriegsmarine n'a pas le droit de naviguer. À travers la brume, on aperçoit au loin les lumières de Rorschach. Après ce sera Saint-Gall. Et la liberté.

52

Hitler honnit les Suisses, qu'il considère comme la branche égarée du peuple allemand. S'ils sont germanophones, ses cousins helvètes n'en restent pas moins jaloux de leur liberté. Ce sont des insoumis. Ce bouton sur le visage de l'Europe, pour reprendre ses termes, le Führer décide de le percer le jour où l'armée suisse, pourtant ridicule comparée à la sienne, abat onze Messerschmitt qui ont violé son espace aérien. Il entre alors dans une colère noire et promet des représailles. Ce sera l'opération Tannenbaum, jamais concrétisée. Avec la bataille d'Angleterre et l'opération Barbarossa, les nazis ont eu d'autres chats à fouetter que de s'intéresser à ce petit pays enclavé, bien fortifié et entouré de montagnes culminant à plus de quatre mille mètres. Mais il est un autre motif, d'ordre économique, qui a sauvé la Suisse : son système bancaire. Le Reich n'allait pas faire d'ennuis à un pays qui échange son or pillé dans les pays conquis contre des devises. Par ce tour de passe-passe, Albert Speer peut se procurer les matières premières indispensables à la fabrication des chars et des avions de chasse. La neutralité de la Suisse, principe sacré s'il en est, trouve ses limites lorsqu'il s'agit de faire des affaires.

Nos deux représentants de commerce arpentent la vieille ville comme des touristes en goguette. Des badauds se retournent sur leur passage.

— Pressons le pas. Je ne voudrais pas qu'on vous reconnaisse, dit Weiter, peu rassuré.

— Où m'emmenez-vous ?

— À la bibliothèque de l'abbaye. C'est là que se trouve mon contact.

— C'est encore loin ?

— Droit devant. Regardez, dit Weiter en lui montrant la flèche d'une imposante église, trois cents mètres plus loin.

En civil, l'acteur passe difficilement inaperçu. Il ne ressemble plus à un banal aviateur mais bien à Clark Gable, star de renommée mondiale. En Suisse aussi *Autant en emporte le vent* a fait un tabac.

Les voilà enfin arrivés. La bibliothèque monastique de Saint-Gall est l'une des plus importantes au monde. On y trouve des enluminures du Moyen Âge, des codex et des incunables d'une valeur inestimable. Mais nos visiteurs ne sont pas venus pour consulter quelque ouvrage historique ou parfaire leurs connaissances. Après être entré dans la salle principale de style baroque où des dizaines de milliers d'ouvrages sont soigneusement rangés, Weiter se dirige vers le bureau d'accueil derrière lequel un bibliothécaire est en train de classer des fiches. L'employé, la trentaine, de grande taille, brun, portant des lunettes rondes et une fine moustache, correspond à l'homme décrit par

Henri Bedel. Le capitaine se penche et lui chuchote le mot de passe convenu à l'oreille. D'abord surpris, l'employé acquiesce d'un signe de tête, regarde autour de lui et invite les deux hommes à le suivre dans une pièce interdite au public. Sitôt la porte refermée, Weiter se présente :

— Laurent Delacroix.

— Félix Humbert, dit le bibliothécaire en lui serrant la main.

— Et lui c'est Tom Harding, un aviateur américain. Il était prisonnier. Je l'ai aidé à s'évader. À vous de le rapatrier, explique Weiter en se tournant vers Gable.

— Tom Harding, vraiment ?

— Oui. Tom Harding.

— Il me rappelle quelqu'un… un acteur…

— Clark Gable ?

— C'est ça ! exulte Humbert.

— Je sais. On lui a souvent dit.

— La ressemblance est frappante.

— C'est son sosie.

— D'où venez-vous ?

— De Munich.

— C'est vous les fugitifs qui ont forcé le barrage sur l'autostrade ?

— Comment le savez-vous ?

— Je l'ai entendu à la radio. Vous avez eu du bol de passer. La Gestapo ratisse toute la zone frontalière.

— Raison de plus pour ne pas perdre de temps. Ils ont sûrement des espions à Saint-Gall.

— Restez là, je vais passer un coup de fil, dit l'employé en sortant.

Une fois qu'ils sont seuls, Gable demande, inquiet :

— Vous faites confiance à ce type ?

— C'est un vengeur. Pas de doute là-dessus.

— Que lui avez-vous dit en arrivant ?

— *Fluctuat nec mergitur.*

— C'est quoi ce charabia ?

— La devise de la ville de Paris, que les résistants d'Île-de-France ont reprise à leur compte. Ça veut dire : « Il est battu par les flots mais ne sombre pas. »

— Laurent Delacroix. Vous êtes vraiment gonflé.

— Plus c'est gros, mieux ça passe.

— Vous m'avez amené à bon port. Vous devriez vous sauver maintenant.

— Je veux d'abord m'assurer que vous serez entre de bonnes mains.

— Vous tentez le diable, Florian.

— Je sais. Ça fait quatre ans que ça dure. C'est mon quotidien, Herr Gable.

— Appelez-moi Clark.

— OK, Clark.

— Que ferez-vous après la guerre ?

— J'imagine que j'essaierai de reprendre une vie normale. Mais dans quel pays ? Ça, je n'en sais rien. L'Allemagne ne sera bientôt plus qu'un champ de ruines au train où vous la bombardez.

Humbert réapparaît.

— Une voiture va venir vous chercher d'ici un quart d'heure. Vous avez de la chance, deux agents du SOE sont en ville pour exfiltrer un pilote anglais. Ils se chargeront aussi de M. Harding. Nos amis vous mettront en relation avec eux.

À l'heure dite, une traction s'arrête devant l'abbaye. Les fugitifs montent à l'arrière et la voiture redémarre aussitôt.

— On va où ? demande Weiter.

— En lieu sûr, répond l'homme assis à la place du passager en regardant Gable avec perplexité.

Quelques minutes plus tard, alors qu'ils s'engagent sur une route forestière, le capitaine remarque que le chauffeur l'observe avec insistance dans son rétroviseur.

— Tu veux ma photo ? s'impatiente-t-il.

— On ne s'est pas déjà vus quelque part ?

— Non. Ta tronche ne me dit rien, camarade.

— L'assaut de la Franc-Garde, à Maisons-Laffitte.

Weiter reconnaît soudain cet homme dont il soutient le regard. C'est le gars qui a tué Jean-Paul Delaunay, chef de la Milice de Seine-et-Oise.

La traction s'engage dans une allée bordée de résineux qui mène à une vaste demeure à l'abri des regards. Sitôt hors de la voiture, le chauffeur sort un pistolet et met en joue les deux passagers.

— Je vous avais prévenu, soupire Gable en se tournant vers le capitaine.

— Surtout, restez calme. Il ne vous arrivera rien.

— Avancez ! s'interpose le chauffeur en pointant son arme sur le capitaine.

Ils sont conduits dans une immense salle ornée de tableaux de chasse et de trophées. Près d'une cheminée, un groupe d'hommes étudie des cartes étalées sur une table. L'un d'eux, de dos, règle les derniers détails d'une opération à venir. Selon toute vraisemblance, c'est le chef de réseau.

— Regarde qui je t'amène ! pérore le chauffeur.

L'homme se retourne. Weiter blêmit.

— Tiens, tiens. Comme on se retrouve ! s'écrie Henri Bedel.

Gable affiche un air consterné. Il savait qu'en reprenant contact avec la Résistance le capitaine courait au-devant de sérieuses emmerdes. Ça n'a pas loupé.

— Tu n'es pas avec Solange ? s'étonne Weiter.

— J'avais mieux à faire ici. Notre réseau de Seine-et-Oise a été anéanti. Les vengeurs rescapés ont fui où ils ont pu. La Suisse n'est pas seulement un pays neutre. C'est aussi une terre d'asile pour tous les résistants qui se battent contre l'Allemagne.

— Et Jacques, où est-il ?

— Avec sa fille, en Bretagne. Ils sont en sécurité.

— Trop de blabla, Henri. Réglons-lui son compte à ce traître, s'interpose le chauffeur.

Les autres approuvent à l'unanimité.

— Tu les entends ? demande Bedel en se tournant vers Weiter.

— Oui, Henri. Je les entends. À toi de m'écouter. Quoi que tu décides, prends soin de cet aviateur. Il s'est battu pour vous.

— Bien sûr. La place d'une star de cinéma n'est pas ici. M. Gable a assez bourlingué en Europe. Il est temps qu'il rentre au bercail.

— Qui t'a révélé son identité ?

— Mon voisin de cellule, à Paris. C'était un vengeur de dix-neuf ans qui comprenait l'allemand. Avant d'être emmené au mont Valérien, il a entendu des gardes parler d'un aviateur tombé du ciel. Un Américain avec un bras dans le plâtre, recherché par tous les services secrets alliés, qui n'est autre que ce monsieur.

— Assez perdu de temps, s'impatiente le chauffeur en prenant Weiter par le bras.

Gable tente d'intervenir, malgré son plâtre.

— Si vous touchez ne serait-ce qu'un seul des ses cheveux, vous le paierez très cher tous autant que vous êtes, menace-t-il.

— Qu'est-ce qu'il baragouine ? demande un vengeur.

— J'en sais rien, je comprends pas l'anglais. Il a pas l'air très content, sourit un autre.

Le capitaine se débat en vain. Le chauffeur semble avoir des tenailles à la place des mains. Il l'emmène dare-dare à l'extérieur puis le descend au sous-sol où se trouvent plusieurs cachots. Bedel, lui, s'efforce de calmer Gable.

— Nos amis du SOE seront là demain à l'aube. Ils ont hâte de vous voir. Demain soir, vous dormirez en Angleterre.

53

Florian Weiter n'a pas fermé l'œil de la nuit. Il observe un moment un cafard qui court sur le mur suintant d'humidité. Puis il se lève de son grabat, traverse le cachot jusqu'à un soupirail par lequel entre une faible lueur. Le jour vient de se lever.

— Comment t'appelles-tu ? demande-t-il à son codétenu.

— Werner Hörscht.

— Quel âge as-tu ?

— Vingt-deux ans.

— Pourquoi avoir choisi la Gestapo ?

— Je n'ai pas eu le choix. Mon père est l'un des responsables du contre-espionnage local.

— Comment tu t'es fait prendre ?

— Il y a une semaine, ils nous ont tendu une embuscade près du lac. Les copains ont pu se sauver. Pas moi. Je ne peux pas courir à cause de ma jambe, grimace le jeune homme en se tenant le mollet.

— Qu'est-ce qu'elle a, ta jambe ?

— À l'âge de treize ans, j'ai eu un grave accident de ski. Double fracture ouverte. Je suis resté six mois dans le plâtre. Depuis ce jour je boite. Ma jambe est farcie de broches. Un vrai paratonnerre.

— Les vengeurs, ils t'ont dit ce qu'ils vont faire de toi ?

— Aucune idée. On en a capturé deux sur le lac il y a un mois, à la limite des eaux territoriales. Mais on les a fusillés sur-le-champ. Autant dire que je suis mal barré. Et toi, pourquoi tu es là ?

Un bruit de serrure résonne dans la coursive. Trois hommes armés, parmi lesquels le chauffeur, font irruption dans le cachot.

— Allez, dehors ! crie l'un d'eux.

Les prisonniers sont emmenés jusqu'à une traction dont le moteur tourne, sous l'œil inquiet de Gable qui observe la scène depuis la fenêtre de sa chambre. La voiture démarre et disparaît bientôt de son champ de vision. Quelques instants plus tard, un autre bruit de moteur ramène l'acteur à sa fenêtre. C'est encore une traction. Deux hommes en treillis de la RAF en descendent. Henri Bedel vient à leur rencontre et échange quelques mots avec eux. Puis les trois hommes entrent dans la maison. Des bruits de pas se font entendre dans l'escalier. Clark Gable se tient prêt.

William Reeves, l'un des deux agents du SOE, s'exclame, sitôt entré :

— Monsieur Gable, c'est un grand honneur de vous rencontrer ! À partir de maintenant, vous êtes en sécurité.

— Quand je dirai à ma femme qui j'ai ramené à la maison, s'enthousiasme Arthur Bishop, son collègue.

— Je ne bougerai pas d'ici sans le capitaine Weiter, martèle l'acteur.

— C'est un officier allemand, rappelle Reeves.

— Sans lui je serais encore au Berghof.

— Peut-être. Mais si vous n'aviez pas croisé sa route, vous n'auriez jamais été capturé.

— Weiter a déserté. Et il m'a évité de sérieux ennuis. Peut-être même le peloton d'exécution. Il est des nôtres à présent.

Bishop se tourne alors vers son acolyte et lui dit à voix basse :

— Ce soldat pourrait nous être utile. Il a été admis dans le saint des saints et il a côtoyé tout le gratin nazi. Il pourrait nous renseigner sur l'Obersalzberg pour préparer un bombardement éventuel.

— Henri, le temps presse, rappelez vos hommes ! tonne Gable.

— Qu'est-ce qu'il dit ? demande Bedel en se tournant vers les hommes du SOE.

L'agent Reeves traduit. Bedel n'est pas décidé à accorder sa clémence. Weiter lui a sauvé la vie à lui aussi. Mais il a l'intuition, sans en avoir la preuve, qu'il a séduit Solange lors de son séjour à Dampierre.

C'est une vaste clairière à l'orée d'un bois où paissent tranquillement des vaches. La journée s'annonce belle. Le ciel est dégagé. Le soleil, généreux, illumine déjà le faîte des sommets alentour.

« Alors voilà, ça va se finir comme ça dans un paysage champêtre de Suisse orientale », songe le capitaine en sortant de la voiture.

— Qu'est-ce que vous faites ? s'agite le jeune Hörscht.

— Avance ! crie le chauffeur en le poussant avec le canon de sa Sten.

Hörscht claudique en geignant. Il est ligoté au tronc d'un grand sapin déjà criblé d'impacts de balles.

— Non, je vous en supplie ! implore-t-il alors qu'un jet d'urine mouille son pantalon.

— Il se pisse dessus, ce con, fait remarquer un vengeur.

— T'as vécu comme une merde. Essaie au moins de mourir avec dignité, lui lance le chauffeur en armant sa mitraillette.

Les deux autres font de même.

— *Heil Hitler !* s'époumone Hörscht avant qu'une flopée de balles ne déchirent sa poitrine.

Le corps du supplicié est détaché et s'affaisse dans l'herbe comme un sac de patates. Il est tiré par les pieds et emmené à l'écart.

Résigné, Florian Weiter se dirige vers l'arbre à son tour.

— Une dernière pour la route ? lui propose le chauffeur, magnanime, en lui tendant une cigarette.

— Et l'autre, pourquoi il n'y a pas eu droit ?

— L'autre, c'était un agent de la Gestapo, autant dire une raclure.

— Vous croyez que je vaux mieux que lui parce que je suis de la Wehrmacht ? Vous voulez que je vous raconte ce que j'ai fait en Pologne et en Russie ?

— Si c'est comme ça, on va sauter l'étape de la dernière faveur, se renfrogne le chauffeur.

— Ça va. Donne.

Surprises par les détonations, les vaches ont détalé à l'autre bout du champ. Le capitaine les observe un moment tout en tirant sur sa cigarette. Les trois bourreaux fument eux aussi en silence. Puis le chauffeur recharge sa mitraillette et dit à Weiter :

— Allons-y.

Le capitaine jette son mégot et se dirige calmement vers l'arbre en songeant à Hilda et à son parrain qu'il va bientôt retrouver. Il ne montre aucun signe de nervosité. Il semble même apaisé. Les sbires du chauffeur l'attachent et, après avoir repris leur arme, se mettent en position lorsqu'une traction surgit du bois.

Moins d'une heure plus tard, un appareil portant le sigle de la Croix-Rouge décolle du terrain d'aviation de Saint-Gall. Il est escorté par quatre Messerschmitt de l'armée suisse. Après une fastidieuse manœuvre de contournement de l'espace aérien allemand, les avions mettent le cap au nord, direction l'Angleterre.

Clark Gable est aux anges. Les agents du SOE viennent de lui apprendre que tous les membres de son équipe technique ont survécu au crash. Ils ont été exfiltrés par les services secrets britanniques et ont pu regagner les États-Unis.

Florian Weiter écoute la conversation, morose. Il ne partage pas l'enthousiasme de l'acteur et de ces Anglais, loin de là.

— Qu'est-ce qui vous arrive ? Vous m'en voulez de vous avoir sauvé ? se hasarde l'acteur.

— Ça n'était pas vos oignons.

— Oh que si, ça l'était ! Maintenant, nous sommes quittes.

— Je vous l'ai déjà dit, vous ne me devez rien, Herr Gable.

— Vous ne m'appelez plus Clark ?

Weiter regarde par le hublot. À l'aplomb de l'avion, les Alpes défilent dans toute leur majesté.

— Vous voulez que je vous dise ? Vous souhaitiez en finir. C'est pour ça que vous vous êtes jeté dans la gueule du loup. Vous saviez pertinemment qu'un vengeur pourrait vous reconnaître puisque la plupart des rescapés du réseau de Seine-et-Oise, parmi lesquels ce chauffeur et Bedel, se sont réfugiés en Suisse. Oui, vous l'espériez secrètement. Et c'est ce qui s'est passé, renchérit l'acteur.

Le capitaine se retourne et répond, excédé :

— Oui, je voulais en finir. Mais en quoi ça vous regarde ? Je n'ai pas de comptes à vous rendre.

— Votre heure n'est pas venue, Florian.

— Vous n'êtes pas mon père.

— Vous surmonterez cette épreuve comme j'ai surmonté la mort de Carole. Dans le fond, nous nous ressemblons. Nous avons vécu la même histoire.

— J'ai donné tout ce que j'avais, ma jeunesse, mon énergie, ma foi, pour servir un démon. J'ai cru à son baratin, à sa révolution, à ses rêves de grandeur, ses projets les plus fous. Comme tant d'autres, j'ai tout gobé. Et je réalise à quel point il nous a trompés. Je me suis battu pour rien. J'espérais au moins retrouver la femme que j'aime une fois toute cette merde finie. Mais je n'aurai même pas cette consolation.

— Moi non plus, je ne l'ai pas eue quand l'avion de Carole a percuté une montagne en pleine nuit alors qu'elle volait vers moi.

— Je compatis sincèrement à votre douleur. Mais je n'ai rien à faire en Angleterre.

— Vous préféreriez retourner en Allemagne ? Je doute que vous y soyez bien reçu.

— Pourquoi m'avoir emmené ?

— Quand ma femme est partie, je n'avais plus goût à rien. Je picolais du matin au soir. J'ai eu la chance de pouvoir compter sur quelques vrais amis pour me ressaisir et reprendre ma place parmi les vivants. Je sais exactement ce que vous ressentez. Laissez-moi vous aider. Vous ne vous en sortirez pas seul.

— Je ne pense pas être le bienvenu là où nous allons. Ils vont m'emprisonner. Peut-être même me fusiller.

— Non. Ces messieurs m'ont donné leur parole qu'il ne vous arrivera rien. À partir d'aujourd'hui, vous êtes sous ma protection, lui assure Gable en prenant les autres à témoin.

— Pourquoi vous donner tant de mal pour un officier allemand ?

— Vous n'êtes plus un officier allemand. Comme vous le dites vous-même, vous êtes Florian Weiter, un honnête citoyen rendu à la vie civile. Un homme libre.

Deux jours plus tard, au quartier général de l'US Air Force, Washington DC, États-Unis.

— Bonjour, mademoiselle. Général Arnold à l'appareil. M. Mayer, s'il vous plaît.

— Tout de suite, général.

Courte attente.

— Bonjour, général.

— Bonjour, Louis. Vous n'allez pas me croire. On a retrouvé votre poulain.

— Bon Dieu ! Où est-il ?

— En Angleterre.

— Blessé ?
— Non. Sain et sauf. Juste un bras cassé.
— Où était-il passé ?
— C'est une longue histoire, Louis.
— J'ai tout mon temps, général.

Une demi-heure plus tard, une fois le récit achevé, Mayer reste un long moment sans voix. Il avoue au général :

— Je n'ai jamais entendu une histoire pareille. C'est de la dynamite. Dès demain, je vais mettre mes meilleurs scénaristes sur le coup. Ça fera un film magnifique.

— Vous voyez, Louis. Même loin des plateaux, Clark Gable reste une valeur sûre.

— Il va sans dire que vous allez le démobiliser.

— Oui. Je pense qu'il en a assez vu. Il pourra bientôt rentrer à la maison.

— Et cet officier allemand qui l'a sorti de ce merdier ?

— Nous n'avons pas encore statué sur son sort.

54

En cette matinée du 15 janvier 1944, le vent du nord souffle sur le port de Wilmington, en Caroline du Nord. C'est une journée d'hiver typique de la côte est des États-Unis. Ce qui l'est moins, c'est cette foule qui se presse le long des docks pour assister à l'événement : le lancement du liberty ship *Carole Lombard*. Les badauds ne sont pas seulement venus voir un nouveau transport de troupes prendre la mer. Ils sont là pour le beau monde qui assistera au baptême du mastodonte. Les voilà qui arrivent dans une Buick noire imposante. Louis B. Mayer sort en premier de la berline. Puis Irene Dunne, une actrice réputée proche du couple Gable. Et enfin la star, débarquée il y a peu d'Angleterre. Gable est accompagné par un homme qui le suit comme son ombre. Il arbore son uniforme de l'US Air Force et des barrettes de major car il a été promu à un grade supérieur pour ses états de service en Europe. Le public l'applaudit. L'acteur était déjà très populaire. Mais lorsque ses admirateurs ont su qu'il avait risqué sa vie dans l'un de ces B-17 qui pilonnent le Reich, il est devenu iconique. Voilà un homme qui a porté son art au firmament et servi son pays avec zèle comme feu son épouse. Sa rencontre avec Hitler n'a pas été relatée dans la presse. C'est un secret d'État. Pour l'état-major de l'armée, les services de contre-espionnage américains et les rares politiques qui ont été mis dans la confidence – parmi lesquels Roosevelt –, le sujet est trop sensible.

Louis B. Mayer, Irene Dunne, Clark Gable et l'homme qui l'accompagne prennent place parmi les officiels. Un orchestre militaire entonne les premières mesures de l'hymne national. Au signal convenu, miss Dunne sort du rang et s'approche du bateau. On lui tend une bouteille de champagne qu'elle fracasse aussitôt contre la coque sous les vivats de la foule. Juché sur des rails, le navire est libéré et glisse vers la mer dans une immense gerbe d'eau. Le liberty ship *Carole Lombard* est bon pour le service. Dans les prochains jours, il convoiera des troupes, des armes ou du carburant en Europe pour porter le coup de grâce à l'Allemagne. Mais il devra d'abord échapper aux redoutables U-Boots qui ont repris du service dans l'Atlantique Nord et torpillent sans vergogne les navires alliés qui croisent dans leurs eaux.

Depuis le début de la cérémonie, Gable ne s'est pas départi de cet air triste qu'il affiche lorsqu'il est question de la femme de sa vie. En découvrant son nom écrit en lettres géantes sur la coque du liberty ship, l'acteur a bataillé pour retenir ses larmes. L'homme à ses côtés comprend à quel point sa douleur est cruelle, inexorable. Jamais il ne s'est senti aussi proche de lui. Parce que son histoire, c'est aussi la sienne.

— C'est le plus bel hommage que votre pays pouvait lui rendre, lui dit-il.

— Oui, Florian. Elle aurait été fière, reconnaît Gable.

L'USS *Carole Lombard* s'éloigne. La foule et les officiels se dispersent. Gable et sa suite remontent dans la Buick et quittent Wilmington. L'acteur reste silencieux, à regarder défiler les faubourgs désolés de la ville portuaire. Irene lui prend la main. Elle a participé au tournage de *New York-Miami* il y a dix ans de cela. C'est une amie intime. Il accepte volontiers ce geste de réconfort. Mayer, lui, tire des plans sur la comète. Son équipe de scénaristes a bien avancé sur son projet de film inspiré de l'aventure de son poulain qu'il prédit plus rentable qu'*Autant en emporte le vent*. Il a déjà un canevas qu'il aimerait lui faire lire. Mais ce n'est ni le lieu ni le moment.

Florian Weiter n'a pas tardé à se faire à sa nouvelle vie. Sa qualité première, qu'il a mise à profit lors de ses missions les plus périlleuses, c'est l'adaptabilité. Son nouvel environnement : un ranch de millionnaire à Encino, aux portes de la cité des Anges. Son nouveau job : garde du corps, chauffeur et homme de confiance de l'acteur le plus célèbre de la planète. Comparé à Stalingrad ou à Minsk où il risquait sa peau chaque jour et participait malgré lui aux pires atrocités, c'est un changement radical, pour ne pas dire un conte de fées. Un homme qui découvrirait du pétrole ou un gisement aurifère ne pourrait pas être plus comblé que cet ancien capitaine de la Wehrmacht posant le pied pour la première fois sur le sol américain, terre de tous les possibles. Le passeport de Weiter, c'est Clark Gable. Il est sous sa protection et, à ce titre, intouchable. Ni les services d'immigration, ni le département d'État, ni le FBI ou l'OSS n'ont eu leur mot à dire. Peu importe que Weiter soit citoyen d'un pays toujours en guerre avec les États-Unis. Dans le plus grand secret, c'est le Président en personne qui lui a déroulé le tapis rouge. Parce qu'il a sauvé un trésor national.

Florian Weiter s'est d'emblée acoquiné avec le personnel du ranch, en majorité d'origine hispanique. Certains jalousent sa maîtrise de l'anglais. Il parle comme s'il était né en Californie alors qu'eux s'expriment encore avec un fort accent mexicain ou portoricain. Il jouit d'une petite dépendance à l'écart de la maison de maître. Le logement est modeste mais il offre tout le confort dont peut bénéficier une famille américaine moyenne : électricité, eau courante, réfrigérateur. Privilège rare, il dispose aussi d'un poste de télévision qui lui permet de suivre les actualités. Chaque fois qu'il allume le poste, c'est le même cauchemar : raids de la RAF avec le concours de l'US Air Force, quartiers entiers dévastés, civils réduits à l'état sauvage errant dans les gravats à la recherche d'un proche disparu ou quémandant de l'eau ou à manger. Weiter souffre à la vue de son peuple livré à la folie destructrice d'un despote qui n'a aucune intention de soulager sa douleur.

Dans le séjour où son patron a renoué avec le whisky, Weiter contemple plusieurs portraits de la maîtresse des lieux. C'est fou ce qu'elle ressemble à cette jeune femme blonde, Sue, qui partage depuis peu la vie de l'acteur.

— Bonjour, Clark.

— Bonjour, Florian, répond Gable en cherchant un verre.

— Quel est le programme aujourd'hui ?

— Déjeuner avec ce bon vieux Spencer Tracy. Et après, rendez-vous à Beverly Hills avec un metteur en scène qui souhaite me soumettre un projet, dit-il, exaspéré, en lui montrant une pile de scénarios entassés sur une table basse.

Gable n'a pas trouvé de verre. Alors il empoigne un vase, fait valser les malheureuses roses qu'il contenait et l'emplit au quart de Jack Daniel's.

— C'est un peu tôt pour le bourbon, non ? se hasarde Weiter en regardant sa montre.

— Pas un mot à Sue, fait promettre l'acteur.

— Bien sûr.

Gable avale plusieurs rasades. Puis il repose le vase et allume une cigarette.

— Vous n'avez pas l'air dans votre assiette, Florian.

— Ces images de mon pays…

— Ce sera bientôt fini.

— Je ne crois pas. Hitler est d'autant plus dangereux qu'il sait depuis longtemps qu'il a perdu la guerre. Depuis le fiasco de Stalingrad, le général Jodl, son plus proche conseiller militaire, a eu le courage de lui faire comprendre que les jeux étaient faits. Mais il ne veut rien savoir. Il est dans le déni. Le pire, c'est qu'il ne raisonne plus en stratège.

— Que voulez-vous dire ?

— C'est mon parrain qui en parlait le mieux. Il me disait que le Führer, dans le fond, se fout d'être vaincu. Comme la bande de fanatiques qui partage ses fantasmes, Goebbels en tête, il a une vision romantique de la guerre. Il ne jure que par Wagner et son *Nibelungen Lied*.

— Le culte du héros martyr ?

— C'est ça. Le fameux Siegfried qui meurt vaillamment et devient une légende. Wagner a toujours inspiré Hitler. Tout comme Arndt, Körner ou Schenkendorf, ces auteurs du XIXe siècle qui célèbrent *l'ivresse de la mort vers laquelle s'élancent avec ravissement et hardiesse les corps juvéniles.*

— Les nazis, des poètes ? sourit Gable en reprenant une gorgée de bourbon.

— Des poètes du chaos. En dehors de Wagner, le Führer a un autre modèle qu'il vénère encore plus : Frédéric le Grand. Ce roi était comme lui un jusqu'au-boutiste. Il disait : « Nous vaincrons. Et si ce n'est pas le cas, nous disparaîtrons avec les honneurs en combattant jusqu'au dernier homme. »

— Pas très joyeux, tout ça. Vous allez finir par me foutre le bourdon.

— Désolé.

L'acteur finit son Jack Daniel's, écrase sa cigarette et décroche un des nombreux fusils accrochés au mur, sous l'œil inquiet de son homme de confiance.

— Je sais ce que vous vous dites. Une fois qu'il a picolé, il n'est plus bon à rien.

— Je ne me dis rien du tout. Je trouve seulement regrettable que vous ayez replongé.

— Mais je reste lucide. L'alcool n'entame en rien mes facultés mentales. Et je vais vous le prouver pas plus tard que tout de suite, insiste Gable, rieur, en chargeant sa carabine.

Les deux hommes sortent du ranch, une Winchester à l'épaule. Ils prennent la direction d'un champ aride à l'extrémité du domaine. Weiter marche bien droit. Gable, lui, décrit une trajectoire incertaine. De la fenêtre de la chambre à coucher, Sue les observe s'éloigner, l'air affligé. Voilà deux mois qu'elle s'est installée au ranch. L'amour et les attentions quotidiennes qu'elle porte à son amant ne suffisent pas à lui faire oublier Carole. Les portraits de l'actrice sont partout, y compris dans la chambre. Chaque fois qu'ils font l'amour, Carole les observe depuis la table de chevet.

— Tireur d'élite, pas vrai ?
— Entre autres, oui.
— Je ne vous ai jamais vu vous servir d'une carabine, Florian. En tant que garde du corps, vous devez me montrer de quoi vous êtes capable, dit Gable, goguenard, en titubant.
— Il y a un bout de temps que je n'ai pas tiré.
— Ne commencez pas à vous trouver des excuses.
— Surtout avec une Winchester. Je ne connais pas cette arme.
— Je ferai de vous un vrai cow-boy.
— Sur quoi allons-nous tirer ?
— Sur des cibles mouvantes.

Les voilà dans le champ laissé à l'abandon. Il n'y a que des cactus, des mauvaises herbes et des pierres. L'acteur scrute l'horizon. Soudain, il braque son fusil, épaule et fait feu.

— Et merde ! Raté !

Comme Weiter l'interroge du regard, Gable lui explique :

— Ce champ est infesté de serpents à sonnettes. Juste avant mon départ pour l'Europe, un de mes employés s'est fait mordre en allant pisser derrière un bosquet. Il a failli y rester.

— Je n'ai rien vu.

— Question d'habitude.

Weiter regarde au loin. Il aperçoit bientôt quelque chose bouger à moins de cent mètres, épaule à son tour et s'immobilise, le temps d'identifier sa cible. C'est bien un serpent. Il tire.

— En pleine tête ! Joli carton ! Capitaine Weiter, votre période d'essai est terminée. À partir d'aujourd'hui, vous entrez officiellement à mon service, dit Gable, théâtral, en lui tapant sur l'épaule.

— C'est pour moi un grand honneur, major, répond Weiter sur le même ton.

55

Quinze mois ont passé, emportant avec eux les derniers espoirs du Führer. Le 6 juin 1944, les Alliés ont débarqué en Normandie. La plus fantastique armada de tous les temps s'est déployée sur les plages et dans le bocage pour repousser la Wehrmacht. Après des combats acharnés, elle a fait mouvement vers l'Est.

Le 20 juillet, Hitler a été victime d'un attentat à la Wolfsschanze, son QG de Prusse-Orientale. Mais il a survécu. Les conjurés, parmi lesquels le colonel von Stauffenberg et l'amiral Canaris, ont été exécutés.

Du 19 au 25 août, Paris a été libérée par la 2e DB du général Leclerc et les maquis locaux. Grâce au travail constant de la Résistance, le général de Gaulle, replié en Angleterre durant tout le conflit, a pu à nouveau fouler la terre de France. Il a été accueilli en héros et prépare déjà l'avenir.

La guerre totale lancée par Goebbels, c'est surtout le Reich qui en paie le prix. Le maréchal anglais Arthur Travers Harris a intensifié les bombardements sur les sites militaires autant que sur les populations civiles allemandes. Avec le concours des Américains, il a presque entièrement rasé Dresde, Hambourg, Cologne, Mayence et quantité d'autres villes. À chaque campagne aérienne, des moyens colossaux sont mis en œuvre pour saper le moral de l'ennemi et le forcer à capituler. Ce sont des centaines de bombardiers accompagnés d'autant de chasseurs qui décollent à intervalles réguliers d'Angleterre pour aller larguer leurs bombes incendiaires, au phosphore, éclairantes ou stratégiques. De nuit, le spectacle est saisissant. Les villes sont transformées en torches qui illuminent le ciel jusqu'à l'aube. Certains pilotes sont saisis d'effroi lorsqu'ils réalisent que des milliers d'innocents sont brûlés vifs sous leurs ailes. Les plus critiques ont justement surnommé leur chef « Butcher Harris ». Engagé dans le Bomber Command, l'aviateur écrivain Jules Roy raconte : « Nous devenions, l'âme tranquille, les déménageurs de la mort, les massacreurs industriels, l'élite de la destruction. »

À l'Est, l'étau se resserre tout autant. Les Russes sont aux portes de Berlin où le Führer s'est enterré dans son bunker avec sa garde rapprochée. Il compte encore sur sa Volkssturm, milice composée d'hommes âgés de seize à soixante ans et de quatre mille adolescents des Jeunesses hitlériennes pour défendre la ville et empêcher l'ennemi de venir le déloger de son trou. Il a encore à l'esprit les images terribles de Mussolini, son alter ego italien, capturé par une foule hystérique, trucidé et pendu par les pieds en place publique avec sa maîtresse. Il sait que, si les Rouges l'attrapent, il subira le même sort.

L'Obersalzberg est devenu une montagne fantôme. Le gotha nazi l'a déserté pour aller mourir à Berlin ou s'enfuir en emportant les richesses pillées durant quatre ans dans les pays conquis. Eva Braun et Göring comptent parmi les rares personnages de premier plan à être encore sur place. Bien que la jeune femme souhaite elle aussi rallier Berlin, le Führer lui a ordonné de rester au Berghof qui, pour le moment, n'est pas encore dans le collimateur de la RAF. Comme chaque jour depuis que les rats ont quitté le navire, elle sort sur la terrasse, talonnée par ses chiens, et interroge le ciel pour savoir si le temps est propice à une balade.

C'est une parfaite journée de printemps, chaude, ensoleillée. La jeune femme chausse ses bottes de montagne, enfile un simple short et passe une fine chemise de coton. Tout comme son garde du corps, elle emporte un sac à dos contenant une gourde et un casse-croûte.

— Allons-y ! lui dit-elle en se mettant en route d'un pas décidé.

— Toujours vers Berchtesgaden ? demande Pretzl.

— Non. Aujourd'hui, on va au Nid d'aigle.

— Ah, très bien, ça nous changera un peu.

— Six kilomètres de montée. J'espère que vous êtes en forme, Arno.

Ils s'éloignent sous l'œil des rares domestiques restés sur place. Les deux scottish terriers apprécient plus que tout cette sortie quotidienne. Ils n'ont plus à redouter l'imprévisible berger allemand Blondi qui a suivi son maître à Berlin.

Alors qu'ils progressent vers le Nid d'aigle, Fräulein Braun, jusqu'alors concentrée sur son effort, songe à Clark Gable. Elle se remémore le branle-bas de combat qui a suivi son évasion, le détachement de SS lancé à ses trousses et revenu bredouille. Ce jour-là, les murs du Berghof ont encore tremblé. Le Führer est tombé sur Bormann et Schaub comme la foudre. Quel camouflet ! Eva ne peut s'empêcher de sourire lorsque ces souvenirs ressurgissent. Ce jour-là, elle aurait pu aller allumer un cierge pour fêter l'évasion de son acteur préféré. Capturer Clark Gable, c'est bien l'idée la plus saugrenue qu'ait jamais eue Hitler.

Pretzl a du mal à suivre. Fräulein Braun est une sportive accomplie. Il essaie de combler son retard tout en repensant à Gretl, la sœur d'Eva, qui lui a ouvert les portes du plaisir. Gretl a épousé un haut gradé SS de l'entourage d'Himmler, un certain Fegelein. Leur mariage a été célébré en grande pompe lors d'une cérémonie privée en présence du Führer. Mais Pretzl doute que cet officier la rende heureuse. Il passe pour être un coureur de jupons.

En arrivant à proximité du Nid d'aigle, Eva annonce à son garde du corps, tout en reprenant son souffle :

— Nos chemins vont bientôt se séparer, Arno. Je tenais à vous dire que j'ai été ravie de vous avoir à mon service.

Pretzl s'arrête net.

— Je ne comprends pas.

— J'ai l'intention de retrouver le Führer à Berlin.

— Vous n'y pensez pas ?

— C'est une décision mûrement réfléchie.

— Mais j'ai des instructions. En aucun cas vous ne devez quitter le Berghof.

— Je doute que vous m'en empêchiez.

— Hélas, Fräulein, je dois obéir aux ordres.

— C'est bien ce que nous verrons.

Pretzl se montre inquiet. Il commence à connaître sa maîtresse. Voilà plus de deux ans qu'il se tient dans son sillage, prêt à la défendre en cas d'agression et aussi à répondre autant que faire se peut à ses caprices. Il sait qu'elle n'en fait qu'à sa tête et qu'il devra probablement recourir à la force si elle met sa menace à exécution. C'est un problème épineux qui lui ôte tout le plaisir de se trouver en montagne où, en temps ordinaire, il se plaît à contempler cette nature apaisante.

Soudain, Stasi renifle nerveusement le sol. Il commence à s'éloigner, guidé par sa truffe. Negus le rejoint. Tous deux semblent attirés par une odeur provenant de la forêt.

— Negus, Stasi, au pied ! crie le garde du corps.

Peine perdue, les chiens s'élancent dans les bois.

— Qu'est-ce que vous attendez ? Ramenez-les-moi ! s'égosille Eva.

Pretzl dévale aussitôt la pente. Mais dans un terrain aussi accidenté, il n'a aucune chance de les rattraper. Ce qu'il risque, en revanche, c'est de se rompre les os. Le dénivelé est important et ses chaussures sont usées jusqu'à la corde. Par chance, il retrouve les chiens une centaine de mètres plus bas près d'un mélèze, aboyant tous deux à s'en décrocher les mâchoires.

« Sûrement une charogne », suppose-t-il en approchant. Une odeur pestilentielle l'oblige à sortir un mouchoir pour se boucher le nez. Stasi et Negus continuent d'aboyer. Par précaution, Pretzl, de sa main libre, empoigne la crosse de son arme et reprend sa descente avec la plus grande prudence. Une fois arrivé à hauteur des chiens, il contourne le mélèze et découvre un bras humain décharné dressé à la verticale, qui sort de terre, sur lequel subsistent des lambeaux de peau en putréfaction.

Quelques instants plus tard, Eva le rejoint. L'odeur de pourriture la saisit aussitôt. Elle a un haut-le-cœur. Après avoir récupéré ses chiens, elle s'approche malgré tout du cadavre. Un détail la tétanise. Sur l'un des doigts de la dépouille, elle reconnaît la chevalière en or sur laquelle sont gravées deux initiales : *C* et *H*.

56

D'un battement d'ailes, le choucas rallie le Berghof depuis la cime du Hoher Göll. Il se pose sur la terrasse désertée. Derrière la baie vitrée monumentale, des silhouettes semblables à des statues fixent l'horizon. Les derniers membres du personnel encore présents. Dans une poignée de minutes, ils détaleront dans les abris. Car voilà un bruit étrange qui vient troubler la quiétude des lieux ; un son que le choucas a déjà perçu à plusieurs reprises depuis quelques semaines, une menace diffuse provenant de Salzbourg, Mühldorf ou Linz.

Soudain, surgissant des nuages en formation serrée, des centaines de bombardiers apparaissent. Effrayé par ces oiseaux géants qu'il n'a encore jamais vus, le choucas reprend les airs et disparaît à la hâte dans le brouillard. Il ne reviendra plus. Ce brouillard aussi lui semble étrange. Et pour cause, il est artificiel. Il s'échappe d'une multitude de tonneaux répartis sur la montagne pour camoufler les bâtiments et les installations militaires. Mais aujourd'hui, le vent le dissipe. La seule difficulté pour ces pilotes aguerris qui ont déjà anéanti la plupart des grandes villes du Reich, c'est la neige.

À cause d'elle, les cibles ne sont pas faciles à repérer et le largage, comme toujours, sera aléatoire.

Plus de mille cent B-17, B-24, Lancaster et Halifax, protégés par une multitude de Mustang et de Mosquito, vont opérer en deux vagues successives. L'objectif de la mission : réduire en cendres tout l'Obersalzberg où, d'après les services secrets alliés, de hauts responsables nazis, peut-être même Hitler, se cacheraient encore. L'information est fausse. Seul Göring est sur place. Le ventripotent maréchal de la Luftwaffe a été déchu de tous ses titres pour avoir conspiré contre son maître. Consigné dans son chalet bavarois, il s'est réfugié dans le dédale de galeries souterraines qui parsèment le site dès que l'alerte a été donnée. En quelques minutes, plus de mille tonnes de bombes de cinq cents kilos pulvérisent la plupart des résidences des dignitaires du Reich, la caserne abandonnée des SS et d'autres installations. Seul le Nid d'aigle est épargné.

Sitôt le brouillard dispersé, les redoutables pièces d'artillerie de 88 millimètres de la Flak sont entrées en action. Quelques avions alliés ont été abattus. Mais ça n'a pas suffi à empêcher la destruction de l'Obersalzberg. Du Berghof et des maisons de Bormann, de Göring ou de Speer, il ne reste plus que des ruines fumantes.

À Berlin aussi, c'est le chaos. La capitale du Reich est à feu et à sang. Partout des immeubles effondrés, des façades criblées de balles, des incendies témoignent de la férocité des combats. La Wehrmacht, ou plutôt ce qu'il en reste, n'est plus qu'une force dérisoire qui tente de s'opposer au rouleau compresseur russe. L'Armée rouge n'est qu'à une encablure du Führerbunker et s'apprête à donner l'assaut final.

À l'intérieur du blockhaus, c'est la débandade. Hitler, fantôme tremblotant – il développe depuis peu la maladie de Parkinson –, donne des ordres insensés. Il croit dur comme fer qu'il dispose encore de plusieurs divisions à même de repousser l'ennemi. Ses généraux ont cessé de lui obéir. Trop d'hommes ont été envoyés à la mort pour rien. On vient lui annoncer la défection d'Himmler qui, pour sauver ce qui peut encore l'être, a tenté de son propre chef de signer la paix avec les Alliés. Peine perdue, ces derniers exigent la reddition sans condition.

Le Führer n'a pas de mots assez durs pour ses compagnons d'armes qui l'ont abandonné. Il crie à la trahison. Son entourage cède à la panique. Certains de ses proches préfèrent s'enfuir plutôt que de tomber aux mains des Rouges. Le SS-Gruppenführer Hermann Fegelein, mari de Gretl Braun, s'est sauvé non loin de là dans un appartement où il s'est enfermé avec sa maîtresse. La Gestapo l'a retrouvé ivre mort, habillé en civil. Il avait une valise bourrée de billets de banque. Il a été ramené au bunker manu militari. Malgré les supplications d'Eva, fraîchement débarquée, Hitler l'a fait fusiller. La maîtresse d'Hitler, depuis la macabre découverte de la forêt du Nid d'aigle, est dans une sorte de transe, une sidération dont elle ne sort plus. Malgré toutes les intrigues, tous les crimes dont elle a eu connaissance, avec en point d'orgue l'assassinat du seul homme qu'elle ait jamais aimé, elle a choisi de rallier Berlin pour unir son destin à celui qui a fait son malheur.

En proie à la paranoïa, le dictateur en perdition est dépendant à l'Eukodal, un dérivé de l'opium plus puissant que l'héroïne. Il vocifère dans le vide, commande à des armées fantômes ou s'en prend encore aux Juifs qu'il a exterminés par millions devant un auditoire restreint qui ne cache plus sa lassitude. Ce bunker, que l'artillerie russe n'a pas encore réussi à atteindre, Eva sait qu'il sera son tombeau et celui du Reich.

Lorsqu'il ne déblatère pas sur ses ennemis ou les proches qui l'ont trahi, le Führer reste prostré dans ses appartements sans fenêtres et mal ventilés, à fixer un portrait du roi de Prusse Frédéric II dont il espérait poursuivre l'œuvre. Puis vient le moment de songer à son départ. Il redoute que les capsules de cyanure dont il dispose ne fassent pas effet. Alors, pour s'assurer de leur efficacité, il en teste une sur sa chienne. Blondi crève sous ses yeux en quelques minutes, dans des râles déchirants. Sur ces entrefaites, la singulière Hanna Reitsch, une vraie trompe-la-mort en jupons, réussit l'exploit de se poser à Berlin à bord d'un coucou antédiluvien et de gagner le Führerbunker en pleine offensive soviétique. Elle voudrait sauver Hitler par la voie des airs mais celui-ci refuse. Fidèle à ses idéaux romantiques, il mourra en martyr à Berlin. Ainsi se souviendra-t-on de lui comme d'un homme d'État à la conduite exemplaire, qui aura préservé son honneur et lutté jusqu'au bout pour défendre son pays. C'est du moins ce qu'il espère.

Le 28 avril 1945, dans un état second, Eva Braun épouse le tyran dont elle partage la vie depuis plus de dix ans. Le mariage est célébré par Walter Wagner, employé municipal qui leur pose la question rituelle exigée par la loi : « Êtes-vous d'ascendance purement aryenne et exempts de maladies héréditaires ? » Il s'ensuit un repas froid arrosé de champagne. Le Führer aura attendu les derniers moments de son existence pour sortir la jeune femme de cette semi-clandestinité dans laquelle elle végétait. Eva, pour les quelques heures qui lui restent à vivre, n'est plus la maîtresse de l'ombre mais Mme Hitler. Mais dans cette cache souterraine qui pue le renfermé et les vapeurs de diesel s'échappant des groupes électrogènes, cet événement, qui en d'autres circonstances aurait fait les choux gras de la presse, n'intéresse personne. Les secrétaires, médecins, aides de camp et autres personnels rasent les murs, hébétés, en attendant le coup de grâce des hordes russes dont la canonnade se rapproche chaque jour.

Lorsqu'il prend l'envie au Führer de se dégourdir les jambes après l'une de ses injections quotidiennes, il sort de sa chambre, fait quelques pas dans la coursive et entre au hasard dans une pièce, espérant échanger quelques mots avec un de ses lieutenants. On ne se lève même plus pour le saluer. Le relâchement est total.

La veille du dernier jour, Hitler demande à Erich Kempka, son chauffeur, d'aller chercher deux cents litres d'essence. Et il lui communique ses dernières volontés. Kempka doit siphonner les réservoirs des voitures officielles stationnées à l'extérieur pour honorer la requête de son maître.

Le 30 avril, des SS reclus dans le bunker partent chercher de l'alcool, des filles et des provisions pour une ultime bacchanale tandis qu'Hitler et son épouse s'enferment dans leur chambre. Magda Goebbels tente d'entrer pour les empêcher de commettre l'irréparable, mais elle est refoulée par un garde.

L'homme qui a fait trembler le monde durant cinq années d'horreur et de privations se tire une balle dans la bouche. Sa femme, elle, avale du poison. Une fois les décès constatés, leurs corps sont transportés à l'extérieur et aussitôt brûlés par Kempka et un autre homme. Le lendemain, Magda Goebbels donne des somnifères à ses six enfants et les empoisonne au cyanure. Puis elle rejoint son mari et ils se suicident à leur tour.

Lorsque les Russes feront irruption dans le bunker, ils ne tarderont pas à retrouver les dépouilles carbonisées des époux Hitler et Goebbels. Et six petits anges blonds, tout de blanc vêtus, bien alignés sur le sol.

57

Janvier 1950. Hôtel Waldorf Astoria.

Deux fois par an, Clark Gable a pris l'habitude de retrouver les membres de son équipe technique qui, pour la plupart, résident à New York. Comme Gable, McIntyre, Mahin, Toti et les autres ont miraculeusement réchappé à la mort. Ils ont été recueillis et cachés par la résistance, avant d'être exfiltrés par les services secrets britanniques. Ce sont chaque fois des retrouvailles émues. Et des soirées très arrosées. Pour cette bande de fêtards, évoquer les années de guerre n'est pas un traumatisme. Au contraire, ils ne se sont jamais sentis plus vivants que lors de ces missions de bombardement à haut risque au-dessus de la France ou du Reich qui, des années après, leur laissent un souvenir impérissable. Ils ont presque les larmes aux yeux lorsqu'ils se remémorent les mois de formation et le départ pour l'Europe ; le tournage du documentaire *Combat America* au plus près de l'action ; le crépitement des mitrailleuses et le vacarme des canons de 20 millimètres, les *dogfights* entre les Spitfire et les Messerschmitt, le B-17 en flammes qui tombe en vrille dans un champ de maïs.

Dans sa chambre qui donne sur Central Park, au quarante-septième étage du palace de légende, Florian Weiter, lui, regarde la télévision. Il n'a pas souhaité se joindre à la joyeuse assemblée. Au reste, la sécurité de son employeur est assurée puisqu'il ne dîne pas en ville mais dans l'enceinte même de l'hôtel qui abrite l'un des meilleurs restaurants de New York. Weiter est captivé par un documentaire. Depuis la fin de la guerre, des événements cruciaux se sont succédé à une cadence effrénée. Chez les vainqueurs, la capitulation de l'Allemagne nazie a donné lieu à des scènes de liesse d'une ampleur sans précédent. Le sentiment de délivrance, la joie ont été proportionnels au cauchemar éveillé qui, durant cinq années, a plongé le monde dans la terreur. Pour les Alliés, l'urgence était de punir les responsables de cette hécatombe qui a fait plus de soixante millions de morts à travers le monde.

Au procès à grand spectacle de Nuremberg, seuls vingt-quatre chefs nazis ont pu être jugés. Les autres se sont suicidés ou ont pris la fuite. Si la plupart des prévenus ont fait profil bas, sans pour autant montrer le moindre remords, le Reichsmarshall Göring, lui, est resté fidèle à son personnage. Hautain et arrogant, il a toisé la cour, allant jusqu'à la décréter illégitime et inapte à le juger. Mais lorsque le procureur Jackson a fait projeter un film sur les atrocités commises dans les camps d'extermination, la salle a été plongée dans un silence de mort. Dans le box des accusés, les tueurs les plus endurcis ont été ébranlés à la vue de ces corps décharnés accrochés aux barbelés, des tracteurs soulevant les cadavres, des fours crématoires dont les cheminées fumaient encore. Göring a cessé de ricaner. Ces images ont scellé son destin et celui de Bormann – jugé par contumace –, Frank, Frick, Jodl, Kaltenbrunner, Keitel, von Ribbentrop, Sauckel, Seyß-Inquart et Streicher. Tous ont été pendus, à l'exception de Göring à qui un garde complaisant a procuré une capsule de cyanure juste avant l'exécution de la sentence. Quant à Dönitz, Hess, von Neurath, Raeder et von Schirach, ils ont écopé de peines de prison allant jusqu'à la perpétuité. Albert Speer, pour sa part, a sauvé sa tête en reconnaissant et en assumant les crimes contre l'humanité perpétrés par sa clique. C'est l'un des seuls – et sûrement l'un des plus malins – à avoir opté pour ce système de défense. Ne manquait qu'Himmler, qualifié d'assassin du siècle. Les Anglais l'ont rattrapé près de la frontière danoise. Mais il leur a échappé en croquant lui aussi une capsule de poison.

Aux images de ce procès hors normes succèdent celles de Berlin dévastée au lendemain de la capitulation. On y voit les ravages causés par les bombardements de la RAF et par l'offensive soviétique qui ont mis un terme aux combats. Il faudra compter une quinzaine d'années pour déblayer les rues de la capitale meurtrie. On aperçoit des femmes, une pelle à la main, travaillant dur à l'évacuation des gravats. On les appelle les *Trümmerfrauen*, les femmes des ruines. Weiter ne peut s'empêcher de soupirer à la vue de ces malheureuses qui, à la seule force de leurs bras, tentent de réparer ce qu'Hitler a méthodiquement détruit. Elles sont seules dans ce désert de pierres. Elles vivent dans des abris sans eau ni électricité et ne mangent pas à leur faim. Quant à leurs maris, leurs compagnons, ils sont morts ou portés disparus. Le documentaire évoque l'*Entnazifizierung*, la dénazification qui a suivi la guerre. Tâche ardue s'il en est. Sous les nazis, la propagande, l'endoctrinement ont été portés à un degré inouï. Du berceau à la mort, l'Aryen, cet homme nouveau fantasmé par Hitler, Himmler, Goebbels, Rosenberg et les autres théoriciens du régime, avait un devoir d'obéissance sacré. Il devait se soumettre à la volonté du Führer et du parti avec l'idée qu'il n'existait plus en tant qu'individu. Si besoin, il sacrifiait sa vie sans sourciller pour satisfaire aux désirs de conquête du chef suprême. Quant aux SS, ils étaient liés par un serment d'allégeance. Dans ces conditions, les Alliés ont eu un mal fou à distinguer les bons Allemands de ceux qui, contre vents et marées, sont restés fidèles aux idéaux du Reich et se sont fondus dans la masse. De hauts responsables de la Wehrmacht et du secteur industriel, impliqués dans des crimes de guerre, ont fui en Amérique du Sud[1]. Des chasseurs de nazis se sont lancés à leurs trousses, rivalisant d'audace et d'ingéniosité pour leur mettre la main au collet et les livrer à la justice. Faisant fi de leurs principes, les Américains n'ont pas hésité à ramener sur leur sol des dizaines de scientifiques de haut niveau au passé douteux pour développer des programmes secrets. On ne compte plus les ingénieurs, les mathématiciens, chimistes ou biologistes qui ont traversé l'Atlantique pour commencer une nouvelle vie.

1. Le plus célèbre d'entre eux, Adolf Eichmann, l'un des principaux artisans de la solution finale, vécut longtemps en toute impunité. Il finit par être localisé en Argentine et fut capturé par des agents du Mossad qui le ramenèrent en Israël où il fut pendu en 1962.

L'émission s'achève sur l'arrivée des Alliés au Berghof à la suite du bombardement de l'Obersalzberg. On peut voir des soldats de la 2e DB du général Leclerc se pavaner dans le grand salon dont les vitres ont été soufflées. Au même moment, d'autres fouillent les décombres du chalet de Göring. Dans l'un des souterrains qui permettaient au chef de la Luftwaffe de s'abriter quand les bombardiers de la RAF approchaient, ils découvrent quantité d'œuvres d'art d'une valeur inestimable pillées dans les territoires occupés. Et, plus insolite, une importante collection de soutiens-gorges.

Las, Florian Weiter se lève et éteint le téléviseur. Il ouvre la fenêtre et contemple avec des yeux d'enfant la ville qui ne dort jamais. Il se délecte du spectacle des buildings qui, jusqu'à la pointe de Manhattan, rivalisent de hauteur. Il hume l'atmosphère, goûte le brouhaha permanent de la rue. Il peine à réaliser le tour qu'a pris son destin. Il sait que demain son patron cuvera son whisky jusqu'à une heure tardive. Il aura toute la matinée pour découvrir cette métropole qu'il ne connaît pas.

C'est une journée d'hiver classique à New York, glaciale et ensoleillée. Cette nuit, la neige est tombée sur les rives de l'Hudson. Les pelouses de Central Park arborent une robe blanche du plus bel effet. Dans sa chambre, Weiter se régale d'un copieux petit déjeuner apporté par le room service tout en parcourant le *New York Times*. Il tombe sur un article passionnant à propos du plan Marshall qui, depuis 1947, aide l'Europe à se reconstruire. Sitôt sortis de la guerre, les vainqueurs ont redessiné la carte du monde. À l'Ouest, les pays sous influence de l'OTAN ; à l'Est, ceux du bloc soviétique.

À la guerre conventionnelle a succédé la guerre froide, plus insidieuse, conséquence du gouffre idéologique qui sépare les deux mondes. L'Occident s'est trouvé un nouveau diable en la personne de Staline. Au Congrès américain, un personnage qui incarne à lui seul la lutte à mort contre le communisme commence à faire parler de lui : le sénateur McCarthy.

Une fois son petit déjeuner expédié, Weiter prend un bain puis s'habille chaudement. Il est fin prêt à partir à la découverte de cette ville mythique. La veille, Gable lui a conseillé de grimper en haut de l'Empire State Building qui offre un panorama à couper le souffle bien au-delà des gratte-ciel. Mais il préfère arpenter les rues pour prendre le pouls de la cité, observer les habitants, essayer de comprendre leur mode de vie. Il se balade un moment dans le parc où des enfants chahutent en se lançant des boules de neige sous l'œil attendri de leurs parents. Il songe à ces gosses faméliques, livrés à eux-mêmes qui, quelques années plus tôt, cherchaient de quoi survivre dans les ruines des villes martyrisées de son pays. Mais le soleil brille sur New York et sur sa nouvelle vie. Il lui faut chasser ces pensées négatives qui ressurgissent parfois dans son esprit. La guerre est finie depuis longtemps, même si elle reste inscrite dans son corps et dans sa mémoire. Aller de l'avant, faire table rase du passé, c'est tout ce qui importe.

Il quitte le parc et descend vers le sud en arpentant la 5e Avenue. La circulation est dense, les trottoirs sont noirs de monde. Les piétons pressent le pas comme s'ils cherchaient à fuir. C'est un vacarme réjouissant qui lui laisse pourtant une impression de solitude.

Le voilà arrivé au pied du Rockefeller Center, l'un des gratte-ciel emblématiques de la ville. Sur le parvis, face à la cathédrale Saint-Patrick, il remarque une patinoire que surplombe une sculpture représentant Prométhée. Il s'approche, intrigué. Aussitôt, des images de sa vie d'avant-guerre reviennent le hanter. « Comme la nostalgie des jours heureux peut être douloureuse ! » songe-t-il en regardant les patineurs s'élancer sur la glace. Il pose ses avant-bras sur la rambarde tout en se rappelant l'instant où sa vie a basculé. Un choc. Et le visage d'un ange qui s'excuse : « Oh, je suis si confuse ! Rien de cassé, monsieur ? »

Il fait un froid de canard mais Weiter ne bouge pas. Il reste là, à contempler ces familles, ces couples qui tournent dans le même sens, chacun à son rythme. Soudain, une patineuse attire son attention. Blonde, élancée, une aisance de championne. Ses cheveux se soulèvent au gré de ses mouvements. La voilà qui revient. Elle se trouve dans son axe. Il la suit du regard. Il peut nettement discerner les traits de son visage. Elle vient de passer comme un courant d'air et s'éloigne à nouveau. « C'est fou ce qu'elle lui ressemble. Mais tant de filles ont l'allure d'Hilda », se dit-il sans la quitter des yeux. La patineuse continue de glisser sur la glace avec virtuosité. Elle frôle Weiter à plusieurs reprises. Il sent un trouble indicible grandir en lui.

Non, ce n'est pas possible.

La voilà qui fait une halte de l'autre côté. Alors, son cœur battant à se rompre, il contourne la patinoire et s'apprête à crier son prénom lorsqu'une petite patineuse d'environ cinq ans, tout aussi à l'aise qu'elle, la rejoint sur le banc et se jette dans ses bras.

— Ça alors, c'est incroyable ! s'exclame Gable en jetant trois cachets d'aspirine effervescente dans un grand verre d'eau.

— Comme vous dites.

— Mais comment êtes-vous sûr que c'est bien Hilda ?

— Quand elle a quitté la patinoire avec cette petite fille, je l'ai suivie. Elle était garée de l'autre côté du pâté de maisons, devant le Radio City Music Hall. J'ai sauté dans un taxi et j'ai dit au chauffeur de suivre sa voiture.

— Comme dans un polar. Et après ?

— On a roulé un bon quart d'heure. On a traversé un pont et elle s'est arrêtée dans un quartier résidentiel, à Brooklyn.

— Comment savez-vous que c'est Brooklyn ? Vous ne connaissez pas New York.

— J'ai demandé au chauffeur. Et j'ai noté l'adresse : c'est une petite maison dans le quartier de Park Slope, à l'angle de la 9e Rue et de Prospect Park.

L'acteur avale son remède en grimaçant et demande :

— Et maintenant, qu'est-ce que vous allez faire ?

— Il faut que je lui parle. Je dois rester à New York, le temps de tirer cette histoire au clair.

— Je comprends. Je n'y vois pas d'inconvénient. Au contraire. Je vais demander à l'un de mes amis de vous héberger.

— Ne vous donnez pas cette peine, Clark. Les hôtels bon marché ne manquent pas dans cette ville.

— Comme vous voudrez. Je vous souhaite bonne chance, Florian. Et j'espère vous revoir bientôt à Los Angeles.

58

Attendre dans le froid, ce n'est rien pour un ancien capitaine de la Wehrmacht qui a combattu en Pologne, à Stalingrad et en Ukraine. Le mercure est tombé en dessous de zéro mais Weiter prend sur lui. Il se frictionne les mains, fait quelques mouvements pour ne pas s'engourdir. Voilà maintenant une demi-heure qu'il poireaute à proximité de la maison, planté derrière un abribus.

À 8 h 30 précises, la porte s'ouvre. Un homme de grande taille vêtu d'un complet sombre, la quarantaine, apparaît sur le perron. La patineuse lui emboîte le pas, l'embrasse et lui dit bonne journée. En allemand. Weiter sent son cœur se serrer alors que l'homme descend les marches.

La porte se referme. L'homme parcourt quelques mètres sur le trottoir enneigé, monte dans une voiture, démarre et disparaît.

Aux alentours de 9 heures, une Afro-Américaine d'une vingtaine d'années sonne à la porte. La patineuse lui ouvre. La petite fille apparaît à son tour, l'air enjoué.

La visiteuse la prend par la main et l'emmène. Elles traversent le carrefour et entrent dans le parc.

Weiter patiente encore un quart d'heure puis s'approche de la maison. À présent, il se trouve juste en face, de l'autre côté de la rue. Il voit nettement ce qui se passe à l'intérieur. Il découvre la patineuse au beau milieu d'une pièce, probablement le salon. Un pinceau à la main, elle fait face à une toile posée sur un chevalet. Weiter la contemple tout en se rappelant ces moments, dans le petit appartement de Berlin, où elle restait blottie contre lui après l'amour. Des larmes coulent sur ses joues. Il baisse un instant la tête. Lorsqu'il se redresse, la femme est à sa fenêtre. Elle le fixe. Leurs regards se croisent. Elle a un air étrange, comme lorsqu'on se retrouve dans une situation incompréhensible. Il a maintenant la certitude qu'il ne s'est pas trompé. C'est elle. C'est son regard, sa gestuelle. Il esquisse un sourire qu'elle ne peut pas lui rendre. Elle n'est pas encore décidée à accepter la réalité de cette vision. Est-ce un mirage, le fruit de son imagination ?

Il traverse la rue, monte les quelques marches qui mènent au perron. Lorsqu'il arrive en haut, la porte est entrouverte. Il la pousse doucement. Elle se tient là, dans l'entrée, aussi belle, désarmante qu'autrefois. Il s'avance et la prend dans ses bras. Il la serre fort, comme pour l'empêcher de s'échapper à nouveau. Il l'entend sangloter. Leurs larmes se mêlent. Il prend son visage entre ses mains, la regarde longuement et l'embrasse. Elle se laisse faire, comme si les années qui ont suivi leur séparation n'avaient jamais existé.

En contournant le chevalet, Florian Weiter reconnaît la petite fille.

— C'est très ressemblant. Tu as fait des progrès. Comment s'appelle-t-elle ?

— Bonnie.

— Un prénom américain.

— Bien obligé.

— Quel âge a-t-elle ?

Hilda hésite un instant.

— Six ans.

— Ce qui veut dire qu'elle est née en 1944.

Un silence.

— J'étais sûre que tu étais mort, Florian.

— Je suis bien vivant, comme tu vois.

— Je t'ai écrit plus de quarante lettres. Tu ne m'as jamais répondu.

Weiter reste un moment dans ses pensées.

— Où étais-tu, nom d'un chien ? continue-t-elle en s'asseyant près de lui.

— Je servais mon pays.

Elle soulève une théière, remplit deux tasses.

— J'ai remué ciel et terre pour avoir de tes nouvelles. J'ai écrit à ton parrain, qui m'a répondu que tu étais en Ukraine. Après ça, plus de nouvelles. Silence radio.

— Dinz a bloqué le courrier. C'est la seule explication possible.

— Dinz ?

— Oui, le commandant du camp auquel j'ai été affecté.

— Pourquoi ?

— C'était un SS. Une vraie peau de vache.

— Le salaud !

— Moi aussi, j'ai tout fait pour te retrouver. On m'a dit que notre immeuble avait été bombardé.

— C'est vrai. J'ai eu beaucoup de chance. La nuit de l'attaque, je me trouvais chez tante Léna.

— Et lui ?

— Qui, lui ?

— Le gars qui est sorti d'ici il y a une demi-heure.

— Il s'appelle Otto.

— Otto comment ?

— Otto Stürm.

— Donc, si je comprends bien, tu es devenue Mme Stürm.

— Florian…

— Je ne te blâme pas, Hilda. Les choses ne se sont pas passées comme nous l'aurions voulu. Nous n'avons eu aucune prise sur les événements, encore moins sur nos vies.

Elle prend sa main, l'embrasse, les yeux mouillés de larmes.

— Comment l'as-tu rencontré ?

— Est-ce si important ?

— Pour moi, oui.

— Il travaillait dans une caverne…

— Une caverne ?

— Un bunker souterrain aménagé. Un site ultra-sensible proche de Nordhausen.

— Tu parles du camp de Dora ?

— Oui. Otto est ingénieur. À l'époque, il planchait sur l'assemblage d'une version améliorée de la fusée V2, cette fameuse arme secrète qui était censée renverser le cours de la guerre et nous donner l'avantage.

Un jour, lorsqu'il était en permission à Berlin, nos chemins se sont croisés.

— Tu es retournée à Berlin après le bombardement ?

— Je n'ai pas eu le choix. Tante Léna est morte six mois seulement après mon arrivée.

— Tu as repris ton travail chez ce doreur ?

— M. Stein ? Non, il a été arrêté et déporté à Treblinka. J'ai trouvé un emploi de serveuse dans un restaurant près de la Potsdamer Platz. C'est là qu'Otto m'a abordée.

— Je vois. Mais par quel miracle je te retrouve aujourd'hui à New York ?

— Le patron d'Otto n'est autre que Wernher von Braun, l'un des responsables des programmes V1 et V2.

— Ce nom ne me dit rien.

— C'était l'un des tout meilleurs ingénieurs du Reich. Avec d'autres, il a conçu les missiles balistiques et les fusées qu'on a tirés par milliers sur l'Angleterre. Quand il est devenu clair que la guerre était perdue, von Braun s'est rendu aux Américains avec une centaine de techniciens de son niveau. Il n'avait pas d'autre solution. Les SS menaçaient de tous les exécuter pour qu'ils ne livrent pas leurs secrets aux Alliés.

— Et Otto faisait partie du lot.

— Oui. Au début, ça n'a pas été facile, même si nous étions chouchoutés par les services secrets. Ils nous ont tout offert : cette maison, deux voitures et un compte en banque bien garni. On a été très gâtés. On vivait dans le confort, mais on ne parlait pas un mot d'anglais. On devait rester le plus discrets possible. Les voisins n'ont pas tardé à savoir que nous étions allemands. Je te laisse imaginer l'effet de cette nouvelle. Ils nous regardaient de travers.

— Et maintenant ? Tu es bien intégrée ?

— Oui. J'ai pris des cours intensifs. Je parle anglais couramment. Otto aussi. Quant à Bonnie, l'anglais est presque sa langue natale. Il y a trois ans, ils nous ont offert la citoyenneté américaine.

— Et ton mari, qu'est-ce qu'il fait maintenant ?

Une pause.

— Je ne suis pas censée en parler, mais après tout je m'en fous. Je n'ai jamais eu de secret pour toi. Il travaille toujours avec von Braun à la conception de nouveaux missiles pour l'armée américaine. Mais ce n'est qu'une partie de leurs activités. Ils ont d'autres projets beaucoup plus importants.

— Que tu vas aussi me révéler ?

— Je te fais confiance. Je sais que cette conversation ne sortira pas de cette pièce.

— Je t'écoute.

— Ils parlent de construire une fusée pour aller sur la Lune.

Weiter éclate de rire. Comme Hilda s'en offusque, il précise :

— Excuse-moi, ma chérie. Je ne me moque pas. Venant de cerveaux d'anciens nazis, ce projet ne m'étonne pas. Ils ont assez prouvé au monde qu'ils sont capables de tout.

Hilda tourne les yeux vers une horloge posée sur une cheminée. Et elle lui demande :

— Et toi, comment es-tu arrivé jusqu'ici ?

— Disons que j'ai moi aussi fait une belle rencontre.

Ils se dévisagent un instant. Et Hilda dit, gênée :

— Bonnie est allée faire un tour au parc avec sa nounou. Elles ne vont plus tarder.

Weiter se lève, enfile son pardessus, l'enlace une dernière fois et s'apprête à sortir lorsqu'elle lui lance :

— Attends !

Il se retourne.

— Quoi ?

— Je te reverrai ?

59

La jeune Sue s'extrait avec peine des bras tentaculaires de son amant. La veille, il s'est encore endormi alors qu'elle lui lisait un de ces scénarios qu'il reçoit chaque jour et auxquels il n'accorde aucune importance. L'absence de Florian Weiter n'a pas arrangé les choses. Gable boit comme un trou et fume cigarette sur cigarette. La moquette de sa chambre à coucher est parsemée de cadavres de bouteilles et de brûlures de mégots. Ses rares moments de lucidité, il les passe à gourmander son personnel ou à s'en prendre à sa nouvelle compagne pour les motifs les plus futiles. La jeune femme tombe de haut. Elle a tout plaqué pour retrouver l'acteur à Los Angeles. Elle rêvait de mariage, de fonder une famille. Le constat est amer : elle partage la vie d'un acteur à la dérive toujours obnubilé par le souvenir de sa femme. Elle sait que jamais elle ne remplacera Carole.

Un domestique apporte un télégramme. Sue tente de réveiller le géant qui ronfle à ses côtés. En vain. Alors, après une hésitation, elle déplie le papier et lit le message.

Cher Clark,

Je ne peux pour le moment reprendre mon service. Une affaire urgente m'oblige à partir pour l'Europe. Je reviendrai dès que possible à Los Angeles. J'espère que vous comprendrez. Portez-vous bien.

Votre obligé, Florian.

Weiter n'aura pas été long à retrouver Dinz. Il est cadre chez Mercedes-Benz à Brême, en Basse-Saxe. Son nom était dans le bottin, tout simplement. Comme de nombreux SS ayant commis les pires sévices durant la guerre, il ne s'est même pas donné la peine de changer de patronyme. On retrouve ainsi, cinq ans seulement après la fin du conflit, des criminels endurcis aux plus hauts postes de l'administration ou parmi les dirigeants des plus grandes entreprises allemandes. D'autres se sont même lancés avec succès dans la politique.

Weiter a d'abord sonné à l'appartement que l'ancien major occupe dans le quartier pittoresque du Schnoor, au cœur de la vieille ville. Personne. Il s'est alors rendu sur son lieu de travail. Dinz était absent. Il s'est présenté comme un cousin éloigné en visite et a pu obtenir des informations auprès d'une secrétaire à qui il a fait du charme. Dinz se trouvait en congé dans sa maison de campagne située dans le Teufelsmoor, à cinquante kilomètres de Brême. Un site naturel recherché pour sa nature sauvage, qui regorge de marécages.

Le lendemain de son arrivée dans la ville hanséatique, Weiter loue une voiture et part pour le Teufelsmoor. Une petite heure lui suffit pour rallier le secteur de la tourbière d'Huvenhoop, près de Gnarrenburg. Il repère la maison du major. Les indications de la secrétaire étaient claires et précises. C'est une chaumière bâtie sur un entrelacs de marécages et de tourbières. Il prend soin de se garer à bonne distance, dans une brume qui donne aux lieux une atmosphère lugubre. La végétation de ce paysage désolé rappelle la lande anglaise. On pourrait presque se croire dans un roman de Conan Doyle.

Weiter introduit un chargeur dans la crosse de son Luger, débloque le cran de sûreté et engage une balle dans le canon. Il descend de sa voiture et marche vers la chaumière d'un pas décidé. La tourbière, menaçante, s'étend jusqu'aux marécages. Des oiseaux rares, parmi lesquels le coq de bruyère, trouvent refuge sur cette terre inhospitalière. Les premiers colons sont arrivés au Teufelsmoor au XVIIe siècle. Ils ont dû se démener pour survivre sur ces étendues humides impropres à l'agriculture. Comme le dit un dicton : « *Den Eersten sien Dood, den Tweeten sien Noot, den Drüdden sien Broot.* Les premiers sont morts, les seconds sont misérables, les derniers ont du pain. » Mais Weiter se fout éperdument de l'histoire de cette région. Il n'est pas venu pour faire du tourisme.

Guilleret, Albert Dinz déambule dans son séjour en petite tenue. Les fesses à l'air, il n'est vêtu que d'une veste militaire qu'il portait à Minsk et de sa casquette noire à tête de mort. Ces reliques, il les conserve comme autant d'objets sacrés depuis sa démobilisation. Plusieurs fusils ayant servi dans son commando d'extermination sont accrochés aux murs. Sur la plupart des meubles se trouvent des portraits du Führer et d'autres nazis de haut rang. Il y a même un mot encadré, écrit et signé de la main d'Himmler qui le félicite pour la qualité de son travail. Et toujours cette phrase clé, elle aussi sous verre :

« Il faut que le jeune homme allemand du futur soit grand et mince, vif comme un lévrier, résistant comme le cuir et dur comme l'acier. »

Le tourne-disque joue *Le Chant du diable*, la marche militaire de la Waffen-SS désormais prohibée. Il y a là tant d'objets qui rappellent les heures glorieuses du IIIe Reich que si la police débarquait, Dinz serait envoyé illico derrière les barreaux. Mais personne ne vient jamais ici. C'est peut-être l'endroit le plus tranquille d'Allemagne fédérale, le genre de trou perdu idéal pour se faire oublier.

— Ras le bol de cette musique ! s'exclame un éphèbe en peignoir qui trépigne sur le canapé.

Dinz s'assied à côté de lui, ouvre une petite boîte nacrée contenant une poudre blanche. À l'aide d'une minuscule cuillère en or qui pend à son cou, il y pioche de quoi répartir deux belles lignes sur un vieil exemplaire du *Völkischer Beobachter*, le torchon antisémite du NSDAP. Il en inhale une d'un coup et, gonflé à bloc, lâche à son amant, Franz :

— Vous les jeunes, vous ne savez rien du passé. Comment peut-on être aussi ignorant ?

— Je connais notre passé, Albert. Seulement, je n'en suis pas aussi fier que toi, répond Franz, irrité, en sniffant l'autre ligne.

La cocaïne fait aussitôt effet. Dinz se débarrasse de son encombrante casquette et commence à entreprendre le jeune homme lorsqu'on sonne à la porte.

— *Scheiße !* sursaute-t-il.

— C'est qui ?

— J'en sais rien. À part toi, personne ne vient jamais ici.

— Qu'est-ce que tu attends ? Va voir.

Le major enfile un caleçon à la hâte alors que la sonnerie retentit de nouveau.

— Qu'est-ce que c'est ? s'égosille-t-il à travers la porte.

Il s'entend répondre :

— Pardonnez-moi de vous déranger, monsieur. Je viens de tomber en panne. Pourrais-je utiliser votre téléphone pour appeler une dépanneuse ?

Dinz se tourne vers son amant, lequel hoche la tête en signe d'approbation. Sitôt la porte entrouverte, Weiter se précipite à l'intérieur et pousse violemment le major contre le mur tout en le braquant avec son Luger. Franz se lève aussitôt.

— Toi, rassieds-toi et ne bouge plus, menace-t-il en tournant son arme vers lui.

— Qui êtes-vous ? demande Dinz, hébété.

— Tu ne me reconnais pas ? J'ai vieilli à ce point ?

Malgré la cocaïne qui a porté ses neurones à ébullition et le plonge dans une extrême confusion, Dinz parvient à reprendre ses esprits. Il retrouve la mémoire.

— Weiter ?

Le capitaine fait oui d'un signe de tête.

Dinz se laisse glisser contre le mur.

— Relève-toi et va t'asseoir à côté de ton chéri.

— Tu vas me tuer ? sanglote-t-il.

— Qu'est-ce que tu crois ? Que je suis venu prendre le thé ? Allez, magne-toi !

Le major s'exécute. Weiter détaille un moment les reliques d'un passé qu'il aurait souhaité enfoui à jamais.

— C'est un musée des horreurs, lance-t-il à Dinz, consterné.

— Je n'ai fait que mon devoir. Je suis en paix avec ma conscience.

L'odieuse rengaine de la Waffen-SS qui sort des haut-parleurs ramène le capitaine Weiter dans la forêt de Minsk.

SS marchons vers l'ennemi,
Chantant le chant du diable.
Qu'importe que l'on nous acclame,
Ou nous damne le monde entier.
Nous l'entraînerons dans les flammes,
Et nous en rions volontiers.

Weiter remarque un fusil semblable à celui qu'il a utilisé pour tuer le pope Karov.

— C'est mon fusil ?

Dinz opine du chef. Le capitaine traverse le séjour jusqu'au tourne-disque qu'il fait valdinguer d'un violent coup de pied.

— Tu as gardé autre chose ? lui demande-t-il en revenant près du canapé.

— Non, tout est là.

— Tu es sûr ?

— Oui. À quoi tu penses ?

— À des lettres.

— Non, je n'ai pas de lettres à part celles que tu vois là, encadrées et signées d'Himmler ou d'autres dirigeants.

— C'est faux ! s'interpose l'éphèbe.

— Toi, ta gueule ! le coupe Dinz.

Weiter assène un coup de crosse au major. Il s'effondre sur la table basse. La boîte nacrée tombe. Des restes de cocaïne saupoudrent le parquet.

— Parle ! crie-t-il au giton.

Terrorisé, Franz pointe une porte du doigt et dit :

— Là, à côté, dans la chambre à coucher.

— Où exactement ?

— Il y a un coffre rempli de biffetons et de documents.

— D'accord. Tu connais la combinaison ?

— Non. Mais je l'ai souvent vu en sortir du courrier.

— Quel genre de courrier ?

— Franz, je t'en prie, gémit Dinz en tenant sa tête d'où s'échappe un filet de sang.

— Continue, Franz ! ordonne Weiter.

— Des lettres qu'il a interceptées quand il commandait ce camp, à Minsk. Il me les a lues. Ça le faisait marrer de voir dans quel état se trouvaient les malheureux qui les avaient écrites. Et ceux à qui elles étaient destinées.

Weiter plaque le canon de son Luger sur le crâne sanguinolent de Dinz.

— La combinaison.

— J'ai de l'argent, Weiter. Beaucoup d'argent. Prends-le, il est à toi.

— La combinaison, Dinz. Pour la dernière fois.

— 1-9-4-5.

— L'année du naufrage, ironise le capitaine en filant dans la pièce voisine.

Alors que Weiter s'affaire à ouvrir le coffre, Dinz se tourne vers Franz et, tout en lui montrant le mur d'un signe du menton, tente de le convaincre de prendre un fusil. Mais l'éphèbe l'ignore. En désespoir de cause, le major rampe jusqu'à son bureau. Au moment où il parvient à se hisser pour en ouvrir le tiroir, il devine le canon d'une arme appuyée entre ses omoplates.

— Ne bouge plus, lui dit calmement Franz.

Quelques instants plus tard, Weiter réapparaît avec une boîte à chaussures contenant un paquet de lettres ficelées. Après l'avoir dénoué, il les parcourt fébrilement. Il découvre du courrier dont les destinataires lui sont étrangers. Et il tombe sur les lettres d'Hilda, mélangées aux siennes. Tout en surveillant l'éphèbe qui tient Dinz en joue, il les lit une par une. Puis il s'assied sur le canapé, effondré, et crie à Franz :

— Ramène-le par ici !

Une fois le major assis en face de lui, Weiter dit :

— Il y avait à Berlin une femme qui m'attendait. Une femme que j'aimais plus que tout au monde. Elle s'appelait Hilda. Tu t'en souviens, n'est-ce pas ?

— Non, soupire Dinz.

— À présent, Hilda dort dans le lit d'un autre homme. Elle porte son nom et lui a donné une petite fille. Ce tour de magie noire, c'est à toi que je le dois. Hilda devrait être ma femme. Et sa petite fille devrait être mon enfant. Tu comprends ?

Le major hoche la tête en pleurant.

— Sais-tu seulement le mal que tu as fait ?

— Je t'en supplie, ne me tue pas. Il y a plus de cent mille marks dans mon coffre.

— Volés dans les poches des Juifs que tu as exterminés ?

— C'est beaucoup d'argent. Prends-le et disparais !

Weiter se lève, force le major à ouvrir la bouche et y enfonce le canon du Luger en hurlant, tandis que Franz ferme les yeux :

— Tu t'es pris pour le Tout-Puissant ? De quel droit as-tu décidé de mon destin et de celui d'Hilda ?

Les yeux écarquillés, Dinz se tient prêt à mourir. Mais Weiter retire son arme et lui dit, sur un ton las :

— Enlève ton uniforme.

— Quoi ?

— À poil, ordure !

Le major obéit. Weiter range son Luger dans une poche de sa veste et dit à l'éphèbe :

— Passe-moi ce fusil.

Franz obtempère. Weiter s'assure que l'arme est bien chargée. Puis il s'approche d'une fenêtre et contemple un moment la tourbière battue par le vent.

— Qu'est-ce que tu regardes ? s'inquiète Dinz, les mains posées sur ses parties génitales.

— Allons dehors.

Le major esquisse un mouvement vers son pantalon, mais Weiter lui précise :

— Non. Tu sors comme ça.

— T'es dingue ? Il fait un froid de gueux.

— C'est aussi ce qu'ont dû se dire les pauvres types que tu as envoyés réparer une canalisation en plein blizzard. Tu te souviens ?

— C'était la guerre, Weiter. Et les Juifs étaient nos ennemis.

— Dehors ! s'écrie le capitaine en le poussant avec son fusil.

La brume s'est dissipée, mais la ligne d'horizon reste floue.

— Tu vois ces marécages là-bas ? demande Weiter.

— Vaguement, répond Dinz en grelottant.

— Au jugé, je dirais qu'ils se trouvent à trois cents mètres. Qu'en penses-tu ?

— À peu près, oui.

— Alors voilà. Je vais te laisser le temps d'arriver jusque là-bas.

— Et après ?

— Je ferai feu.

Perdu, le major implore Weiter du regard. Mais dans ses yeux, il ne voit que froideur et détermination.

— Je me souviens de tes états de service. Tu étais l'un des meilleurs snipers de la Wehrmacht. Capable d'abattre un homme à plus de huit cents mètres. Je n'ai aucune chance, gémit-il.

— Tu préfères en finir tout de suite ?

Dinz se tourne vers Franz, lequel baisse les yeux. Il commence à s'éloigner, nu et frissonnant. La tourbière est cruelle, elle martyrise ses pieds à chaque pas. Quand ce ne sont pas des cailloux, c'est de la boue ou de hautes herbes qui lui fouettent les fesses ou les épaules. À mesure qu'il s'éloigne, il marche de plus en plus vite, de peur de prendre une balle dans le dos. Arrivé aux marécages, ses pieds sont en sang, mais il s'estime heureux d'être encore en vie.

Florian Weiter retrouve son instinct de chasseur. Il répète ces gestes qui précèdent le tir. J'épaule, je verrouille ma cible, je m'immobilise et j'appuie calmement sur la détente. Mais soudain, le brouillard s'épaissit. Dans son viseur, Dinz n'est plus qu'une vague silhouette qui ne tarde pas à disparaître.

Haletant, le major atteint les marécages. Et maintenant ? Où aller ? Il n'y a pas à hésiter. Un coup de feu peut claquer à tout instant. Il se jette dans l'eau glacée. Son cœur s'emballe. Mais il reprend espoir. Le brouillard est revenu à point nommé. À présent il est invisible. Avec un peu de chance, il pourra s'en sortir. Cependant, à mi-parcours, il réalise qu'il a toujours pied. Il peine à progresser. L'étang n'est pas profond. Bientôt, il est pris dans la vase. Il n'avance plus, commence même à s'enfoncer.

Quelques minutes plus tard, lorsque Weiter et Franz arrivent sur les lieux, ils entendent des cris mais ne voient rien. La brume a entièrement recouvert les marais.

— Au secours, à l'aide ! s'époumone Dinz, dont seule la tête dépasse de la surface.

La supplique dure encore quelques instants. Et la tourbière retrouve sa quiétude.

Les deux hommes contournent l'étang.

— Là ! fait Franz en pointant du doigt des traces de pas qui se perdent dans l'eau.

Ils s'en retournent à la chaumière. Chemin faisant, Weiter demande à Franz :

— Comment as-tu croisé la route de ce salopard ?

— Je suis né près de Hambourg. Quand la ville a été rasée par les Alliés, je n'avais que treize ans. Ma maison a été soufflée. Toute ma famille y est passée. Je me suis retrouvé à l'Assistance publique. J'ai survécu comme j'ai pu.

— En faisant le tapin ?

— Entre autres. J'ai rencontré Dinz dans le quartier de la gare. Tous les pervers des environs y faisaient leur marché. Sur le trottoir, il y avait des orphelins comme moi, des marginaux de toutes sortes, mineurs pour la plupart, qui espéraient trouver un protecteur pour les sortir de leur merde. Ce type était le pire tordu que j'aie jamais rencontré. À chaque fois qu'on venait dans sa chaumière, il me sortait son attirail nazi, enfilait son costume de SS, mettait sa casquette à tête de mort et passait ces disques horribles en me lisant des lettres de soldats qui servaient sous ses ordres. À l'instant où tu as fait irruption, j'ai compris que tu étais l'un des mecs dont parlaient ces courriers. C'était une pourriture. Il n'a eu que ce qu'il méritait.

Ils approchent de la maison. Weiter lui dit :

— Ramasse le fric et fais-en bon usage. Pour toi, c'est l'occasion de prendre un nouveau départ.

— Pas question, on partage.

— Justice est faite. C'est tout ce que je voulais. Bonne chance, Franz.

Épilogue

Hilda s'engage sur Flatbush Avenue. Elle conduit une Duisenberg J417, un modèle de 1929, avec autant de facilité qu'elle patine ou qu'elle peint. Cet élégant coupé ne passe pas inaperçu.

— Où m'emmènes-tu ? demande Weiter en anglais.

— Dans le quartier italien. Je connais un petit restaurant dans Mulberry Street. On va se régaler, lui répond-elle avec assurance dans la même langue.

— Excellente idée, je meurs de faim. Et bravo, tu n'as presque aucun accent ! Tu es parfaitement bilingue.

Elle se tourne vers lui.

— Je ne pensais pas te revoir.

— Moi non plus.

Ils franchissent l'East River en empruntant le Manhattan Bridge. Ils traversent Chinatown. Pour Weiter, le dépaysement est total.

— New York est plus qu'une ville cosmopolite. C'est la capitale du monde, s'enthousiasme Hilda.

— Tu en parles avec émotion.

— Oui. Parce qu'on peut vivre ici et s'exprimer sans craindre d'être arrêté ou envoyé dans un camp.

En Amérique, tout est permis ou presque. Je n'ai plus aucune attache avec notre pays natal, surtout après cette guerre dégueulasse qui nous a séparés.

— Te voilà devenue une authentique Yankee, sourit-il.

Elle commande des lasagnes. Il se contente d'une assiette d'antipasti. Le tout est arrosé d'une bouteille de chianti dont le niveau, au fil de la conversation, diminue rapidement.

— Et à part la peinture et l'éducation de ta petite fille, comment passes-tu tes journées ?

— Ça suffit largement à les remplir.

— Mais aujourd'hui, tu as encore laissé Bonnie à sa nounou. Et j'imagine que tu devras rentrer chez toi après le déjeuner.

Elle boit une grande rasade et lui répond, avec ce regard espiègle qu'elle avait lors de leurs premiers rendez-vous :

— Non, pas aujourd'hui. Après le parc, la nounou l'emmène au cinéma voir un film de Walt Disney. Nous avons tout l'après-midi devant nous.

— Vraiment ?

— Oui.

Il la regarde finir son plat. C'est comme s'il l'avait quittée la veille. Ses sentiments n'ont pas varié. Ça n'est pas seulement cette secrète alchimie qui pousse deux êtres l'un vers l'autre ou deux corps à s'étreindre. C'est un amour absolu, sans filtre, sans artifices, qu'il aimerait crier à la face du monde. Un amour qui n'attend rien en retour, qui aurait la pureté du diamant.

— Et Otto ?

— Il est parti à Albuquerque pour une semaine. Ils testent un nouveau lanceur de fusée.

Il prend sa main, la serre. Leurs lèvres se frôlent lorsqu'un serveur se plante devant leur table.

— Dessert ? Café ?

— J'arrête là, répond Hilda.

— Moi aussi. L'addition, demande Florian.

Ils reprennent la Duisenberg. Hilda plie la capote, s'installe au volant et démarre sur les chapeaux de roue. Grisée par le chianti, elle remonte la 6e Avenue vers le nord, cheveux au vent.

— Et maintenant ?

— Je ne sais pas. Roulons au hasard. On verra bien où cette voiture nous emmène, dit-elle, mutine.

— Je te connais, Hilda. Tu as une idée derrière la tête.

— Qui sait ?

Arrivée à la 8e rue, elle tourne à droite. Et encore à droite dans MacDougal Street. Elle s'arrête deux carrefours plus loin, à l'angle de Waverly, en face d'un bâtiment ancien d'une dizaine d'étages sur le fronton duquel Weiter peut lire : « Washington Square Hotel ».

— Ernest Hemingway y avait ses habitudes, dit-elle.

— Ah oui ?

— Et Clark Gable aussi. Tu sais, cet acteur qui jouait dans *Autant en emporte le vent.*

— Je connais Gable, comme tout le monde. Mais je n'ai pas vu ce film. Tout ce qui venait d'Amérique était interdit en Allemagne. Tu ne te souviens pas ?

— Maintenant que tu me le dis, si.

Un temps mort.

— Hilda ?

— Oui ?

— Pourquoi tu m'as amené ici ?

— Comme si tu ne le savais pas.

— Tu crois que c'est une bonne idée ?

Elle l'embrasse longuement et lui demande :

— Et maintenant, qu'en penses-tu ?

Florian tire les rideaux, se retourne et la contemple un moment, une serviette autour de la taille.

— Viens, s'impatiente-t-elle.

Il défait sa serviette, la retrouve dans les draps et l'enlace.

— Ça fait huit ans que j'attends ce moment, chuchote-t-il.

— Moi aussi, mon amour.

Il baise son cou, ses épaules, ses seins, descend jusqu'au ventre, se glisse entre ses cuisses.

— Je ne veux plus te perdre.

— Je t'appartiens corps et âme, Florian. Tu le sais.

— Jamais un homme n'a aimé comme je t'aime.

— Embrasse-moi.

— Chaque jour, chaque nuit, je pensais à toi.

— Et moi, je t'attendais.

— Il n'y a pas eu de guerre. Notre immeuble n'a pas été bombardé. Et tu travailles toujours chez ce doreur.

— Oui ! Viens maintenant.

— Ce soir, comme tous les soirs, je viendrai te chercher à ton atelier et on ira dîner.

— Oui, comme tous les soirs.

— Demain, s'il fait beau, on ira à la patinoire.

— Et après, on ira se balader sur les bords de la Spree.

— Ou dans le parc du Tiergarten.

— Il n'y a pas eu de guerre.

— Continue, ne t'arrête pas !

— Ne me quitte plus, Hilda !

— Jamais plus.

— Jure-le-moi.

— Je te le jure, Florian ! Voilà, comme ça !

Ils jouissent en même temps. Et Hilda s'assoupit, ruisselante, apaisée, dans les bras de Florian.

Une heure plus tard, lorsqu'elle s'éveille, Hilda est seule dans le lit king size de la chambre 308. Elle remarque un rai de lumière sous la porte de la salle de bains.

— Florian ?

Pas de réponse.

Elle se lève, haletante. Elle s'approche du fauteuil sur lequel il a posé ses vêtements après s'être déshabillé. Rien. Il n'y a plus aucune trace de lui. Il n'a même pas laissé de mot. Elle regarde sa montre et s'habille en vitesse. Bonnie et sa nounou seront de retour dans une demi-heure. Elle a tout juste le temps de rentrer à Brooklyn à condition qu'il n'y ait pas d'embouteillages. Elle sort de la chambre, dévale l'escalier. Arrivée à la réception, elle ouvre son chéquier mais le concierge lui indique que la note a déjà été payée. Elle quitte l'hôtel en courant et récupère sa voiture et une contravention de quinze dollars pour avoir dépassé la durée de stationnement autorisée.

Dans le square en face de l'hôtel, du banc où il est assis, Florian la regarde déboîter et tourner dans la 6e Avenue vers le sud pour peindre d'autres toiles de sa nouvelle vie. Il se lève, sort du square et marche jusqu'à la 5e Avenue qu'il remonte en direction du nord.

Et bientôt la nuit tombe sur la ville insomniaque.

Remerciements

Remerciements à mon amie Isabelle Sorente pour sa bienveillance.

Cet ouvrage a été composé et mis en page par Nord Compo à Villeneuve-d'Ascq

Imprimé en France par
CPI Bussière
en juin 2023
N° d'impression : 2072380

#lisez! engagé
www.lisez.com
Pour plus d'information :
Imprimé sur du papier issu de forêts gérées durablement.

Pocket – 92 avenue de France, 75013 PARIS

S32932/01